ユニット

角川文庫
23895

目次

その若い男は、玄関口まできていま一度ふたつの死体を振り返った。

三月の陽の差し込む畳敷きの部屋で、それは無造作に転がしたように横たわっている。母親である若い女と、赤ん坊だ。母親のほうは仰向《あおむ》けになり、両手を胸の横でひきつらせていた。脚は開きかげんで、片方の脚首に下着がひっかかっている。赤ん坊のほうは、部屋の隅だ。小さな子供用の布団の横。胸もとに手を引き寄せているところなどは、母親の姿勢と同じだった。

若い男は、ふたつの死体を見て、小さく舌打ちした。

べつに殺すつもりはなかったのだ。殺したくてこの新婚家庭に侵入したわけではなかった。ただ、ほんの少し金が必要だったのと、女が欲しかったからだ。さほどひどいことをやるのだというつもりもなかった。去年のクリスマスのころは、仲間たちと女の子を車に引っ張りこんでは何度か輪姦《りんかん》したが、そんなときはいつも、女たちは車の中に引っ張りこんだ時点で、しくしく泣くだけだったじゃないか。激しく抵抗されるとは思ってもみなかった。

それに、最初に自分は、騒ぐなと警告した。騒げば痛い目に遭うぞ、とはあらかじめ言っておいたのだ。なのに、女は大声を上げた。だから殴りつけることになったし、おとなしくなるまで、首を絞め続けなければならなかった。赤ん坊のほうも、母親を凌辱《りょうじょく》している途中で泣き出すからだ。気が散って、できるものもできなくなる。だから、おとなしくしてもらった。ことが終わるまであとほんの少し眠ったままなら、こいつだって首を絞められることはなかったのだ。

ちっ、と若い男はもう一度舌打ちして、玄関口に降りた。ずっと土足のままだった。宅配便を名乗って玄関に入った瞬間から、ずっとスニーカーははいたままだったのだ。ちょっとおおごとになったかもしれない、と若い男は思った。ふたり、死んでしまったものな。

そう考えてから、若い男は考え直した。母親をひとりと呼ぶのはいいが、赤ん坊もひとりなのだろうか。おれが殺したのは、ほんとうにふたりか。あの赤ん坊まで、おとなと同じようにひとりと呼ぶのはしっくりこない。ひとりと半分じゃないだろうか。それとも、ひとりと一匹か。

ドアノブに手をかけようとして、ふと現実的なことを思い浮かべた。こいつに触ると、指紋がつくのか？ そういえば、おれはこの部屋のどこかに指紋をつけてこなかったろうか。コップを使ったわけじゃあないし、柱や壁にも触ってはいないはずだ。若い男は、侵入した瞬間からの自分の振る舞いをずっと思い起こした。だいじょうぶだ。自分が触ったのは、女の衣服と、女の身体と、赤ん坊の首だけだ。指紋が残るようなものには、触れていない。たぶん、おれの指紋は採れないだろう。

ドアののぞき穴から、外を確かめた。共同階段にはひとけはなかった。若い男はドアをそっと開けて外に出ると、肘《ひじ》で押してまたそっとドアを閉じた。閉じるとき、錠がかちりとやたらに大きい音を立てたような気がした。若い男はその場で身体をこわばらせた。誰か、この共同階段を使う八世帯のどこかの部屋から、ひとが出てきはしないか。

五秒ほど待ってみたが、誰も出てこなかった。若い男は、ズボンの下に手をやって、股《こ》間《かん》をまさぐった。さっきから、妙に自分のペニスに違和感があるのだ。かゆみさえ感じた。気のせいかもしれないが。それでも若い男はジーンズの下に手を入れてペニスの位置を直し、ブリーフで包み直した。手を引き出すと、指にかすかに血がついていた。女のものか？　若い男は顔をしかめて、ジーンズの脇でその血をぬぐった。

共同階段をゆっくり降りてゆくと、どこかの家からテレビのニュースらしき音が聞こえてきた。地下鉄とか、毒ガス、という言葉が聞こえる。アナウンサーの声は、かなり興奮しているように聞こえた。

その四階建ての建物を出ると、早春の陽光がまぶしかった。北国の函館《はこだて》も、もう雪解けは終わり、道もすっかり乾いている。車が埃《ほこり》を舞い上げる季節だった。若い男は目を細めて顔を左手でおおってから、表通りへと向かって歩いた。

今朝起きたとき同様、自分には金がなかった。半日、函館の街をうろついて、収穫は何もなかった。このままでは、今夜は仲間たちの居場所に遊びにもゆけなかった。行けたとしても、金を借りない限りは遊びには加われない。しかしもう遊び仲間には借りすぎている。いくらなんでも、こんど貸せと言えば、露骨にいやな顔をされるだろう。たまには稼いでこいと言われるだろう。

しけた一日になりそうだった。いやそれだけじゃない。いましてきたことを考えれば、胸につっかえものでもできたかのような、気分の悪い一日になりそうだった。心配ごとが一分ごとにガン細胞みたいに増えてゆくいやな一日になりそうだった。もうじき十八歳になるというのに、自分にはこんな一日しかなかった。金もなければ、バイクも、仕事も、明日の予定もなかった。しけた十七歳だった。

ちっ、若い男はもう一度舌打ちした。しけた十七歳だ、おれは。

第一章

処置が終わったあと、身支度を整えていると、カーテンの外から看護婦が呼んだ。

「門脇《かどわき》さん、先生がもう一度と」

「はい」と返事をして、門脇祐子《ゆうこ》はカーテンを開け、スリッパをはいて処置室の床に降り立った。

背中には、まだ痛みがある。レントゲン写真を撮ってもらったあと、炎症止めの湿布薬を貼ってもらったが、痛みは消えていない。心臓の脈動に合わせて、大きくなったり引いたりを繰り返しているのだ。骨には異常はないとのことだけれども、痛んでいる範囲は広い。背を伸ばすことさえ辛《つら》かった。

祐子はゆっくりと立ち上がり、脚を床にするようにして処置室を出た。出るとそこは診察室で、スチールのデスクの前から、医者が少しだけ哀れむような顔で祐子を見つめてくる。祐子は看護婦にうながされて、その五十歳見当の医師の前に腰をおろした。

「門脇さん」と、医師が低い声で言った。「階段で滑ったという話を、じつは信じてはいませんん。門脇さんもわかっているかと思いますが」

祐子は医師の目を見つめた。だから、真相を語れというのだろうか。怪我のほんとうの原因は何か、はっきり告げろというのだろうか。言ったところで、痛みが消えるわけではなく、怪我をするような事態がなくなるわけでもないのに。

黙ったままでいると、医師は言った。

「家庭内のことでも、これは傷害です。訴えることもできるんですよ。もうレントゲンを撮っただけで、二回目です。これ以上は、医者としても見過ごすことはできません」

祐子は、首を振った。

「階段で滑って落ちたんです。誰も訴えるつもりはありません」

「それを信じるわけにはゆきませんよ」

「でも、ほんとうなんです」

「わたしが、警察に通報することもできます。不審な怪我をした患者がきた、ってね」

「たいした怪我ではありません。骨も折れていなかったんだし」

「運がよかった。それだけの内出血です。うちどころが悪かったら、骨が折れていたか、内臓破裂というところだったんですよ」

手加減してくれたのよ、と祐子は言いかけた。でなけりゃ、殴っていい場所をよく知っていたのよ。それができるひとなんだから。傷害事件にはならない程度の殴りかたについて、訓練は受けている男なんだから。

でもそれは口にはしなかった。代わりに言った。

「通報はしないでください。誤解されては困ります」

「誤解されますか?」

「ええ、必ず誤解されます。階段で滑っただけなのに、変に勘繰られます」

「ほんとうのことがはっきりするだけだと思いますが」

「わたしの健康保険証、どんな種類かご覧になっていますよね」

「わかってますよ」医者は、デスクの上の祐子のカルテにちらりと目をやって答えた。

「ご主人は、警察のかたですね」

「ええ。通報されたら、それだけで主人の立場がありません」

「ご主人の立場より、あなたの身体のことが大事でしょう?」

「この程度のことでした。大騒ぎしてしまいましたけど」

「さっきまでは、あなたも大きな怪我だと心配していた。内出血の箇所だけでも四ヵ所です。痛みもたいへんなものだったでしょう?　我慢できましたか?」

「わたしさえ気をつければ、もうこんなことは続きません」

「たとえご主人が警察官でも、していいことと、してはならないことがあるんですよ」

「わたしの不注意でした。もうしません」

「どうしても、通報はしませんか?」

「自分のしたことですから、通報はできません」

医師は、祐子の強情さに腹を立てたか、鼻から荒く息を吐いて言った。

「怪我は、だんだん大きくなっていってるんです。警告しますが、つぎは確実に傷害事件のレベルになりますよ。このつぎは、わたしは門脇さんが何と言おうと、警察に通報します。いいですか？」

「はい、気をつけます」

「どうぞ、お大事に」

祐子は椅子からのっそりと立ち上がった。背中に痛みが走ったけれども、痛みを顔に出すことはこらえた。いまはもう痛みなど消えてしまったかのように、表情を変えなかった。ただ、動作はいやおうなく緩慢なものになった。

医師に頭を下げると、相手は目にはっきりと憐憫《れんびん》を露《あらわ》にしてうなずいてきた。お大事に、というこの言葉は、たぶん、お気の毒に、という意味が込められていたのだろう。

診察室のドアに向かいながら、腕時計に目をやった。午前十一時十五分だ。レントゲンまで撮ったにしては、早く終わったと言える。少し時間の余裕があった。

診察室のドアを開けるとき、いまの医師の言葉がよみがえった。

「この次は、わたしは警察に通報しますよ」

それは、祐子にとっては、いっそうの災厄が降りかかるということを意味していた。あの男が、妻に怪我をさせたということで警察に通報されたら、激昂《げきこう》はとんでもないものになる。拳《こぶし》で背中や腹を殴ってくる程度のものではすまないのはわかりきっていた。顔を殴ってくるかもしれない。いや、鼻に拳を叩《たた》き込んでくるかもしれない。そして、通報自体はうやむやにされる。警察の同僚から連絡を受けたあの男が、適当に話の辻褄《つじつま》を合わせて、もみ消してしまうことだろう。傷害事件として調べられることはない。その結果、あの男の祐子に対する憎悪と怒りがいっそう根深く激しいものになるだけなのだ。あの男はいまよりもはるかに切れやすくなり、切れたときの暴力の水準は上がる。

いや、それでも自分だけのことなら、耐えられるかもしれない。もしあの男の暴力が息子に向くようになったら。暴力の対象が、自分たちの子供、晴也《はるや》にまで及ぶとしたら。だめだ。それには耐えられない。あの男が晴也を虐待しだすくらいなら、自分がこらえていたほうがいいのだ。

通報されたら最後だった。

でも、と、そこまで考えてから祐子は思った。通報されるときは、そんなに遠いことでもないように思う。夫の暴力の周期を考えるなら、それはひと月後か、六週間の後か。どちらであれ、せいぜいそのくらいの後なのだ。つぎは病院を変わるという手もあるが、もうすでに二回病院を移っているのだ。この旭川《あさひかわ》には、整形外科のある大病院はあといくつもない。つぎはどこに行ったらよいだろう。このつぎ暴力を振るわれたなら、自分にはもう行くところはないかもしれない。たとえ内臓が破裂していようと、骨が折れようと、痛みに耐えて自宅で自然治癒するのを待つしかないかもしれない。

診察室の外に出ると、そこは整形外科の待合室だった。細長い廊下のようなスペースに椅子が並んでおり、五人の患者が腰掛けている。その左端の椅子で、息子の晴也が不安そうに祐子を見つめてきた。

祐子は晴也に無理に笑みを見せた。さすがに夫は、この子の目の前では祐子に手を上げてはこない。夫が怒りを噴出させるのは、晴也が眠ってしまったか、そばにいないときだけなのだ。とはいえ、晴也も気づいている。母親が繰り返し父親から虐待を受けていることに気づいている。小さな胸で悩んでいる。このところ、ときおり吃音《きつおん》が出るのも、たぶんそのことによるストレスのせいなのだ。

晴也はすぐに椅子から降りて、祐子に駆け寄ろうとした。そのとき、隣りの椅子に腰掛けていた中年女性の松葉杖《まつばづえ》を引っ掛けた。その中年女性は、倒れかけたその松葉杖をつかもうとして前かがみになった。その拍子に、膝《ひざ》の上にあったトートバッグが床に落ちた。バッグの中身が、床に散らばった。

五歳になる息子は驚いてその場に棒立ちになった。中年女性が、あらら、と困惑した顔で、いっそう前かがみになってきた。床まで、手が届かなかった。

息子は、どうしたらいい、とでも訊《き》くように、祐子の顔を見つめてきた。

祐子は息子のそばに近寄りながら言った。

「謝りなさい。それから、拾うのを手伝って」

息子は、はい、と答えてから、その中年女性に言った。

「おばさん、ごめんなさい」

中年女性は微苦笑して言った。

「いいんだよ。だけど、中身、拾ってくれるかい」

「うん」

息子がしゃがみこんで、散らばったものを拾い始めた。祐子もその場にしゃがみこもうとしたが、背中にまた激痛が走った。

「あっ」と思わず声を上げた。

中年女性が言った。

「いいんだよ。もうほら、片づいた」

祐子は、しゃがみこむのをあきらめ、涙目で頭を下げた。

「ほんとうに、申し訳ありません」

「ん、いいって」

もう一度頭を下げてから、祐子は待合室を出て、外のロビーに歩き出した。晴也が、祐子の手を握ってくる。その手にぎゅっと、力が込められた。祐子も、一回だけ強く握り返した。

晴也が祐子を見上げて訊いた。

「お母さん、もう痛くないの？」

「ちょっとまだ痛いの」

「痛いのあっちに飛んでけって言った？」

「お医者さんが、たくさん言ってくれたわ」

「なのに、まだ痛いの？」

「まだ全部飛んでいってない」

「お父さんに飛んでゆけばいいのにね」

祐子は、ちらりとあたりに目をやった。いまの言葉、このロビーにいる誰かに聞かれたくはなかった。でも、周囲にいる誰かが、いまの言葉を気にした様子はなかった。

祐子は視線を息子にもどして言った。

「さ、スーパーに行って、ガチャポンしようか」

「うん」

「じゃあ、バスに乗るよ」

晴也がぶら下がるように祐子の右腕を引っ張った。また鋭い痛みが脇腹に走った。祐子は小さくうめいて、その場に立ちすくんだ。

晴也が手をゆるめ、心配そうに祐子の顔を見上げてくる。

「痛い？お母さん、痛かった？ごめんね。ごめんね、お母さん」

祐子は無理に笑みを作って言った。

「ううん、だいじょうぶ。だいじょうぶだよ」

言いながら、祐子はひとつの言葉を意識した。このところしきりに意識の表層に上がってくるようになった言葉だ。

家出。

やはり、それしかないかもしれない。つぎは確実に通報ということになるのであれば。

家出。

その言葉を意識に昇らせた以上は、その次の段階のことも考えなくてはならなかった。家庭裁判所に行くことだ。調停委員に、離婚を申し立てることだ。

離婚。

それを夫に口にすれば、まともに取り合ってもらえないどころか、自分がほんとに半死半生の目に遭うだろうこともわかっていた。とても口に出せる言葉ではなかったし、話し合える問題でもなかった。でも、暴力がこれだけ続いている以上、そこまで行くしかないのだ。子供が小さいうちは、どんなに暴力的な夫でもいないよりはまし、と考えてきた。でも、それも限界だ。

離婚。

もしそうなったとき、晴也の親権が夫のものになった場合がおそろしい。この事情で、晴也はどちらに引き取られることになるだろう。家庭裁判所はどんな判断を下すだろう。いや、そもそも離婚を申し立てる理由を簡単に認めてもらえるだろうか。

もちろん理由は挙げることができる。周期的に繰り返される夫の暴力、ほとんどレイプに近い性交渉、常軌を逸した嫉妬《しっと》深《ぶか》さ。

しかし、現実に拳骨《げんこつ》を繰り出してくるほどの暴力的になる時期を過ぎれば、夫はそこそこものわかりのよい優しい男に戻る。思いやりさえ示してくれる、と感じることもある。

自分さえ折り合いをつけられるのなら、このままやってゆけるのではないかと思えるときもある。社会的にも、彼は優秀で模範的な北海道警察本部の警察官なのだ。切れ者で有能という評判の刑事だった。すんなりと離婚が認められるかどうかはわからない。

祐子は首を振って思った。

まずは、これ以上の暴力から逃れることだわ。追いかけてはこられない場所まで逃げて、様子を見て家庭裁判所に離婚調停を願い出ることだ。それしかない。

まずは、家出だ。夫の手の届かぬところに逃げて、身をひそめることだ。それも、数日中にしなければならないだろう。

家出。

祐子は、うちひしがれた気分の下で、かすかにかすかに微笑しながら思った。

それを思いついただけでも、進歩なのかもしれない。

病院の一階の待合ロビーから、実家に電話をかけた。祐子の実家は、北海道の渡島《おしま》半島、函館から列車で二時間ほどの江差《えさし》という港町だ。コール二回で、すぐに母親が出た。

母親は、祐子の声から、すぐに察した。

「またかい？」

「そうなの」力ない声で祐子は言った。「また病院にきてる」

「何度も言うけど、あんた、まだ決心がつかないのかい？」

母親は、祐子が夫から暴行を受けるようになってから、しきりに離婚を勧めている。もともと、最初からこの結婚には乗り気ではなかったのだ。初対面のときからずっと、門脇を好いてはいなかった。結婚披露宴のあいだでさえ、顔にはこの結婚への疑念と懸念を残したままだった。

祐子が最初に、ようやくの想いで、じつは暴力を振るわれるようになった、と打ち明けたとき、すぐに言ったものだ。そうなるんじゃないかと心配してたよ。やっぱり、そうだったね。

「どうしたの？」と母親が、電話回線の向こうから言っている。「どうしたの、祐ちゃん？　どうした？」

祐子はわれに返って言った。

「あたしも何度も言うけど、それは言い出せない。口にしたらどうなるか、想像がつくんだもの。それを言い出すのは、その場ですぐに決着がつく、ってときだけ。それまでは言えない」

言いながら、左右に目をやる。公衆電話は三台並んでいるが、電話をかけているのはいま祐子だけだ。中学生でもふつうにＰＨＳ電話を持つ時代だけれど、祐子は携帯電話を持ってはいない。欲しいと夫にもらしたこともない。有線の電話の通話明細を子細に調べて、自分の知らない電話番号については執拗《しつよう》に追及してくる男だ。携帯電話など欲しいと口にしたら、それだけで祐子は浮気していると決めつけてくるだろう。

母親は言った。

「だから帰っておいでって。うちなら、安心でしょう。手続きは、まず別居してからゆっくりしたっていいんだから。とにかくいまは、身体を大事にして」

祐子は母親の言葉を遮るように言った。

「うちは安心じゃない。安全じゃないわ。あのひとは、追いかけてくる」

「うちまで追いかけてきたら、警察に通報だよ。あんたはできなくても、あたしはできるから。早く帰っておいで」

「無理だってば」

暴力がはじまったころ、一度だけ祐子は、同じ旭川市内の友人の家に逃げ込んだことがあったのだ。そのときは夫はその友人の家まで追いかけてきて、騒ぎを起こした。外から大声で言い続けたのだ。その台詞《せりふ》は、狡猾《こうかつ》なものだった。夫は、繰り返し大声で言った。話し合えばわかる、これほど大げさにすることじゃない、近所のひとたちを巻き込むな、お友だちに迷惑をかけるな、ふたりで解決しようと。

こんな言葉を聞かされたら、事情を知らない者は、この騒ぎは祐子のほうに非があると感じたことだろう。

夫が大声を上げているあいだ、友人はうんざりといった顔で天井を見つめ、祐子は晴也を抱きしめて耳をふさいで、夫が立ち去るのを待った。しかし、他人の住居の外で二十分もあのように騒がれて、それ以上耐えられるものではなかった。けっきょく祐子は、自分さえ家に戻れば騒ぎは収まると考え、晴也を連れて玄関の外へと出たのだった。その夜は、それ以上の暴行はなかったけれど、その日以来夫の胸に祐子への憎悪がいっそう募ったことはまちがいない。

あれを考えたなら、江差の実家だってけっして安全な場所ではなかった。夫は祐子が実家に帰ったと知ったなら、確実に追いかけてくる。それだけの手間暇とエネルギーをさくことに躊躇《ちゅうちょ》しない。追いかけてきて、仲直りしたいと大騒ぎし、強引に祐子を連れ帰ろうとするだろう。

江差町は、方面本部こそちがえ、同じ北海道警察本部の管内だ。警察官の夫は、通報で駆けつける警官を丸め込むことができる。警察官同士の融通の利かせ合いの一件にしてしまうことができるはずだ。警察官夫人として似たようなケースをいくつも見聞きしてきた身だ。祐子には、それがわかっている。

祐子は言った。

「それより母さん、ちょっとだけ相談したいんだけど」

「帰ってくるんじゃないのかい？」

「相談だけ」

大人になってからは表向き仲のいい母子を装ってはいるが、必ずしも無条件に母親を愛しているわけではなかった。母親はできのよかった姉を可愛がっていたし、愛情が薄かったという記憶はいまでも祐子の胸の小さな傷だ。母親が思い込んでいるほどには、実家は祐子にとって居心地のよい場所ではない。

母親は言った。

「離婚なら賛成だよ」

「それはまだ少しあとの話」

「じゃあ、なに？」

祐子はもう一度左右に目をやって、聞き耳を立てている者がいないことを確かめてから言った。

「とりあえず家を出ようと思うの。晴也と一緒に。どう思う？」

「家を出るって、出てどこに行くの？」

「決めてない。あてはないけど、旭川を出る。うちに帰れば、連れ戻される。またひどいことをされるから」

「家を出て、どこかに隠れて、それから離婚を言い出すってことだね」

「ええ。時間を置いて、手が届かないところから」

「その気持ち、堅いんだね」

「ええ。そこまでは決めた。決心がついたわ」

「じゃあ、早いことしなさい。一刻も早く。きょうのうちに家を出なさい」

「きょう？」そこまでは考えていなかった。するとしても、明日以降のつもりだった。何より、先立つものがないのだ。銀行のキャッシュ・カードさえ、祐子は持っていなかった。

「何も支度していないのよ。病院にきたんだから」

「いま、十一時過ぎだね」母親は、思案しているかのような声になった。

「まだあの男が帰ってくるまで時間はあるんじゃないの？　いまから官舎に戻って、支度をしなさい。一時間あれば、身のまわりの品は、まとめられるだろう？」

「たぶん、できるわ」

「どこに行くつもりなの？　北海道の中かい。それとも東京かい？」

「東京まで逃げたら、母さんたちにも会いづらくなる」

「あの男が、追いかけてゆけないぐらいのところがいいんじゃないの？」

突然思いついた。

「札幌《さっぽろ》はどう？」

札幌なら、ずっと実家に近くなる。旭川から特急列車で一時間半ほどの距離だけれど、祐子の感覚ではかなりの大都市だ。女と子供がひとり、身を隠す隙間はあるだろう。何かあった場合は、実家にもすぐに連絡できる。対応できる。東京だとそうはゆかないが。

母親は、同意して言った。

「そうだね。札幌なら、ここからもずっと近い。友だちもいるんだろう？」

「何人かいる。とりあえず、頼ってゆくわ。ほら」祐子は、母親も知っている友人の名を出して安心させてから言った。「でも、落ち着くまで。いつまでも頼れない。なんたって亭主は刑事なんだもの。あたしの友だちの住所を探り当てるぐらいわけない」

「お金は持ってるのかい？　お小遣いはあるの？　札幌に行くんでも、部屋を探したり、当座の生活費とか、いろいろ必要だろうけど、何日かやってゆけるだけの余裕はあるかい？　お父さんと相談して、やりくりしてみようと思うけど」

やりくり、と言っても、父親は地元の海産物卸しの会社の営業マンだ。たいしたことができないのはわかっていた。ボーナスを前借りということになるのだろうか。どうであれ、両親にしてもらえることは、いくらもない。ぎりぎり飢える寸前までは、両親にお金のことで苦労をさせたくはなかった。

そこでまた思いついた。

きょうは、夫の健康保険証を持ってきている。警察官舎の主婦たちのあいだで語られている話では、警察官の保険証を持ってゆくなら、消費者金融はほとんど無審査で金を貸してくれるという話だった。それは、警察官本人でなくてもいいのだという。妻であることを証明できれば、簡単に金が借りられるとか。

わたしはいま、少しのお金なら、なんとかなるんだわ。

もちろん祐子が金を借りても、返済するのは夫だ。これから家出しようという専業主婦の祐子には、返済能力はない。夫の門脇英雄《ひでお》が、はらわたが煮えくりかえる想いで返済してゆかねばならない。でも、それはいまさら、心配してやることだろうか。

祐子は言った。

「お母さん、まだお父さんには心配させないで。なんとかできると思う。札幌で、なんとかやってみるから」

「じゃあ、ほんとに決心したんだね」

「うん」

「落ち着いたら、すぐに電話するんだよ。そうだ、あんたも携帯電話を買いなさい」

「わかってる」

電話を切ってから、晴也に目をやった。待合ロビーのプラスチックの椅子の上で、退屈そうに脚をぶらぶらさせている。

あの子、家出を、理解してくれるだろうか。

案じながらも、祐子は呼んだ。

「晴也、おいで。行くよ」

晴也がこちらに顔を向けてきた。妙に不安そうな、頼りなげな顔。母親の電話のやりとりを聞いていたのだろうか。聞いてしまって、これから自分の人生に何かとんでもないことが起きるのではないかと、おそれ脅えているのだろうか。

脅えているのは、お母さんだって一緒。でも、ふたりして頑張っていこうね。あんたも助けてくれなければだめなんだから。お母さんひとりでは、とてもやれそうもないことを、お母さんはいま、始めようとしているのだから。お母さんには、あんただけが支えなんだから。

祐子は晴也に近づいて手を取ると、意識して胸を張り、病院玄関のガラスドアの間を抜けた。

カウンターの向こうの男は、まだ二十代と見えた。細面で、顔色は青白く、髪をていねいに七三に分けている。一見堅気と見えるけれども、何かことが起こった場合は、その細い目にいきなり狂気が宿りそうな印象があった。自然体の堅気なのではなく、装われた外見という印象である。もっともこれは、行き当たりばったり消費者金融の店舗に飛び込んだ祐子の偏見かもしれないが。

男は言った。

「はい、本日はご来店ありがとうございます。わたくし、佐藤《さとう》と申します。どうぞよろしく」

ばかていねいな物言い。声の調子は、いくらか甲高い。接客セミナーで覚えた声音だろうか。

この店舗には、二十分ばかり繁華街を行きつ戻りつしたあと、意を決して飛び込んだのだった。外壁に同業者の看板が五つも並んだビルの二階だ。

そこは銀行の融資窓口とよく似た造りだ。清潔で、機能的と見える。金を借りにきた者を不安にさせるような内装にはなっていない。融資額達成ノルマを記した黒板もなければ、営業マンの心得を墨書した模造紙もなかった。神棚もない。ただし、カウンターのうしろの事務室のほうの雰囲気はわからない。電話の音が何度か聞こえたところをみると、そちらにこわもての従業員が何人かいるのかもしれない。

祐子は、いったん唾《つば》を呑《の》み込んでから言った。

「お金を借りたいんですが、どうしたらいいでしょう」

ついささやくような声になった。

いま、晴也は仕切りのうしろの待合室のほうにいる。彼には、たぶんここがどんな場所なのかはわかっていないはずだ。でも、これからのやりとりを聞いて欲しくはなかった。

佐藤と名乗った男は言った。

「はい、けっこうでございますよ。うちのご利用は初めてですか？」

「はい」

「ご結婚されていますか」

「ええ」

「失礼ですが、ご主人さまは、お勤めされています？」

「はい」

「ではこの申し込み用紙に、必要事項を記入してくださいね。こちらのボールペンをお使いになってください。どうぞ」

申し込み用紙が渡されてきた。名前から始まり、住所、勤め先、配偶者の勤め先、勤続年数といった項目がある。

名前から書き始めると、佐藤は訊《き》いた。

「ほかの金融機関で、すでにローンなど組まれていますか」

「いいえ」

「ひとつも？」

「ええ、まるで」

「自動車ローンはいかがです？」

「支払いは終わっています」

「住宅のほうはいかがです？」

「官舎住まいです」

「官舎。ああ、公務員さんなんですね。どちらの関係の？」

「警察です。道警の旭川方面本部」

佐藤と名乗った男は、一瞬頬をこわばらせた。冗談と思ったか、滅多に出くわさぬ思いがけない職業だったか。

そのあいだにも、祐子は手早く申し込み用紙のスペースを埋めていった。この紙を早く手から離さなければ、この世界の虜《とりこ》になってしまいそうな気がしたのだ。

佐藤は驚きから立ち直った様子で言った。

「ご主人が警察勤務のかたということであれば、審査も簡単です。ほんの五分ほどで終わるかと思います」

「あの、主人の職場に電話をかけたりということはするのでしょうか」

「場合によってはですが」

「世間体のある職場なものですから、もしそうしなければならないということであれば、よそうと思っていますが」

「いえ。だいじょうぶですよ」と佐藤は早口で言った。「警察のかたなら、問題ないでしょう。身分証明書の代わりになるようなものはお持ちですか？」

「主人の健康保険証があります」

トートバッグから保険証を出して佐藤の前に滑らせると、佐藤は未知の国の紙幣でも見るような目で中を確かめた。

「奥さんご自身の身分証明書のようなものはございます？」

「運転免許証でいいですか」

「はい、結構です」

佐藤は、運転免許証の写真と祐子を見比べた。一瞬、おやという表情になったような気がした。無理もない。免許証の写真は、四年前に撮られたものだ。まだ暴力が始まっていないころ、まだまだときには親子三人の暮らしの幸福も感じられたころのものなのだ。いまとは表情がちがうだろう。別人に見えるほどに。

「はい、ではこちら、保険証と免許証は、ちょっとコピーさせていただきますね」

佐藤が奥の事務室に消えた。祐子は、また申し込み用紙に目を落とし、空白部分を埋めた。

三分ほどで佐藤が戻ってきた。コピーを取っていたにしては、長い時間だった。

祐子は、カウンターの上に申し込み用紙を向こう向きに滑らせてから訊いた。

「わたしは、お金を借りられます？　借りられるとすると、おいくらぐらいなんでしょう？」

「はい、まずこの申し込み用紙をもとに審査ということになりますが」佐藤は、申し込み書に目を走らせながら言った。「お申し込みは門脇祐子さまで、ご世帯主さまは道警旭川方面本部勤務の巡査部長さま。そうであれば、まず問題ないと思います。これ以上しっかりした融資先はございません」

そうだろうか、と皮肉に思いつつ、祐子はうなずいた。亭主が警察官というだけで、祐子の身元について安心してしまってよいか？　すでに破綻《はたん》した夫婦のかたわれではないと確信できるか？

佐藤は続けた。

「門脇さまには、百万円までの融資枠を設定できるかと存じます」

「融資枠と言いますと？」

「わたしどもでご融資できる金額の上限です。一度審査を通れば、何回でもその限度額までご融資いたします。ご利用目的は、何になりましょうか？」

少しためらってから、祐子は答えた。

「旅行です。ちょっと急に旅行しなければならなくなって」

「ああ、冠婚葬祭ですね。はい、急な旅行ということで」佐藤は首を傾げた。「三十万円でいいんですか？」

「ええ」と、祐子は不安になって答えた。金額が少なすぎる？　それだけでは、逆に貸すうまみがないということだろうか。

佐藤は言った。

「旅行であれば、けっこう予定外の出費もありますよ。もう少しご用意されたほうが、あとあと便利かもしれません」

「いえ、あの、それで十分なんです」細かくは計算していない。いや、むしろ、けっして十分ではないことは承知していた。でも、自分は身を隠すのだ。この借金の返済は夫がすることになる。これ以上の借金は、いくら公務員だとはいえ、負担になるはず。祐子は、必要以上に夫を困らせたり苦しめたりするつもりはなかった。この家出は意趣返しではない。暴力からの緊急避難なのだ。十分ではないにしても、行きがけの駄賃とばかりに金を持ってゆきたくはなかった。その権利はあると、たとえ事情をよく知る者が助言してくれようとも。

佐藤は言った。

「では、五分ほどお時間をいただきますね。たぶんご融資できます。印鑑のご用意はありますね？」

この店舗に入る直前、文具店で三文判を買っていた。

「実印ではありませんが」

「結構です。かまいませんよ」

「では」

佐藤はまた事務室に消えていった。

祐子は時計を見た。正午数分前。すぐにお昼。オフィスが昼休みになると、この店舗にやってくるお客も多いのではないだろうか。それまでには、なんとしてもこの店舗を出ていたかったのだが。

五分後、佐藤が戻ってきて、病気の全快を祝うようにおおげさに言った。

「門脇さま、審査は難なくパスです。融資限度額百万円で、きょうは三十万円ご融資させていただきます。あとは条件について、詳しくご説明させていただきたいのですが」

「はい」

家出の最初の関門は、どうやら通り抜けた。札幌までの汽車賃は、確保できたのだ。


バスで、旭川市花咲町《はなさきちょう》の、北海道警察本部・旭川方面本部官舎まで戻った。官舎は四階建ての建物で、同じ敷地内には、直方体の無愛想なビルがふたつ並んで建っている。祐子たちが住んでいる部屋は、小家族用の2LDKというタイプである。

祐子は玄関に入るとすぐロックしてチェーンをかけ、部屋に上がった。晴也は靴を脱ぐと、すぐにテレビの前に駆けていった。

トートバッグを床に降ろし、ひとつ深呼吸してから、これからなすべきことを考えた。

身の回りの品をまとめて、鞄《かばん》に詰めることだ。自分と晴也のぶんの着替え。最小限でいい。大きな荷物は運ぶことができない。両手にひとつずつ提げられるだけの量。となると、ほんとうにわずかな点数の衣類しか持ってはゆけない。ほんとうは冬物を持ってゆくべきかもしれないが、いまは六月になったばかり。冬までにはこの事態が決着をみているかもしれない。それに期待するなら、当座の夏物だけでいい。

それに大事な品々。アルバムとか、短大の卒業証書はどうしよう。料理のレシピのスクラップブックもある。ドリカムのCD。愛読してきた本。友人や家族からの手紙の束。時計や装身具は？　靴だって、一足だけでは足りないだろう。だめだ。とても全部は持ってゆけない。

祐子は晴也に顔を向けて言った。

「晴也、あなたの好きな玩具《おもちゃ》を選んで、まとめてくれる？」

晴也がテレビの前から振り向いて訊《き》いた。

「どうするの？」

「おばあちゃんのうちに泊まりに行くの」この場合、おばあちゃん、というのは姑《しゅうとめ》のことだ。夫の生家は、同じ旭川市の郊外、東川町《ひがしかわちょう》にある。儀礼程度のつきあいはあった。

「玩具を持ってゆきたいでしょう」

「きょう行くの？」

「そう。だから早くしてくれる？」

「いつまで？」

「わからない。お母さんが元気になるまで」

「お母さんは一緒じゃないの？」

「一緒よ。晴也と一緒に行くの」

「お父さんは？」

祐子はそう質問する晴也の目を見つめた。一緒にいって欲しいと言っているのだろうか。それとも逆の意味か。お父さんにはきて欲しくない、という意味のこもった質問なのだろうか。

判断がつかないままに祐子は答えた。

「一緒じゃない。お仕事だから」

晴也は、ほっとしたように言った。

「ぼくたち、おばあちゃんのとこなんだね」

「そう。だから、早く支度して。大事なものを忘れないようにね」

奥の寝室の箪笥《たんす》の前にしゃがみこんで、荷物をまとめた。必要最小限の衣類と、アルバムが一冊。手紙の束。それに晴也の着替え。旅行鞄《りょこうかばん》ふたつと、買い物用のトートバッグがひとつ。かなりの重さになった。

晴也には、小さなリュックサックを背負わせることにした。これには、ぬいぐるみや玩具を入れた。厳選された玩具類だ。

時計を見て、あわてた。いつのまにかもう一時間以上も、家出支度にかかっている。もう行かなければ。

忘れ物がないかと部屋を見渡し、食卓の上に目をやってから思った。

書き置きは必要だろうか。

箪笥や押し入れの前は散らかっている。夫が帰ってきたら、すぐに異変に気づくはずだ。箪笥を開いて、女房が家出したとすぐ悟るはずである。そのことが想像できないはずはない。いや、ある程度は予測さえしているのではないか。

ただ、息子を連れてゆくとは思っていないかもしれない。夫の暴力はいまは祐子に集中している。憎悪や怒りはけっして息子に向いてはいないのだ。彼は彼なりに息子を愛している。自分に十分にはなつかないことをいぶかってはいるけれども、憎んではいない。どうでもよいものとも思ってはいない。たとえ結婚が破綻した場合でも、彼は息子だけは手元に残そうとするはずである。息子がいなくなる人生を、たぶん彼は想像だにしていない。

その部分には、と祐子は思った。彼は衝撃を受けるはずだ。妻が息子を連れて出奔したという部分に、激昂《げきこう》するはずだ。

書き置きなんていらないか、と思いつつも、祐子はボールペンと新聞のチラシを手に取った。

気は進まないけれども、やはり夫に対しては、自分が何をしたのかについて、伝えておくべきだろう。


「しばらく離れて暮らします。

晴也も連れてゆきます。

時間を置いてまた話し合いませんか。

祐子」


共同階段を降りて、官舎のエントランスに出た。

出た瞬間に、祐子は逃げ出したい気分になった。同じ階段を使う夫の同僚の夫人がいたのだ。祐子よりも三歳年上で、官舎の自治会活動に熱心な女だ。石原《いしはら》という。外出から帰ってきたところのようだ。

「あら祐子さん」と石原は言った。「お出かけ？」

「ええ」祐子は、できるだけ自然に見えるように微笑んだ。「ちょっと」

「旅行でも行くみたいよ。どうしたの？」と立ち止まる。

祐子も立ち止まって、質問に答えるしかなかった。

「ちょっと入院なんです。きょう病院に行ったら、検査があるって」

「検査で、入院なの？」

「ええ。その、そのまま長くなるかもしれないから、その支度をしてきてくれって」

「どこが悪いの？」

「ちょっと、婦人科なんですが、その」

石原は、祐子の上着の裾《すそ》につかまる晴也を見て、怪訝《けげん》そうな顔になった。

「晴也ちゃんも一緒なの？」

「ええ。晴也は」と答えかけた。

しかし石原は、それをさえぎるように、直接晴也に訊いた。

「晴也くんも病院なの？」

晴也は答えた。

「ううん。おばあちゃんのとこ」

晴也のその答に安堵《あんど》して、祐子は続けた。

「主人の母のところに預けるつもりなんです」

「そう、ご主人、ひとりになるのね」

「ええ、ちょっとのあいだ」

「身体、なんでもないといいわね」

「そうですね。それを願ってるんだけど」

「病院はどこなの？」

「市立病院なんです」

「それにしても、たいへんな荷物」

「慣れないものだから、こんなになってしまって」祐子は口調を変えて言った。「あの、検査の時間があるので、あたしはこれで」

「はい、じゃあ」

公道へ向かって歩きながら、祐子は背中に、その同僚夫人の視線を感じていた。疑念のまなざしが、背中には突き刺さっているはずである。入院にしては、荷物が多すぎやしないか？　そもそも、婦人科の何の病気で入院なのだと？

表通りまで出て、タクシーを停めた。

先に晴也を乗せてから、祐子は荷物を後部席に押し込み、最後に自分の身体を入れた。不自然な姿勢となったので、また腰が痛んだ。祐子は歯を食いしばって、その痛みに耐えた。

自動ドアを閉じてタクシーは発進した。

運転手が、加速しながら訊いてくる。

「どちらまで？」

「あ、すみません」祐子はあえぐように言った。「旭川駅」

「顔色、悪いんじゃないの？」

「え？」バックミラーを見ると、運転手の目がこちらを見ていた。「いえ、なんともないんです」

「冷や汗が出ていないかい？」

「あ、これは冷や汗じゃなくて」

その通りの歩道を、官舎の住人が歩いてくる。同じ方面本部勤務の警部補の夫人だった。彼女自身、女性警官出身だ。

祐子はすっと腰を滑らせて頭を下げ、晴也のほうに顔を向けた。たぶん気づかれなかったろう。すでにひとりに家出の瞬間を目撃されているのだ。これ以上、官舎の住人たちに見られたくはなかった。おかしい、と感じる者が多くなれば、中にはわざわざ祐子の夫に電話でご注進する者さえ出かねない。夫への親切心からというよりは、むしろ意地悪で。あんたの女房が家を出たんだよ、と伝えることの喜びのために。そうして夫がその報《しら》せを受けたならば、すぐに旭川駅に駆けつけるはずだ。あるいは、長距離バスの乗り場に。まさか空港に向かったとは考えないだろうが、どうだろう。夫は、妻の家出を察したときは、行く先は東京だ、と判断するかもしれない。家出人はまず大都会へ向かうはずだと。

いずれにせよ、あまり時間はないのだ。夫が異変を知らぬうちに、この街からできるかぎり遠くへ離れていなければならない。夫は、というか、夫の所属する組織は、ひと捜しには長《た》けているのだ。本気になれば、非常線を張って祐子を捕らえることも可能だ。夫が、その方法を望むかどうかは別としても。

タクシーは、ＪＲ旭川駅の降車場に停まった。

祐子は、窓の外に目をやって、夫の姿はないか、警察官の数が多すぎやしないか、知った顔はないかと探した。降車場の左手には、派出所があるが、警察官は外には立っていない。だいじょうぶのようだ。駅前にいるすべての顔を確認できたわけではないが、センサーは感応しなかった。祐子は料金を払ってタクシーを降りた。

晴也は、駅前に降り立つと、ふしぎそうに言った。

「おばあちゃんのところに行くんだよね?」

何度か門脇の生家には彼の運転する車で行った。駅まで来て、晴也も奇妙だと感じ始めている。

「ううん」祐子は晴也の手を引っ張って歩き出しながら答えた。「そのつもりだったけど、ちょっと変わったの」

「どこに行くの?」

祐子は、少しためらってから答えた。

「お母さんが、元気になれるところ」

「うちには、帰らないの?」

ストレートな質問だった。晴也は、子供心にこれが数日間の外出ではないことを察しているのだ。母親が腹をくって、父親から離れようとしているのだと理解している。同意してくれているかどうかまではわからないが。

祐子は答えた。

「わからない。お母さんにもわからない。晴也は、帰りたい?」

晴也は、困ったように首を傾けて言った。

「お母さんが帰るんなら」

「そうね。じゃあ、お母さんはしばらく帰らない。だから、晴也はお母さんと一緒にいてね。寂しくないでしょう？」

晴也は、表情に困惑を残したままで答えた。

「うん」

駅ビルの中に入って、待合室で時刻表を確かめた。十四時ちょうど発という札幌行きのL特急があった。ほんの四、五分後の出発である。祐子はすぐに乗車券と特急券を買った。切符を買った後、ひとつ思いついて、祐子はキヨスクの前へと進んだ。雑誌の棚で、探してみたいものがある。

いくつかそれらしいものが目に入った。就職と住宅の情報誌だ。それも旭川市だけのものではなく、道央（北海道中央部）というくくりのエリアの情報誌。たしかこの手の情報誌には、札幌圏と旭川圏の情報が一緒に載っているものが少なくないはずだった。

見つかったのは、就職情報誌だけだった。「女性のための就職情報、札幌・旭川版」とサブタイトルがついている。祐子は三百円払ってその雑誌を手に取った。

祐子たちがシートに腰をおろしたところで、列車は発進した。列車が完全にホームを離れるまで、祐子は顔を窓の外には向けなかった。

列車が旭川の市街地を抜けるころに、祐子はようやく窓の外の風景を眺めて思った。

札幌でやるべきことは、何だろう。

短大時代の親しかった友人への連絡。窮状を訴えて、数日泊めてもらえないか頼む。数日だけのことなら、なんとか受け入れてもらえないだろうか。

いや、だめだ、と考え直した。結婚した当初、夫は祐子の住所録を手に、ひとりひとり、これは誰だ、どんな関係だと問い詰めてきたことがある。友人づきあいはすでに知られている。その住所まで含めて。

それになにより、友人に夫からの暴力を告白して宿を乞《こ》う、という状況に、いまの自分は耐えられない。友人を頼るのは無理だ。

婦人相談所というところが、そのような相談に乗ってくれるのではなかったろうか。調べたわけではないし、記憶も不確かだけれど、まずそのような公的機関に電話してみるのが最善かもしれない。

ついで住む場所と仕事を探すこと。住み込みで働けるところが理想だけれど、果たしてすぐに見つかるかどうか。資格を持っているわけではないが、多少料理はできる。そのような職に就くことをまず考えよう。

自分はいま三十一歳。子持ち。宿なし。この大不況のさなかに仕事を探すには、悪い条件が揃っている。でも、もう家を出てしまったのだ。突き進むしかない。

祐子は思わず口にしていた。

「やるわ。お母さん、やるからね」

晴也が顔を上げて、ふしぎそうに祐子を見つめてきた。そう、この子を守り抜くためにも、目の前に立ちはだかるすべての障害を乗り越えねばならないのだ。

その夜も、真鍋篤《まなべあつし》は、肌を這《は》う激しい蟻走感と喉《のど》の渇きとに耐えきれずに、深夜に目を覚ました。ひとり暮らしのアパートの、食品の腐臭が漂う汚れた部屋、その部屋の湿った万年床の上だった。

布団の横には、焼酎《しょうちゅう》のペットボトルが空になって転がっている。一・五リットル入りのボトルだ。それを自分は、三日で空けてしまったことになる。たったひとりで。

自分はいつからこうしてひとりで飲み続けているのだったか。誰かとまともに口をきいたのはいつだったか。

あれは、四カ月も前か。二月の、札幌にはまだまだ雪の日が続くころだ。あれがたぶん、誰かと会話と呼べるだけのやりとりがあった最後だったろう。またそれは、誰かから思いやりをかけられた最後、ということであったかもしれない。あの夜が。

誰かが、背中を小突いていた。いや、揺すっていた。かなり強く力をこめて。

濁っていた意識が、じんわりと晴れていった。自分は、突っ伏して眠っているようだ。

ゆっくりと上体を起こしながら、ここはどこだろうと考えた。目の焦点が合って、まわりの様子が見えるようになった。ようやく自分がいまいる場所がどこかに気づいた。例のとおり、安酒場で眠ってしまったのだった。

男が言っている。

「真鍋さん、真鍋さん、起きてよ。起きてちょうだいよ」

真鍋篤は、声のするほうに顔を向けた。

勤め先の同僚だ。歳は真鍋よりも三、四歳上だろうか。三十代も後半に入ったあたりの上司にあたる建築士だ。吉野《よしの》、という。

その吉野が、テーブルの脇から真鍋の目をのぞきこんでくる。

「真鍋さん、ちょっとまじめな話があるんだ。素面《しらふ》になれるかい」そう言ってから、吉野は苦笑した。「いや、無理だな。べろべろだね」

真鍋は首を振って言った。

「いや、素面だ。まじめな話でも、だいじょうぶだ」

言いながら思った。ろれつが回っていない。話、は、ハアシ、と発音してしまったようだし、だいじょうぶ、は、ダジョウブ、だった。いつものとおり、泥酔している。

「しょうがないな」吉野は言った。「話はどっちみち明日になればわかるさ。とにかく、店を出たほうがいい。あんた、もう飲めないだろう?」

どうかな。飲めないかもしれない。少なくとも、飲む気はなくなっている。店のテーブルに突っ伏して眠ってしまうだけは飲んだのだ。あとはもうほとんど酒を足さなくても、眠りにつくことはできるだろう。もちろんすでに肝臓をやられているから、眠りについたところで熟睡とはゆかない。ひと晩じゅう身体のかゆみに耐え、虫か小動物が自分の身体の上をはい回っているという妄想に悩まされることになる。でも頭が冴《さ》えて、ひとつことを考え続けたまま夜を明かしてしまうよりはいいのだ。

喉が渇いていた。真鍋はテーブルの上を見つめた。安焼酎のボトルはすっかり空だ。アイスペールの中の氷もすでに全部溶けている。真鍋は目の前のグラスが空であることを確かめると、アイスペールを持ち上げて、氷の溶けた水をグラスに注いだ。水は少しこぼれて、テーブルの上に広がった。

こぼれた水にはかまわず、グラスに満たした水を飲んだ。

目の前の吉野が、かすかに不快そうな顔を見せた。いや、不快と言うよりは、その顔に現れたものは哀れみだったのかもしれない。こんなにすさんだ酒の飲み方をする男を、哀れんだのかもしれない。

吉野が言った。

「どうする？　送ってゆこうか。アパートは、この近くなんだろう？」

真鍋はもう一杯、アイスペールの水をグラスに注いでから訊《き》いた。

「まじめな話があるんじゃなかったか」

「いまのあんたには、大事な話はできない」

「大事な話なのか？」

「あんたにはね。まじめで、大事な話だよ」

見当はつく。解雇の通告ってところではないのか。このところ、勤務態度きわめて不良にして、出勤常ならず。これ以上雇用しておくわけにはゆかぬと。予想どおりだとしたら、こんどの勤め先は一年もたなかったことになる。六年勤めた会社のあとは、二年、そして今度は一年弱。つぎに勤める会社では、はたしてどのくらい続くだろう。いや、この不景気だ。つぎの勤め口があるかどうかさえわからないのではないか？

真鍋は言った。

「送ってもらわなくてもいい。話が明日でもいいって言うんなら、一緒に飲まないか」

「まだ飲めるのか？」

「誰かがつきあってくれるなら、まだ入るさ」

「飲む気分じゃないんだ」

「いやなら、焼酎を一本入れて、置いていってくれ」

「おれは、たかられてるのか？」

「ごちそうしてくれと言ってるだけだ」

吉野は、こんどこそはっきりと不快そうな顔になった。庭の石の下にうごめく虫でも見たかのような表情だ。

「心配してやる義理はないけど」と、吉野は少し身体を引いて言った。「あんた、もう身体がおかしくなってるぞ。肝臓がいかれてるよ。そういう顔色だ。こんな飲みかたしてたら、死ぬぞ」

「おれが？　おれが死ぬ？」

「そうだよ。あんたのことを言ってるんだよ」

「おれは」真鍋は瞬《まばた》きして考えをまとめてから言った。「たぶん、もう死んでるよ。七年前に死んだんだ」

七年前のあの日、妻と幼い娘が死んだ日に、おれも死んだのだ。いや、あの後も、息も絶え絶えではあったが、まだしばらくは生きていた。悲しみと嘆きと祈りがあったうちは、おれはまだ生きていた。妻子を殺したものに相応の罰が下るようにと、焦がれるように処分の結果を待っていた日々も、どうにか生きていたと言えるだろう。でも、あの十七歳の殺人者に、死刑相当だが十八歳未満の少年であるからという理由で無期懲役の処分が決まった日、自分は死んだ。そのときこそ確実に。とどめを刺されるように死んだ。あの日以降の自分は、脱《ぬ》け殻だ。

すべてに無気力となった。鬱《うつ》症状が出て、それが重くなったり軽くなったりを繰り返す。体調はすぐれず、仕事は欠勤しがちになった。欠勤してもすることは、自分の部屋でただ天井を見つめ、自分が失ったものを思い出すことだけだ。夜になれば買ってきた安酒を飲み、朝になれば二日酔いでその苦痛に耐える。ろくに食事もとらないから、体重も体力も落ちて、通勤することさえつらくなる。結果としてまた欠勤。欠勤して酒。その繰り返しだった。

そんな生活は生きていることにならないと言われるのなら、その通りだった。自分は死んでいる。ただ、医学的、生物学的にしか、いま自分は生きてはいないだろう。いや、医学的にも、死の途上にあるのかもしれない。

おれは死んでいる。同僚に案じられるまでもなく、おれはすでに死んでいるのだ。

吉野は、ふんと鼻で笑った。

「そうだったな。心配しただけ、おれがばかだったな。あんたはもう死んでいたな」

「だから、死んだ男のために、焼酎を入れてくれないか」

吉野は少しためらっていたが、ジャンパーのポケットから財布を取り出すと、千円札を二枚抜き出して、テーブルの上に置いた。

「おれはもう帰る。これで飲めるだけ飲め。おれの財布じゃ、死ぬまで飲ませてやるわけにはいかんけどな」

吉野が立ち上がったとき、ジャケットの裾《すそ》がテーブルの上で風を作った。その風のために千円札はふっと浮き上がり、テーブルの脇に落ちた。

真鍋はその千円札を拾おうとして、椅子の上でかがんだ。しかし平衡感覚をもう失っていた。真鍋はそのまま、床に突っ込むように転がった。その拍子にテーブルを引っ掛けた。テーブルの上のグラスやアイスペールがすべて床に転がり落ちた。

「あれれ」と誰かが言っている。

「ちぇっ」という舌打ちも聞こえた。

真鍋は、床に転がったまま、起き上がることができなかった。床の上に顔をぶつけ、こすってしまった。痛みが頬全体に広がっていった。なぜか知らず涙が出てきた。

真鍋は思った。涙が出るということは、自分にはまだ、みじめとか、情けない、という感覚が残っていたのかもしれない。とっくになくしたつもりでいたのに。

それを思うと、いっそう涙の量は増えてきた。

真鍋は目を開き、自分をのぞきこんでくる何人かの顔を見渡しながら言った。

「心配ない。心配ない。どうせ死んでるんだから」

哀れな自分を笑い飛ばしたつもりだったが、近くから聞こえてきた言葉には、ほんの少しの共感も含まれてはいなかった。

「早く叩《たた》き出せよ、この野郎」

店の女将《おかみ》の声が応《こた》えた。

「はい、ただいま」

その直後、すっと誰かが自分の肩に手を掛けた。上体が、むりやりに起こされた。誰かが、はがい締めにするように、両方の脇の下に手を入れてくる。真鍋はその格好のまま、ずるずると床を引きずられた。

腹が圧迫されたせいで、胃が苦しくなった。ついで、食道を何かが逆流する感覚。つぎの瞬間、真鍋の口から飛び出したものは、薄まった焼酎《しょうちゅう》と、強烈に苦い黄色の胃液だった。

口の中に拡散する苦みに耐えながら、真鍋は願った。どうせなら、いまこの瞬間にでも死んでしまいたい。きっぱりと、あっさりと。

……あれが、四ヵ月ほど前のことだ。ゆるやかな周期で繰り返し出てくる鬱症状の、最悪、最低のものがあのときだった。でも自分はどうやら、その苦しい時期をやり過ごすことができた。

だったら、と真鍋は、自分に言い聞かせた。

仕事を探せ。仕事に就け。自分にまだ、わずかにでも再生する意志が残っているなら。この苦しみを乗り越えようと願う気力があるなら。

まだあるはずだ。自分には。たぶん。

目覚めても、家の中は静かだった。

妻が台所で料理する音もなければ、ヤカンが蓋《ふた》を鳴らす音も、テレビの音声も聞こえてこない。そもそも自分以外にひとのいる気配がない。うちの中で、空気を揺らすものは自分以外にもういないのだ。

波多野正明《はたのまさあき》は、寝室でゆっくりとベッドから起き出し、パジャマのまま部屋を出た。

居間には、昨日の引っ越し作業の痕跡《こんせき》がまだ少し残っている。段ボール箱の千切れた紙片やら、エアクッションの断片やら、丸められた新聞紙。居間のソファのうしろには、可燃ゴミを詰めた透明のビニール袋の山。居間の大きな家具は残っているが、台所にある品々の半分は妻が段ボール箱に詰めた。また妻は当然、寝室の中の自分のものは、すべて持ち出している。いま家の中にあるのは、妻にとって無価値なもの、不要なものだけだ。波多野を含めて。

波多野は、カーテンを開けて外の天気を確かめた。六月の札幌の空は、晴れ渡っている。一年でいちばんいい季節の、素晴らしい好天。五十五歳になる男が、妻に去られてひとり目覚めるにはいい日だ。少なくとも、外がこんな天気であれば、首を吊《つ》ろうかという気にはならないのだから。

波多野はソファに腰をおろしてから、無意識にテーブルの上に新聞の朝刊を探した。テーブルの上には、ビニール紐《ひも》やら紙テープやらハサミやら、昨日の引っ越し作業で使われた品々がまとめられている。新聞はなかった。そのことに気づいて苦笑した。きょうからは、おれは起きたら自分で玄関口へと歩き、郵便受けに突っ込まれている新聞を取ってこなければならないのだ。

妻は、昨日出ていった。正確に言えば、昨日、妻は自分の荷物を送り出し、自分自身も夕方にはこの家から出ていった。二十六年間の結婚生活の果ての、あっけない幕引き。離婚手続きこそ終わってはいないし、妻の言い分ではこれは別居の始まりとのことだが、実質的に離婚となったことは波多野も承知している。

四、五年前から、いつかこの日がくることは予測がついていた。それ以前から、妻は零細設備業者の主婦という立場がたまらないと常々不平をもらしていたのだ。社長の奥さん、としてやらねばならぬことが多すぎると。たしかに以前、事務所と住居がひとつ屋根の下だったころには、妻には負担をかけすぎたと思う。頻繁に従業員たちのために食事を作らせたし、酒盛りにも付き合わせた。慰安旅行や忘年会でも、雑用係めいた役割を押しつけてきた。妻は、そのことを激しく疎んでいた。

自分は波多野正明という男と結婚したのだ、と妻は何度も言ったものだ。波多野工務店のおかみさんになったつもりはないと。

波多野には、その区別がつかなかった。妻の不満の理由が理解できなかった。しかし、工務店の従業員の世話まではできないという妻の言い分に従って、最後には事務所と住居は別にしたのだ。七年前のことだ。

でも、あのときすでに、妻の決意は固まっていたのかもしれないと思う。あのころ息子は高校二年生、まだ思春期だから、という理由だけで、あのときは別居を言い出すのを思い止まっていたのかもしれなかったのだ。

住宅を事務所とは別にして、少しは夫婦仲が回復するかと期待した。しかし妻は、その直後から同性の友人たちを多く作り、ネットワークを広げて、夜も飛び回るようになった。解放感があったのだろう。じっさい、多くの義務や雑用から自由になり、自分で使える時間が一気に多くなったのだ。やがて彼女は、友人たちと共同出資で小さな自然食品の店を始めた。いまは成長して有限会社となったその店の、役員のひとりだ。

その妻が、はっきりと自分たちの結婚生活の先行きについて語ったのは、つい一年ぐらい前だろうか。

もうこれ以上は無理なの、と妻は言った。あなたの奥さんでいることが、もう無理。工務店社長のあなたと夫婦という単位を作っていること自体に、もう耐えられない。わたしはとうとう「社長の奥さん」にはなれなかったし、これからもなれない。わたしはもう違う生き方を始めてしまっている。それをわかって欲しいの。このまま無理に夫婦でいるよりも、べつべつに生きることのほうが、双方にとって自然なはずだわ。

ひとり息子も、去年東京の大学を卒業し、そのまま東京で就職していた。だから別居する時期としてはとてもいい、と妻は言った。家族みんな、自分に与えられていたひとつの役割を卒業できるのだと。

波多野は、動揺しながらも、つとめて冷静に言った。

「反対はしない。止めない。だけど、この先やり直しはきくのか？　戻ってくる気はあるのか？」

「いいえ」と妻は首を振った。「それは百パーセントない。その可能性は考えないで」

「じゃあ、どうしてさっさと離婚しない？」

「手続きってものがあるでしょ。いきなり離婚届け提出でいいの？　わたしは、あなたが度を失って、冷静な判断力もなくしているときに、どさくさにまぎれて判をもらいたくない。この別居は当然だったと、あなたもきちんと理解してくれたときに、離婚届けを出しましょう」

理解できるときなど永遠にこない、波多野は思った。だめならだめでいい。段階を踏んでの手続きなど無用だ。不本意ではあるが、こうなればきっぱり離婚したほうがよいのではないか。おれが理解できていようといまいと。

それを言うと、妻は深く溜《た》め息をついて言ったのだった。

「そう、そういうひとだわ、あなたは」

ともあれ、と波多野はソファから立ち上がった。

自分でコーヒーをいれ、手早く朝食を作って食べて、仕事場に出かけよう。こちらはこちらで、配管工がひとり辞めてしまい、宿舎の賄いの女性も退職の意向をもらしていた。波多野が必死で仕事を探し、請けてくるのに、従業員たちはあっさりとそのありがたさに背を向ける。だから近々また、公共職業安定所に行かねばならないだろう。求人票を出しにゆかねばならないのだ。広告屋も呼んで、就職情報誌に広告も出すべきかもしれない。この不景気のご時世とはいえ、設備業者の仕事は好かれていない。よりどりみどりにひとを選べるわけではないのだ。新しい従業員確保のためには、経営者は仕事を探すのと同じ程度に、死に物狂いにならなければならなかった。

キッチンに立ち、ヤカンをコンロにかけてから、波多野はしばし途方に暮れた。コーヒー豆のありかが、わからなかったのだ。

まだ午後の五時前という時刻では、旭川市中心部の三六街《さんろくがい》と呼ばれるエリアにはまだほとんどひと通りはなかった。夜になれば違法駐車で埋まる路地にも、まだ車の数は数えるほどだ。

門脇英雄は、白いセダンをその路地に入れると、徐行して進んだ。目指しているのは、一軒のビデオショップだった。だいたい午後の三時ぐらいから、いつも開いている店だ。表向きは合法的なアダルト・ビデオのソフトを売っているが、紹介者の名と欲しいタイトルを告げると、奥の倉庫から非合法のソフトを出してきてくれるという店だった。

門脇は、その店の前に車を停めた。派手な看板を出してはいるが、店の中をのぞけぬように、ガラス戸にはAV女優の水着ポスターがぎっしりと貼ってある。店内は照明がついていた。

門脇はグラブボックスから透明ケース入りの一枚のプレートを取り出した。私有車を捜査活動などに使う場合に渡される「駐停車許可車両証」だ。旭川公安委員会発行のものである。もちろん正式の許可を得て本部から持ち出してきたものではない。本部の捜査課にいつも置いてあるものを、無断借用してきたのだ。

そのプレートをダッシュボードの上に置いてから、門脇は車を降りた。

路地の左右を見渡してから店に入った。

レジのうしろにいたのは、痩《や》せた三十男だ。門脇を見て、顔色が変わった。

「しばらくだな、前田《まえだ》」

前田は、救いを求めるように店の奥に目をやった。ひとり、若い男が棚を整理していた。こちらはアルバイトだろう。

門脇がレジの前に進むと、前田は懇願するように言った。

「勘弁してくださいよ。絞られたばかりじゃないですか」

「ちがう。そっちの用事じゃない」

「なんです？」

「ちょっと外に出てくれ」

「何なんです？　逮捕状はあるんですか。令状は？」

「いっぱしの口をきくようになったな。司法試験でも受かったのか？」

「このくらいのことは、誰でも言いますよ。何なんです？」

「心配しなくていいって」と、門脇は、アルバイト店員に注意を向けた。彼も手を止めて、不安そうにこちらを見ている。

門脇はそのアルバイト店員に言った。

「兄さん、ちょっと店番頼むぞ」

アルバイト店員の顔にかすかに安堵《あんど》が現れた。彼はぺこりとうなずいた。

前田のほうは、なお不安そうだ。

「あたしに、何なんです？　きちんとした用件じゃないんでしょう？」

「それ以上生意気な口をきくなよ。ぶち込むぞ。いやなら、表に出ろって」

前田は泣き出しそうな顔になって、レジの裏から表に回ってきた。

門脇は、前田の先に立って店を出ると、自分のセダンの助手席のドアを前田に示した。

「乗りな」

「どこに行くんです？」

「行かねえよ。話をするだけだ」

前田は、観念したように自分でドアを開け助手席に身体を入れた。

門脇は、運転席に身体を入れると、ばたりとドアを閉じた。前田の顔色は蒼白《そうはく》だ。かつて門脇に手荒い取り調べを受けたときのことを、いやおうなく思い出しているのだ。あのときも、最初はこのようなかたちで任意同行を求められるところから始まったのだ。

「落ち着けよ」と門脇は、いくらか猫なで声になって言った。「何もしない。ちょっと頼まれてくれってことだ」

「どんなことです」

「一本電話をかけてもらいたいんだ。台詞《せりふ》を言うから、覚えろ」

「台詞？」

「お前の役だよ。宅配便の運転手だ、お前は」

「長いですか」

「聞け。こうだ。もしもし、宮永《みやなが》さんのお宅ですか」

「宮永さん、ですね」

「そうだ。宮永。宮永さんのお宅ですね。祐子さん宛《あて》のお荷物があるんですが、そちらでよかったでしょうか」

「祐子さん宛のお荷物があるんですが、そちらへ配達でよかったですか」

「いや、ちがいます、って相手が答えたら、その転送先を聞いて書き留めろ。誰からの荷物か聞かれたら、ご本人さまからだって答えろ」

「誰からの荷物か聞かれたら、ご本人さまから、って言うんですね」

「覚えたな」門脇は、携帯電話を取り出して前田に渡した。プリペイドカード式の携帯で、電話番号は非通知設定だ。「この番号で、通話ボタン。やれ」

「はい」

前田は携帯電話を受け取ってボタンを押してから、自分の耳に当てた。門脇は、運転席から助手席に自分の身体を傾けた。

「あ、宮永さんのお宅でしょうか」前田の声の調子はまるで変わったものになった。天性の演技の素質がある男なのだ。詐欺ですでに前科二犯である。「はい、こちら、ヤマト運輸なのですが、宮永祐子さん宛にお荷物があります。そちらのご住所になっているので、配達してよろしいか確認のお電話をさせていただきました」

前田はじつに的確に状況を理解した。わずかな情報だけで、とっさにこれだけの台詞を思いつく才能は、なかなかのものだ。詐欺を働くだけのことはあるのだ。もしかすると、この男の場合、演技力があるという以上に、状況適応力がある、と言うべきなのかもしれない。

前田は携帯電話のマイクに言っている。

「はい？　ええ、宮永祐子さま宛のお荷物。はい、ご本人さまからです。ご本人と、伝票には書かれていますが」

「ええ、段ボール箱がひとつ。祐子さまは、そちらにいらっしゃるということで、ようございますか？」

「はい？」

「あ、よろしゅうございますか。はい、わかりました。はい、どうも、失礼します」

前田が携帯電話を返してきたので、門脇は訊《き》いた。

「誰が出た？」

「女性です。中年でしょうね」

「名乗ったか？」

「宮永ですって」

「電話を警戒してるようだったか？」

「いや。むしろ、飛びついたという感じでしたね。宅配便だと名乗ったんで、ちょっとがっかりしてたようだ」

「それで、なんだって？」

「えっという反応でしたよ。うちに、祐子から荷物がって？」

「祐子って女はいないって？」

「いませんが、と、ふしぎそうに言ってました。でも、きっぱりいないという感じでもなかったな」

「いるようなのか？」

「いえ、いないんでしょう」

「そばに誰かいるようだったか。ひそひそ相談したとか」

「いいえ」

「だけど、荷物は届けろと言ったな？」

「送ったのが本人なら、ってことでした。とりあえず受け取っておきましょうってことのようでしたが」

「そうか」

門脇は携帯電話の電源を切りながら考えた。

祐子が家を出たのは、昨日の午後だ。列車で旭川を出て江差の実家に向かったのであれば、早ければ昨夜じゅうに着いている。遅くとも、きょうの昼ごろには着いていておかしくない。息子の晴也を連れているのだ。家出を決行した以上、途中道草は食わぬはず。この時刻には、実家にいておかしくはないのだ。

しかし母親が、祐子宛《あて》の荷物がある、という宅配便の運転手を装っての電話にとまどったようだったとなれば、祐子はまだいない。帰ってくる、という予定も、聞いていないということなのだろう。

祐子は、実家に向かったのではないのか？

では、どこだ？　どこにいる？

彼女には、銀行のキャッシュ・カードは渡していない。家計費は、必要になった都度、門脇が現金で手渡していた。彼女は現金を引き下ろせない。じっさい、昨日すぐに銀行の残高を調べたが、減ってはいなかった。かといって、彼女はクレジットカードも持っていないし、へそくりがあったとも思えない。現金の持ち合わせもない以上、飛行機を使って東京に逃げる、ということも考えられなかった。わずかな金で行けるとしたら、同じ北海道内の実家以外にはないはずなのだ。

もしかして、祐子は実家から逃亡資金として現金書留を送ってもらっていたか。昨日の家出は、少し前から計画されていたことなのだろうか。思い切り遠くへ逃げるつもりで。

どうであれ、数日後にはあらためて江差の祐子の実家に、探りを入れなければならない。何か適当な理由をつけて、江差署の地域課警官を差し向けてみよう。宮永の家に、娘が戻ってきていないかどうか。三十前後の女と五歳くらいの男の子がいないかどうか。

前田が横から訊いた。

「あたし、用はすみましたか？」

門脇はわれに返ると、うなずいて言った。

「ああ。出ていい」

「あたしが何をやらされたのかわかりませんが、この見返りはあるんですよね。あたし、ただ働きしたわけじゃないですよね」

「あれが働き？」

「うまくやったつもりでしたよ」

門脇は、手を伸ばして前田の襟首をつかむと、声の調子を一段下げてすごんだ。

「忘れろ。いまのことは忘れるんだ。わかったな？」

前田はまた顔に脅えを浮かべて、早口で言った。

「わかってます。わかってます。はい」

「出ろ」

「はい」

前田が降りてドアを閉めたところで、胸ポケットに入れたセレ・コールが鳴った。本部からの、門脇を指名しての、連絡せよの合図である。すぐに本部に電話を入れねばならなかった。

門脇は、自分の携帯電話を取り出して本部の生活安全課に電話を入れた。すぐに上司が出た。

「やつを押さえた。中央署に連行だ。行ってくれ」

ちょうど関わっている銃刀法違反事件の容疑者のことだ。暴力団員で、三十歳。中学時代は柔道を習っていたという男で、組の中でも粗暴で知られている。

「すぐ行きます」

携帯電話を切ってから、門脇はほくそえんだ。

祐子が家を出たことのうっぷんは、あいつを相手に発散させてやろうか。完全にすっきりするはずもないが、少なくとも昨日きょうの二日分の気は晴れるだろう。どんなに荒っぽく扱おうと、絶対に本部や所轄署内で問題になることのない相手だ。サンドバッグ代わりにするには、理想的だった。

門脇は、ダッシュボードの上から駐停車許可証を取り上げて助手席に放り出すと、たたくようにシフトレバーを操作して、自分のセダンを急発進させた。

第二章

札幌公共職業安定所は、市街地の西寄りにあった。路面電車の走る通りに面した二階建てのビルで、一階は主に失業保険の給付手続きをおこなう窓口であり、二階が求人・求職者のためのフロアとなっている。ひとの出入りの多い施設ではあるが、周辺も内部も、いつも奇妙なまでに静かだ。大声を出す者もなければ、笑い声もないのだ。若い男女の姿もあまり見ない。三十代から四十代にかけての男が大半を占める。たまに若い男がやってくると、自衛隊地方連絡部のリクルート担当官がすっと近寄ってゆく。

波多野正明は、午前十時すぎにその札幌公共職業安定所に入った。求人票を出すためだった。何年も前にすでに事業所登録票は提出しているので、この日は求人申し込み書に必要事項を記入するだけでよい。波多野にとって、運転免許の更新程度には慣れた手続きだった。波多野は、館内案内に目を向けることもなく、階段に向かった。

階段を昇ってすぐのエリアは、求職者がPC端末で、求人票を閲覧する部屋である。ここで求職者は目についた求人票をプリントアウトし、窓口で相談する。窓口で先に相談し、係員から求人票を提示される者もいる。

波多野は、そこでいったん足を止め、無意識にその広い部屋を見渡した。二十人ばかりの求職者が、ビニール製の椅子に腰掛けている。銀行でもよくあるように、きた順に数字の入ったカードを受け取って、相談の順番を待つのだ。相談窓口で話し込んでいる求職者は、いま五人いる。

この中に、零細設備業者で働こうという意志のある者はいないだろうか。配管工になろうという者、賄い婦となってもよいという者は。できれば常識があって、気持ちよく雇用できる者がよいのだが。

窓口からちょうど立ち上がった女性がいた。歳は五十歳ぐらいだろうか。粗末な身なりで、髪はただひっつめにして輪ゴムでまとめているだけだ。手に買い物バッグと紙袋をひとつずつ提げている。バッグも紙袋も、中身はぎっしり詰まっているようで、大きな風船のようにふくらんでいた。全財産が詰まっているかと思えるようなボリュームだった。

その女性は、波多野の目の前を通ってゆくとき、深い溜《た》め息をついた。地獄の底から聞こえてきたかと思えるほどの、寒気を感じさせるような溜め息だった。ついに何の仕事も見つからなかったのだろう。波多野は、自分はもしかすると本物の絶望を見た、と思ったほどだった。彼女の顔にはなんの希望も救いもなく、生気さえも感じられなかった。

女性は、脚を引きずるようにして、階段のほうへと消えていった。

職安にくるたびに、深刻な状況にある何人もの求職者の姿を見る。うなだれ、落ち込んで、涙ぐんでいる者。顔に焦りを浮かべて求人票を繰る者。待合室の椅子の上で頭を抱え、動こうとしない者。しかしいまの女性ほどに事態が深刻と見えた者はいままでなかったような気がした。彼女は、まちがいなく、今夜食べるものにも困窮している。荷物の印象から言えば、たぶん今夜眠る場所さえないにちがいない。彼女は、まちがいなく生死の瀬戸際にいるのではないか。

波多野は、彼女の姿を見送りながら、自分の表情が暗くなっていたことに気づいた。彼女の絶望が感染したのだ。

そのとき、ふたつの顔が目に入った。

このフロアに、いまの自分と同じように、彼女に関心を向けていた者がふたりいたのだ。少なくとも、波多野の目に入った者はふたりだった。

ひとりは、三十代なかばかと見える男だ。くすんだ色のポロシャツを着ている。技術屋か事務系のサラリーマンだったような雰囲気のある男。髪が少しむさ苦しく伸びており、失業してから少し時間もたっているのではないかと見える男だった。その男が、立ち去ってゆく女性に目を向けていた。最初、男のその表情にあるのは憐憫《れんびん》と見えたが、つぎにそれは共感だと気づいた。その男は、ちょうど鏡の中の自分を見ているかのように、同情と理解を見せて彼女を見つめていたのだ。

もうひとりは、女性だ。小さな男の子を連れた、三十歳ほどの女。地味なシャツにパンツ姿だ。彼女もいま、立ち去っていった女性を見つめていた。去っていった女性の絶望と悲しみを、まるで自分自身の痛みであるかのように受け取っている顔だった。このひとはどうするの？　この後どうなるの？　と、問うている表情だった。彼女自身は、職安デビューしたばかりの、うぶな失業者と見えた。いや、もしかするといままで働いていた経験さえない女性、つまり失業したことさえない女性かもしれなかった。

波多野はそのふたりの顔をなんとなく胸に記憶して、そのフロアの奥へと進んだ。求人側のための部屋が、そこにあるのだ。

記入カウンターで用紙二枚を取り出して、手早く記入していった。

まず一枚目。配管工の求人票だ。人員は二名。

年齢は十八歳から五十歳前後まで。常傭《じょうよう》。配管・設備工事業務全般。学歴不問。

必要な資格・免許等には、普通運転免許。さらに、重機等関係資格取得者優遇、と記した。

以前は、男性配管工を求む、と書くこともできたのだが、雇用機会均等法以降、求人票には求人の男女別を記す項目は消えた。女性の求職者が、配管工というのは女性向きの仕事ではない、と考えてくれるのを期待するしかない。

でも、もし頑健な身体を持った女性が応募してきたなら、それはそれでいい。とにかくいまは、人手が欲しいのだ。作業に耐えられる身体を持っているなら、男か女かということはもちろん、あとのことにもほとんど条件をつけない。見習いとして応募してくれるのでもよかった。

賃金の記入欄には、見習いのための賃金から、五十歳経験者に支払いうる賃金までの数字を記入した。幅はあるが、まさか十八歳の少年が、自分がそこに記された賃金の最高額をもらえるとは思うまい。

ついでもう一枚は、賄い婦の求人票だった。こちらもつい、女性の求人、と考えてしまいたくなるが、その能力があるのであれば、男女どちらでもかまわないと考えなければならない。つまり正しくは、調理係なのだ。賄い婦ではない。

こちらの募集人員はひとり。季節雇い。

職種は、調理と宿舎・事務所雑務全般。学歴は不問。経験者優遇。宿舎入居可。

年齢の欄も、不問、と記入した。正直なところ、作業員の宿舎に若い女がいると、トラブルが起こる。ほんとうなら五十歳以上とでも制限をつけたいところだった。ま、応募者も、職種を見たところで、これは年配女性向きの仕事と考えてくれるだろう。

一瞬、去った妻のことを思い浮かべた。彼女はとりあえず自分の仕事を確保したうえで別居に踏み切ったが、もしその仕事を失った場合はどうなるだろう。彼女は運転免許はあるし、事務員として働いていた時期もある。しかしいま五十二歳だ。つぎの仕事を見つけることは、そうとうに困難なはずだ。このような職種以外には、就ける仕事はかぎられてくるだろう。

自分自身になりたい、という希望をかなえるためには、彼女は経済的にも自立していなければならない。皮肉ではなしに波多野は思った。彼女はずいぶん苦しい道を選びとったことになる。それでも選択すべきだ、という彼女の判断は、ほんとうに妥当なものだったのだろうか。

そこまで考えてから、思い直した。

それとも、それほどまでにこのおれが、耐えがたいものだったのか。

書き終えた求人票を窓口に出し、ふたつみっつ係員の質問に答えた。このあと事業所登録のほうと照合され、問題のない求人であることが確認されると、この求人は正式に職安の求人票となって、求職者の閲覧に供されることになる。たぶんきょうの午後から、PC上にアップされることだろう。

波多野は、求人票の提出がすんだところで、職安を後にして、西《にし》18丁目《ちょうめ》の地下鉄駅へと向かった。

この日は、波多野は札幌市の西、手稲《ていね》にある事務所を、現場に向かう社員の車に乗って出たのだった。JR手稲駅で降ろしてもらってJRに乗り換え、札幌市役所でひとつ用件をすませて、それから札幌公共職業安定所にきた。いつもとちがって、車は使っていない。そもそもこの職安には駐車場がなかったから、車でくるとかえって不便だったのだ。

西18丁目駅に通じる階段を降り、改札を抜けて、プラットホームへと出た。まだ昼前というこの時間帯は、地下鉄も空いている。プラットホームには、合わせて十数人のひとの姿しかなかった。波多野はプラットホームを、乗る列車の進行方向へと歩いた。録音された女性
プラットホームの天井から下がる表示板に、電車接近のサインが出た。

の声で、あぶないですから白線の内側までお下がりください、との注意のアナウンスがあった。プラットホーム上のひとが、みな少しだけ前に出た。

そのとき、目の前のベンチからふらふらと立ち上がった女がいた。すぐに気づいた。さっき職安で見かけたあの中年の女性だった。放心したような表情で、ホームの端へと近づいて行く。波多野の胸が、ふいにざわついた。この表情は、ただごとじゃない。

つぎの瞬間だ。女はプラットホームの端から、前のめりに倒れるように走行路に落ちた。あっと声こそ出さなかったが、波多野は動いた。

プラットホームの端まで駆けて、下をのぞきこんだ。札幌の地下鉄は、レールを使わずに、車両をゴムタイヤで走らせるシステムである。通常、線路のある部分はコンクリートの走行路で、その真ん中に、鉄板を立てたような案内軌条が通っている。女は、その案内軌条のあたりに胸を載せ、走行路に横たわっていた。

感電していないか。波多野は、軌条には電流が流れているのだったかどうかを考えた。いや、こんな場合を想定して、この軌条にはマイナス側の電流しか流れていないはずだ。

左手から、列車の接近音が近づいてきた。波多野は、プラットホーム左手に向けて叫んだ。

「落ちた！　停めてくれ！　合図してくれ！」

言いながら、判断していた。

まだ列車は、駅構内にまでは入ってきていない。いま自分が走行路に飛び込んで女を引っ張り、プラットホームの下、ちょうど軒下のような部分に女を引っ張り込むことはできる。自分も助かるだろう。まだだいじょうぶだ。

プラットホームが騒がしくなっている。

「落ちた！」

「ひとが！」

「停めろ！」

誰かが叫んだ。

「駅員さん、停めて！」

そんな声を聞きながら、波多野はいったんしゃがみこみ、プラットホームの床に手をついてから、走行路に降りた。案内軌条を伝って、列車の接近音が聞こえてくる。次第に近づいてくる。

波多野は、倒れたままの女に手をかけた。引き起こそうとしたが、持ち上がらなかった。女は案内軌条に手をかけているのだ。助け起こされるのを拒んでいるようだった。

ひとりでは無理だ。

姿勢を直してから、もう一度女を抱き起こそうとした。両肩に手をかけて、無理に案内軌条から引きはがそうとしたのだ。小柄と見えた女だったが、重かった。

ひとりでは無理だ。

そのときだ。目の前に男がひとり、飛び下りてきた。さきほど職安で見かけた、ポロシャツの男だ。男はすぐに女の向こう側に回り、肩の下に手を入れた。いまだ。波多野も力を入れて女を引っ張り上げた。女の身体は、男ふたりの力でようやく持ち上がった。

プラットホームの下に引っ張り込もうとしたが、ポロシャツの男は、女の身体をなお持ち上げようとする。プラットホームの上に、女を押し出そうとしているようだ。

列車の接近音はいよいよ近づいた。先頭車両はもう駅構内にかかるだろう。

「停めて！」

「ひとがいるんだ！」

そんな叫び声が聞こえる。女の悲鳴のような声も上がっていた。

波多野は女の身体をなんとか自分の肩の上にまで挙げて、ぐいとプラットホームに押し出した。誰かがその女の両腕をつかみ、そのまま引っ張ってゆこうとする。引っ張っているのは、女性だった。

ありがたい。

波多野は両手で中年女性の身体をぐいぐいと押した。

甲高い擦過音のような音が聞こえてきた。列車が急制動をかけたようだ。ウオーンと、警笛が鳴った。

さ、自分もプラットホームに。

片足をかけたところに、後ろから力が加わった。ポロシャツの男が、波多野の尻《しり》を押してくれたのだ。

プラットホームの上から、二本の手が差し出された。女の手だ。いましがた、飛び込んだ女を引っ張り上げた女の手。その手が自分を引っ張り、プラットホームの下からは、ポロシャツの男が押している。つぎの瞬間、波多野の身体は浮いて、プラットホームの上に転がった。

すぐ立ち直って、ポロシャツの男を引っ張り上げようとした。男は、プラットホームの下でためらっていた。手を、中途半端に伸ばしてくる。まるで、そこに思い出したくないものでも見てしまったかのようだ。

男は、腰を引こうとした。走行路にそのままとどまろうとした。列車はもう、駅構内に入ってきている。急制動をかけていた。ガリガリ、ギイギイと、耳障りな激しい摩擦音がこだましている。コンプレッサーからは、激しい調子でエアが抜けている。警報は気が狂ったように鳴り続けた。波多野は、腰を引いて逃げようとする男の手をつかんだ。男は、その手を振り払って逃れようとした。

引っ張られて落ちる。

そう戦慄《せんりつ》した。そのとき、誰かが自分の腰に抱きついてきた。

「誰か、誰か、助けて！」

そう叫んでいる。女だ。いま自分たちに協力してくれた女。その女が、波多野の転落を防ごうとしてくれている。

その場に、ようやく何人ものひとが駆けつけてきた。腰や背中に、幾人ものひとの手がかかってきた。波多野の身体は、何人もの力で強く引っ張られた。波多野は、ポロシャツの男の手を離さなかった。ごつんごつんと前のめりになるように接近してきた。

先頭車両が、ごつんごつんと前のめりになるように接近してきた。

男の身体がプラットホームの端にかかったところで、駆けつけてきた男たちのうちの数人が、ポロシャツの男の身体をつかんだ。ポロシャツの男は、ずだ袋が扱われるように、力まかせにホーム上に引っ張り上げられた。

波多野は尻餅《しりもち》をついてうしろにひっくりかえった。五、六人の男女がわっと近寄って、波多野の身体をさらにプラットホームのうしろへと引っ張った。つぎの瞬間、列車が目の前に滑り込んできた。もう慣性も失われようとしているところだった。列車は、どんと鈍い衝撃音を立てて停まった。

波多野は身体をひねって、周囲に目をやった。

走行路に飛び込んだ女は、いまホーム上で横座りになって、頭を抱え込んでいる。両手の指のあいだに赤いものが見えた。血を流しているようだ。飛び込んだとき、どこかに傷をつけたのだろう。

ポロシャツの男は、ホーム上で四つんばいだ。はあはあと荒く息をしていた。

振り返って、助けてくれた女を探した。彼女は波多野のすぐうしろで、ぺたりと床に腰をおろしている。

こちらも、職安で見た顔だった。彼女も呼吸が荒かったが、力を使ったからというよりは、危機一髪の場に居合わせた衝撃のせいだろう。波多野と目が合うと、女は控えめに微笑んだ。泣きべそ顔になったようにも見えた。目には、涙が浮かんでいる。女の横にはぴったりと、小さな男の子がくっついていた。

プラットホームは騒然としている。列車の運転士が、まるで怒っているかのような目を波多野たちに向けてきた。

そこに駅員が駆けつけてきた。手に、トーチのようなものを持っている。

駅員は、波多野たちの前で立ち止まると、飛び込んだ女に指を向けて言った。

「事務所にきてください」

波多野は立ち上がった。ホームに引き揚げられた男も、のっそりとその場に立ち上がった。

駅員は、波多野と、その男に顔を向けて言った。

「みなさんも、きていただけますか」

「なんです？」と波多野は訊《き》いた。「助かったんだし、もういいでしょう？」

「わかってますが、事情を詳しく知りたいんです」

子供連れの女が立ち上がって、その場を立ち去ろうとした。

駅員はあわてたように叫んだ。

「あなたも、いらしてください」

女は、怪訝《けげん》そうな顔で駅員を見つめて立ち止まった。

プラットホームの上のフロアにある駅長事務室で事情を訊かれた。落ちた女のほうは、別室に連れてゆかれた。顔に怪我をしているとのことで、救急車も呼ばれたという。

駅員たちの関心は、女は飛び込み自殺をはかったのではないか、ということのようだった。もしそうだとしたら、札幌市交通局の側の対応も、事故の場合とはちがったものになるようだ。列車の運行を妨害したと、損害賠償でも請求するつもりなのかもしれない。

波多野は慎重に答えた。

「ベンチから立ち上がって歩き出して、そこでめまいでもしたような感じだった。立ちくらみみたいな。急にふらふらと足から崩れるみたいに倒れたんです。ホームの端に近かったんで、倒れたらそのままホームの下に落っこちた」

波多野と一緒に女を助けた男は、口数が少なかった。

「自分は見ていない」と男は答えた。「騒ぎ声がするんで、見たらもう女のひとが、ホームの下に倒れていた。だからわたしも飛び下りて、こちらのひとと一緒に助け上げた。それだけです」

子連れの女は言った。

「わたしも、あの女のひとが落ちたところは見ていません。こちらのかたたちがホームの下に飛び下りて助け上げようとしたので、わたしもとっさに上から手を出して引っ張ったんです。電車がもう駅にかかっていましたから、何も考えていませんでした。女のひとが落ちたときの様子は知りません」

　十五分ほど事情を訊かれたあと、駅員は波多野に言った。

「札幌市のほうから、人命救助ということで、感謝状を送ることになるかもしれませんので、お名前と連絡先を教えていただけますか？」

　波多野は、名刺を一枚出して駅員にわたした。

　ポロシャツの男は、駅員が差し出したメモ用紙に数行記した。

　子連れの女は、旅行中だから、と首を振った。駅員は、それでもかまわないから、と言う。女は少しためらいを見せてから、やはりメモ用紙に何か記した。自分の名前と連絡先だろう。

　駅員は言った。

「きょうは、ご協力ありがとうございました。人身事故にならなくて、ほんとによかった。もう、お引き取りくださってけっこうです」

　波多野は、なんとなくほかのふたりのことが気になった。職安で見たふたりだ。彼らは、きょうは仕事を見つけることができたのだろうか。条件の合った求人票を発見できたのだろうか。

　波多野は折り畳み椅子から立ち上がり、ふたりのほうに意識を向けながら駅長事務室を出た。そのとき、胸ポケットに入れた携帯電話が鳴り出した。取り出してオン・スイッチを入れると、きょう出がけに車で送ってくれた社員からのものだった。

「事務所に戻っていないというので、電話しました」社員は言った。「いまどちらです?」

波多野は、事情を簡単に説明してから言った。

「車、こっちに回せるか。回れるんなら、拾ってくれ」

「ええ。近くですから」

「地下鉄西18丁目の駅」

「十分以内で着きます」

携帯電話を切ると、波多野は振り返った。ポロシャツの男と、子連れの女に、声をかけるつもりだった。仕事を探しているなら、話を聞いてもらいたかった。

ポロシャツの男が改札口のほうに歩いてゆくので、波多野は追いかけて声をかけた。

「きょう、職安にいたひとだよね」

男は、とまどったように立ち止まった。それがどうかしたか、と言っているような顔だった。

波多野は続けた。

「波多野と言うんだ。わたしも行ってた。二階で見かけた」

あの子連れの女も事務室から出てきて、足早に改札口のほうへと向かった。

波多野は、女にも声をかけようとした。

そのとき、ポロシャツの男が言った。

「さっきはどうも、ご迷惑をおかけしました。助けてもらった」

波多野は、また男に視線を戻した。いましがたのことが思い出された。この男が、波多野の手を振り払ってそのままプラットホームの下にとどまろうとしたこと。

波多野は訊いた。

「さっきはどうしたんだ？　助かりたくないのかと思ったよ」

子連れの女は、地下鉄駅の改札を通って、再びプラットホームに出ようとしている。声をかけるには、もう遠くに行き過ぎた。波多野は、女を呼び止めるのはあきらめた。

ポロシャツの男は、波多野の目を見ずに言った。

「いや、そんなことはないんです」

「間一髪だった」

「ええ。そうですね」男は話題を変えてきた。「あの女のひとも助かって、ほんとうによかった」

「そうだね」同意してから、波多野は気になっていることを訊いた。「わたしは求人票を出しに行ってきたんだけど、仕事を探してるのかい？」

男は小さくうなずいた。

「職安に行く用事ですからね」

皮肉屋だ。しかし、その皮肉はあまり上手ではない、と波多野は思った。

「仕事は見つかりそうかい？」

「さあ、かんばしくないですけど」

「失礼だけど、以前はどんなお仕事を?」

「土木関係です。土木施設の設計」

「ああ、そういう方面なら、求人は多いでしょうに」

「いや、さっぱりです。四つ面接を受けたけど、決まらなかった」

「そうかい? やっぱり公共事業削減の影響かね。もうひとつ失礼なことを聞きますが、失業保険はいつまでです?」

「あと一回」

波多野は、ふいに思いついて提案した。

「つなぎで、うちでアルバイトする気なんてないかな。うちは、配管設備の工務店なんだけど」

ポロシャツの男が黙って波多野を見つめ返してくるので、波多野はあわてた。

「いや、失礼なことを言ってしまった。申し訳ない。土木の専門家にする話ではなかった。すみません」

「いや、いいんです」男の顔が柔和なものになった。「現場の仕事ですよね」

「そう。ガテンの仕事だ」

「似たようなものです。図面を引くのが仕事でしたけど、現場にも慣れてます」

「大型特殊の免許は持ってる?」

「いえ、持ってない。なしでは、無理ですか」

「仕事の種類はいろいろだ。本職の仕事が見つかるまで、働いてもらえると助かる」

「日給ですよね」

「そう」

「日払いでもらえますか。毎日、仕事が終わったときに」

「ああ、それならかまわない。どうだい、いま、ここにうちの車が迎えにくることになった。なんなら、事務所に行って話さないか」

いいですよ、と男が答えたので、波多野は先に立って歩き出した。

男は、真鍋篤という名だった。

三十二歳とのことだが、肌の感じでは、もう少し年上と言われても納得できそうだった。肝臓が弱っているのか、全体に黒ずんでおり、乾いていて、皺《しわ》が多かった。

真鍋が履歴書を持っていると言ったので、アルバイトの採用には必要ないと思いつつも、読ませてもらった。

履歴書によれば、出身は北海道の帯広《おびひろ》市で、帯広に両親が健在だ。東京の私立大学の工学部で、土木工学を専攻した。

資格として、つぎの五つが記されている。

測量士
一級土木施工管理技師

一級管工事施工管理技師
ダム管理主任技術者
コンクリート技師

波多野は思わず口にしていた。

「おいおい、うちでアルバイトなんかに使えるひとじゃないな」

ちらりと真鍋の反応を見たが、彼は無言だ。得意そうでもなければ、照れるでもない。あたりまえのことを聞いたという様子だった。

波多野はもう一度履歴書に目を落として、先を読んだ。

真鍋は、大学を卒業後、札幌に本社のある建設会社に入った。北海道では有数のゼネコンである。翌年から函館の支社に赴任、五年間勤めた後、三年前にやはり札幌に本社のある別の中堅の建設会社に移り、さらに一年と少し前に、ゼネコンの下請けの小さな工務店に移っていた。何が理由だったのかは知らないが、垂直方向の、それも下への移動だった。仕事は、最初の会社ではもっぱら小規模の橋梁《きょうりょう》の設計に関わり、その後は道路でも堤防でも、土木工事に関わることならどんなものについても図面を引いたという。

「もったいない履歴だな」と波多野は感想をもらした。「またいい仕事が見つかるよ」

真鍋は、同意も否定もせずに、かすかにうなずいただけだった。

真鍋の住まいは、札幌市の北区《きた》のアパートだという。波多野の設備工務店は札幌市手稲区稲穂《いなほ》にあるから、公共交通機関で通うとなると、多少不便である。

それを言うと、真鍋と名乗った男は言った。

「ま、長い期間のことじゃないでしょうから」

波多野は訊《き》いた。

「ご家族は？　独り身かい」

真鍋はすっと視線をそらして答えた。

「いまは」

「おっと、ばついちか」

「死に別れです」

「死に別れ？」

真鍋は顔を上げた。請うように波多野を見つめてくる。

「あまり、この話題、話したくないんですが」

「わかった」波多野は、真鍋の目に彼自身も制御しかねるほどの哀しみを見たような気がして、あわてて言った。「こういうことは、詮索《せんさく》しないのが礼儀だったたな」

そのとき、波多野は、自分はこの真鍋という男を以前にも見たことがあるような気がした。確かに知っているという感覚がある。波多野と真鍋の人生には、多少接点がないではない。どこかの工事現場ですれちがったのだろうか。自分は配管設備業者として、相手は工事全体の施工管理技師として。

思い出せなかった。

波多野は立ち上がり、事務所の外を案内することにした。

この手稲の山裾《やますそ》近くにある本社事務所の敷地には、事務所と資材倉庫が建っていた。敷地全体は六百坪ほどの広さで、敷地の裏半分は土場である。土場には配管工事に使う金属パイプや土管が雑然とまとめられており、小型のパワーショベルなど、工事用の重機置き場にもなっていた。奥にプレハブの宿舎があって、ここの二階にいま、臨時雇いも含めて五人の作業員が住んでいる。一階は食堂と台所だ。全体にけっして美しくはない、殺風景な職場環境だった。

波多野は、事務所の周囲を指さしながら言った。

「常時十人前後働いている。現場は、いつもふたつか三つは抱えているな。その日によって、あんたに行ってもらう場所はちがうと思う」

土場のほうに案内したとき、真鍋が奥のプレハブの建物を指さして訊いてきた。

「そこは?」

「宿舎。夏場は臨時雇いもいるんで、五人入ってる。冬になると、二、三人しか残らないが」

いまどき、波多野工務店ほどの規模の設備業者で、寮を持っている企業は少ない。従業員は自分の家なりアパートから自家用車で通ってくるというのがふつうなのだ。波多野工務店でも、従業員の半数は自宅からの通いである。

しかし、従業員を定着させるためには、寮が必要だというのが、波多野の信念だった。

もともと従業員の流動性の高い職場なのだ。賃金には相場があるし、勤続年数は収入増には直接つながらない。若い男たちの嫌がるきつい仕事であり、女の子にもてる職種でもない。となると、従業員の定着率は低くなる。業界全体、年々必要な数の従業員を確保するのが難しくなっている。

その対策として波多野工務店ができることは、寮を持つことぐらいだった。独身の従業員に家賃の心配をさせずに、毎日毎日、きちんと手のかかった食事を食べさせてやること。そのことで、従業員を引き留めることだった。

それに、もともと波多野自身、大家族が好きだった。もちろん会社組織は擬似的な大家族にすぎないが、それでも波多野は、従業員たちと一緒に寝起きして食事をとり、一緒に働くのが好きだった。大きな家族の中で父親となることが、自分の幸福でもあった。妻にはついぞ理解されなかった感覚だ。妻と別れることになった根源的な理由は、そのあたりにあるのかもしれない。

真鍋が訊いた。

「飯は出るんですか？」

「出してる。なんなら、あんたも入るかい？」

「ぼくは、アルバイトですから」

「ま、その気になったら、ってことだ」

事務所に戻ると、波多野は言った。

「明日は、汚れてもいいような服できてくれ。ツナギの作業服は貸してやるけど、お洒落《しゃれ》な格好はできない」

「足元はどうします？」

「貸すさ」

「お昼は？」

「自分持ち。現場近くのコンビニで、弁当でも買ってくれ」

「何時にくればいいんですか」

「八時だ。現場には八時半に入る」

「八時ですか」

「寝坊助なのか？」

「失業してからは、朝はゆっくり起きてますんで」

「ここに八時にこないと、置いて現場に行ってしまうからな。遅刻はしないほうがいい」

「そのつもりですよ」

波多野は、帰路のバスの路線と停留所を教えて、事務所から送り出そうとした。そのときまた思い出した。自分は確かに、この男の顔に見覚えがあるという感覚。

波多野は訊いた。

「なあ、真鍋さん。おれはあんたにどこかで会ったことはないかな。あんたの顔にも、名前にも、なんとなく知ってるという感じがするんだ」

真鍋は立ち止まって逆に訊いた。

「きょうの職安のことじゃなく？」

「ずっと前だ」

「七、八年前、何度かニュースに出てるんです。それじゃないでしょうか？」

「ニュース？　何か事故でも起こしたのかい？」

真鍋はとくに激しい感情は見せずに言った。

「女房子供を殺されたんです。判決が出たころも、何度かテレビには映ったかもしれません」

「あ」と波多野は思い当たった。「あの函館の事件か？」

ぼんやりと記憶にある。たしか地下鉄サリン事件が起きたころ、函館であった殺人事件だ。若い母親と赤ん坊が、強盗に襲われて殺されたのではなかったか。しばらくして犯人は捕まったが、十七歳の少年とのことだった。やがてその少年の処分をめぐって少しまたニュースがあり、そのときに何度も真鍋の顔がニュースに映った。確かにこの顔だった。

「ええ。あのときの夫っていうのが、ぼくですよ」

「すまん。またすまんことを訊いたな」

「あまり、ひとには言わないでください」

「わかってる」

波多野が立ったままでいると、真鍋はチノパンツのポケットに片手を突っ込んで、波多野の配管設備工務店の敷地を出ていった。

翌朝、真鍋は、八時五分すぎに車で事務所に現れた。ちょうど現場に向かう車が三台、立て続けに発進してゆこうとするところだった。波多野はそのうちの一台を停め、チーフ格の作業員に真鍋を紹介してから、送り出した。最初の日なのだ。道にも慣れてはいまい。このくらいの遅刻は許せる範囲内だ。それになんたってアルバイトなのだし。

むしろ、と波多野は、駐車場を出て行くワゴン車を見送りながら思った。やつが張り切りすぎることのほうが心配だ。配管工事の作業は、けっして楽な肉体労働ではない。ひんぱんに休みを取って、筋肉をごまかしごまかしやらなければ続けられないものなのだ。若い新人などは、たいがい数日で筋肉痛を訴える。慣れない中年男なら、腰を痛める。真鍋は、さほどひ弱い身体のようには見えなかったが、失業していたということは、通勤で使うほどにも筋肉を使っていないということだ。へたをすると、夕方、真鍋はへとへとになって事務所に戻ってくることになる。

それから一時間後、九時すぎに、事務所に電話が入った。女性の声で、職安の求人票を見たのだが、というものだった。

その声は、昨日も地下鉄西18丁目駅の駅長事務室で聞いたものだった。

波多野は確かめた。

「もしかして、昨日地下鉄駅で一緒になったひとかい。女のひとを助けたひと」

「え」と相手は驚いたようだった。「あそこにいらしたかたですか」

「あのときの親爺《おやじ》だよ。あんたに身体を引っ張ってもらった」

「あのひとだったんですか。わたしは、いま求人票を見たばかりなんですが」

「調理係に応募なんだね」

「ええ。もう決まりました？」

「あんたが最初の電話だ。面接にこられるかい？」

「はい、うかがいます。ひとつだけ、電話で確認してもかまいませんか？」

「なんだ？」

「宿舎入居可とありますが、入れますか？」

「ううん」波多野はうなった。年配の賄いのおばちゃんなら、同じ敷地内のプレハブにでも住めるだろうが、あの年頃の女性が、若い男性作業員たちのそばで一緒に暮らすというのはどうか。「住む場所はある。ただ、若い女のひとが住めるような環境じゃないよ」

「え、どうしてです？」

「汗くさい男たちの中で暮らすんだよ。いろいろ厄介なことが出そうだなあ」

「わたしは気にしませんが」

「あんたはともかく、男たちがなあ」

女は、かなり落胆したようだった。

「そうですか。宿舎は無理なんですね」

波多野は言った。

「いや、まずいらっしゃい。昨日のこともある。まったくの見ず知らずのひとじゃない。こっちへきて、じっくり話そう。どうだい」

「はい」

波多野は、五十代の女性事務員に電話を代わって、事務所までの交通機関と道順について説明してもらった。女は、一時間後にはこちらに着くだろうとのことだった。


女は、きょうも子供連れだった。五歳くらいの男の子が、少し不安げな表情で、女の腰に手を回している。

女は、昨日同様に、地味なパンツとシャツ姿だ。顔にはいくらか疲労のようなものが現れている。こめかみに、かすかに汗が浮いていた。化粧気はほとんどなく、髪も染めていない。波多野の粗末なスチールデスクの前にきて、かなり緊張を見せている。

「ま、座りなさい」と、波多野は応接セットを指さした。

事務員にお茶を出すよう指示してから、波多野自身もソファに歩いて腰をおろした。

波多野は女を見つめて言った。

「昨日は、たいへんなとこで遭遇したね」

女はかすかに頬をゆるめた。

「きのうのひとのところに、面接にくるとは思っていませんでした」

「あんたのおかげで助かった。わたしも、あの真鍋くんも」

「真鍋って？」

「昨日一緒に助けた彼だ。彼も、きょうからうちでアルバイトということになった」

「あ、そうなんですか」

「何かのご縁だろうと思ってね。もうきょうから、現場に行ってるよ」

女は、バッグから履歴書を取り出してきた。バッグといっても、高級品ではなかった。スーパーマーケットに買い物に行くとき持ってゆくような、ナイロン地の買い物袋。その買い物袋の中には、大量の着替えや書類などが入っているようだ。波多野は、昨日地下鉄に飛び込もうとした中年女のことを思い出した。あの女も、両手にこれが全財産とでも言わんばかりに、ぎっしりと荷物を詰めていた。いや、じっさいそれが、所有物のすべてだったのだろう。いま目の前にいる女にも、なんとなくそれらしい雰囲気がある。大事なものはみな抱えて持っている、という様子だ。

履歴書を開いて、女の名がわかった。

門脇祐子
年齢は三十一歳だ。

函館市に近い江差町に実家があり、函館の短大の家政科を出ていた。

仕事の経験は、函館の倉庫会社の一般事務が二年だけだ。普通運転免許を持っているほ

住所は、札幌市内中央《ちゅうおう》区となっていた。（仮）と記されている。そこが自分の家庭では

ないような書きかたに見えた。

家族欄のところは、子供の名前だけだ。

門脇晴也

彼は五歳だ。

波多野は履歴書から顔を上げて訊《き》いた。

「ええと、ご家族はお子さんだけということか？」

門脇祐子は、やはりその質問がきたかという表情になって言った。

「別居しているんです」

「あ、そうですか」

否応《いやおう》なく思い出してしまうのは、妻のことだ。あなたと夫婦という単位でいることはもう無理と家を出ていった妻。この女も、同じような理由で家を出たのだろうか。

どう言葉を継いだらよいものか迷っているうちに、女が言った。

「あの、わたしは別居していて、子供連れです。なんとか仕事と住む場所が必要なんです。別居中では、使ってはいただけませんか？」

「そんなことはないけど、調理の経験は？」

「仕事ではありません。でも学校では、お料理は好きな課目でした。わりあい得意なほう

です」

「こちらも、フランス料理ができるひとを求めているわけじゃないんだ。ごつい作業員相手に、腹一杯食わせてやればいいんです」

「家庭料理ということでしたら、できます。お仕事は、お料理だけですか？」

「日中は、事務所のほうの仕事もちょっと手伝ってもらいたいんだ。だから、職種は、調理のほか、宿舎と事務所雑務全般ということになる。時間は、朝六時半ころから、途中休憩を入れて、トータルできっちり一日八時間以内」

「事務所の雑務というのは、経理とか、そういう仕事じゃありませんよね。わたしは、経理はできません」

「事務のひとの補助です。電話番の仕事もあるかもしれない。掃除や、お茶くみも」

「それと、もうひとつ、聞かせてください。求人票には、季節雇いとチェックされていました。どのくらい働けるものでしょうか」

「十二月までお願いするつもりだ。半年間。でも、あなた、ほんとうはもっと働きたいんじゃないの？」

「ええ。でも、まず住み込みで働けるところを探すことが先決なんです。半年先には、また仕事を探します」

「なら、ちょうどいいか。問題は、住むところだな」

「宿舎があるんでしょう？」

「ええ。ありますが、門脇さんはその若さだ」

「三十一です」

「十分に若いよ。男たちと同じ屋根の下じゃまずいな。うちの若い連中、浮わついてしまう。それが心配だ」

「男性と一緒なんですね？」

「空いてる部屋はね」

門脇祐子は顔を曇らせた。それがどんなことを意味するか、想像できたような顔だった。

「いや、待てよ」波多野はひとつ思いついた。札幌市手稲のこのあたり、似たような業種の事業所が集中しているが、中には使わなくなった作業員宿舎を持っている業者仲間もいる。近所に、この門脇母子が住む場所を見つけることは、そんなに困難ではないはずだ。

「なんとかしましょう。汚いところでもいいかな？」

「かまいません。狭くても、親子ふたり住めるんであれば。あの、使っていただけるということでしょうか」

「門脇さんさえよければね。昨日のことで、あんたがどういうひとかはもうわかっているつもりです」

門脇祐子は、安堵《あんど》の表情を見せた。

「よかった。路頭に迷いかけていたんです」

「お子さんは、どうしましょう。お母さんが働いているあいだ、このあたりで遊ばせておくわけにもゆかないね」

「あの、この子は手のかからない子です。ここが職場ということでしたら、わたしが仕事をしているあいだは、おとなしくひとりで遊んでいると思います。機械を相手にするような仕事では無理ですが、そばにおいておくことはできませんか？　正直言いますと、保育園に送り迎えしながら働く余裕はありません」

「だいじょうぶでしょう。いま言ったように、宿舎の朝晩の飯を作るのと掃除、日中はちょっと事務所のほうの雑用をしてもらうだけだから。無理なようなら、また考えてもいい」

「ありがとうございます。では、いつから働いたらいいでしょうか」

「うん。なんだったら、明日から働き始めてもらってもいい。いまは、ふたりのパートのおばちゃんに交替できてもらってるんだけど」

「あの、わたしは住民票を持ってきていません。あわただしく別居してしまったものですから。そういうことって、採用の場合、困ることになるでしょうか？」

「住民票がない？」

「はい」

「移せない？」

「あの、ちょっと複雑な問題があって、うちには戻れないんです。転出証明を出してきたくないものですから」

「転出証明を出したくない？」

その場合はどうなるだろう？　ふつうは、源泉徴収、雇用保険なども、住民登録のある住所で手続きすればよいのだが。

波多野は言った。

「半年だけのことですから、それでいいと思いますが、いつかは住所をこっちに移したほうがいいんじゃないのかな。どっちみち、別居なんでしょう？」

門脇祐子は、ちらりと晴也という男の子に目を向けて言った。

「晴也、ちょっと外で遊んでこない？」

波多野はすぐに察して言った。

「坊や、そういえば表に、野球のボールとグローブがあるぞ。遊んでこないか」

晴也はまばたきし、ゆっくりと門脇祐子のそばから離れた。遊んでこない？　という言葉が、ここにいるな、という指示であることを理解した目だった。

晴也が事務所の外に出てゆくと門脇祐子は言った。

「夫に、わたしがいま住んでいるところを知られたくないんです」

「どうしてか、聞いていいかな」

「はい」ためらいがちに、門脇祐子は言った。「わたしは、夫の暴力から逃げてきたんです。うちは旭川なんですが、いま、札幌のシェルターにいます」

「シェルター？　防空壕《ぼうくうごう》？」

「わたしみたいな女のひとのための避難所です。駆け込み寺」

「ああ、そう言ってもらえればわかる」

「長居はできないんです。住む場所があるなら、出ていかなくちゃなりませんが」

「ご亭主には、引っ越し先も知られたくないのか」

「はい」

「暴力を振るわれる？」

「ええ」

波多野はまた、出ていった妻のことを思い出した。この門脇祐子が嘘を言っているとは思わないが、妻もどこかでいまごろ、自分の別居の理由について、夫が暴力が振るうからだ、と言ってはいないだろうか。

「ま、法律上、多少問題はあるかもしれないが、いつかは解決することなんでしょう？」

「ええ、たぶん」

「なら、当面はかまわんでしょう」

「わたし、保証人もいません」

ちょっと言葉に詰まってから、波多野は言った。

「それは別に条件にはならない。正社員じゃないんだし、こういう職場だしね」

「ありがとうございます」

波多野はそのあと、知り合いの建設資材業者のところに電話をした。やはり札幌市手稲のこのエリアに、事務所と倉庫を持って営業している男だ。相手が出たところで、波多野はあいさつ抜きで、空いている宿舎はないか、と訊《き》いた。ひとり、宿の必要な従業員がいるんだが。

まったく当てずっぽうに訊いたわけではなかった。たしか、空いている部屋があるとか言っていた。しかも、彼の事務所がある場所は、ここからほんの三百メートルほどなのだ。記憶どおりだった。相手は答えた。古いほうの倉庫の横に、プレハブの住宅がある。以前、倉庫の管理人が住んでいた部屋だ。六畳と台所、ユニットバス付き。一万二千円。

「金を取るのか」と波多野は訊いた。「それだけの部屋なのかい？」

「いまスーパーハウスをリースすること考えたら、安いものだろう。一日四百円だぞ」

一万二千円、経費で落とせる。あの門脇祐子の賃金から差し引くまでもないだろう。

「ただし」と相手は言った。「倉庫は来年夏で壊す。更地にして売るんで、そのつもりでいてくれ」

「いいだろう」

波多野は電話を切って門脇祐子に言った。

「近所に、部屋がある。アパートじゃなくて、倉庫の管理人のプレハブなんだけど、見てみる気はあるか？」

門脇祐子は、心配げに訊いた。

「お家賃は、おいくらぐらいなんでしょうか？」

「そこでいいって言うなら、いらない」

「ああ、それならぜひ見せてください。ぜいたくは言いませんので」

三百メートルの距離を、波多野は事務所の軽自動車で移動した。

そこは住宅街ではなく、いわば軽産業地域に分類されるエリアだった。建設業者や各種の設備業者、生コンクリート工場、各種資材会社などが道沿いに並んでいる。もちろん、多少の住宅もないではなかったが、全体の雰囲気はかなり殺伐としたものだった。

目指す住宅は、資材会社の裏手に建っていた。電話で話した相手が、その前に立っている。波多野とは同年配、松井《まつい》という男だ。波多野が車を降りると、松井は軽自動車に目を向けて、おや、女かい、という表情になった。

波多野は言った。

「賄いを頼むひとだ。予想より若いひとがきてしまった」

「それじゃあ、たしかに宿舎が別にいるな」

「子連れで、わけありなんだ。安いとこが必要でな」

「一万二千は、大サービスだぞ。光熱費は自分持ちでいいよな」

「そのつもりだ」

松井がそのプレハブ住宅の戸を開けたところで、門脇祐子が息子の晴也と一緒に軽自動車を降りてきた。松井が振り返り、門脇祐子を見て、少し感嘆の表情となった。松井の思う、賄いのひと、というイメージとは少しちがっていたのかもしれない。

プレハブ住宅の内部は、多少汚れてはいたが、傷んでいるというほどでもない。キッチンの部分は土間になっており、隅に小型の灯油ストーブが設置されたままだ。奥が一段高くなって、畳敷きの和室。押し入れが一間ぶん。それに小さなユニットバス。什器《じゅうき》は何もない。冷蔵庫も食卓も食器棚も。布団もなかった。

波多野は門脇祐子に訊いた。

「布団は、うちの宿舎にも古いのが二、三組ある。それを使えばいいだろう。どうだい、ここは？」

門脇祐子は言った。

「はい。もう十分すぎるくらいです。使わせてください」

晴也が、室内を見渡してから、門脇祐子を見上げて訊いた。

「ここに住むの？」

門脇祐子は言った。

「そうよ。お母さんと晴也は、ここで暮らすことになったの」

「いつまで？　こんどはずっと？」

「ずっと長く。もうしばらくは、引っ越しはしないわ」門脇祐子は、波多野に顔を向けて、弁解するように言った。「家を出たあと、最初は婦人相談所に行って、それからまたシェルターに移ったりしていたものですから、落ち着かなかったんです」

松井が横から言った。

「なるほど、わけありなんだな」

門脇祐子は、松井に頭を下げながら言った。

「お借りします。よろしくお願いします」

松井の頬が少しゆるんだ。門脇祐子の境遇に同情したのかもしれない。あるいは、三十一歳のわけありの人妻に、なにかしらの好奇心を抱いたのか。松井は言った。

「いらん冷蔵庫とか、テーブルとかあるんだ。持ってきてやるよ」

「ありがとうございます」

波多野は、横でうなずきながら思った。

とにかく、今回のひと探しは、職安に行って翌日には、ふたり決めることができた。まあまあの成り行きだ。あとは、真鍋という男が、少し長く働く気になってくれたらいいんだが。


門脇祐子は、このシェルター付きの運営委員のひとりである大橋信子《おおはしのぶこ》の顔を見つめた。たぶんレズビアンだろう、と祐子は最初に会ったときから思っている。髪は坊主刈りを少し伸ばしたほどで、ショートヘアと呼ぶにしても極端に短い。丸顔で、童顔と言っていい顔だち。身体全体もふくよかだった。アジアの民族衣裳《いしよう》のように、何枚もの薄物を重ねたファッション。下は豹《ひょう》柄のスパッツだ。年齢は、四十歳ぐらいだろうか。

大橋は、祐子の話を聞くと、うなずいて言った。

「そうね。半年働けるんなら、そのほうがいい。ここでいつまでも正社員の仕事口を探しているよりもね。いまはとにかく、働くこと、住む場所を確保することよ。考える時間を持って、男がいないことの安らぎを味わうことよ。あなた、いい選択をしたわ」

「お世話になりました」

「いいのよ。あなたがそれだけ強い自分を持っていてくれて、あたしもうれしい。その歳で見きわめをつけることができたんだもの。まだ十分にやり直せる歳のうちに」そこまで言ってから、あわてて大橋信子は言った。「いえ、もちろん、やり直すのに遅すぎるなんてことはない。思い立ったが吉日よね。でも、やっぱり若いときなら、やり直しの選択肢も広い。あなたは勇気があったわ」

「ほんとうにありがとうございます」

そこは、札幌市の中央区にある、家庭内暴力から逃げてきた女性のための避難所だった。正式の名前は「札幌DV救援ハウス」だそうだが、この名称が建物のどこかに掲げられているわけではない。どこにも、ここが避難シェルターであるとは示されていない。建物自体は、古い木造アパートそのままで、外観からは中にいるのが女性ばかりとは想像できなかった。

ほぼひと月前、祐子は夕刻のJR札幌駅に降り立ち、公衆電話の電話帳を繰って、福祉事務所の電話番号を調べた。福祉事務所以外に、相談すべき機関を思いつかなかったのだ。事情を事務所の別々の相手に二度繰り返して、ようやく先方は、福祉事務所までくるように言ってくれた。

福祉事務所では会議室に招じ入れられ、女性の係員が事情を訊いたあとに、怪我の程度を見せてくれと言ってきた。祐子はシャツの裾《すそ》をパンツの下から引っ張り出し、後ろ向きに立って、パンツを少し押し下げた。腰には、大きな湿布薬が貼ってあり、その上に包帯が巻かれている。包帯の面積から、その下の内出血部分の広さが想像できたろう。小さな内出血の痕《あと》も、まだいくつも背中に残っているはずだ。

係員は、ああ、と納得したように言った。

いまから、婦人相談所に行きましょう。送ってゆきます。明日、係の者があらためてあなたを訪ねてゆきますから。

聞くと、そこは正式には女性相談援助センターといい、無料で二週間まで滞在できる避難所とのことだった。利用するのは、家庭内暴力から逃れてきた女性とか、暴力団などに追われてきた女性たちである。所在地は非公開で、自分から連絡しないかぎり、絶対に追ってくる男はたどりつけない、という。

食事は、三食つくとのことだった。もしまったくお金がない場合は、衣類や日用品を揃えるお金も支給される。

あなたは、と係は言った。少しお金を持ってきたようだから、その必要はないわね。大事にしてください。それだけのお金では、札幌で部屋を探して仕事に就くのはきついわ。相談所にいるあいだは、一円も使わないぐらいの心構えでいて。

はい、とうなずいて、祐子は晴也を連れて、その婦人相談所に入所したのだった。札幌市の西区《にし》、宮丘《みやのおか》公園の近くにある、ごく目立たぬ二階建ての建物が相談所だった。子供連れということで、祐子には個室が提供された。ひとりできた場合は、たいがい相部屋になるということだった。

その翌日から、祐子は、まる二日間、眠れるだけ眠った。久しくこんなふうに熟睡できたことなどなかったと思えるくらいの、深く安心しきった眠りだった。夫の暴力が始まってからのこの四年あまり、起きて一緒にいるあいだは、ひたすら相手に脅えていたし、顔色をうかがった。眠るときでさえ身構えた。突然叩《たた》き起こされてののしられ、理不尽な要求を出され、ときには暴力を振るわれる。熟睡などできる状態ではなかったのだ。

その婦人相談所に入った翌日、相談所の管理人に頼んで、実家に電話してもらった。母親が出て、様子を訊《たず》ねる管理人に、門脇英雄はきていない、とくに問い合わせもないと答えた。そこで祐子は管理人から電話を代わり、自分で出た。

そう言えば、と母親は言った。

ついいましがた、宅配便から電話があった。あんた宛《あて》の荷物が、本人送りできてるって。あんた、うちに何か送ったかい？

ぎくりとして、祐子は言った。

ううん、何も。お母さんはなんて答えたの？

とりあえず受け取りますって。

それだけ？

それだけ。じゃあ送りますとのことだった。

祐子はすぐに、それが夫からの探りだとわかった。夫が、宅配便の運転手を装って、あるいは誰かひとに頼んで、祐子が実家に戻ってはいないか確かめたのだろう。やはり、追いかけてゆく、連れ戻してやる、という意志があるのだ。自分はまだ、隠れ続けなければならない。札幌にいるからといって、けっして安全ではない。

祐子は母親に、札幌市の婦人相談所にいる。落ち着いたら正確な住所を教えると告げて、電話を切った。


避難して三日目に、女性の相談員からカウンセリングを受けた。四十分ほどの時間、自分が話せる範囲で、暴力の事実を語ったのだ。でも、肉体に加えられた暴力については語ることができても、性的な暴力の部分については、ろくに話せなかった。じぶんがどれほど屈辱的な性行為を強いられてきたか、いやがることを無理強いさせられたか、それについては、ほとんどほのめかすことさえできなかった。

でもその日、カウンセリングのあとに、相談員は、おだやかな調子で言った。

あなたには、何も悪いことはないわ。暴力は、振るった者が悪い。何がどうあろうと、暴力は悪いことなんだから。被害者は悪くない。それにあなたが家を出たことは、それ以外に生きる方法がなかったから。自分が夫婦仲を壊したのだとか、相手の体面をつぶしたと悩んではいけない。あなたは、考えられるたったひとつの道を駆けてきただけ。

さらに相談員は、祐子の経済的な事情について質問したあと、助言してくれた。

まずその腰の痛みが消えるまでは、何もしないで。傷がすっかり治ったところで、仕事を探しに行くのよ。それだけのお金があるんだったら、生活保護はまだ受けられない。ほんとうに何もなくなったときから、法律の保護は始まるの。いまは、自立する道を探して。仕事先にアパートを借りてしまっても、仕事が見つからなかったら、生活保護を受けるためにはそこを出なくちゃならないときがある。家賃の上限がきめられているからね。あなたには、まず寮のある勤め先を探すよう勧めるわ。

晴也は、入所したときから、元気がなくなった。口数が少なくなり、表情が貧しくなった。相談所には、似た年頃の子供もいて、ずいぶん騒ぎまわっていたけれど、晴也のほうは病気かと心配になるほどおとなしかった。母親が自分を連れて家を出たのだ。不安でならなかったのだろう。入所してから、毎晩おねしょをした。すっかり卒業したはずのことだったけれど、それだけ小さな胸にストレスがかかっているということだった。

二週間たって、婦人相談所を出なくてはならなくなった。出る三日前に、ケースワーカーが家庭内暴力から女性を守るためのシェルターを紹介してくれた。「札幌ＤＶ救援ハウス」という、民間のボランティア団体が造った施設なのだという。ここは、利用料が一日千二百円かかる。ただし、婦人相談所よりは長く滞在できた。事情に応じて、半年ぐらいはだいじょうぶだという。また、婦人相談所からは勤めに出ることはできなかったけれども、このシェルターからは仕事に出て行くこともできるとのことだった。

そうして二週間前、このシェルターにやってきたのだった。婦人相談所よりも快適さの点では少し劣る施設だった。

大橋と会ったのは、入所のその日のことで、この日は彼女が当番で委員を務めているのだということだった。

大橋は、祐子の顔を見るなり言った。

焦らないで。何年も、あんたは自分はゼロなんだ、自立もできない女なんだと思わされてきたのよ。自分が働いてやってゆけるかどうかさえわからない。不安で足がすくんでいる。そうでしょう？　まずその恐怖心を取ってしまわなきゃ。ここでは毎週一回、サポート・グループの集まりがある。体験を話し合ったり、ロールプレイングをすることで、少しずつ心の傷を治してゆくの。興味があったら、出てみて。

その翌日が、サポート・グループの集まりのある日だった。そこで祐子は、六人の女性の体験を聞いて、夫から暴力を受け続けるという境遇が自分だけのものではなかったと知った。自分に落ち度があって受けていた暴力、と思い込んでいたけれども、それはごくふつうの女がいつでも被害者になりうる社会的な病理のひとつなのだと知った。それに気づいただけで、祐子はかなり気分が軽くなった。

シェルターに移ったころから、ようやく晴也にも笑顔が戻ってきた。脅えを見せることがほとんどなくなった。夜尿も吃音《きつおん》も止まった。それはたぶん、祐子自身が落ち着いてきたということなのだろう。祐子の精神状態の反映が、晴也のいまの明るさなのだった。

二度目のサポート・グループの集まりに出た翌日から、祐子は仕事を探し始めた。

そうしてシェルターに入ってから十五日目に、波多野の工務店に仕事を得ることができたのだった。


波多野の事務所からシェルターに帰る道々、祐子は胸のうちで決意した。わたしは仕事も手にした。住む場所も見つけた。これからは、わたしの家庭は、自分と晴也のふたりでひとつのユニットとなる。夫はいない。門脇英雄は含まれない。わたしたちの場合、夫はいなくても、十分にそれは家庭となりうるのだ。そう信じよう。

ついでに、と祐子は思った。

名字も前のものに戻そう。正式離婚はしていなくても、わたしはもう門脇祐子であることをやめよう。夫の姓を名乗るのはよそう。自分は結婚前の名に戻るべきだ。

宮永祐子に。

祐子は顔を上げ、札幌の七月の青空に目を向けて、小さく口にしてみた。

「宮永祐子。あんたは、あんた自身に戻ったんだよ」

シャツにつかまっていた晴也が、ふしぎそうに祐子の顔を見上げてきた。

またあの夢だ、と真鍋は、眠っているはずの大脳のどこかで意識した。

あの夢だ。これまでも何度も見てきた夢。いつも同じ結果が待っている夢だ。

こんど見るときはなんとかちがう結果にしてみせると、見るたびに徒労を重ねてきた夢。

同じところから始まり、同じ展開の果てに、同じ惨劇の場面で終わる夢だった。

自分は小型の乗用車を運転している。雪も解けて埃《ほこり》っぽくなった函館市の住宅街、大川《おおかわ》町《ちょう》の団地へ入ったところだ。もう自分は駐車場へ向かいながら、家に帰ってそこで何を見ることになるのか意識している。だめだ、このままでは同じ結果だ、と、もうひとりの自分が言っている。すでに現実の世界で一連のことを経験してしまった自分が、制止しているのだ。よせ、このままでは同じことだ。同じ結果だ。同じ惨状だ。同じ悲劇だ。

でも、どうしたなら、それを避けることができる？

あの日と同じことをしないことだ。駐車場に入ってから自宅のドアを開けるまでの手順を変えることだ。たとえばあの日とは別のスペースに車を停めるとか、何かひとつちがうことをつけ加えてやってみるとか。

でも、夢は真鍋の焦りなど意に介していないかのように進行してゆく。夢の中で真鍋はあの日と同じ駐車スペースに車を停め、弁当箱の入ったショルダーバッグを手にして、車から降り立つのだ。

だめだ、だめだ、このままではだめだ。あの日とはちがうことをしろ。三号棟へ向かう道筋を変えろ。いつもとは反対側の道を回って、自宅のある三号棟の前に出るんだ。あの日と同じことをしていては、お前は同じものを見ることになる。ドアを開け、居間に入ったところで、信じがたいものを見ることになるのだ。だから、まっすぐ三号棟へ向かうのはよせ。

哀願むなしく、夢はなお進行してゆく。自分は駐車場を出て、団地構内のゆるやかな曲線を描く舗装路を歩き、三号棟へ向かう。向かいながら、三号棟の横に出たとき、二階の自宅のベランダを見るのが習慣だ。いまはまだ三月、自分が帰宅したこの時刻、すでに日は暮れており、黄色っぽい明かりが中で灯《とも》っているのだ。でもその日は、部屋の明かりはついてはいない。

ここで不安が急速に大きくなるのも、いつもの夢のとおりだ。退社前、これから帰ると伝えるつもりで電話したときは、妻は留守のようだった。誰も出ないのだ。留守電に、帰る、と吹き込んで電話を切ったが、こうして帰ってきてみると、部屋の明かりがついていない。夕刻はずっと留守だったことになる。買い物か？　でも、妻の由美《ゆみ》が真鍋の帰宅時刻に買い物やそのほかの用事で留守だったことなど、これまで数えるほどしかないのだ。その場合だって、いつだって朝のうちにそれは知らされていた。

だから、明かりがついていないわけは、夢の中の自分も承知なのだ。外出ではない。べつの理由で、明かりはついていないのだった。できることならば、自分が知りたくない理由。知らずにすませるには、このまま夢を続けさせてはならないことも理解している。このまま家に帰ってはならない。いったん駐車場まで戻ってはどうだ。戻ってからまた同じ道をくれば、こんどは部屋に明かりが灯っているかもしれない。引き返して、やり直してはどうだ？

でも夢は止まらない。引き返すことは不可能だった。自分は三号棟のエントランス側に回り、引き戸を開けて階段室に身を入れる。ここから十六段ステップを昇ると、自分たちの住む部屋のドアの前に出る。

ドアの郵便受けには、夕刊が差し込まれたままだ。真鍋は視線を上げて、チャイムに手を伸ばす。よせ、という声が聞こえる。それでは最初の悪夢のときと同じだ。あのときもチャイムを押した。返事がないので、ドアノブを回してみた。すると錠はかかっておらず、すっとドアは手前に開いたのだった。

だから、それはよせ。ノックしてはどうか。あるいは、大声で由美の名を呼んではどうか。そうするならば、あの夢とはちがった展開になるかもしれない。中から由美が、はあいと明るく応《こた》えてくれるかもしれないではないか。

しかし、夢の中で自分はやはり今回も、チャイムを押してしまった。ドアの内側で電子音が鳴ったが、応える声はなかった。真鍋はドアノブに手をかけて、手前に引いた。ドアはすっと抵抗なく開いた。

よせと、意識の奥で自分が叫んでいる。この夢は、最初からやり直そう。最初の部分から見直そう。ならば、ちがう結果になるかもしれないではないか。あのときと同じことを繰り返している以上、同じ結末にしか到達できないのだ。おぞましく、耐えがたい悲劇的な結末に。

夢の中で、自分は怪訝《けげん》さを募らせつつ玄関口の電灯をつけて、中に声をかける。帰ったよ、と。

返事はない。靴を脱ぎ、一歩上がって、こんどは居間の明かりをつけようとした。でも、そのときには異変に気づいていた。部屋の暗がりの中に、異変が起こっている。部屋の中が、見慣れぬ様相を見せている。由美が倒れているようだった。眠り込んでいる？　では、あみは？　娘のあみは？

夢はここまできてしまった。もうあの結末以外に行き着く先はないだろうか。きょうこそは、ちがう展開の夢とはならないだろうか。たとえば居間の蛍光灯の明かりがついたとき、由美が仮眠から目覚めて照れくさそうにお帰りなさいと言うとか。

明かりがついた。同じだ。あのときとまったく同じことが、夢の中で繰り返された。

奥の畳の部屋で、由美が仰向《あおむ》けになっている。脚を広げており、両手は身体の脇で収縮し、拳《こぶし》を作っている。着衣は乱れ、下着は片方の脚に引っかかっていた。その脇の、子供用の布団の横でも、母親と同じように仰向けの姿勢で、赤ん坊のあみが倒れている。

ふたりとも、ひと目見て、死んでいる、とわかる。生きている者の格好ではなかった。

真鍋はその場で立ちすくみ、おそるおそる声をかけた。

「由美。由美。まさか、由美」

そろそろと部屋を歩み、由美を見下ろす位置まできた。由美の顔は、苦悶《くもん》を浮かべたまま凍りついている。目には光がなかった。

「由美。由美？」

膝《ひざ》を折ってかがみ込み、おそるおそる由美の顔に手を伸ばした。由美の頬は冷えきっている。鮮魚店で売られている魚のような感触だった。悪寒が、すっと背骨に沿って降りていった。

ここまで一緒だ。あの日のできごととまったく同じだ。夢の成り行きに変化はなかった。現実に起こったことを、ただ再現しているだけだ。

そのときだ。由美が、死んだ由美が突然起き上がった。上体を九十度に立ててきた。まるで死体の中にバネでも仕込まれていたかのような動きだった。由美の苦悶の顔が、ぎょっと身をすくめた真鍋の顔にぶつかってきた。真鍋は絶叫した。

その絶叫のせいで、目を覚ました。真鍋は、布団の中で目を開けた。

身体が、金縛りにでも遭ったようにこわばっている。仰向けで、両の腕は由美とあの死体の格好がそうであったように、身体の脇にあって、肘《ひじ》を曲げている。固く拳が作られていた。

またこの夢だ。いや、夢というよりは、記憶の反芻《はんすう》だった。死体が起き上がった部分以外は。七年前、帰宅して妻子の死体を発見したときのことを、また睡眠中に思い出したのだ。

真鍋は、顔を横に倒して、いま何時ごろか知ろうとした。窓の外から弱々しい光が射し込んでいる。七月だから、朝は早いのだ。まだせいぜい四時か四時半といったところだろう。もうひと眠りできるのではないか。

昨夜も飲んだのだ。

あの波多野正明という中年男の経営する設備工務店で臨時雇いとして一日を働いたあと、日払いで日給をもらい、札幌市北区のアパートまで帰る途中に、酒の安売り店に寄り、ペットボトル入りの二十度の安い焼酎《しょうちゅう》と、徳用のスルメを買った。そして帰ってきてから部屋でひとり飲み出したのだった。

しばらくぶりの現場仕事、しかも慣れない土木作業だった。身体はくたくたに疲れていたから、酔いつぶれるまで、さほどの時間はかからなかった。焼酎をボトルの半分も空けるころには、眠気がゆったりした周期で押し寄せてくるようになった。これで眠れると安心して、布団にもぐり込んだのは、まだ十一時前という時刻だったろうか。このところまた、どうしても眠りにつけない日が続いていたから、これほどの早寝になるのはひさしぶりだった。たぶん熟睡できるだろうと思った。しかし、眠ってみると、焼酎の飲みすぎがわざわいした。かえって寝苦しいものになったのだ。蟻走感にも似たかゆみは、もう慢性化している。たぶん肝臓がかなり弱っているのだ。そのかゆみのせいで、眠気は強いにもかかわらず、じっさいの眠りは浅いものとなった。あげく、きょうもまたあの悪夢だった。あの記憶のフラッシュバックだった。

真鍋は、目をつぶって思った。もうひと眠りしよう。ひと眠りしたなら、つぎに見る夢はちがった結末となるかもしれない。ドアの向こうから、娘を抱いた由美が微笑して、自分を迎えてくれるかもしれない。このつぎこそそんな夢となることを祈って、もうひと眠りしよう。朝の七時までに目が覚めれば、波多野の会社まで遅刻せずに行けるはずだ。このアパートからあの事務所まで、ゆうゆう三十分ほどで行けるはずだ。もうひと眠りだ。

ところが、つぎに目覚めたときには、時計はもう七時三十五分だった。

真鍋は重い身体を無理やりに布団から引き剝《は》がすと、台所で水をたて続けにコップ三杯飲んでから、用便をすませた。シャワーを浴びている時間はなかったので、簡単に洗顔だけして下着を取り替えた。ポロシャツと靴下を探したが、きょう身につけるもの以外に、もう洗ってあるものはなかった。脱衣所の籠《かご》は、洗濯物の山であふれている。今夜は帰ってきたら、とにかく洗濯だけは忘れずにしよう、と自分に言い聞かせた。

アパートを出て、自分の乗用車に乗り込んだときは、もう八時十分前だった。完全に遅刻だ。昨日も、現場に向かうワゴン車が、あの事務所の前を出るところだった。きょうはもうワゴン車は待ってはいまい。波多野が顔をしかめるところが想像できた。昨日のきょうだ。まじめに仕事に出てこい、という言葉ぐらいは覚悟しておいたほうがよいかもしれない。

真鍋は、自分に舌打ちしてから、車を荒っぽく発進させた。

波多野は、昨日ほどには愛想よくは見えない顔で、短く言った。

「おはよう。車は出てしまったぞ」

真鍋は、小さく頭を下げて言った。

「すいません。まだ道に慣れないもので」

波多野の工務店の事務所の中だ。壁の時計は、八時二十分を示している。現場へ向から作業員たちは、もう出発していて当然だった。

「すぐに向かいます。場所はわかりますので」

「そうしてくれ。おれも送っていく時間がない」

波多野のデスクの脇には、女が立っている。先日、地下鉄西18丁目駅で、一緒にひと助けをした女だった。あのときは、地下鉄職員の質問に答えて、門脇、と名乗っていたろうか。

波多野が、真鍋の視線に気づいて言った。

「あのときの宮永さんだよ。しばらくうちで働いてもらう」

真鍋は訊《き》いた。

「宮永さん？」

「本名は門脇だけどな。ここでは、旧姓で働きたいんだそうだ。きょうからは旧姓に戻って、宮永祐子さんだ」

どういうことなのかわからなかった。何か複雑な事情があるということか。

宮永祐子は、頭を下げてきた。

「よろしく」

「あ、どうも」真鍋もお辞儀を返した。「真鍋です」

顔を上げた宮永祐子の目には、かすかな好奇心があった。あなたはどういう理由でここにいるのか、とでも問うているかのようだった。波多野の工務店で働くということには、それだけの重い意味なり深いわけなりがあるはずだ、とでも言っているようにも感じられた。ということはつまり、彼女の側にも、それだけの理由があるということだった。あえて旧姓を使わねばならないだけの。結婚後の姓を捨てるだけの。

波多野が言った。

「宿舎のほうで、料理やら雑事をやってもらうのさ」

真鍋は女に訊いた。

「お子さんがいましたね」

「ええ」女は小首を傾げた。「何か？」

「いえ。おいくつなのかなと思って」

「五歳です。五歳半」

「可愛い年頃なんでしょうね」

「ずいぶん大人になってきました。真鍋さんのところは？」

「ぼくは」真鍋は、一瞬答えかたに迷ってから言った。「独り身です」

波多野が横から真鍋に言った。

「さ、現場に行ってくれ。急いで」

「はい」

真鍋は、もう一度宮永祐子に頭を下げてから、事務所を出た。

車に乗り込んで発進させようとしたとき、事務所の玄関口に宮永祐子が出てきた。真鍋に向けて手を振ってくる。

行ってらっしゃい、あなたも頑張ってね、という意味だろう。しばらくはお互い、職安には通わずにすむといいわね、とでも言ったつもりにちがいない。

真鍋は軽く会釈してから、波多野工務店の敷地を出た。

加速しながら、ふっと昔のことが思い出された。由美との暮らし。朝、彼女は団地の部屋の前で行ってらっしゃいを言うのではなく、階段を降りてエントランスの前で手を振ってくれたのだ。よっぽどの雨とか雪とかでないかぎりは必ずだった。あみが生まれてからは、あみを抱いて玄関口まで降りてきた。そう、自分には、妻に手を振られて職場に出ていった、という時期があったのだ。そういう生活、そういう家庭を持っていたのだ。七年前のあの日までは。記憶がいまも鮮やかに生きているという意味では、つい昨日までのこ

の仕事が必要なのだ。

とのように思える。二度と戻らない、という点では、果てしなく大昔のことだった。

真鍋は、襲いかかろうとしてくる感傷を振り払い、自動車をさらに煽《あお》った。十キロほど離れた現場まで、十分以内に行ってみせる。今夜また酒を飲むためにも、自分にはきょうの仕事が必要なのだ。

門脇英雄は、官舎のエントランスを出たところで、呪いの声を上げたくなった。

同じこの官舎に住む同僚の女房が、目の前を歩いてくるのだ。石原という。よりによって、この通勤時間帯に、専業主婦がなぜ戸外を歩いているのだ。亭主にきちんと飯を食わせてやるべきだろうが。ゴミでも捨てに行ってたのだろうか。

いったん引き返したいところだったが、石原がもう声をかけていた。

「門脇さん、おはよう」

いやみなくらいに明るい声だ。もっと言えば、芝居がかって聞こえるほどに。

門脇は観念して言った。

「ああ、おはようございます」

いま自分は、西友ストアのふくらんだ白いビニール袋を手にしている。本部まで歩く途中に、ワイシャツをクリーニングに出すつもりなのだ。道警旭川方面本部のこわもての刑事が、なんともとんまな格好だった。あまりひとには見られたくない姿だ。

石原は、視線を合わせずに通り過ぎようとする門脇を呼びとめて言った。

「ね、門脇さんとこ、最近奥さんが見えないけど、どうしたの？」

答えずに立ち去るわけにはゆかなかった。門脇は立ち止まり、小さく溜《た》め息をついてから言った。

「実家に帰ってるんですよ。ちょっと両親のほうで事情があって」

「そうなの？　先だって会ったときは、奥さん、婦人科の病気とか言っていたけど。入院するって話だったわ」

「ああ、そのことですか」門脇は、狼狽《ろうばい》を気取られぬように無理に笑みを作った。祐子はこの女に、入院する、と告げていたのか。「いえ、入院するほどのこともなかったんですけどね。ちょっと母親のそばにいたほうがいいかと思って」

「でもいま、ご両親の事情って言わなかった？」

「あ、その、母親のほうは旭川まできてられない用事があって」

「奥さん、そうとうに悪いの？」

「いえ。入院するほどじゃないんですがね。でも、もともとあまり丈夫じゃないんです」

「このところ、つらそうに歩いてたものね。関節でも痛んでるみたいに。ちょっと心配してたのよ」

「そうですか？」門脇は、石原を見つめた。この女、もしかしておれが祐子に対して何をやっていたか、知っているということか？　かまをかけているのか。それともからかっているのだろうか。「体調がよくなかったんですよ」

「奥さんがいないあいだ、不自由でしょう。洗濯なんてどうしてるの？」石原は、門脇が手にさげているビニール袋に目をやって言った。「洗濯物なら、洗ってあげようか」

「いや、これはクリーニングに出すものだから」

「近所同士なんだから、不自由なことがあったら気軽に声をかけてね。で、奥さん、いつ帰ってくるって？」

「ちょっとまだはっきりしないんですけどね」

「ほんと、たいへんねえ。晴也ちゃんもいなくてさびしいでしょう？」

「まあね」門脇は、強引にその立ち話を打ち切った。「じゃあ、遅れますので」

歩き出してから、門脇は祐子への怒りを募らせた。

貴様のおかげで、なんでおれがこんな屈辱を味わわなければならない？　女房に逃げられた男。女房の監督もできなかった男。そんな評判が立っては、とても世間に顔向けできるものではない。世間で何を言われることになるか、それを考えるとおれ自身がどこかに逃げ出したくなる。おれは、いい歳をして独身警察官のようにインスタント・ラーメンをすすり、自分で下着を洗濯しているのだ。情けない。顔が火照るほどに恥ずかしかった。

許さないぞ、祐子。おれにこんな情けない想いをさせた以上、お前にもそれ相応の痛みを味わってもらう。こんどばかりは、手加減はしない。いままで手加減してきたことが、結果としてお前を増長させたのだろう。となれば、おれはもういっさい手加減はしない。

厳しく仕置きしてやる。きっちりと教育してやる。覚えておけ。

花咲町の官舎から警察本部までは、一キロ少々の距離だった。歩いて通勤できるのだ。通勤路の途中には小さな規模の商店街があって、その中にクリーニング店がある。祐子がずっと使っている店だ。門脇はその店に入ると、カウンターに袋を置き、店の初老の女に、門脇、と名を告げた。

女は、ふしぎそうに言った。

「門脇さん、奥さんはどうしたの？」

またこの質問か。

門脇は、感情が高ぶるのを押し殺し、相手を冷やかに見つめて訊いた。

「女房を知ってるんですか？」

「そりゃおなじみさんだから」

「わたしの女房が誰かを知ってるってことですか？」

「ええ」女はかすかに脅えを見せた。「すいません。警察の門脇さんでしょう？」

「そうですよ」

「奥さんは知ってるんですよ。よく話もしてたから。旦那《だんな》さんがそこの方面本部勤務だってことも聞いてました。だから、あの門脇さんの旦那さんだとぴんときて」

私服姿だが、刑事の匂いがするということなのだろう。すぐにそう見抜かれるということは、門脇の誇りでもあるのだが。

店の女は言った。

「奥さん、このところ見えないけど」

「実家に帰っているんですがね。クリーニングに出すのに、いちいちそういう質問に答えなきゃあなりませんかね」

女の顔には、こんどははっきりと恐怖が現れた。門脇を怒らせたとわかったのだ。

「いや、失礼しました。ごめんなさい。詮索《せんさく》するつもりはないんです。ごめんなさい」

「シャツが四枚。置いてゆきます」

女は、あわてて伝票を書いて、門脇に手渡してきた。指がかすかに震えていた。

門脇は、黙ってその伝票を受け取り、店を出た。怒りはもはや、沸点に達しようとしていた。

しつけ直してやる、と門脇は決意した。性根から叩《たた》き直してやる。自分の亭主をこけにすると、どんな目に遭うのか、それを思い知らせてやる。

江差の実家に行こう、と門脇は旭川方面本部のビルに向かいながら決めた。おれのもとから逃げ出したあいつは、必ず実家に連絡している。戻っていないまでも、必ず連絡はとっているはずだ。聞き出さねばなるまい。たとえ祐子の両親が拒んでも、なんとしてでも祐子の居場所はつかんでみせる。たとえ多少荒っぽいことになろうともだ。

いまの事件の処理が終われば、有給休暇も取れる。江差には、来週行けるだろう。祐子がどこに逃げたにせよ、おれは数週間のうちに祐子の居場所をつかみ、そこに行っているはずだ。なんたって、聞き出すこと、調べること、追うことは、おれの専門技能なのだ。

波多野は、宮永祐子の背中から声をかけた。

「じゃあ、行ってみるかい」

宮永祐子は、玄関口で振り返った。

「あ、はい」

「子供、連れておいで」

「はい」

宮永祐子は、敷地の隅にある宿舎のほうに歩いていった。きょうは宮永祐子は、彼女たち母子が住むプレハブから、こちらの宿舎のほうに子供の晴也を連れてきていた。従業員の朝食を作っているあいだ、子供をそばで遊ばせていたのだ。でも、朝はしかたがないにせよ、これを毎日、続けられるかどうか心配だった。

だからきょうはこのあと、その件で婦人相談所に相談に行くのだ。家庭内暴力から逃れてきた女性の場合は、その子供の保育についてもいくらか緊急性や必要性が考慮されるらしい。公立の認可保育園の入園にも、順番待ちリストの先のほうに回してもらえるらしかった。いずれにせよ相談所の係員に事情を話し、保育園を管轄する役所に対して必要書類を何枚も書いてもらうことになるだろう。

波多野が工務店の白いバンに乗って待っていると、宮永祐子がすぐにやってきた。子供の晴也の手を引いている。波多野は後部席の工具類を片づけて、子供のためのスペースを作った。

宮永祐子は助手席に身体を入れてから言った。

「すいません。何から何までお世話になって。こんなプライベートなことまで」

波多野は言った。

「なに、あんたが働くための条件整備だ。うちのためってことだよ」

「まるで肉親のことみたいによくしてもらっている気がします」

「おれだって、地下鉄の駅で、命を助けられた」

「あそこにいたら、誰だってしたことです」

「そうかな」

「ほんとに、こんなにもお世話になって、申し訳なく思っています」

「いいさ。おれも、いいひとだと思われるのは嫌いじゃないから」

「ご面倒でしょうに」

「いいって」

ふと、去っていった妻のことが思い出された。彼女の見解は、宮永祐子とは百パーセント異なっている。妻に言わせれば、波多野ほど身勝手で横暴な男はいないのだった。無神経で、他人の心を思いやることができない男なのだった。たしかに、新婚当初とはちがって、いつしか妻は、工務店の共同事業者という存在になっていた。波多野の配偶者であるだけではなく、工務店のおかみさんだった。若い従業員たちの母親代わりだった。波多野が父親代わりだったように。

工務店の事務をひとにまかせるように、波多野は家庭の雑事を妻にまかせ、おかみさんとしての役割もまかせきりにした。言葉で言うまでもないことはあうんの呼吸で理解してもらった。分担した仕事をしてもらったことについては、感謝もしなかった。その代わり、自分は自分でしか解決できぬ問題にのみ立ち向かい、これを解決してきたのだ。

豊かさを求め、家庭を維持し、子供を育てるためには、それは合理的な方法であったと思う。道徳的にも、非難されるべき謂《いわ》れはないはずだった。

なのに妻は、子供が独立するのを待っていたかのように、波多野のもとから去っていった。親子三人の生きた記憶の刻まれた家を出ていった。彼女の希望で、わざわざ職場から離れたところに建てた家だったのに。

妻のことを思い出しながら運転していると、宮永祐子が言った。

「真鍋さんも、あそこで社長に会って、ほんとによかったですよね」

波多野は言った。

「かなりの資格も持ってる男なんだ。うちでガテン仕事するのはもったいない。だけどなあ」

宮永祐子は、助手席で波多野に顔を向けてきた。

「だけど、なんです？」

「どこか、投げやりだよな。二日続けて遅刻。きょうも酒臭かった」

「怠け者ってことですか？」

「いいや、怠け者じゃないよ。チーフの話でも、現場の仕事がわかってるんで、呑《の》み込みが早い。重宝したそうだ。だけど」

波多野は、あの地下鉄のホームで、中年女性を助けたときのことを思い出した。列車が接近してくる中、ひとを助けた後、あの男は一瞬、自分はなお走行路上にとどまろうとするかのように、手を伸ばした波多野に抵抗したのだ。自分のことは放っておいてくれとでも言うようにだ。

波多野は、言葉を選びつつ言った。

「あの真鍋さんは、生きることも嫌になってるんじゃないか。きちんときょうも明日も生きていこうって気が感じられない。たった何時間か話しただけの印象を言えばね」

宮永祐子が言った。

「みんなきっと、それぞれに、つらいことを抱えているんですね」

波多野は助手席の宮永祐子を見つめた。

彼女は、真鍋の抱えた事情を知っているのだろうか。妻子を殺されたのだ、ということを。

波多野は言った。

「そうだ。そしてみんな、それぞれにつらいことに耐えているのさ」

「うちのひとは、お酒を飲むと、荒れました。押さえつけていたものが爆発するみたいに、いきなり荒れ出すんです。耐えきれなくなったみたいに。ダムが壊れて水があふれ出すみたいに」

「真鍋は、荒れる酒ではないようだ。きっと、ぐちゃぐちゃにつぶれる酒だな」

「ぐちゃぐちゃに？」

「泥酔するのさ、たぶん」波多野は訊《き》いた。「あんたのご亭主は、何を押さえつけていたんだい？」

「わかりません。最初のうちは、あたしと結婚したことがまちがいだったと思っているのかなと、そう思ったこともあったんですが」

「別の理由だったのか？」

「わからないんです。でも、たぶんわたしが、憎いんだと思うんです」

「結婚したのに？」

「憎い相手と結婚してしまったから」

「まさか」波多野は、小さく溜《た》め息をついてから言った。「でも、わからんな。ひとの抱えているものは。他人には窺《うかが》いしれない深いものを、みんな隠しているんだろうが」

「社長さんも？」

波多野は、話題が自分に向けられたので、一瞬虚を突かれた想いだった。ほとんど何も考えずに答えていた。

「そうだよ。おれだって、ひどいのを抱えてる」

宮永祐子は黙っている。関心がないわけではないだろう。どんな問題なのか訊きたいが、それを訊くことは失礼ではないか、とても葛藤《かっとう》しているのかもしれなかった。

波多野は、できるだけ明るい調子で言った。

「女房に逃げられた。つい最近だ」

宮永祐子は、驚いた目を波多野に向けてきた。

波多野はあわてて言った。

「詮索《せんさく》はしないでくれ」

そのとき、自分でも驚いたことが起こった。突然、目がうるんできたのだ。予期しないことだった。波多野はあわてて瞬きし、涙を振り払おうとした。

横で、宮永祐子が涙に気づいたようだった。ちらりと波多野の顔に視線を向けた。でも、何も言わなかった。気づかないふりをしてくれたのだろう。

涙が乾かないうちに、宮永祐子が前方を見たまま言った。

「そこの郵便局、ポストの前で停めていただけますか。実家にハガキを出すんですけど」

「いいよ。ご両親、うちで働き始めたこと、もう知ってるの？」

「まだです。あの、わたしの住所、事務所の所在地にしておきましたが、かまいません？」

「連絡先ってことだな。かまわんよ」波多野は、すばやく目のふちを左手の指でぬぐって続けた。「たしかにみんな、それぞれ問題を抱えているんだな」

宮永祐子の反応は確かめなかったが、たぶん彼女はそのとき、小さくうなずいたことだろう。

その週の残り二日は、真鍋はやはりぎりぎりの時刻に事務所にやってきた。ワゴン車の出発にはかろうじて間に合ったというところだ。でも、波多野には真鍋がかなり無理をして起きたのだとわかった。その二日とも、不精ひげを伸ばしたままだったのだ。顔さえ洗わずにきたのではないかと思えた。

波多野は、真鍋のむさ苦しさを注意することはできなかった。真鍋にはとりあえず、洗顔よりも現場行きのほうを優先する意志があったということなのだ。現場での働きぶりも、さすが土木施工管理技師の資格を持っているだけの男のものらしい。その現場のチーフが、いつのまにか真鍋を作業員のリーダー扱いしてしまったほどだ。真鍋は誰もが納得する自然さで、現場の監督補佐をするようになっていたのだ。多少むさ苦しいぐらいは、許容範囲だった。

それでも、土曜日の夕刻、現場から帰ってきた真鍋に、波多野は提案した。

「なんだったら、宿舎で寝泊まりするかい。朝晩、飯を作る心配はしなくていい。洗濯機もあるし、ぎりぎりまで寝てられるぞ」

真鍋は、微笑して言った。

「アルバイトのつもりですし、アパートを引き払うのも大変ですから」

「あと一週間や二週間は働いてくれるだろう？　だったら、身体だけでもこっちに移したらどうだ？」

「そうですね」と真鍋はうなずいたが、それはそう決めたという意味の言葉には聞こえなかった。彼は続けた。「長くなるようなら、そうしたほうがいいかもしれません。だけど、仕事が見つかったら、すぐにも辞めなきゃなりませんし」

「ま、どっちが楽か、考えてみてくれ」

真鍋は小さくうなずいてから、事務所を出ていった。


真鍋の部屋のドアがノックされたのは、土曜日の夜の八時すぎのことだった。

真鍋は、怪訝《けげん》な思いで布団の上に上体を起こした。

誰だろう？　自分に用のある者、ここまで自分を訪ねる者が、まだ世の中にいるのか？

この日は、午後の七時すぎにくたくたに疲れて部屋に帰ってきたのだった。途中のコンビニエンス・ストアで買ってきた弁当をかっ込むと、万年布団の上に身体を投げ出した。焼酎《しょうちゅう》の水割りを作るだけの元気もなかった。眠ってしまうならそれでもよいと思った。焼酎なしで熟睡できるなら、それに越したことはないのだ。

波多野の工務店の現場仕事は、とにかく疲れた。土木作業が身体にこたえるせいだけではない。波多野から示された好意が重荷なのだ。誠実に、勤勉に応《こた》えなければならないという圧力がかけられている。それが負担だった。自分は、ただの飲んだくれなのだ。人生に降りかかった災難からついに回復できずにいる、傷ついた敗残者だった。ひ弱すぎ脆弱《ぜいじゃく》すぎる神経に逆に振り回されて堕《お》ちてしまった男だった。まっとうな社会人から期待されたり信頼されてよい男ではなかった。

辞めようか、と考えた。何の義理もなく、個人的な縁もゆかりもない職場に移ろうか。ただ労働力としてだけ使われ、労働に見合った賃金だけもらって帰ってくる、それができる職場に。それができるような職種に。

自分は、遅刻をとがめられたり、その原因としての飲酒を注意されるのはまっぴらなのだ。それに、酒をやめることはできない。酒なしでは、眠れないのだ。素面《しらふ》の頭では、布団に横になっても思うことはひとつだけ。あの惨劇、あの不条理について、なぜと果てしなく問い続けることになる。眠れないまま、答が出ないことを承知で、いつまでも、身体の限界まで。だから酒が必要だった。酒をよせ、とは絶対に言われたくないのだ。だから、遅刻にはただ賃金カットで応じてくれる職場がいい。気に入らないなら、あっさりくびだと言ってくれる雇い主がよかった。その点、波多野はいいひとすぎる。迷惑なまでにだ。

辞めようか。来週はまた職安に行ってみようか。

そこに部屋のドアがノックされたのだ。

黙ったままでいると、もう一度ノックがあった。ドンドンドンと三回。それから声があった。

「真鍋さん、起きてるかい？　植田《うえだ》です。植田」

植田。

自分が函館で働いていた当時の同僚だ。

「はい、待って」真鍋は布団から起き出た。「いま開けます」

植田は、入社年次で言えば二年先輩で、同じ土木施工管理技師だった。ラグビー選手として花園大会にも出たことがあるという豪放で陽性の大男だった。彼も結婚が早かったので、真鍋たち夫婦ともよく夫婦単位で遊んだ。あの事件のあと、由美とあみの葬儀を実質的に仕切ってくれたのも彼だった。真鍋はあのときほとんど呆然《ぼうぜん》自失状態だったから、植田がいなければ、妻子の葬式を出すことさえ思いつかなかったことだろう。

その植田はやがて、札幌勤務になった。前後して真鍋が退職したので、三年ぐらい前につきあいは途切れてしまっていた。

その植田が、いまごろなぜ？

ドアを開けると、見知った植田の顔がある。目には、真鍋のことを案じているかのような色があった。

「突然ですまない」と植田は言った。「ちょっと話したくなってさ。勤め先に電話したら、五カ月前に辞めたって聞いて」

「そうなんです」真鍋は言った。「またクビになった」

「アパートは以前のままだって聞いたんで、やってきた。電話は番号が変わっていたし」

「電話は解約になったんです。ま、どうぞ」

植田は、真鍋の肩ごしに部屋の中を見て、かすかにとまどいを見せた。

散らかっている。ひとを招き入れられるような状態ではなかった。

植田が訊《き》いた。

「少し話せるか。外でもいい」

「どこか飲み屋にでも行きましょうか」

「いいや、どこか素面で話せるところがいいな」

「ということは、何か厄介なことですね」

「いいや。だけど、酒はないほうがいい。ちょっとだけ、まじめな話なんだ。あんたが素面のほうがいい」

「近くの公園に行きましょうか。あそこなら、ベンチもある」

「ああ、十分だよ」

アパートのすぐ近くの児童公園まで歩くと、真鍋は植田と並んでベンチに腰をおろした。

植田は、すぐには用件に入らなかった。真鍋の最近の様子などを少し訊いてくる。問われるままに、真鍋は三つ目の工務店も辞めた後、いまは設備工事の工務店でアルバイトをしていることを教えた。電話番号も教えて欲しいというので、真鍋はいま使っているプリペイド式の携帯電話の番号を教えた。有線電話を解約してから使いだしたものだ。

番号を自分の携帯に登録してから、植田はようやく言った。

「おれ、昨日まで函館に出張だったんだけど、気になることを聞いたんだ。いま、あんた、精神状態はどうだい？」

真鍋は訊き返した。

「どういう意味です？」

「落ち着いてるかい？　平静かい？」

「ふつうですよ」

「いやなことを思い出させることになる。いやなら、やめておく」

いやなことと言えば、あの事件のことしかないだろう。かまやしない。あの事件以来、それを思い出さなかった日はないのだ。何を言われたって、あらためてよみがえってくるような記憶ではなかった。

真鍋はうながした。

「そこまで言ってしまったんですよ。何を聞いたんです？」

「川尻乃武夫《かわじりのぶお》。覚えているよな」

覚えているかと訊くほうがおかしい。それは由美とあみのふたりを殺した少年の名だ。

当時十七歳だったという。

妻子殺害犯の少年、川尻乃武夫。彼は目撃証言から呆気《あっけ》なく逮捕された。しかし、彼は少年ではあるが年齢が十六歳以上であり、あまりの重大犯罪ということで、検察官送致という扱いになった。送検はされたが、報道などでは、川尻乃武夫の名は伏せられていた。公判が始まるまで、真鍋は加害者の名も知らなかったのである。

公判は函館地方裁判所で開かれ、八回の審理の末、成人であれば死刑相当であるが無期懲役という判決が出た。少年だったために、処分は一段階軽いものになったのだ。犯行時十八歳未満だった者に対して最高刑である無期懲役の判決が出たのは、この川尻乃武夫が三件目ということだった。法曹界の一部には、重すぎる、という声さえあったという。

弁護側は控訴せず、一審のみで判決は確定した。

川尻乃武夫はまず少年刑務所に入り、それから一般成人の犯罪者のための刑務所に移ったはずである。まだこれから先、長い年月をその刑務所で過ごすことになっているはずだ。

植田は、いったん唾《つば》を呑《の》み込むような音を立ててから言った。

「その川尻乃武夫が、出所してきたそうだ。もう知っている話か？」

真鍋は驚いて言った。

「だって、あいつはまだ刑務所のはずですよ。無期懲役だった」

「そのあたりのことはよくわからない。だけど、出てきているのは確かだ。自分のうちのそばで見た、っていう男がいる。近所でも、もう出てきたんだねって、評判になってるそうだ」

「刑務所から、そうそう短期間では出てこられないはずですよ」

「仮釈放とかなんとか、そういうことじゃないのか？　あいつの場合、最短だと何年で出てこられるんだ？」

それについては、調べたことがある。判決が出た直後に、函館のある弁護士事務所を訪ねて確認したのだ。川尻乃武夫はいったい何年刑務所で過ごすことになるのかと。このとき教えられたことは、少年法には、仮出獄可能期間の特則という条文があるのだということだった。未成年者が無期懲役の処分を受けた場合、最短では七年で仮出獄になるという。受刑態度がよく、反省がみられて、再犯のおそれがなければだ。

仮出獄後は、保護観察という扱いを受ける。このあいだに再び犯罪を犯せば仮出獄許可を取り消されて、ふたたび収監されるのだ。その保護観察の期間は、成人の無期刑の囚人の場合は終身であるが、犯罪時に少年であった者は、十年である。つまり、死刑相当の罪を犯しても、少年であれば無期刑となり、それも七年で仮出獄可能、そしてそこから十年たてば、晴れて自由の身となるのだ。

川尻乃武夫は、仮出獄となったというのか。数えてみると、あの事件から確かに七年だ。拘置されている期間を含めたなら、もう必要な日数は満たした、ということなのかもしれなかった。だが、ほんとうにあいつは、反省し、悔悟し、二度と犯罪は犯さぬと誓っているのか。関係者はそれを信じられるのか？

それにしても、七年。

ふたりの人間を殺していながら、七年というわずかの時間で、刑務所を出たというのか。

七年。被害者の夫のほうがまだ立ち直ることもできていないと言うのに。

真鍋は、舌がもつれるのを意識しながら訊いた。

「それは、ほんとうですか。確かなんですか？」

「そう聞いた。おれは見ていないよ。だけど、近所でもそう噂になっているそうだ。嘘だとは思わない」

「自分の家に帰っているということですかね」

「そうなんだろう。たぶん」

真鍋は思った。あれだけの大事件を起こした男だ。たとえ法律的には罪を償ったとして刑務所を出てきたとしても、世間の目があるだろう。その男が何をやったか、周囲がみな知っているという土地に、わざわざ帰る必要があるのか。ふつうであれば、自分のことを知らない場所に行って生きようとするのではないだろうか。

真鍋は、事情がよくわからないままに訊いた。

「出てきたのはいつなんです？」

「はっきりとは知らない。でも、この一、二カ月のことじゃないのか」

「まだ、自分のうちにいるんですか？」

「いまもいるかどうかは知らない」

「また刑務所に戻ったということはないんでしょうか。短期間だけ出てきて」

「よくは知らないが、そういう制度があるのか？　仮出獄になって、保護司と連絡を取っておとなしく暮らして、もし何か別の犯罪を犯した場合には、仮出獄が取り消されてもう一度刑務所に戻るんだろうけど」

少し考えてから、真鍋は訊いた。

「植田さんが、ぼくにそれを教えてくれたのはどうしてです？」

植田は、いくらか困惑を見せてから言った。

「教えるべきかどうか、悩んだよ。ただ、あんたが言っていたことがずっと頭にあってな」

「なんです？」

「処分が出る前に、あんたは話していたろう。もしいい加減な処分が出た場合は、少年審判制度そのものを訴えてやるって」

たしかに自分はそう言った。あの当時はまだ少年犯罪については司法制度は甘く、加害者側の人権をより強く保護する趣があった。あの事件の場合も、二人殺害という重大犯罪のため刑事裁判となったが、それでも判決には、未成年への温情、が配慮されたのだ。刑はディスカウントされたのである。

あとから警察関係者に聞かされた話では、家庭裁判所は最初、強姦《ごうかん》殺人ではなく、強姦と過失致死ということで、検察官送致にせずにすませるつもりだったという。その場合、川尻乃武夫は公開の裁判にはかけられず、真鍋には加害者の名も住所も知らされないままに家庭裁判所の密室で審判が行われたことだろう。その結果の処分の内容も通知されず、また加害者がどのようにして自分の妻子を殺したのか、その全体を被害者の夫であり父親である真鍋自身は知ることもできなかったはずだ。取り調べの調書すら読むことはできなかったのである。

だから犯人の逮捕直後、自分はほうぼうで言った。もし犯人が刑事裁判にかけられないのであれば、自分は少年審判制度そのものを訴えてやると。ただし、本気かどうかと言えば、答に詰まる。あれは混乱と憤りの中で、中身を吟味することもなく口にしてしまったことだった。具体的に何をどうするか、考えていたわけではない。そもそも司法制度を訴えるということができるものかどうかも知らなかった。審判が密室で進められていることについて、激情にまかせて怒りをぶつけただけというのが真相だった。

植田は、おだやかな調子で言った。

「七年で仮出獄では、あんたも我慢できないんじゃないかと思って。まだ訴えるつもりでいるなら、知らせたほうがいいかと思ったのさ」

それはけっして、煽《あお》るような口調ではなかった。じっさい、そうしろと勧めているわけではないだろう。ただ、自分が口にした決意めいた気持ちを覚えていてくれただけだ。

植田は続けた。

「もし、そんなことはもう思い出したくもない、ということなら、それでいいと思う。気持ちの整理がついているなら、何もする必要はないからな。この件、知らせることで、あんた自身の気持ちにも、ひとつ区切りがつくんじゃないかと思ったんだ。何をするにせよ、あるいは何をやめるにせよ」

「区切りはつけているさ。いつまでもショックを受けたままじゃない。気持ちは切り換えている」

「切り換えているなら、その」植田は言いよどんだ。「こんなに荒れていないだろう？」

「ぼくが、荒れてる？」

答を待ったが、植田は何も言葉を返してはくれなかった。しかし、否定もしない。植田の目には、真鍋の生活は荒れて見えるのだろう。いや、真鍋の人格自体が、崩壊していると受け取れるのだろう。

しばらくの沈黙のあとに、植田は言った。

「また山登りに行こうや。以前よくみんなで行ってたみたいに。帰りには温泉につかれるような山にな。だから、元気になってくれよ」

話はこれだけ、という調子だった。真鍋はうなずいた。約束はできないけれども、あんたの気づかいは確かに受けとめたよ。ありがとう。

植田は真鍋に手を振って、その児童公園を出ていった。

植田の姿が夜の奥に消えていっても、真鍋はそのベンチから立ち上がらなかった。ひさしぶりに、素面《しらふ》で考えたい気分だった。この七年あまり、考えるのは寝ても覚めてもひとつのことだった。自分が失ったもののこと、自分を襲った悲劇のことだけしか考えてこなかった。でも、きょうはいつもとちがう考えるべき課題がある。

川尻乃武夫が刑務所を仮釈放になって出てきたということ。

これをどう解釈すべきだろう。この事実に、自分はどう対処すべきだろう。無視するか、あるいはすでに関わりのなくなったこと、と切り捨ててもよい。それが可能ならば。しかしそう割り切れないと感じるならば、とことん考え抜かねばならない。川尻乃武夫が、仮出獄となって、故郷の街・函館に帰ってきたということ。これをどう見るべきなのか。

真鍋は、何度もベンチから立ち上がり、夜の公園をぐるぐると歩いた。歩いてはまたベンチに腰かけ、思考の整理がつかなくなればまた立ち上がった。七月の夜その児童公園にはほかにひとはなかった。もしそこに誰かがいれば、まずまちがいなく警察に通報されていたことだろう。挙動不審な男が公園にいると。真鍋自身もそれを意識できた。

一時間も公園で立ったり腰掛けたりを繰り返しているうちに、ふと思いついた。

真鍋は鉄棒のほうに歩いてみた。公園の隅に、大人もぶら下がれるだけの高さの鉄棒があるのだ。真鍋はその鉄棒にぶら下がり、懸垂を試してみた。一回、二回、三回と、そこまではなんとか自分の身体を引っ張りあげることができた。でも、それまでだった。この週は、土木工事の作業員として筋肉を酷使しすぎたかもしれない。どうであれ、自分のいまの腕の筋肉は落ちていた。以前なら、軽く十回はできたはずなのだ。

真鍋は鉄棒から降りると、手をぱたぱたと叩《たた》き合わせてから、ゆっくりと駆け出した。公園の外の道を、ぐるりと回ってみるつもりだった。

スニーカーの音を立てて公園から走り出し、左回りに駆けた。大股《おおまた》にゆっくり、しだいしだいにピッチを上げて。しかし、息が続かなくなった。呼吸が苦しかった。真鍋は、公園を一周半したところでとうとう音を上げた。立ち止まり、膝《ひざ》に両手を置いて、呼吸を整えた。

「だめだ」真鍋は、はっきりと声に出して言った。「これじゃだめだ」

呼吸がようやく収まってから、真鍋は部屋に戻った。散らかり放題に散らかった部屋。焼酎《しょうちゅう》の空のペットボトルが壁際に固められており、布団の回りには汚れたガラスのコップがいくつも転がっている。椅子の上には、脱ぎ捨てた下着やスウェットシャツ。洗濯したまま、畳まずに重ねてある衣類の山。床一面に、インスタント・ラーメンの空き袋、コンビニ弁当のトレイ、割り箸《ばし》や調味料の小袋が散らばっていた。

真鍋は足でゴミをよけて通路を作り、チェストに近づいて、その上の写真立てを見つめた。写真立ては、十二、三個もあって、いくつも重なり合っている。いちばん手前の真ん中にあるのが、もっとも最近撮られた写真だった。七年前の三月三日、雛《ひな》まつりの日に自宅で撮った写真。由美と、あみと、あみを抱く自分自身が写っている。三人で写真を撮ったのはこれが最後。由美とあみの葬儀の際にも、この写真をトリミングして使ったのだった。

少しのあいだその写真を見つめてから、真鍋は布団の脇のペットボトルを取り上げた。昨日買って、飲み残した焼酎のペットボトルだった。ペットボトルを手にとって流し台に近寄ると、真鍋はそのペットボトルの中身を流し口に注ぎ込んだ。焼酎はすぐにすべて流し口に吸い込まれて、ボトルは空になった。

真鍋は、空になったボトルを山積みのゴミの上に載せると、整理箱の上に目を向けた。由美とあみと自分とが三人で写った写真。ふたりの位牌《いはい》。それに骨壺《こつつぼ》が大小ふたつある。骨はまだ、墓に納めていないのだ。ふたりの死が承服できない以上、骨を墓に入れてたまるかという思いだった。納骨すれば、ふたりとは永遠に絆《きずな》が絶たれるようにも感じている。骨はまだ、磁器の壺に納まったままなのだ。

真鍋は整理箱の前に立ち、しばらく写真と骨壺を凝視してから、声には出さずに言った。

川尻乃武夫、お前は、おれを生き返らせてくれたのかもしれないぞ。

第三章

波多野正明は、顔を上げて駐車場に入ってきた車を見た。マツダの小型のファミリーカーだ。真鍋篤の車である。

ふしぎに思って、波多野は壁の時計に目をやった。まだ八時二十分前だ。真鍋は、ずいぶん早く出勤してきたことになる。先週は、働いた四日のうち二日遅刻してきたというのに。あとの二日だって、現場へ向かうワゴン車の出発時刻ぎりぎりだったのだ。

波多野は立ち上がって、事務所の入り口から表に出た。

真鍋が、スポーツバッグをさげて運転席から降りてきた。旅行にでも行くかという様子だ。車の後部座席には、荷物が一杯に詰まっているように見える。

怪訝《けげん》に思いつつ、波多野は真鍋がすぐ前まで歩いてくるのを待った。真鍋は、波多野のほうに向かいながら、微笑してくる。

「おはようございます」と、初めて聞くような軽い声であいさつがあった。

「おはよう」

あいさつを返しながら、波多野は真鍋の雰囲気が先週まではちがっていることに気づいた。顔はさっぱりしているし、髪も脂じみていない。ジーンズにポロシャツという格好も、物は同じでもずいぶん清潔そうに見えた。

波多野は訊《き》いた。

「どうしたんだ？　うちはもう辞めるっていうのか？」

真鍋は、波多野のすぐ正面で立ち止まって言った。

「いいえ。宿舎に入れてもらえないかと思って。じつは、今朝でアパートを引き払ってきたんです」

「お。ということは、うちで正式に働く気になったのか」

「いいえ。アルバイトのままでいたいんですが、働いているあいだは、宿舎に入れてもらえますか？　もう遅刻しないですむ」

「入れるのはいいけど、アパートを引き払った？」

「ええ。身軽になってきたんです。家賃が負担になってますし」

「だって、どこかに正社員で入るときには、アパートが必要だろう」

「とうぶん、その心配はありません」

波多野は、あらためて真鍋の姿を頭から足先までじっくり眺めた。

「ほんとにどうしたんだ。三カ月ぶんの垢《あか》を落としてきたって感じだぞ」

「七年ぶんの垢かもしれない。それより」

真鍋は、宿舎のほうに目をやった。

波多野は、いまの真鍋の言葉が、冗談であったことに気づいた。この男は、こんな冗談も言える男だったか。

真鍋は宿舎に目を向けたまま言った。

「荷物を運んできてしまったんです。現場に出る前に、荷物、降ろしてしまっていいですか」

「全財産か？」

「もともと、たいして持っていませんでした。がらくたは、昨日のうちに捨ててしまったし」

「待っててくれ」

波多野はいったん事務所の中に戻り、キーボックスから、宿舎の部屋のひとつの鍵《かぎ》を取り出した。プレハブ二階建ての宿舎の二階には、六畳間があとふたつ空いているのだ。住み込みの作業員が多いときは相部屋になることもあるが、いまは希望する作業員全員に個室を与えることができた。それにしても、アパートまで引き払ってくるとは、真鍋はもしかしてうちで永続的に働きたいと考え始めたのだろうか。そうであってくれたらうれしいが。

鍵を手にすると、波多野は事務所を出て、宿舎に向かった。

「車は、宿舎のほうに回してくれ。きょうは朝飯はどうした？」

「まだですが」

「荷物を部屋に放り込んだら、下の食堂で食べてゆけ。ひとりぶんくらい多めに作っているはずだ」

「ありがとうございます」

波多野は、宿舎の外側にあるスチール階段を昇って、部屋に真鍋を案内した。東向きの、押し入れもない殺風景な部屋だ。

「ここでいいな?」

「結構です。十分ですよ」

真鍋に鍵を渡して、波多野は食堂に入った。すでに宿舎住まいの作業員たちはもう食事を終え、いったん食堂を出てしまっているところだった。奥の調理場で、宮永祐子がひとり、後片づけしている。白い割烹着《かっぽうぎ》にてぬぐいの姐《あね》さんかぶり姿だった。波多野がカウンターのほうに歩くと、宮永祐子が気づいて顔を向けてきた。

「おはようございます、社長」

波多野は言った。

「おはよう。もうひとりぶん、朝飯はあるかい?」

「ええ、なんとか。社長が?」

「いや、真鍋なんだ。きょうからこの宿舎に入る。朝飯がまだだって言うんで」

「すぐ用意します。でも、じゃ真鍋さんは、正社員に?」

「そいつはちがうんだが」

「みなさんと同じものでなくてもかまいませんか？　まったく同じお皿というわけにはゆかないんですが」

「かまわんさ。晴也くんは？」

宮永祐子は答えた。

「裏で遊んでいます」

先日、宮永祐子と一緒に婦人相談所に行ったとき、家庭内暴力の被害者である宮永祐子には、子供の保育園入園については優先する、と言質をもらった。しかしそれは、すぐに希望の保育園に入園できるという意味ではなかった。どこの保育園にも、入園希望者の待ちリストができている。宮永祐子の子の名を、そのリストの頭に入れる、ということである。いつ入園できるのかはわからなかった。

「やはりたいへんだな。早く預かってもらえたらいいんだが」

「どこも満杯なのだから、仕方がありません」

宮永祐子からお茶だけもらって、波多野はテーブルに着いた。

まだ、真鍋が宿舎住まいをみずから希望してくる理由がよくわからなかった。家賃が負担なのでアパートは引き払ったというから、経済的には困っているということだ。しかしそれでいて、住む場所もなくなった男の惨めさはないのだ。むしろきょうの真鍋は、さっぱりと余計な生活に区切りをつけてきたようにさえ見える。

理由がなんであれ、本気で働く気になってくれたというのは、よいことだった。そのうち、正社員にしてくれと言い出すかもしれない。なんたって土木施工管理技師資格を持っているのだ。うちで働いてくれるなら、波多野自身もずいぶん楽になる。

食堂の引き戸が開いて、真鍋が入ってきた。

「おはようございます」と、またあいさつする。奥の宮永祐子に向けて言ったようだ。

宮永祐子が調理場から真鍋に目をやり、おはようございますと返した。宮永祐子の目がそのとき、おや、というように見開かれた。

宮永祐子がトレイに朝食の皿を並べて食堂に運んできた。

真鍋が言った。

「きょうから、お世話になります。よろしく」

「こちらこそよろしく」と宮永祐子が微笑を見せて言った。「ほんとの家庭料理しか作れないんですけど」

「ずっと、家庭料理なんて、食べてなかったんです」

「お口に合えばいいけど。ご飯はそっちの電気釜《でんきがま》。自分でよそってくださいね。お味噌汁《みそしる》もこちらです。お茶はポット。ご飯を食べたら、トレイはそこのカウンターまで、お願いします」

「わかりました」

真鍋は、自分の茶碗《ちゃわん》を持って立ち上がり、電気釜のほうに歩いて行った。

宮永祐子はその後ろ姿に目をやってから、奥の調理場のほうへと戻って行った。

波多野は真鍋に言った。

「宿舎代と食事代は、一日五百五十円。日給からそれだけ引かしてもらうが、いいのか?」

「結構です」と真鍋。

「銭湯は近くにある。裏には、洗濯機。ま、宿舎の使いかたについちゃ、きょうの夜にでも、先輩たちに聞いてくれ」

真鍋は、米の飯を頬張りながら、素直にうなずいた。

「はい」

「食べ終えたら、ワゴン車に乗ってくれ。きょうは、別の現場に行ってもらいたいんだ」

「はい」

波多野は立ち上がって、食堂を出た。


ワゴン車が出発したあと、宮永祐子が事務所にやってきた。事務員と、買い物の精算のことで話があるとのことだった。

そちらの用をすませると、宮永祐子は波多野のデスクに近づいてきて言った。

「真鍋さん、どうしたんでしょう。何かあったんですか?」

「どうして?」

「なんとなく、先週とはちがうように見えるんですけど」

宮永祐子も、波多野が感じたのと似た印象を持ったということだ。真鍋は、やはりどこか変化したのだろう。はっきりと、傍目にもわかるぐらいに。

波多野は答えた。

「何かひとつ、踏ん切りがついたようだな」

「そうなんですか？　どんなことなんでしょうね」

「よくは知らんが。それより」波多野は宮永祐子を見つめて言った。「おれも、明日から一緒に飯を食わしてもらえないかな。真鍋がうまそうに食べてるのを見て、うらやましくなった」

宮永祐子は微笑した。

「全然かまいません。朝も夜もですね？」

「いや、朝だけでいい。明日からは、もっと早めにやってきて、みんなと一緒にテーブルに着く」

「はい。作る数を、二人ぶん増やします」

波多野は、宮永祐子が事務所を出ていってから思った。

これで、朝の食事のわびしさは、とりあえず解消される。夜はどうしてもつきあいの外食が多いから、自分が妻に去られたことをさほど意識せずに食事できるが、朝はそうはゆかなかった。料理をするのがいやだというわけではない。ただ、まがりなりにも二十数年続けてきた自然な習慣がなくなって、自分が妻に去られたのだということをいやおうなく強く意識させられる、それがいやだった。朝からひとり、砂を噛《か》むような食事で滅入《めい》りたくはなかったのだ。

明日からは、七時十五分には事務所に出るようにしよう。そう決めて、波多野は壁の予定表に目をやった。

翌朝、波多野が七時二十分に宿舎の食堂に行ってみると、真鍋を含めて六人の作業員が、食堂のテーブルに着いていた。波多野は、真鍋の着いているテーブルのほうへ歩いて言った。

「きょうからは、おれも一緒に食うぞ」

作業員たちが、あいさつしてくる。ここで一番年配の男は、三年前から働くようになった四十男だ。広畑《ひろはた》という名で、彼がいわばこの宿舎の寮長だった。独身で、これまでも結婚したことはないと言う。物心ついてからずっと、日本中の土木工事の現場を歩いてきた男だった。

その広畑が、愉快そうに言った。

「どうしたんです。かみさんに逃げられたんですか」

まったくの冗談の口調だ。自分が事実を言い当てたなどとは、夢にも思っていないのだろう。

波多野は言った。

「そうなんだ。出ていっちまったよ。だけど朝飯だけは、ひとりで食いたくなくってな」

広畑は、とまどったような顔を見せて言った。

「ほんとうなんですか」

「ほんとうだよ」

「余計なことを言って、すいませんでした」

「いいさ」波多野は椅子に腰をおろして、向かい側の真鍋に声をかけた。「どうだ、宿舎の居心地は？」

真鍋は答えた。

「ぐっすり眠れましたよ。うまい飯も食べられる。入ってよかったと思ってます」

ちょうど調理場から、宮永祐子が新しいお茶のヤカンを持って出てきたところだった。

波多野は、宮永祐子にも顔を向けて言った。

「うんと居心地よくしてやってくれ。真鍋さんが居ついてしまうように」

宮永祐子は、真鍋の顔を見ながら、微笑してうなずいた。

「一生懸命します」

広畑が訊《き》いた。

「真鍋さんは、居つくつもりじゃないんですか？」

波多野は答えた。

「短期間のアルバイトだってよ」

「そりゃ惜しい。うちの現場は、もう真鍋さんを当てにしてますよ」

「だから、居つくようにしてくれって」

するときと真鍋が言った。

「社長、ちょっとお話できますか?」

「お、もう出て行くってんじゃないだろうな」

「ちがうんですが」

波多野は真鍋の顔を読んで、この場にはふさわしくない話題なのだと判断した。何か相談ごとか?

「現場に出る前に、事務所に寄ってくれ。長くなる話か?」

「三分ですむと思います」

「事務所で」

事務所にやってきた真鍋は、あいさつしてから波多野に言った。

「車を売りたいんですが、買ってくれそうなひと、心当たりありませんか?」

波多野は訊いた。

「いま乗ってるやつかい?」

「ええ」真鍋は、駐車場のほうを指さした。白いマツダのファミリーカーが停まっている。表面はかなり輝きを失った車だ。「あれです」

「いまはまるで心当たりはないけど、声をかけてやろうか。何年式で、いくらだ」

「八年乗ってる車です。距離はまだ五万ちょっとなんですが、中古車業者に売れば、十万もつかないでしょう。でも、買えば二十万はする」

「だから、いくらで売る？」

「十五万」

「あちこち聞いてみてやる」

「わりあい急ぎなんです」

「金が必要だってことか？」

「ええ」

「どのくらい待てるんだ？」

「一週間ぐらい。そのあいだに欲しいってひとが見つからなければ、業者のところに持ち込みます」

「このあたりじゃ、車なしの生活はきついぞ」

「べつに、出歩く用事もありませんし」

「じゃあ、キーを預けておいてくれ。乗ってみたいと言うやつが出てくるだろうから」

「はい」

真鍋は、頭を下げて事務所を出ていった。

波多野は、ワゴン車に乗り込む真鍋の姿を見ながら思った。

やつはいったい、何をやるつもりなのだろう。アパートも引き払った。車も売る。ぎりぎりのところまで生活を切り詰めるということのようだけれども、その先は？　何か意図か当てがあって、彼は身ひとつの現場仕事暮らしを自分のものにしようとしているのだろうか？

波多野には見当がつかなかった。ま、いずれ親しくなれば、それもわかってくるだろうが。

真鍋の向かい側で、相手は言った。

「うかがいましょう。ひと捜しなのですね」

札幌・薄野《すすきの》のはずれにある雑居ビルの一室、小さな興信所の事務所の中だった。事務所の窓には『北調《ほくちょう》探偵事務所』とひと文字ずつ書いた紙を内側から貼ってある。スチールデスクが三つばかりの、妙に暗い雰囲気の事務所だった。日曜日のせいか、目の前にいる男以外、事務所にはほかにひとの姿はない。

応接セットの向かい側に腰をおろしているのは、六十がらみの痩《や》せた男だ。くすんだ色のスーツ姿で、汚れの目立つネクタイを締めている。いましがたもらった名刺には、北調探偵事務所　所長　浅野《あさの》克己《かつみ》、と印刷されていた。真鍋自身はもう名刺を持つ職種には就いていないので、名刺は出していない。代わりに、吉原《よしはら》、と偽名を名乗っていた。

真鍋は、安物のサングラスの内側から浅野を見つめて言った。

「知人の、知人です。川尻乃武夫、という男なんですが、居場所を正確に知りたいんです」

浅野は、メモを取りながら訊いた。

「かわじり？　どのように書きます？」

真鍋は、川尻乃武夫の漢字をひとつずつ口で伝えた。

浅野はまた訊いた。

「お知り合いのお知り合いとのことですが、捜しているのはどなたです。吉原さんでしょうか？」

「いいえ。知人の知人です」

「吉原さんとはどのようなご関係になります？　ご家族？」

「いいえ」

「その川尻さんは、いまどうしているんです？　みなさまの前から失踪《しっそう》したのでしょうか」

「いいえ、そういうことじゃありません」

「というと？」

「この川尻という男は、函館に実家のある男なんですが、しばらく函館を離れていました。最近また戻ってきたようなのですが、連絡が取れません。いま函館にいるのかどうか、いるなら住所や連絡先、職場、それによく行く立ち寄り先などを知りたいんです」

「ご実家に戻ってきたのは確実なのですか？」

「いえ、それもはっきりはしないのですが」

「ご実家に確かめることはできないのですか？」

「実家の正確な住所や電話番号を知らないのです」

もちろん、その所在地をまったく知らないわけではない。公判があった当時、ある日刊紙の記者から教えられたのだ。川尻という男の住所は、函館市人見町《ひとみちょう》だと。真鍋の家族の住んでいた団地とは、わずか二キロほどしか離れていない場所に、川尻乃武夫は住んでいたのだ。人見町ということがわかっているし、川尻という珍しい名字だ。電話番号を調べようと思えば簡単だったはずである。しかし、まさかその家に直接電話をかけるわけにはゆかなかった。自分が捜しているとは知られたくないのだし、もしいないと答えられた場合、それ以上調べる取っかかりを失う。

真鍋は続けた。

「函館市内、ということしか知らないのです。人見町とか、日乃出町《ひのでちょう》とか、あちらの方角とも聞いたような気がする。でも、正確には知りません」

「このひと、おいくつです？」

「二十四、五だと思います」

「お仕事は？」

「わかりません」

「身を隠そうとしているひとなのでしょうか」

「わかりませんが、隠れているわけではないと思います」

「別名を名乗っている可能性は？」

「わかりません」

「写真など、お持ちでしょうか」

「いいえ」

答えながら、真鍋は自分でもこれは奇妙な、不審な依頼だとは思った。しかし相手も興信所という商売をやっているのだ。この程度の奇妙さは、許容範囲のうちだろう。

浅野は、自分で書いたメモを何度も読み返してから、また訊いた。

「確認させていただきますが、この川尻乃武夫さんのいまの居場所を知りたい、ということなのですね」

「そうです。住所、連絡先、勤めているのであれば、その勤め先。そういったことがわかればいいんです」

「わたしどもは、ひとを捜す場合、このひとですと、ご本人をご依頼人さんに示すところまでやらせていただきますが」

「いや、そこまでは必要ありません。ここにいますと、確実な情報をもらえるだけで」

浅野は、ちょっと首を傾げてから訊《き》いた。

「吉原さんが川尻さんを捜していることを、川尻さんに知られてもかまわないのですか」

「ええと、それは」どちらでもよいのだ、という芝居のつもりで、真鍋は少し考える様子を見せてから言った。「いえ、秘密、というか、川尻さんには気取られないほうがいいですね」

「函館にもしいなかった場合、さらに追いかけて調べる必要はありますか」

「予算の都合があります。まず、函館にいるかいないかだけ知らせて貰《もら》えますか。よそに移ったとすれば、それがどこか、まずその情報だけわかればありがたいんですが。ここまでで、費用はおいくらぐらいになりますか」

「函館に出張する必要がありますね。ご実家のおおよその所在地がわかっているのですし、尾行や二十四時間の監視といったことも必要ありません。ひとりで担当できるでしょう。日当が一日二万五千円。それに交通費、宿泊費の実費。その程度です。ご本人を見つけたという確認写真は必要ですか」

「そうですね、はい」

「では、おおよそ十万円以内でできるでしょう」

真鍋は言った。

「では、十万円で、できる範囲まで調べていただけませんか。ここからは予算オーバーというところで、ご相談させてください。それ以上お願いするかどうか、考えますので」

「明日から、やらせていただきます。まずきょうは、予算の半額をお支払いください。それからこちらに、申し込み用紙がありますので、吉原さまのご住所、ご連絡先などを書いてください」

予想された指示だったので、真鍋は財布を取り出しながら言った。

「たいした調べごとじゃありませんし、わたしが三日後にこちらにお電話するのではどうでしょうか。調べがついた、ということであれば、残額を持ってまたうかがいますよ」

その言葉は、あまりいかがわしい提案とは聞こえなかったはずだ。いまの自分の話を聞いたかぎりでは、この浅野という男も、犯罪に関係するような調査とは感じなかったはずである。

真鍋は財布を手にしたまま、浅野を見つめた。浅野は、真鍋の財布に一瞬視線をやってからうなずいた。

「いいでしょう。三日後にお電話ください。そのときに、あらためて残金の話なども」

真鍋は財布から五枚の一万円札を取り出した。今週雇用保険が振り込まれたので、財布はそれだけの出費に耐えられるのだ。

支払いをすませ、領収書を受け取ると、真鍋は黙礼してその興信所の事務所を出た。

門脇英雄は、かつて一度だけきたことのある妻の実家の前で、レンタカーを停めた。

函館から一時間半のドライブだった。この日門脇は有給休暇を取り、早朝のJRの特急に乗って、昼過ぎに函館駅に着いたのだった。すぐにレンタカーを借りて、江差町まで走ってきた。もちろん祐子の実家には、あらかじめ行くとは電話していない。もし祐子がいた場合は、彼女に逃げるチャンスを与えるようなものだし、もしいないとしても、妻の両親から娘の居所を聞き出すためには、突然の訪問で揺さぶりをかけてやるべきだったのだ。

家出直後、あの宅配便を装った電話をかけた翌日、門脇は自分でも直接、妻の実家に電話していた。家を出たのだが、そちらに行ってはいないか、と。家を出た理由については、自分には思い当たることはないのだが、何か不満があったのかもしれない。息子を連れているし、たいへん心配している。いるなら、電話口に出してくれないか。

そう電話したのだが、妻の母親の宮永房江《ふさえ》は、苦しそうな口調で言ったのだった。

いいえ、うちには帰ってきていません。連絡もない。ただ、何か門脇さんとうまくいっていないとは前から聞いてました。よっぽど固く心に決めて家を出たのではないかと心配してるんですが。

門脇は、うまくいっていないというのは祐子の考えすぎだ、と言った。自分たちはいい夫婦だ。子供もいて、仲良くやっている。家を出る理由については、まったく思い当たることがない。もし連絡先がわかるなら教えてもらえないか。

しかし房江は言い張った。

わかりません。わたしはほんとに知らないんです。

一カ月以上前、家出直後のことだった。

しかし、と門脇は思ったのだった。女が嫁ぎ先を飛び出して、実家に何も連絡しないわけはないのだ。一日二日のことならともかく、もう五週間にもなる。絶対に祐子は、実家と連絡を取っている。この間、実家のほうから門脇のもとに、帰ったか、という問い合わせがなかったのがなによりの証拠だ。

だから、祐子本人はいないまでも、実家には連絡がいっている。連絡先が知らされている可能性も大だ。となれば、妻を引き戻すためには、絶対にみずから実家に乗り込む必要があった。だから、きょう門脇は、旭川駅発のL特急に乗ったのだった。

そこは、港からもさほど遠くはない斜面状の住宅地の一角だった。明るい色彩のサイディングボードを貼った建物が多い。妻の実家も、白い壁の瀟洒《しょうしゃ》な家だ。たぶんこの家庭では、家を建てることに主導権を握ったのは亭主ではなく、妻のほうだったろう。全体に印象が女好みだった。玄関先にも、軒下にも、多くの鉢が置かれ、季節の花が植えられていた。門脇は、玄関先に立ってチャイムのスイッチを押した。中でチャイムが鳴ったが、返事はない。もう二回押してから、玄関の引き戸を開けた。

「ごめんください。門脇です」

大声でそう言いながら、玄関の靴を点検した。祐子が履くような靴は見当たらない。婦人用の靴は、どれも祐子には少し小さいと思えるサイズで、地味だった。祐子の持っていた靴をすべて把握しているわけではないが、見たことのない靴ばかりだ。

「こんにちは。門脇です」

返事はない。屋内にひとの気配はなかった。テレビさえついていないようだ。

門脇はいったん玄関を出ると、建物の脇を回って裏庭に入ってみた。

女がいた。頭をスカーフで包み、花壇のかたわらに膝《ひざ》をついて、一心に土をいじっている。妻の母親、房江だろう。

「こんにちは」と、門脇は近づきながら声をかけた。

房江が振り返った。目がいきなりいっぱいに見開かれた。腰が浮きかけ、ぐらりと身体が揺れた。激しく驚いたようだった。

門脇は、できるだけ微笑と見えるような表情を作っていった。

「お母さん、おひさしぶりです。お元気でしたか」

房江は、顔に驚愕《きょうがく》を残したまま、口を何度かぱくぱくと開けた。何か言おうとしているのだが、声にはなっていない。

「門脇さん」とようやく房江は言った。「突然じゃないの」

「そうなんです。思い立ってきたものだから」

「思い立って?」

「ええ。その後、お母さんからうちに電話もこない。祐子のことを心配しているようでもないのでね。ふと、こっちに帰ってきてるんじゃないかと思ったんですよ。います?」

房江は大きくかぶりを振った。

「いいえ、いません。帰ってきてませんよ」

「ほんとに? 一度も?」

「全然」

「でも、どこにいるかはご存じなんですよね」

「いいえ」房江は、いっそう大げさな調子で否定した。「知りません。知らないんです」

「連絡もないんですか？」

「ええ。いえ、あの、連絡はあったことはありましたよ。元気だから心配しないでくれって」

「どこからでした？」

「わかりません」

「ご心配じゃないんですか？」

「そりゃあ、心配していますよ」

「晴也も一緒なんです。わたしは心配でならない。しばらく帰りたくないならそれでもいいんです。生きているのか、どこにいるのか、それだけでも知らせてくれたらと思うんですが」

門脇は、家のほうを振り返った。もし房江が家に上げてくれたなら、ちがう話しかたもできるのだが。状差しを点検して、祐子からの手紙を見つけることも可能なのだが。しかし強引に家に上がるのは無理だ。たとえ女房の実家であっても、この状況で無理に上がろうとすれば抵抗される。住居不法侵入ということになる。

「ほんとに知らないんですか」と、門脇はもう一度訊《き》いた。いまと同じやりとりが繰り返された。

房江は言い張る。

「知らないんですよ。全然」

そのとき、花壇のうしろから猫が出てきた。房江は、ほっとしたような表情になって言った。

「あらあら、ちいちゃん。そろそろおやつの時間だね」

灰色に黒い縞《しま》のある虎猫だ。虎猫は、房江の足元にすり寄った。房江は、エプロンのポケットから菓子の粒のようなものを取り出して、その猫に与えた。

門脇は訊いた。

「飼い猫ですか。かわいいですね」

房江は言った。

「いいえ。野良《のら》なんです。でも、すっかりなついてしまったので、出てくれば餌を少しやってるんですけどね」

門脇はかがんでその猫に手を伸ばし、抱き上げた。猫は抵抗したけれども、門脇は両手で抵抗を押さえつけた。猫は門脇の腕の中で、身動きしなくなった。

門脇は、猫を抱いたまま言った。

「ぼくの妻子のことなんです。心配でならない。事故にあったり、とんでもない事態に巻きこまれていないか、それを考えると夜も眠れないんですよ」

房江は、視線を猫に向けたまま言った。

「その、娘からは、門脇さんとはあまりうまくいってないんだ、と聞いています。よく話し合って解決しなさいとは言ってるんですがね」

「ええ。ぼくにも反省するところはあるんだと思いますよ。真剣に話し合おうと思っています。でも、居場所もわからないんです。話し合いのしようもない」

「少し、冷却期間が必要なのかも」

「時間がたてば、かえって厄介になることもあります。トラブルに巻き込まれるのも心配だ。連絡先、知っているなら、教えてもらえませんか？」

「ほんとに知らないんですよ」

「そうですか」門脇は、猫を抱いたまま、右手を猫の首に当てた。「全然知らない？」

「ええ」

猫を見つめる房江は、不安そうな顔になっている。これから門脇が何をしようとしているか、想像したのかもしれない。

門脇は、右手の指に少しずつ力を加えていった。猫は苦しさにもがいた。猫の爪が門脇の左手の手首を引っかいた。痛みが走ったけれども、門脇は力をゆるめなかった。左手の手首に、すっと血が滲《にじ》み出した。門脇は猫の首を絞める手にいっそうの力を込め、手首をかえすようにひねった。ぼきりと、何か堅いものが折れる感触があった。猫はふいに脱力した。ふっと臭気が漂った。脱糞《だっぷん》したようだ。

門脇は、房江を見つめて、いままでよりも低い声で訊いた。

「ほんとに連絡先はご存じない？」

房江は、恐怖に顔を引きつらせている。口が半開きになって、ぶるぶると震え出した。言葉は出てこないようだ。

門脇は、猫の死骸《しがい》をそのまま足元にぽとりと落とした。

地面の上で、猫は寝返りをうつように、身体を半回転させた。首は、不自然にねじれたままだ。

門脇は、もう一度訊いた。

「教えてもらえませんか？」

房江は、地面に転がった猫の死骸を見つめ、それから視線を上げて、門脇を見つめてきた。目には、激しい当惑の色があった。いま自分が見ているものを、見ているとおりには信じられない、とでも言っているようだった。

門脇は訊いた。

「教えてください。祐子はどこです？　東京ですか？　それとも札幌？」

房江は一歩退くと、突然絶叫した。門脇さえ思わずたじろいでしまうほどの、激しい恐怖の叫びだった。

房江は、絶叫したまま振り返ると、花壇のあいだの細い道を、庭の奥へと駆け出していった。先に、隣家の裏口がある。あの裏口に駆け込むということのようだ。

門脇はひとつ溜《た》め息をついて、その庭を出た。

家の中に入れなかったのは残念だった。しかし、甘く見ているとどうなるか、それを教えてやることはできたろう。自分は、嘘やごまかしに寛容な男ではないのだ。下手に出た問いに、あのようなひとをばかにしたような対応しか取れないなら、その報いを受けることになる。

門脇は、宮永家の表に回り、庭先に停めたレンタカーに乗り込んだ。乗り込むとき、手首に引っかき傷ができているだけではなく、スーツも裂けていることに気づいた。いまになって、手首の傷が痛み出した。

「くそっ」

門脇は、痛む手でシフトレバーを操作しながら、レンタカーを発進させた。

海岸沿いの道を北に走って、町立病院の下を通過した。函館には、往路とはちがった道を通るつもりなのだ。くるときは木古内《きこない》経由だったが、帰りは渡島中山《おしまなかやま》峠を通って函館市内に戻る。どちらも、時間はほとんど変わらないはずである。

そのとき、バックミラーの中に、警察車が接近してくるのが見えた。サイレンは鳴らしておらず、回転灯も点灯させていない。警告抜きで急加速してくるのだった。

おれか？

バックミラーを見ていると、接近した警察車の屋根の回転灯が点滅を始めた。同時に、サイレンが鳴り出した。警察車はヘッドライトもパッシングさせる。停止せよ、の合図だ。門脇はレンタカーを減速し、左ウインカーを出した。それから路肩に寄って、慎重に車を停めた。警察車も、門脇のレンタカーのすぐうしろに停止した。

運転席のウインドウ・ガラスを降ろして待っていると、すぐに警官が降りてきた。

「こんにちは。ちょっと失礼」二十代なかばぐらいの制服警官が、窓からのぞきこんでくる。「免許証を拝見」

門脇は、スーツのボタンをはずして、内ポケットを警官に示してから、財布を取り出して、運転免許証を提示した。運転免許証は、厳密に言えば提示義務はあるが、手渡す義務はない。相手の警察官が手を出してきたので、門脇はすぐに免許証を手もとに引き寄せた。

警察官は案の定、不愉快そうな顔になった。

「見せてくださいよ」と警官は威圧的に言った。「きちんと」

「見せてるじゃないか。用は？」

警察官は、不審気な顔を門脇に向けてくる。こいつは堅気ではない、と気づいたようだ。鄭重《ていちょう》に扱う相手ではないと。

警察官は言った。

「いま、宮永さんのお宅にいったね」

「ああ」

「通報があった。猫を殺したって？」

るようにだ。

「野良猫を追い払おうとしただけだ」

答えながら、門脇は身体をひねり、上体をまっすぐに警察官に向けた。胸元がよく見えるようにだ。

警察官は門脇の顔から首、そして胸へと視線を移した。視線は、ちょうど門脇のネクタイピンの上で止まった。警察官の顔が一瞬のうちに変わった。

「あっ」と短く言ってから、車の外で背を伸ばした。「どちらの本部です？」

門脇が同じ警察官だとわかったのだ。それも、並の警察官ではない、と気づいた。ネクタイピンのせいである。いま門脇がつけているのは、鷲《わし》の頭を図案化した銀色のタイピンだった。覚醒剤《かくせいざい》を押収した経験のある警察官に贈られるものだ。制服警官であれば一グラム以上、私服の警察官であれば十グラム以上覚醒剤を押収すると、全国的な警官の親睦《しんぼく》団体がこのタイピンを贈ってくれる。警察庁の正式の褒賞制度ではないが、このピンを持っていることはかなりのステイタスなのだ。暴力団や覚醒剤中毒者を相手に、そうとうに危険な任務を遂行してきたことの証明だからである。

「旭川方面本部」と門脇は言った。「あの家の娘さんが家出をしてるんだ。ちょっとかかわりのあることなんで、ここまでやってきた」

「あ、そうですか」警察官の態度は一変している。「では、猫の件は？」

「たしかに追い払おうとした。だけど、野良猫だと聞いたぞ。死んだとしても飼い猫じゃないのだし、器物破損にはあたらんだろう？」

質問ではなく、同意を求めたつもりだった。相手の警察官は言った。

「そうですね、はい。お怪我されてますか？」

「その猫に引っかかれただけだ。通報は、どういう内容なんだ？　何か誤解があるみたいだけど」

「はい、宮永さんのお隣りのかたから、通報だったようです。不審な男がやってきて、猫を殺して逃げた。危ないひとのようだ、ということだったようです。こちらの車がすぐに手配となりましたので」

「誤解だ。わかってもらえるだろう」

「はい、殺したというのは、野良猫だったんですね」

「引っかいてきたので、あわてて蹴飛《けと》ばしたんだ」

「ではもう結構です。失礼しました。念のため、お名前だけ控えさせてください」

「ああ」門脇は運転免許証を財布に収めると、代わりに名刺を取り出した。きょうは非番だから、警察手帳は携帯していないのだ。名刺を渡してから、門脇は相手の警察官に訊《き》いた。「ひとつ頼まれてもらえるかな。あんたの名前は？」

「加納《かのう》です。江差署地域課」

「加納さん、宮永って家に、何回か寄ってもらえないかな。ついでのときでいい。家出した娘さんが戻ってきてるかどうか。それを確認するだけ。戻ってきていたら、電話もらえないかな」

「かまいませんよ。週に二、三回寄りましょうか」

「いや、とりあえず一週間後でいい。いなければ、また一週間後っていう調子で。さりげなく家族構成調べてるふりで、帰ってきているかどうかだけ確かめてくれ」

「はい、お約束しますよ。きょうはお忙しいところをどうも、失礼しました」

「いや、いいんだ」

門脇がウインドウ・ガラスを上げようとすると、加納というその警察官は言った。

「ひとつだけ、教えてもらえますか。そのタイピンは、何グラムの押収でもらったんですか？」

門脇は、ガラスを上げる手を止めて答えた。

「二十二グラム。二年前、旭川で」

「すごい。二十二グラムですか」

「丁字家《ちょうじや》ってマルボウの組員を挙げたんだ。小物だよ」

「それにしてもすごい」

加納は敬礼をした。

門脇も右手で敬礼を返してから、窓を閉じた。きょうは、暗くなる前に函館まで戻っていたかった。このあとは、少し飛ばすことになるだろう。

加納が離れていったので、門脇はバックミラーに警察車を確認しつつ、レンタカーを静かに発進させた。

正面にいる男は、川尻乃武夫が渡した履歴書を見て、顔色を変えた。ほとんど反射的に視線が上がった。男の反応を見つめていた乃武夫と、まともに視線を合わせることになった。男は激しい動揺を見せてもう一度履歴書に目を落とした。

函館市内のカラオケ・チェーン店の事務所だった。壁じゅうに標語とポップス歌手のポスターが貼りまくってある狭苦しい空間で、いま乃武夫はマネージャーだという三十男に履歴書を手渡したのだ。マネージャーはその三つ折りにした履歴書を開いて読みはじめた。顔色を変えたのは、内側の学歴・職歴を書く欄を読み出したときである。

そこには、私立函館平和学園高校中退のつぎの行に、こう記してある。

平成七年から、同十四年五月まで、盛岡《もりおか》少年刑務所、ついで黒羽《くろばね》刑務所に服役。

マネージャーの目は、その隣りのページに移った。そこには、賞罰、という欄がある。案の定、マネージャーの視線はそこでも止まった。こんどは表情こそ変えなかったけれども、瞳孔《どうこう》が大きく開かれたのがわかった。

賞罰として、乃武夫は正直に書いていたのだ。保護司の指導によるものだ。保護司は言った。就職するとき、履歴書には正直に前科を書かなければならない。もし前科を隠して採用された場合、会社は履歴詐称を理由に解雇できるからね。隠さずに書きなさい。そう言って、書き方の見本さえ示してくれた。

だから乃武夫は、正直に書いたのだ。

前科、殺人罪で無期懲役。現在仮出獄中

マネージャーは顔を上げると、乃武夫を見つめてきた。いや、正確には、視線は微妙にずれている。乃武夫を正面からは見つめていない。焦点は、乃武夫の顔の脇あたりにある。

マネージャーは言った。

「じゃあ、採用かどうかは、オーナーと相談して決めます。後日、決定ということであれば、その旨連絡しますので」

乃武夫は訊いた。

「いま、決めてもらえないですか？」

「わたしだけじゃ、決められないんです。ひとの採用は、オーナーが決めることですんで」

「じゃあ、もう一回そのオーナーと面接があるんですか」

「あ、いや。これで終わりです」

「オーナーは、おれと面接しないのに決められるんですか」

「そうです。そういうことになってます」

要するに、と乃武夫は理解した。履歴書を見て、不採用を決めた、ということだ。ただ、この場でおれに直接それを告げると、おれが切れかねない。だから、連絡はあとだと逃げている。そういうことだ。

またためか。

乃武夫は、ふいに胸に怒りがこみあげてくるのを感じた。仮出獄以来ひと月半、まだ就職先が決まらないのだ。

黒羽刑務所で仮出獄の審理が始まると、乃武夫は出獄後は実家に帰住したい旨、更生保護委員に伝えた。満で十八歳のときに入獄した乃武夫にとっては、ほかに行くところもないのだ。たとえ世間の厳しい目があろうと、まずは函館の実家に帰る以外に、生きてゆく術《すべ》はなかった。それに、少年刑務所で受けたアドバイスがある。娑婆《しゃば》に出たら地元に戻れと、何人ものワルたちが言ってくれたのだ。お前が何をやったのか知ってる人間が多いってことは、そんなに悪いことじゃない。とくに、年下の不良連中には、お前は敬意を払われ、畏怖《いふ》されるってことだ。地廻《じまわ》りたちでさえ、お前を並の男とは扱わないってことだぞ。

十年間は犯罪には手を染めることのできぬ身だ。その忠告はあまり実利的とは思えなかったけれど、たとえば自分が誰かに、静かにしてくれないか、と頼むときのことを想像した。そのとき相手の顔に浮かぶものを見るのは、かなり快感にちがいない。それは、地元以外では得られぬ喜びだろう。乃武夫は主査委員に、函館で就職を希望するが、働き口が見つからなかった場合は、どこか大都市に移りたいと希望を伝えた。主査委員は、その場合は担当の保護司と十分に相談したうえで決めろ、と指示したうえで、仮出獄の審理を進めてくれたのだった。

悔悟の情と更生の意欲が認められるということで、法の規定どおり、乃武夫は七年務めたところで仮出獄が決まった。出獄の前、保護観察官が面会にきて、月に二回、函館の保護司と会って生活状況を伝えるよう指示された。函館に戻って指定された保護司に会うと、保護司は、函館で就職したい、という乃武夫の希望に対して、難しいかもしれない、と首を傾げた。しかし、強く反対はしなかった。まあ、自分で仕事を探す努力をしてみろ、ということだった。もしどうしても仕事が見つからない場合は、相談にのると。

しかし、すぐに就職活動にかかったわけではない。仮出獄後二週間ほどは、娑婆の空気を楽しんだ。乃武夫が最初にしたのは、古い仲間たちと連絡を取って、会って酒を飲み、ソープランドに行くことだった。

乃武夫は、自分が七年刑務所に入っているあいだに、若い連中の生活がずいぶん変わっていることに気づいた。みんな携帯電話を持っていたし、同年代の男の友人で自動車を持っていない者はなかった。乃武夫は、自分が運転免許さえ持っていないことを嘆いた。見よう見真似で動かすことはできるが、車がない。車がなければ、どうやらこのご時世では、人生を楽しむことは絶対にできそうもなかった。乃武夫は決めた。できるだけ早く運転免許を取ると。もしかすると、仕事探しは運転免許を取ってから始めるべきかもしれないのだが、順序を入れ換えている余裕は、乃武夫にはなかった。長距離トラック運転手の父親にも、焼鳥屋で働く母親にも、金を無心することは不可能だった。

目の前にいるそのマネージャーが、ふいに顔に脅えを見せて言った。

「その、とにかく、オーナーと相談しますので、きょうはこれで結構です」

いま乃武夫は、意識せずに相手を憎々しげに睨《にら》んでしまったのかもしれない。怒りと憎悪が、自分の目に浮かんだのかもしれなかったのだ。殺人を犯した前科者に睨まれたので、マネージャーは縮みあがったのだ。

乃武夫は、デスクの上に手を出して言った。

「わかりました。履歴書、返してください」

相手は、履歴書を乃武夫に返そうとして、途中で手を止めた。

「いや、これはその、検討するのに使うから」

「もう雇う気のないのはわかりましたよ。返してください」

「そうですか。検討しなくても、いい？」

「いいすよ」

履歴書を奪い取るように手元に引き寄せ、三つ折りにしてジャケットの胸ポケットに入れた。

これで、求職活動を始めてから断られた会社は十二か十三になる。もうそろそろこんな生活はおさらばにしたかった。仕事を見つけなければ、夜、遊びに行くこともできなくなるのだ。仮出獄の祝いだということで、仲間たちがごちそうしてくれる時期も終わった。遊びたいなら、金を稼がねばならなかった。

「くそ！」

思わずそう言いながら、乃武夫は立ち上がった。デスクの向こう側のマネージャーは、はじかれたように身を引き、椅子から転げ落ちた。

真鍋は、階下からかすかに聞こえてくる物音で目を覚ました。

すでにカーテンの隙間からは、明るい夏の陽光が射し込んできている。朝七時、もう太陽は完全に中空にある。

聞こえてくるのは、調理の音だ。まな板の上で包丁を使う音、食器が触れ合う音、鍋《なべ》や釜《かま》がぶつかって立てる金属音。真鍋の古い記憶をよみがえらせる、なつかしい生活の音だった。この宿舎の調理場で、宮永祐子が朝食の支度をしている音のはずである。

真鍋は毛布を身体の上からよけて立ち上がり、窓に寄ってカーテンを開けた。さっと部屋に光が満ちた。よく晴れた七月の朝だった。真鍋は目を細めて、札幌の郊外のその工務店の敷地を見渡した。平屋建ての事務所と、資材倉庫、それにこの宿舎が、敷地の端に建ってコの字の形を作っている。三つの建物のあいだにできた空間が、重機やワゴン車、それに従業員の車を停める駐車場だ。資材倉庫の脇にも、足場材やパイプなどの資材が積んである。

その資材を置いたスペースで、小さな子供が遊んでいた。宮永祐子の子だ。晴也、という名の男の子。男の子は、半端物の板やパイプをいくつも集め、地面の上に置いたり、並べ替えたりを繰り返していた。何の遊びなのか、真鍋にはわからなかった。

母親が調理場で仕事中なので、ひとりで遊んでいるように言われたのかもしれない。

真鍋は洗面所で顔を洗い、作業着に着替えて、宿舎の外階段を降りた。七時十五分だ。まだ朝食をとる時間はたっぷりある。

食堂には入らずに、子供の遊んでいるひと隅へと向かった。そこは砂利まじりの土がむきだしになっている場所で、倉庫の壁には、資材を入れていた木箱やプラスチック・ケースなども積み上げられている。

宮永祐子の子、晴也は、地面にぺたりと腰をおろし、板やパイプの切れ端を一心不乱に動かしている。

「おはよう」と、真鍋は晴也に声をかけた。

晴也は顔を上げた。真鍋の顔を見つめる目に、一瞬とまどいの色が走った。真鍋が近づいてきたことに気づいていなかったのだ。ちょっとだけ、虚を衝《つ》かれて驚いたようだ。晴也はすぐに視線をそらした。そらしながら、小さく口を動かしたように見えた。たぶん、おはよう、と返してくれたのだろう。

シャイな子だ、と真鍋は思った。それとも、遊びの邪魔をされたので怒ったのか。

真鍋は、晴也のそばにあったプラスチックの箱に腰をおろした。

晴也がちらりと真鍋に目を向けてくる。真鍋は言った。

「朝が早いんだね」

晴也は遊ぶ手をとめ、真鍋に顔を向けて言った。

「お母さんと一緒に起きたんだ」

ようやく真鍋への警戒を解いたようだ。真鍋は訊《き》いた。

「お母さんは、お仕事だね？」

「そうだよ」

「それは、何の遊びだい？」

「おうちごっこ」

「おうちごっこ？　どんな遊び？」

「おうちを作ってるの」

「大工さんごっこか？」

「ちがうの。ぼくとお母さんが、おうちを作る」

「晴也くんと、お母さんが？」

「うん。おもちゃのあるうち。前みたいに」

「前みたいに？」

「うん。おもちゃ、置いてきてしまったから」

「どこに？」

「おうちに」

真鍋はそれ以上質問するのをためらった。訊けば、晴也は隠すこともなく正直に答えてくれるだろう。かなり深い訳のありそうな事情について。しかし、訳ありの事情であればこそ、無邪気な子供から訊き出したりしてはならないように思った。

真鍋は言った。

「おもしろい遊びだね。でも、このあたり、鉄パイプや土管が転がってる。注意して遊ぶんだよ」

そのとき、食堂のほうから声がした。

「晴也、晴也」

宮永祐子の声だ。真鍋は食堂のほうに顔を向けた。エプロンをつけた宮永祐子が調理場の外に立って、こちらに顔を向けている。宮永祐子は言った。

「晴也、危ない遊びしてちゃだめよ」

真鍋は、おはようと宮永祐子に声をかけて、プラスチック・ケースから腰を上げた。食堂の前まで歩くと、宮永祐子が言った。

「なにかご迷惑かけてませんでした？」

真鍋は答えた。

「いいえ。べつに。ただ、ひとりで寂しそうだった」

「ひとりには慣れているんですけどね。でも、保育園に通うようになれば、友だちもできて、楽しくなるんでしょうが」宮永祐子は口調を変えた。「さ、支度はできてます。召し上がってください」

真鍋はうなずいて、食堂に入った。

その日も、波多野が真鍋のテーブルにやってきて、一緒に朝食をとった。食べながら、波多野は言った。

「真鍋さん、きょうはべつの現場に行ってくれ。運転試験場の設備の不調なんだ。おれが行って直すことにしたが、ひとり助手が必要だ」

真鍋は訊いた。

「社長まで、そういう仕事に出てゆくんですか？」

「そりゃあそうだ。こんな零細企業だ。おれだってなんでもやる」

「監督仕事だけにしたほうが、効率的でしょうに」

「いいや。大きな現場はあんがい他人まかせにもできるんだがね。小さい仕事はおれがこまめに回るしかない。飯が終わったら、事務所にきてくれ」

「はい」

その現場に向かうバンの中で、波多野が運転しながら言ってきた。

「あの自動車のことだけども」

真鍋は波多野に顔を向けて言った。

「売れそうですか？」

「うちで買おうか。十五万でいいんだよな」

「ああ、もちろんかまいませんが、ご迷惑な話じゃありませんか」

「どっちみち、一台必要だった。だけど、もしあんたが買い戻したくなったら、いつでも減価分引いて売るよ」

「すいません。ずいぶんいい条件ですね」

「あんたに長く勤めてもらいたいからな。人質代わりさ」

真鍋は、少しためらってから言った。

「そんなに長くは勤められないと思います。あらかじめ言っておいたほうがいいと思いますけど」

「つぎの当てができたのか？」

「いいえ」

「正社員になるって言うんなら、あんたにふさわしい待遇にするぞ」

「いまので十分です」

「やっぱり何か当てがあるんだな？」

「ちがいます」

「うちは零細だけど、悪い職場じゃないと思うぞ。もちろん、あんたが最初に勤めてたゼネコンとは、給料は段ちがいだけどな」

真鍋は、その話題から逃れるために逆に言った。

「そういえば」

「なんだ？」

「立ち入ったことかもしれませんが、宮永さんがここで働くようになった理由って、そうとうに深刻な事情なんですか」

「どうしてだい」波多野は、運転しながら真鍋に顔を向けてきた。「あのひとが気になるか」

「いや、子供が気になったんです。玩具《おもちゃ》を持っていない、というようなことを言ってた」

「ああ。着の身着のままで出てきたらしい。ほとんど玩具なんて持ってこなかったんだろう」

「出てきたって、どこを?」

「あ、そうか。それも知らないんだな。自分のうちを飛び出してきたんだ。いろいろ事情があったらしい」

「事情というのは?」

「あんまり詮索《せんさく》するな。詮索しないのが、うちみたいな職場の流儀だ。それにあのひとも、うちには長くはないぞ。今年いっぱいだ」

真鍋は、フロントガラスごしに前方を見たままうなずいた。

波多野が訊いた。

「あんたの子は、いくつだったんだ?」

真鍋は、波多野の顔を横目で見て言った。

「一歳。満一歳でした」

「生きていたら、いま」

「八つになろうかってところです」

「じゃあ、あの晴也ちゃんぐらいの子供のことは知らないんだな」

「ええ。ぶつりと絶ち切れましたから。二歳の娘も、三歳の娘も知らない。五つの娘も知らない。娘がどんなふうに育ったのかも知ることもできないまま、ぶっつり終わったんです」

言っているうちに、興奮してきた。衝撃から悲しみから憎悪まで、ありとあらゆる激しい感情が込み上げてきたのだ。真鍋の声は裏返った。

「全然、知らないんです」

「すまん」波多野があわてて言った。「すまん。思い出させるつもりはなかった。すまん」

それから現場に着くまで、波多野はもう声をかけてこなかった。真鍋も、黙ったままでいた。胸の動悸《どうき》がもとに戻るまでに、しばらくの時間が必要だったのだ。

その運転試験場の現場では、給湯設備の不調を直した。どうもお湯の出がよくない、ということで、波多野がボイラー室の設備を点検し、配管のゆるみを発見した。真鍋は波多野に指示されるままに分解作業を手伝った。

作業が終わったのは、午後の一時を回った時刻だ。試験場の食堂で昼飯を食べようということになった。真鍋はいったん波多野から離れて、北調探偵事務所に電話した。きょうが、報告の上がる日だった。

所長の浅野が電話に出て言った。

「報告がございますよ。お会いできますか？」

真鍋は訊《き》いた。

「所在、わかりました？」

「ええ。それで、追加調査の必要もございますかどうか。その点をご相談したい」

「今晩、時間を取ります。いかがですか？」

「事務所までいらっしゃいますか？」

「それだけの余裕はないんです。JR札幌駅では？」

「いいでしょう。何時に？」

「八時」

「みどりの窓口の前の待合ロビーではどうです？」

「かまいません。わたし、浅野さんを見つけることができるかどうか、自信がありませんが」

「先日と同じ格好でいらしてください。サングラス姿で。こちらから見つけます。あ、そのとき、きょうまでの分の残金をお支払いいただきます」

「おいくらになります？」

「四万八千二百円です」

「持ってゆきます」

「お待ちしてます」


その夜、食事を終えると、真鍋は売ることになった自分の車で外出しようとした。最寄りのJR手稲駅まで車で行き、札幌駅までは列車を使おうと思ったのだ。札幌の中心部は、駐車場を探すのが面倒だった。列車のほうが便利だ。だからわざわざ待ち合わせ場所を札幌駅構内と指定したのだった。

自分の車を駐車場から出そうとしたとき、土場の隅でコンテナを集めて無心に遊ぶ晴也の姿が目に入った。

玩具を置いてきた、という晴也の言葉が思い出された。五歳という年齢では、それはつらかろう。設備工務店の土場で、鉄パイプやら木箱やらだけを玩具にしていてよい年齢ではなかった。少しだけ真鍋は、その子に同情した。


待合ロビーのスツールに腰をおろしていると、すっとその前に立った者がいる。

顔を上げると、浅野だった。

浅野は、待合室をさっと見渡してから言った。

「あっちに行きましょう。ここはひとが多すぎる」

その通りだった。その待合ロビーは、男ふたりが並んで腰かけられるだけベンチが空いていない。他人の耳がはばかられる話はできそうもないし、金の受け渡しもあまり好ましいものではないだろう。

浅野が先に立って歩いてゆくので、真鍋も彼に続いた。浅野はロビーを出ると、コインロッカーの並ぶ通路に入って、そこで足を止めた。ここは通行するひともまばらだった。

サングラスをかけたままで浅野に向かい合うと、浅野は古びた革鞄《かわかばん》から、ビニールケース入りの書類のようなものを取り出してきた。

「結果は？」と、真鍋は訊いた。「居場所はわかりました？」

浅野は、ビニールケースを手渡してきた。

「ええ。ちょっと手こずりましたが、わかりました」

さほど手こずる調査でないことはわかっていた。函館の人見町か日乃出町に実家があるはずと教えた。川尻という珍しい名字なのだし、電話帳を繰るだけでも、まず実家の所在地はわかる。あとはその近所でさりげなく訊いて回ればよいだけのことだ。この近所で、川尻乃武夫さんってかたはいらっしゃいませんかと。もちろんそれはストレートすぎる調査だけれど、興信所にはこのような場合どう訊くか、そのノウハウぐらいは蓄積されているだろう。宅配便の運転手を装うとか、金融機関の調査に見せかけるとか、あるいは警察をかたるとか。

浅野がケースを開けろとうながすので、真鍋は中から書類を取り出した。レポート用紙三枚の簡単な報告書だった。

一枚目の紙には、ワープロ打ちで簡単にこう記してある。

調査対象　川尻乃武夫
調査内容　所在の確認　現住所、勤務先、立ち寄り先等
対象についての情報
実家　北海道・函館市内人見町・日乃出町周辺（?）
年齢　二四〜二五歳

つぎのページを開いてみた。
こう書かれている。

所在確認
対象者・川尻乃武夫は、本人の実家である函館市人見町×××番地に、この五月より両親と共に居住。
無職。勤めてはいない。
その実家の所在地の簡単な地図と電話番号が添えられている。

その下には、このように記述されていた。

主な立ち寄り先
函館市本町《ほんちょう》　カラオケハウス・ピノキオ
同　スナック・摩貴詩夢《まきしむ》
同　居酒屋・大漁船《たいりょうぶね》
函館市杉並町《すぎなみちょう》　ゲームセンター・ザックハウス

これらの立ち寄り先についても、地図と電話番号が添付されていた。


浅野が言った。

「もう一枚は、調査対象の顔写真です。ちょっと距離があるので、あまり鮮明ではありませんが」

真鍋はつぎのページを開いた。白いレポート用紙に、二枚のカラー写真が貼られている。一枚は、函館の市街地でポケットに両手を突っ込んで所在なげに立っている若い男だ。髪が短かったけれども、あの乃武夫の面影はあった。やはり七年分だけ年相応に大人になった顔だった。

もう一枚は、自動車で走りながら撮ったとおぼしき写真だ。少しぶれており、窓ガラスの映り込みがある。乃武夫はもう一枚のほうと同じジャンパーを着ており、不愉快そうに顔を歪《ゆが》めていた。

　公判のときに初めてその顔を見ることができた、妻子殺害犯の近影。真鍋は食い入るようにその写真に見入った。あのとき十七歳だった犯人の、仮出獄後の姿。もともと上背のある男だったけれども、その写真に見る川尻乃武夫は前よりもいっそうたくましくなっているように見える。

　浅野が訊いた。

「そのかたが、川尻乃武夫さんでまちがいございませんね」

　真鍋は、われに返った。

「ええ」そう言ってから、自分が依頼のときに、調査対象との関係について言ったことを思い出した。「ええと、よくわかりません。知人が捜していた男ですので」

「そうですか。ではそのかたにご確認されてください。これは全然別人ということであれば、あらためて調査いたします」

「そのときは、もう一度連絡します」

「そうそう」浅野は、とつぜん思い出した、とでも言うように口調を変えて言った。「調査をしてみて、この川尻さんが長期間所在不明だった理由もわかりました。ご依頼を受けた調査事項ではないのでそのことはレポートに書いておりませんが、きちんと報告しましょうか」

川尻乃武夫は刑務所に入っていたのだ、と知ったのだろう。浅野があたった面々も、そのことは承知しているということだ。

真鍋は言った。

「いや、そこまではいりません」

「もうご存知だったのですね」

「いや、知りませんが、それを知りたかったわけじゃないので」

「もしその件で詳しく調べろということであれば、調査いたしますよ。所在不明になったそもそもの原因についても」

「いや、いまは、それは必要ないと思います」

「そうですか。ではここまでの分を締めさせていただくとして、残金を、お願いできますか」

真鍋は書類ケースを脇に抱えて、財布をポケットから取り出した。

浅野は、金を受け取ると、あらかじめ用意しておいたらしい受け取りを手渡してきた。几帳面《きちょうめん》な男のようだった。

「また、何かありましたら、お気軽に」

「ひとつだけ伺いたい」

「は？」

「浅野さんがこの男のことを調べたということは、本人には知られていませんね？　それを条件ということにしましたが」

「直接は知られておりませんよ。ただ、最初は近所にもあたってみましたので、その近所のかたから、耳に入ることはあるかもしれません」

「浅野さんの事務所の名を出して調べたのでしょうか」

「いいえ。そのあたりは、わたしどもにも培ってきたやりかたがあります。誰が捜していたかまでは、たどりつけないでしょう」

たしかに、浅野が『北調探偵事務所』の名刺をばらまいて調べたのではないかぎり、調べていたのが誰かまでは特定できまい。

真鍋は、コインロッカーの並ぶその通路で浅野に頭を下げると、もう一度JR札幌駅の待合ロビーに入った。

そのとき、ひとりの若い男が真鍋を追うようにガラス戸を抜けてきたのだが、真鍋自身はその男のことに気づかなかった。改札口を通るときには、真鍋は自分がいま浅野と会ってきたことさえ忘れていた。真鍋の頭にあるのは、無期懲役のはずなのにすでに世に出て、仕事にも就かずにもっぱらゲームセンターやスナックで遊んでいるらしき男のことだけだった。

翌朝、真鍋が起き出すと、宮永晴也はまた資材倉庫の脇の空きスペースでひとり遊んでいた。昨日同様、自分の周りに空き箱や配管設備の半端物の資材を置いたり並べ替えたり、その遊びにひとり没頭しているように見えた。

真鍋は、洗顔と着替えをすませてから、宿舎の外階段を降りた。手には、JR札幌駅の名店街の紙袋を提げた。昨日、浅野と会って帰ってくるときに、駅の名店街で買った品が入っているのだ。

晴也に近づいていって、真鍋は声をかけた。

「おはよう、晴也くん」

晴也は顔を上げた。ああ、という顔になった。昨日よりは、いくらか打ち解けた顔だ。

「おはよう」と、小声だったけれども、聞こえるだけの音量であいさつを返してきた。

真鍋は紙袋を晴也に手渡して言った。

「晴也くんにあげよう。自動車なんて好きかな?」

晴也は、差し出された紙袋を手に取ると、ふしぎそうに真鍋を見上げてくる。

「なに、これ?」

「開けてごらん」

晴也は紙袋の中をのぞきこむと、すぐに中のものを取り出した。プラスチック製のダンプカーと、ゴムのボールだ。ボールは小さいけれども、サッカーボールのような模様が入っている。

真鍋は言った。

「おじさんがあげるよ。好きならいいんだけど」

晴也は、顔にとまどいを見せている。ほんとにもらっていいのかどうか、いくらか疑っているという顔だ。

「ほんとに、くれるの？」

「あげるよ。使っていいんだよ」

晴也はようやく頰をゆるめ、屈託のない顔になった。

「ありがとう」

「こんど、一緒にボール遊びしよう」

「うん。遊んでくれるの？」

「休みの日にはね。じゃあ」

真鍋は、空の紙袋だけ持って食堂へと歩いた。きょうはまた、造成中の工業団地の配管敷設現場に行くことになるだろう。

その日の夕刻、現場から戻ってきたところで、真鍋は波多野から事務所に呼ばれた。行ってみると、波多野は車の代金だと言って、封筒に入った金を渡してくれた。十五万円だ。

波多野は言った。

「名義書き換えとかなんとか、手続きは来週にでもやる。夜、使ってないときは乗ってくれ」

「ありがとうございます」

「買い戻したくなったら、そう言ってくれよ。給料天引き、十二ヵ月払いで売ってやるから」

「それは、向こう一年はここで働けってことですか」

「ずばりだよ。察しがいいな」

真鍋は、礼を言って事務所を出た。


夕食の支度のできた食堂に入ると、すぐに調理場から、宮永祐子が駆け寄ってきた。

「真鍋さん、玩具《おもちゃ》、ありがとうございます。晴也のために、気をつかっていただいて」

そう言いながら、頭の姐《あね》さんかぶりをはずした。くせのない短めの髪が、さっと落ちて頬にかかった。

「あ、いいんです」真鍋は言った。「たまたま思いついたもので」

「晴也は喜んでました。訳があって、いまあの子、ほとんど玩具を持っていないものですから、とっても喜んで」

「ひとりで遊んで寂しそうにしてたものだから。こんど一緒にボール遊びをする約束をしました」

「お暇があったら、遊んでやってください。子供と遊ぶの、疲れるでしょうけど」

「こんど、休みの日に」

「ほんとに、ほんとにありがとう」

宮永祐子は、なお何度も頭を下げてから、もう一度手拭《てぬぐ》いを姐さんかぶりにし、調理場へ戻って行った。

テーブルに着いて、ほかの作業員たちと一緒に食事を始めてから、真鍋は何度かカウンターの向こう側の宮永祐子を見た。

真鍋は宮永祐子もまた何度か、こちらを気にしていたような気がした。視線が数回合ったのだ。とくに意味ありげな視線とは感じなかった。長い時間、真鍋の視線とからまったわけでもない。視線が流れる途中でふっと交錯しただけとも見えた。ただ、視線が合ったとき、宮永祐子の目には確実に、好意の色があったように感じられた。真鍋のささやかなプレゼントを、心底喜んでくれたのだろう。


真鍋は、いま一度あたりをうかがった。

小樽《おたる》市の繁華街、花園町というエリアにある細い路地だ。わびしげな木造の建物と、間口の狭いコンクリート造りの建物が混在する通りで、出ている看板はすべて酒を飲ませる店のものだ。スナック、と記してあるものが多い。

真鍋は、その路地をいま一度出て、表の通りを少し歩いた。

時刻は午後の八時になろうとしている。もう二十分ばかり、このあたりを行ったり来たりしていることになる。

その表通りはさすがにひとの通行も多かった。夏の土曜日なのだ。通りには、軽やかな、どこか浮き立つような気分があふれている。

真鍋は、通行人を眺めているうちに、ひと組のロシア人船員らしいふたり連れを見つけた。大股《おおまた》に、いま真鍋が出てきた路地の入り口へと向かってくる。真鍋はそのロシア人船員たちに背を向けてやり過ごした。ロシア人たちは、真鍋の横を抜けて、その路地へと入っていった。

真鍋は、路地の入り口から奥をのぞいた。ふたりは、路地に面したドアのひとつを開けて中に入っていった。

真鍋も路地に入った。足どりは、どうしてもためらいがちとなった。はたしてそこに向かうことがよいのかどうか、自分の判断と想像に誤りはないのか、自信が持てないのだ。いまロシア人たちが入っていったドアの前に立った。看板には、『スナック・カチューシャ』と記されている。その下に書かれているキリル文字は、たぶん『カチューシャ』のロシア語表記なのだろう。

深呼吸してから、真鍋はドアを開けた。

黄色っぽい光に満たされた小さな酒場だった。中にいる客たちが、一斉に真鍋に顔を向けてきた。客の数は五、六人だ。いま入っていったロシア人の姿もある。カウンターの中には、初老の女性がひとり立っている。彼女がこの店のママのようだ。

「いらっしゃい」と、いくらか怪訝《けげん》そうな顔でママが言った。見知った客であったかどうか、それを思い出そうとしているような表情だった。

店の中を見渡すと、ママがまた言った。

「こちら、カウンターではいかが？」

勧められるままに、スツールに腰をおろした。カウンターにはほかに客はいない。

ママが、熱いおしぼりを真鍋に手渡してきた。

「ええと、どなたと来られたかたでした？」

真鍋は言った。

「いや、初めて。かまいません？」

「ええ。何かお飲みになります？」

「ビールを」

国産ビールが出てきたところで、真鍋は訊《き》いた。

「ここで、ロシアのいろんな商品が手に入るって聞いてきたんですけど」

ママは首を傾げる。

「ロシアの、何？」

「商品。キャビアの缶詰とか、いろいろ」

ママは、真鍋の目を正面から見つめてきた。真鍋は視線をそらさずに受けとめた。

「ああ」ママは、納得したように言った。「雑誌かなんかに、このあたりのことが書いてあったんでしょうけど、誤解よ。ここはそういう店じゃない」

「どういう店じゃないんです？」

「ロシアのお客さんはくるけど、悪いことをやってる店じゃないって」

「悪いことって？」

「あんたが想像してるようなことよ」

「情報だけでもいいんです。ロシアの物は、どこに行ったら手に入ります？」

「誤解だって」

そのとき、うしろから声がかかった。真鍋には聞き取れない言葉だった。

ママが、カウンターの中から、店の奥に向かってなにごとか早口で言った。これもやはり聞き取れない言葉だった。ロシア語だろう。

ママは、もう一度真鍋に視線を向けると、首を振って言った。

「お客さん、そういう用なら、帰ってください。ビール代は六百円」

真鍋はなおも言った。

「せめて、話を取り次いでもらえませんか」

ママはきっぱりと言った。

「帰って」

断固たる拒絶の表情だった。真鍋はあきらめた。何カ月か前に読んだ週刊誌の記事。あの記事であたりをつけてみたのだが、見当ちがいだったようだ。記事では、この路地のあたりに、ロシアとの密貿易を仲介している店があるとのことだったのだ。この店はキリル文字の看板が出ているし、ロシア人客も入っていった。だから、これだろうと踏んだのだが。

真鍋は、財布から六百円だけ置いてスツールから立ち上がった。

真鍋は、いま一度小樽花園町を貫く表通りへと出た。

あのママの言ったことがほんとうかどうかはわからない。この店は、密貿易なんかにからんではいない、というあの言葉を、まるごと信用していいとも思えなかった。真鍋は、言わば一見《いちげん》の客だ。たとえあの店が密貿易に関係していたとしても、それをどこの馬の骨ともわからぬ男に、簡単に明かすはずはないのだ。誤解だ、帰ってくれ、というのは、考えてみれば、ごくごく当然の反応だった。

どうするか。

あとはもう、真鍋に計画はなかった。この花園町でそれらしき店に行きあたらなければ、この小樽でもうできることはないのだ。

真鍋は当てもないまま歩き出した。いまの『カチューシャ』のあった路地を中心に円を描くように、通りを選んで歩いた。小樽を舞台にしたロシア密貿易の雑誌記事を思い出すかぎり、この小樽の飲み屋街のどこかに、その手の情報が集まる場所があるはずなのだ。

歩いていて、キリル文字の貼り紙が出ている店をもうひとつ見つけた。大衆居酒屋と見える構えの店だった。真鍋は引き戸を開けてその店に入った。土曜日のせいか、店はほぼ満席に近い。入り口に立ってさっと中を見渡したが、ロシア人の姿はなく、何か犯罪が企《たくら》まれているような雰囲気もなかった。あまりにも開けっ広げで、騒々しい。

ウェイトレスがすぐやってきたが、真鍋は首を振って店を出た。その店のキリル文字の貼り紙は、たぶん単にロシア人歓迎とでも書かれているのだろう。

真鍋はまたその飲み屋街を歩き、鉄道の高架下をくぐって、アーケード街の中に入った。すでに商店はあらかたシャッターを降ろしている。看板に明かりが入っているのは、飲食店だけだった。

目の前を、体格のいい男たちが三人歩いてゆくのに気づいた。ロシア人のようだった。ロシア船の船員だろう。真鍋は、彼らの後を追ってみることにした。途中、話しかける機会でもできれば、話してみたい。片言の日本語と英語とで、なんとかこっちの期待ぐらいは伝えられるだろう。

三人の男たちは、アーケード街を抜けると広い坂道を下り始めた。港のほうに続く通りだ。真鍋は三十メートルほどの距離を置き、つかず離れず三人の後をつけた。まだ歩道には多少の通行人がいる。追いついて声をかけるのはためらわれた。

坂道を下っている途中、男たちが何度か振り返った。真鍋がついてくると気づいたようだった。

日本銀行旧小樽支店のクラシカルなビルの向かい側のあたりまできて、ひとりが公衆電話ボックスに入った。あとのふたりはボックスのそばに立ち止まる。真鍋も足を止め、三人に背を向けた。

電話はほんの二、三分で終わった。三人のロシア人たちは、また坂道を下りだした。真鍋も後に続いた。坂道を下りきると、ロシア人たちはそのまままっすぐ運河にかかる橋を渡ってゆく。橋の向こう側は倉庫街だ。橋のところから、歩いている通行人はほとんどいなくなった。街路灯の明かりも減り、かなり薄暗い。前を行く三人の男の足音に重なって、真鍋の足音が妙に大きく響くようになった。

ロシア人たちは、信号のある交差点を突っ切った。その先は第二埠頭《ふとう》のはずである。そちらに、自分たちの乗ってきた船が接岸しているのだろう。ロシア人たちの歩調が、少し速くなってきた。真鍋も歩調を速めた。

そのときだ。右手を追い抜いていった乗用車が、すっと急ハンドルを切って真鍋の行く手をふさぐように停まった。真鍋は足を止めた。

助手席側のドアと、うしろの右側のドアが開いた。ふたりの男が飛び出してくる。真鍋は棒立ちになった。戦慄《せんりつ》が背筋に走った。

男のひとりが、正面に立った。四十歳ぐらいの、体格のいい男だ。もうひとりが真鍋のうしろにまわった。

目の前の男が、つぶれた声で言った。

「警察かい？」

真鍋は答えた。

「いや。ちがう」

「じゃあ、ちょっと乗ってくれ」

そう言うのと、男が真鍋の胸ぐらを引っ張ってくるのは同時だった。うしろの男もどんと背を突いてくる。真鍋は一瞬のうちにその乗用車の後部席に放り込まれた。男たちも続き、真鍋は左右から押さえつけられた。乗用車は急発進した。

左にいるのが、声をかけてきた四十男だ。

男は訊いた。

「この近所で、何やってたんだ？」

「いや、別に何も」

右側にいる若い男が、素早く真鍋のポケットを探った。ジャケットの内ポケットから、財布が抜き取られた。

左側の男が訊いた。

「いまの船員たちを尾《つ》けたのはどうしてだ？」

「尾けてなんていない」

ごつりと、真鍋の頬に拳《こぶし》が叩《たた》き込まれた。頬骨が折れるほどの力ではなかったが、相手の意志を知るには十分な強さだった。相手は、暴力を振るうことに躊躇《ちゅうちょ》していない。

真鍋は、恐怖に耐えながら、弁解するように言った。

「尾けたわけじゃないんだ。ただ、話したかった」

「何を？」

「非合法な話だ」

「だから、何だ？」

ほんとうのことを言うわけにはゆかなかった。

「車だ。四輪駆動車を持ってくれれば、買ってくれるのかって」

「盗品ってことか？」

「ああ」

「やってるのか？」

「いや。だけど、金がないんだ。やろうかと思ってる」

右側の男が言った。

「財布の中には、十五万ぐらいあるぜ」

真鍋は言った。

「リストラされた。失業保険だ。それがなくなったら、文無しなんだ」

「トウシロだな？」

「なんだって？」

「素人だなって訊《き》いたんだ。前科は？」

「ない」

「組にも関係してないな？」

　暴力団のことか、と聞きかけたが、言葉を選び直した。

「やくざの、ってことか？」

「そうだ」

「どこにも。ふつうのサラリーマンだったんだ」

　男は、運転手に言った。

「マグライト貸せ」

　すぐにマグライトが手渡されてきた。

　男はマグライトを点灯して、真鍋の顔に当てた。真鍋はまぶしさに目を細めた。

　男は、意外そうに言った。

「ほんとに堅気みたいだな」

「ああ。ふつうの市民だ」

「素人が、余計なことに首を突っ込むな」

「車は、売れないか？」

「余計なことをするなって」またもうひとつ拳が飛んできた。「堅気の人間が入ってこられる世界じゃねえぞ」

　こんどは、唇が切れた感触があった。血の味が、じんわりと口の中に広がってくる。

　車が停まった。窓の外をうかがうと、どうやら港のはずれ、岸壁の端あたりにきているらしい。

左の男が、マグライトを消して言った。

「二度とこっちにくるな。小樽でおかしな真似をするな。つぎは、海に叩き込むぞ。重しをつけてな」

黙っていると、男はもう一度すごんだ。

「わかったか?」

「わかった。わかった」

「迷惑料、もらっておく」

右側の男が、財布から何枚かの札を抜き出して、財布をもとのポケットに突っ込んできた。

左側の男が、車を降りた。右の男が身体を突いてくるので、真鍋も同じドアから外に出た。その瞬間、足払いをかけられた。真鍋の身体は、岸壁の固いコンクリートの上に転がった。そこを蹴《け》飛《と》ばされた。靴の先が、脇腹にめり込んだ。激痛が走り、呼吸ができなくなった。真鍋は身を縮めて、岸壁の上をごろんと転がった。

つぎの蹴りがくるか、と覚悟して、身を縮めたままでいた。しかし、ふたつめのキックはなかった。車のドアが閉じる音がして、続いて発進音。車の音はたちまちその岸壁を遠ざかっていった。

身をよじり、痛みをこらえながら、真鍋はひとつ決意した。

どうやら自分のひそかな計画を成就させるためには、おれは早めに堅気を捨てるしかないようだ。こちら岸と向こう岸との境界を、早めに超えてしまわなければならないようだ。そいつを超えないかぎり、計画成就の日はやってこない。そうではないか？

五分ばかり岸壁に転がっていると、ようやく痛みも引いた。呼吸と心拍が、もとに戻ってきた。真鍋はゆっくりと上体を起こして、血の味のまじった唾液《だえき》を地面に吐き捨てた。

食堂の引き戸が、カラカラと音を立てて開いた。宮永祐子は、調理場の小さなデスクの前で顔を上げた。

入ってきたのは、真鍋だ。背をかがめ、くたびれ果てたような顔で、隅の戸棚のほうに向かってゆく。

祐子は壁の時計を見た。午後十時を少し回った時刻だ。いま食堂には、入ってきた真鍋以外誰もいない。ふだんならこの時刻、まだ従業員の誰かがテレビを観ているはずだけれども、きょうは土曜日。みな外出しているのだ。

デスクに手を置いたまま首を伸ばし、真鍋を見つめた。真鍋の様子は明らかにおかしい。ふつうではなかった。ジャケットとその下のポロシャツが汚れている。

見ていると、真鍋はテレビを載せた戸棚の前に歩いて、引き出しを開けた。そこには、救急箱があったはずだ。

背をかがめたまま、真鍋は引き出しを開けた。引き出しはすっと戸棚から抜けて、床に落ちた。中のものが散らばる音がした。真鍋は顔をしかめて、その場にしゃがみこんだ。その様子がまた奇妙だった。関節が錆《さ》びついたかのように、動きが緩慢だったのだ。

怪我でもしたの？

祐子は立ち上がって、調理場の脇のスイングドアを押して食堂に入った。

真鍋が顔を上げ、少し驚きを見せて言った。

「あ、いたんですか」

「ええ」祐子は、床に目をやりながら言った。「ちょっとノート付けが残っていて」

床には、小さなガラス瓶や紙の包みが散らばっている。

祐子は真鍋のそばまで歩きながら訊いた。

「どうしました？　何かお薬が要るんですか？」

真鍋は、散乱した薬類をちらりと見やって言った。

「湿布薬があったように思って」

真鍋の顔には、痣《あざ》ができていた。右頰と、右のこめかみのあたり。痣。内出血。何か硬いものが当たったのだ。右のまぶたも腫《は》れぼったい。

殴られたのだろう、と祐子は判断した。自転車で転んだとか、交通標識にぶつかったとか、その類の傷ではない。こう見えても、自分は打ち身についてはキャリアを積んでいる。

これは殴られた傷だ。

驚きが祐子の顔に出たようだ。真鍋はまた言った。

「顔、ひどくなってますか」

祐子は訊いた。

「どうしたんです？　殴られたの？」

「ええ、まあ」

「ほんとに？」

「ええ」

真鍋はまた床に手を伸ばした。床の薬の包みにはわずかに届かず、真鍋はさらに上体を前へと倒した。つぎの瞬間、真鍋はうっと呻《うめ》いて身を縮めた。しゃがんだままの姿勢で、身体が倒れそうになった。

祐子はさっと膝《ひざ》を折って手を伸ばし、真鍋の身体を支えた。手が、ちょうど真鍋の右の脇腹のあたりに触れた。真鍋は、ふたたび呻いた。こんどの呻き声は、はっきりと激痛を意味するものだった。祐子はあわてて手を引いた。

祐子は膝を伸ばして真鍋の顔をのぞきこんだ。

「大丈夫ですか？　怪我は、顔だけじゃないのね」

「大丈夫です」

そう言いながらも、真鍋は首を折って、じっと痛みに耐える格好だ。

祐子は、床から湿布薬の箱を拾い上げると、真鍋に言った。

「身体、動かせないんじゃありません？　お薬、わたしが貼ってあげましょうか」

真鍋は、少しだけ顔を上げて言った。

「すいません。お願いできますか」

祐子は食堂の中を見渡した。背中とか腹部にも打撲傷があるとしたら、シャツを脱いで裸になってもらわねばならない。かといって、二階に上がって真鍋の部屋でそれをするわけにはゆかなかった。好感の持てる男ではあるが、その男の部屋まで行って半裸姿の男と向き合うのは、控えるべきことだろう。

祐子は、そばのスツールを指さして言った。

「あの椅子に腰かけて、シャツを脱いでください」

真鍋は、言われたとおりゆっくりと立ち上がって、そのスツールに腰をおろした。

真鍋は、腕を苦しそうに曲げながら、ジャケットを脱いだ。ポロシャツのほうは、真鍋ひとりでは脱げなかった。祐子も、袖《そで》を引っ張って脱ぐのを手伝った。

背中が露《あらわ》になって、祐子は一瞬息を呑《の》んだ。右の背中から脇腹にかけて、てのひらでは隠せないほどの大きさに内出血が広がっている。その中心部分は、ほとんど黒に近い赤紫色だ。ほかには、細かな擦り傷や打ち身の痕《あと》がいくつか。

「どうなってます？」と真鍋が訊いた。

「内出血がひどいわ。痛みます？」

「ええ。ずきずきしている」

「骨は大丈夫かしら。ちょっと触っていい？」

「ええ」

祐子は、人指し指でそっと内出血の中心部分を押してみた。もし肋骨《ろっこつ》が折れていた場合は、飛び上がるほどの痛みを感じるはずだ。

「痛い」と真鍋は言った。

祐子は指を引っ込めた。飛び上がることはなかった。たぶん骨は折れていない。

祐子は言った。

「湿布でなんとかなる傷じゃないみたいですよ。やっぱり病院に行ったほうがいいかもしれない」

「いや、歩いてこられたんだから、たいしたことはないでしょう」

「レントゲンを撮る必要があるかも」

「骨は折れていないと思います」

「でも」

真鍋は、その話題は打ち切りだとでも言うようにきっぱりと言った。

「病院には行きません。湿布を貼ってもらえますか？」

「はい。待って」

祐子は、真鍋のその脇腹の打撲傷の上に、ていねいに湿布薬を貼った。てのひらを広げたほどのサイズの薬を二枚使ったが、それでも内出血の範囲を覆いきれないほどだった。

ポロシャツを着るのを手伝ってから、祐子は真鍋の顔の傷を見た。こちらは、見た目ほどにはひどい傷ではなかった。オキシフルで消毒して傷薬を塗り、さらにその上に大判の救急絆創膏《ばんそうこう》を貼った。

貼りながら、祐子は訊《き》いた。

「なにがあったんです？　真鍋さんのことだから、喧嘩《けんか》をしたんじゃないんでしょうけど」

真鍋は言った。

「ま、喧嘩みたいなものです」

「ほんとに？」

「ええ」

「暴力を使うようなひとには見えない」

真鍋は、祐子を見つめてきた。祐子の言葉の真意を探ろうとしているかのような目だった。さほど深い意味で言ったわけではなかった。祐子は視線をそらした。

真鍋は言った。

「ふだんは暴力は使わない。でも、使うときには使う。使うべきだと思う」

「これは、どっちの場合だったんです？」

「ぼくは使わなかった」

「やられっぱなしだったってこと？」

「そう」

「警察には、訴えないの？」

「そういう問題でもないので」

「でも」

言いかけて、祐子は、自分も同じようなことを何度も医者に言われてきたことに気づいた。たしかに世の中には、単純に警察には通報できぬことがある。真鍋にも、何かそんな事情があるのだろう。どんな事情なのか、気にならないではないが。

真鍋が訊いた。

「でも、何です?」

「いえ、いいの。顔の傷は、氷で冷やしましょうか」

「そうですね」

祐子はいったん調理場に戻り、冷蔵庫から氷を出してタオルに包んだ。これをしばらく当てておけば、腫れも多少は引くだろう。

ふと思い出したことがあった。先日、外出から帰ってきた真鍋の姿を見たときのこと。あの夜、自分はこの宿舎を出て、自分たちのプレハブに帰ろうとしていた。道を歩き出してたまたま振り返ったときに、真鍋を見た。彼がちょうど工務店のゲートを抜けて入って、敷地に入ってゆくところだった。奇妙なのはそのあとだ。少しの時間をおいて、真鍋のあとについていたかのように別の男が現れたのだ。その男は工務店のゲートの前まできて、中の様子をうかがい、工務店の看板を見つめていた。

夜だったので、男の年格好もはっきりとはわからなかったが、二十代か三十代の、細身の男。スーツ姿ではなかった。様子から考えるに、あれは真鍋に気づかれぬよう後をついてきたのだ。真鍋がどこで寝泊まりしているか、それを調べている、という様子だった。あのことは、真鍋のこの怪我と何か関係があるのだろうか。だとしたら、あれはどういう素性の男だったのだろう。真鍋とはどんな関係なのだろう。

すぐに思いついたのは、消費者金融か高利貸しなどの取り立て人か、ということだった。真鍋の身元調べのために、後を尾《つ》けたのではないか。

あるいは、たまたま真鍋の外出先で出会って真鍋とトラブルでも起こした男が、後をつけてきたということだろうか。でもどんなトラブル？　肩が触れたとか、目が合ったとか、その程度のことであるはずはない。トラブルとなった相手が、真鍋の居場所をつきとめ、きょうになってから真鍋を襲ったということかもしれない。

しかし祐子は、それを口にするのをためらった。尾けていたひとがいた、と指摘するのも、何かトラブルを抱えているかと問うのも。真鍋が言いたくないのだ。詮索《せんさく》するのはよそう。きっと真鍋は、病院で医師に問い詰められているときの祐子の心境なのだ。周囲は正論を言ってくれるかもしれない。でも、それを認めたからといって、解決にはならないことがある。ひとのありようは、はたの者が正論で切って捨てられるほど単純でも、簡単でもないのだ。

祐子は食堂に戻ると、氷を包んだタオルを真鍋に差し出した。

「これを使ってください。氷がもっと必要なら、冷凍庫にあります」

「あ、お手数かけます」と真鍋がていねいに言った。

「明日、また診てあげましょう。お休みなんですよね？」

「この身体ですからね。たとえ平日でも明日は力仕事は無理だ」

「じゃあ、おやすみなさい」

「どうも」

祐子はもう一度調理場にもどって、テーブルの上の文具を片づけ、天井の灯を消した。振り返ると、すでに真鍋は食堂から立ち去っていた。外のスチール階段を昇る音が聞こえた。ずいぶんと間の開いた、痛みを引きずっているかのような音だった。


夜のその市電通りに、一台の黒い乗用車が停まった。車高を思い切り下げた違法改造車だ。二千五百ccの、国産のセダン。セダンは、ファンファーレのようにけたたましくクラクションを鳴らした。

乃武夫は、丸井今井《まるいいまい》デパートのウインドウの前から、その改造車に駆け寄った。その車はウインドウすべてに黒いシールを貼っているから、誰が乗っているかは外からはわからない。でも、それが待ち合わせの相手であることはとうに承知していた。

後部席のドアがすっと開いた。中をのぞくと、運転席で中学時代からの友人が振り返って、乗れ、とでも言うように首を傾ける。乃武夫は腰を屈《かが》めて後部席に身体を入れた。乃武夫がまだドアを閉めないうちに、改造車はその場を急発進していた。

乃武夫は、前部席のふたりの仲間たちの横顔を交互に見てから言った。

「きょうも、借りでいいだろ。頼むな」

助手席の広志《ひろし》が言った。

「仕事、まだ決まらないのか？」

「まだだ」舌打ちして乃武夫は答えた。「きょうも、面接まで行って落ちた」

「仕事、選びすぎてんじゃないのか」

「誰だって選ぶだろ」

「おれなんて、選びようもなかったぞ。高校出るときには、親父が仕事を決めてしまってた」

「そのあとは、選んだろうに」

「引っ張られたところに移っただけさ」

運転席で修一《しゅういち》が振り向いて言った。

「乃武夫は、何やりたいのよ？」

乃武夫は修一に顔を向けて言った。

「夜の仕事だ。サービス業」

「たとえば？」

「カラオケ・スナック。ゲーセン。パブ。クラブ」

「客商売ばっかじゃねえか」

「まずいか？」

「遊びに行く場所と、仕事と、ごっちゃにしてるんじゃないのか」

「してねえよ」

「ガテンの仕事はいやなのかよ」

「まずは、やりたい仕事を探してみるさ」

「ネクタイ締める仕事なんて、みんなやりたがるし、それでいて給料は安いし、たいしたことねえぞ」

「お前も、保護司みたいな言いかたするな」

「保護司はそう言ってるのか」

「埼玉とか千葉のほうで、現場仕事しないかってよ。そっちになら、いくらでも押し込んでやれるって言うんだけどな」

広志が言った。

「お前さ、もう前科持ちなんだからよ。望みは低いとこに置いたほうがいいんじゃないか」

乃武夫は広志をにらんで言った。

「おれの勝手だろうが」

「そうだけどよ。いつまでもたかられてばっかじゃ、おれたちも割に合わないからな」

「いつか、返してやるって」

「おれなら、とりあえず埼玉でも千葉でも行くね。現場入って金貯めて、貯めた金で免許取って、それからつぎの仕事探しだ」

「かったるい」

そうなのだ。何かつぎの目的のために消化しなければならない時間がかったるい。その時間を生きることが、死ぬほどに苦しい。盛岡の少年刑務所でも、黒羽刑務所でもそうだった。決まりきった日課をくる日もくる日も同じ手順で繰り返す毎日。それは掛け値なしに地獄だった。

そのことを、同房の者に漏らしたことがある。すると相手は言ったものだ。クスリかシンナーをやってたんだろ。一回あの時間を覚えちゃうと、ほかの時間なんて、気が狂いそうにかったるく感じるのさ。当然だよ。

乃武夫は覚醒剤《かくせいざい》はやったことがない。だけど、シンナーはやっていた。中学三年の頃にはすでに、ホームセンターでペイント用のシンナーを買ってきては、仲間たちと回して吸った。確かにシンナーを覚えてしまうと、もう堅気の暮らしなんて絶対にできないと思うくらいに、時間の感覚が狂う。学校の授業も、することのない放課後も、行くあてのない日曜日も、何もかもがつらくなる。ちょうど水飴《みずあめ》が伸びるようにとろりと時間が引き延ばされて、シンナーを吸っているときの何倍もの長さの時間になったように感じられるのだ。自分はその時間の飴の中に閉じ込められた虫か何かのように感じられてくる。もがいてももがいても、その緩慢な時間からは逃れられない。それは時間への監禁であり、ゆるやかに引き延ばされた死にほかならなかった。

少年刑務所にいたあいだに依存症は消えたし、いまはまだ仮釈放の解放感がある。でもこのままかったるい日々が続くなら、自分はまたシンナーに手を出すかもしれない。いや、禁断症状がもう出かかっているのではないだろうか。堅実に働いて金を貯め運転免許を取る、ということを想像しただけで虫酸が走った。おれは、そろそろこの娑婆《しゃば》の暮らしが、苦痛になってきている。それは確かだ。

広志が、窓の外に目をやって言った。

「どうだ、あのふたり」

言葉につられて、乃武夫は歩道を見た。歩道の先を、肩をむき出しにした薄着の若い女がふたり、じゃれ合うように歩いている。

修一が車を減速し、歩道に寄せた。

車がふたりに並んだとき、広志が窓から顔を出して声をかけた。

「ちょっとさあ、暇してる？」

女の子たちが車のほうに顔を向けてきた。まだ二十歳前後と見える女の子たちだった。あるいはもっと若いかもしれない。女の子たちは、広志や乃武夫の顔を見てから、互いに目を見交わして笑った。

広志がまた言った。

「遊びに行かないか。函館山。大沼《おおぬま》でもいいけど」

女の子たちは何も応《こた》えず、立ち止まってくるりとうしろを向いた。車はそのまま道を進むことになった。

広志が言った。

「ちぇっ、ぶすのくせして」

修一が運転席で言った。

「もう一回、往復するか。松風町《まつかぜちょう》のほうに行ってみるか」

「やっぱりこっちだ」と広志。

修一が言った。

「乃武夫。お前さ、函館に帰ってきたの、まちがってたって思わないのかよ」

乃武夫は、振り返って後部ウィンドウ越しにいまの女の子たちを見ながら言った。

「なんでだよ」

「函館だったら、たいがいの人間がお前の名前も顔も知ってるぞ。客商売やりたいって言ったって、向こうはいやがるだろうよ」

乃武夫は首をもとに戻して訊《き》いた。

「人殺しだからか？」

修一は、口ごもるように答えた。

「ん、ま、そういう、ことだ」

「おれは脱走してきたんじゃない。きちんと法律で認められて仮出獄になったんだ」

「そりゃわかってるけどよ。だけど、函館で客商売は考えもんじゃないか」

「人殺しなら、どんな仕事がいいって言うんだ？」

「ひとに会わなくてもいい仕事だろうよ。工員とか、大工とか、鳶《とび》とか」

「山の中の飯場で寝起きするような仕事か」

「カッカするなよ。お前のこと考えて言ってるんだから」

「そういう仕事なら、いくらだってあるんだ。保護司も言ってた」

「だったら、そっちに就いたらどうだ？」

「前科のことは気にしないって、そう言ってくれる職場もあるだろう」

「客はどうかな。ゲーセンのカウンターのうしろでお前がにらんでたら、あまりいい気持ちしないんじゃないか」

「チンピラが集まるような場所なら、逆におれみたいなのが必要だろうさ」

「そりゃあ、お前の一方的な希望だよ」

「保護司は、もう一ヵ月くらい函館で仕事を探してもいいって言ってくれてる。どうにも見つからなかったら、こんなちんけな街は出るけどな」

「ちんけですまなかったな」

「お前のことを言ったんじゃねえよ」

前回保護司と会ったときのことが思い出された。十件以上も履歴書を出したけど、まだ仕事が見つからない、と乃武夫が言うと、保護司は冷笑するように言ったのだ。世間の厳しさが少しはわかったかい、と。

保護司は続けた。世間は、刑務所を出てきたばかりの男には冷たいよ。手に職もない男を、それでもいいって使ってくれるのは、土木か建設業ぐらいだ。しかし、そこから始めるしか仕方がない。よその土地で真面目に働いて、トラブルも起こさなくなったと、そう認めてもらって、初めて次の仕事に移れる。故郷にも帰れるし、自分が望む仕事にも近づけるんだ。悪いことは言わない。そろそろ、この街でかっこいい仕事に就こうなんてことは諦《あきら》めなさい。

しかし、そいつは癪《しゃく》だった。自分が故郷では唾棄《だき》されていると認めることも、土木作業員以外には仕事などないと知ることも、何より信用を得るまでの長い時間をひたすらおとなしく、自分を抑え、つつましやかに生きなければならないことも。

だから前回保護司に会ったときも言ったのだ。もうひと月だけ、函館で職探しをしてみますよ。職種は、ちょっと広げて考えてみます。おれだって別に、スーツにネクタイでなきゃ絶対いやだってわけじゃないですから。

広志が、助手席で振り返って言った。

「そういえば、乃武夫さ、お前、もしかして、身上調査の段階で落とされてんじゃないのか？」

乃武夫は訊いた。

「どういう意味だ？」

「だから、お前、前科隠して応募してるんじゃないの？　面接はパスして、そのあと興信所がお前のこと調べて、それで前科のことがばれて、不採用ってことになってるんじゃないのか？」

「履歴書にはきちんと全部書いてる。調べられて落とされるってことはない」

「刑務所に行ってたって、履歴書に書いてるのか」

「書いてる。書かなきゃだめなんだ」

「じゃあ、どうして興信所がお前のことを調べるんだ？」

「興信所が、おれを調べてたのか？」

修一が右手を指さしながら言った。

「あっちの歩道の子、どうだ？」

乃武夫は修一の言葉を無視して、広志に訊いた。

「興信所が、おれを調べてたって？」

「ああ。お前んとこの近くのコンビニのばあさん、そう言ってたぞ。先週、興信所らしいのがきて、お前のことを調べて行ったたって」

「何を」

「詳しくは知らんよ。ちらって耳にしただけだ」

乃武夫は、広志の頭に手を回して、ぐいと手前に引き寄せた。広志の顔は、シートのヘッドレストに当たって歪《ゆが》んだ。

「ちらっと何を聞いたか話せって言ってるんだよ」

修一がまた言った。

「あの子、どうだ。Uターンするか？」

乃武夫は言った。

「ちょっと待てよ。大事な話してるんだ」

広志が苦しげに言った。

「コンビニでさ、乃武夫の名前出して、いま、うちにいるのかどうか聞いてたんだってよ」

「興信所が？」

「なんとか市場調査の会社だって言ってたってよ」

「市場調査？」

「ああ。お前のことをさ、仮釈放で出てきたって答えたら、びっくりしてたってよ。何の罪で、何年入ってたとか、聞いていたそうだ」

「おれの前科のことを知らなかったんだな？」

「ああ。だから、身上調査があったと思ったんだ。それだけだよ」

乃武夫は広志の頭を離した。

車はまた加速している。修一の目は、通りの歩道上に向いていた。まだ今夜引っかける女を探している。

自分は、と乃武夫は記憶を確かめた。応募したすべての会社に対して、きちんと前科のことも記した履歴書を出してきた。ただの一枚も、前科を隠したことはない。履歴書を受け取った会社が、履歴書の行間を確認するために興信所を雇う必要はなかったはずである。それとも、「殺人罪で服役」という記述のもっと詳しいことを知りたかったのだろうか。事件の中身によっては乃武夫を雇ってもかまわない、と考えた応募先があって、いつ誰を殺したのか、どの事件の殺害犯なのか、それを知りたいということだったのだろうか。応募した中には、履歴書をまず郵送しろ、と指示していた企業もあった。そういう企業の中には、乃武夫を採用するかどうかで、事前に詳しい調査をしたところがあったのかもしれない。

いいや、と乃武夫は考え直した。その興信所は、のこのこと乃武夫の家のそばまでやってきて、あからさまにコンビニで乃武夫の近況を尋ねている。しかも、乃武夫が刑務所から出てきたことを知らなかったようだ。興信所に調査を依頼した会社があるとしても、乃武夫には前科があるという程度のことは、事前に情報として伝えたのではないか。

どういうことなんだろう。誰が、どういう理由で自分のことを調べていたんだろう。それも、ろくに乃武夫についての下調べもしないままに。

乃武夫は修一に言った。

「修一、悪いけど、人見町にやってくれないか。うちのそばのローソンまで」

修一が訊《き》いた。

「ナンパはいいのか?」

「あとだ」

修一は肩をすくめて、アクセルペダルを踏み込んだ。

顔なじみのその中年女性は、たしか篠田《しのだ》と言った。このコンビニエンス・ストアの経営者の奥さんだ。いま、もうひとりの若い女性アルバイトと一緒にカウンターの中にいる。

乃武夫がひとりで店に入ってゆくと、篠田の奥さんは反射的に愛想笑いを向けてきた。こんばんは、と乃武夫があいさつすると、奥さんの顔がすっと緊張した。ちらりとアルバイトのほうに視線をやった。

カウンターの前に立って、乃武夫は言った。

「すいません、ちょっと訊きたいことがあって」

「あ、はい」どぎまぎしている。「なあに、乃武ちゃん」

「このあいだ、おれのことを市場調査の会社だかが調べにきたって聞いたんですけど」

「ああ、あのときね。そんなひとがきたよ」

「どんなやつです？」

「年配の、サラリーマンふうかね。背広着ていた」

「おれのこと、何を訊いていったんですか？　事件のこと？」

「いや、そうじゃないの。ただ、いま家にいるのかって。乃武夫ちゃんのこと、あまりよく知らないようだったよ」

「おばさんは、なんて答えたんです？」

「あたしは、帰ってきてるよ、って答えた。なんか、その、まずかったかい？」

「いや、いいんです。きちんと手続き踏んで帰ってきてるんですから。逃げも隠れもしていない。だけど、おれのこと、何も知らなかったんだって？」

「ああ、あまりよく知らずに、いきなりここに飛び込んできたみたいだった。あの、あんたがどこに行ってたのかも知らないみたいだった」

「おれが刑務所に行ってたことも」

「ああ、そう」相手は、きまり悪そうにうなずいた。「いや、あたしも言うつもりはなかったんだけど、本気で、いままでどこに行ってたんですか、って訊かれたものだから。あ、あたしはそのこと、気にしてないんだよ」

「仮出獄だと知ったら、驚いてました？」

「ええ。そりゃあ、すごく」

「あとはどんなこと訊きました？」

「ええと、いま仕事は何をしてるとか、どこに行けば会えるかとか。どんな友だちがいるかとか。あたしは何も知らないから、知らないって答えたけどもね」

「そいつ、何のためにそういうこと訊いて回ってるのか、言いました？」

「いいや。何か市場調査だとは言ってたけど。心当たりあるかい？」

「いいや」

やはり興信所だろう。まさか警察ということはない。警察が乃武夫の出所後の様子を見にきたというのなら、刑務所から出てきたばかりということは承知しているはずだ。しかし、応募先が調べたのだとしても、それは同じことだ。ということは、応募先が興信所を使って乃武夫の過去を調べたわけではないのか？　ほんとに刑務所にいたことを知らなかったのだとしたら、警察でも応募先でもないところが、興信所を使ったのだ。でも、どこが？　なぜ？　何のために？

相手は、そわそわしてきている。乃武夫とこれ以上話し続けることに耐えられなくなっているのだ。なんといっても乃武夫は若い人妻と赤ん坊を殺した凶悪殺人犯だ。いつなんどき切れて、襲いかかってくるかしれたものではない、と思っているにちがいない。乃武夫は、相手の緊張を自分が多少楽しんでいることを意識しながら言った。

「もう少しだけ教えてください。そいつは、おばさんに名刺かなんか渡さなかったんですね」

「くれなかったね。何も」

「そのあとも、おれのことをいろいろ調べたがってましたか？」

「よく行く立ち回り先を知りたい、とは言っていたからね」

「それは先週のことでしたね？」

「水曜日だったと思う」

水曜日。あの日も、自分はひとつ面接を受けに行き、けっきょく落ちていったん家に帰った。それからおふくろに小遣いをたかり、二千円もらって、本町のカラオケ屋に行った。修一や広志と遊ぶためだ。

その興信所の男が、と乃武夫は考えた。おれのよく行く場所を知りたがったとしたら、家の前でおれを待っていて、こっそり尾《つ》けるという手は取らなかったろうか。どっちみち近所で訊いたってわからなかったろうし、本気でおれのよく行く場所とか行動範囲を知りたがっていたなら、尾行という手がいちばん簡単だったはずだ。

「どうもです」

乃武夫は相手に礼を言って店を出ると、駐車場の修一たちの車に戻って言った。

「本町のピノキオに行ってくれないか」

『カラオケハウス・ピノキオ』の店員は、乃武夫の質問にあっさり答えた。

「ええ。先週、お客さんが部屋に入ったあと、そういうひとがきましたよ。いまのお客は常連だろうか。よくくるのかって」

乃武夫は確かめた。

「どう答えたんだ？」

「ええ、よくくるお客さんですよって」

「そいつ、自分のことをなんて言ってた？」

「調査会社だって。どこかの会社が新しい社員を採用するんで、念のための身元調査なんだって言ってましたよ。堅い会社なんで、いちおう交遊範囲とか行きつけ先なんかを調べてるんだって」

「名刺とか、見せた？」

「ええ。もらわなかったけど」

「なんていう会社か覚えてないか？」

「いや、覚えてないすね。ちらっと見ただけだから」

乃武夫は、声の調子を落とした。

「お前、客のことを、いつもそうやってぺらぺら勝手にしゃべるのか。客がよくきてようが初めてだろうが、しゃべることはないだろう」

店員は顔色を変えた。

「あ、すいません。ただ」

「ただ？」

「お客さんにとって、悪いことを訊いてきたようじゃなかったもんですから」

「相手を信用したんだな？」

「ええ、まあ」

「じゃあ、覚えてるだろう。なんて調査会社だ？　函館の会社なんだろう？」

「あ、そういえば」店員はほっとしたように言った。「函館じゃありません。札幌の住所でしたよ。北海探偵事務所とかなんとか」

「北海探偵事務所？」

「正確かどうか、自信ありません。北なんとか探偵社だったかもしれません」

「きちんと思い出せないか」

「いや、これ以上は、ちょっと」

そこに新しい客が入ってきた。男女まじった四人連れだ。店員は逃げるように乃武夫の前から離れていった。

北海探偵事務所とか、北なんとか探偵社とか、そんなような名前。札幌の会社だったという。これを聞き出せただけで十分か。乃武夫はそのカラオケハウスを出て、表で待っている修一たちの車に戻った。

車が発進してから、考えた。

札幌の興信所を使って、誰かがおれの居場所や行く先を探っていた。いよいよこうなると、おれの応募先が調べた、という線はなくなる。

では、誰が何のために？　いったい何を知りたくて？

ふと何か、頭の中にひらめくものがあったような気がした。

そのとき、修一が言った。

「おい、最高だぞ、こんどのは」

指さす先に、何気なく視線が行った。

若い女ふたりが、けらけらとじゃれ合うようにして歩いている。ふたりとも薄着で、ミニスカー卜同士だ。いくらか酒が入っている様子だった。

広志が言った。

「試そうぜ」

車が発進した。乃武夫は、自分の脳裏にひらめいたものがなんであったか、確かめもしないうちにそのことを忘れていた。


祐子は、宿舎の食堂に入ると、収納庫から掃除機を取り出した。

晴也が訊《き》いた。

「ぼく、外で遊んでていい?」

「いいわ」祐子は掃除機のコードを引き出しながら言った。「外には出ないのよ。資材置き場でも遊ばないこと」

「そのあと、スーパーに行く?」

「行くわ。ガチャポンもできる。だから、待ってて」

「うん」

昨夜は、真鍋にきょうも身体を診てみると約束した。湿布薬の貼り替えが必要になっているはずである。あれだけの内出血が、一日で引くはずはないのだ。

プレハブの住宅のほうで晴也に朝食を食べさせた後、晴也と一緒に宿舎までやってきた。

いったんは、二階に上がって真鍋の部屋をノックしようかとも考えた。でも、二階ではほかにも男性作業員が寝泊まりしている。祐子が真鍋の部屋の前に立ってノックするなり外から声をかけるということは、余計な誤解を招くような気がした。誤解されないまでも、ほかの作業員にとっては気になることであるにはちがいない。

それで二階に上がるのはよして、一階の食堂に入ったのだ。食堂にはテレビもあって、作業員の休憩室にもなっているから、もしかしたら真鍋はこちらにすでに降りているかもしれないと期待したのだ。入ってみると、食堂には誰もいなかった。

では、どうやって真鍋に、湿布薬を貼り替えてあげると伝えたらいいか。祐子は、食堂で物音をたてればよいと気づいた。掃除をする音は、プレハブのような建物ではよく二階に響くはず。真鍋も、食堂に祐子がきていることを知るだろう。

床に掃除機をかけながら適当にテーブルや椅子を動かした。いまは午前九時三十分。夜更かしした作業員もいるだろうが、そろそろこの程度の音はたててもかまわないはずだった。

十分ほどで掃除機をかけ終え、スイッチを切ったときだ。ひとの気配に振り返ると、食堂の入り口に真鍋が立っていた。

「あ」祐子は言った。「もしかして、うるさかったかしら」

真鍋は首を振った。

「いいえ、別に。でも、音で宮永さんがきたんだなってわかったから」

目論見《もくろみ》どおりだ。祐子は微笑した。

「傷のほうはどうですか。まだ痛んでるでしょう？」

「だいぶ引きましたよ」

そう言いながら、自分の顔を指さす。

しかし、こめかみと右頬はまだ紫色だ。ということは、脇腹の内出血も似たようなものだろう。痛みも残っているはずである。

祐子は言った。

「昨日みたいに、そこでシャツを脱いでください。新しい湿布に替えてあげます」

真鍋は素直にうなずいて、食堂の中に入ってきた。

湿布薬を貼り替えて、真鍋がシャツを着たところで、祐子は訊いた。

「真鍋さんは、日曜は夜のご飯はどうしてるんです？」

真鍋は立ち上がりながら言った。

「コンビニで弁当を買ってますよ」

「もしよかったら、今晩、うちでいかがです。あの」いまの言いかたが、何か裏の意味のある誘いととっては欲しくなかった。祐子は弁解するようにつけ加えた。「ご飯はいつも、ついつい多めに作ってしまうんです。もしよかったらと思って」

「いいんですか？」

「かまいません。うちで晴也と食べるの、おいやじゃなければ」

期待に反して、真鍋はほんの少しためらう様子を見せた。

「ほんとに、迷惑じゃない？」

「全然。ほんとのことを言いますと、このあいだの玩具《おもちゃ》のお礼をしたいんです」

「ああ」真鍋は納得したようだ。「ありがたく招《よ》ばれます」

「きょうはずっと宿舎にいます？」

「おとなしく横になってますよ」

「支度ができるころ、お電話しましょうか。携帯、お持ちでしたよね」

「ええ」

「さしつかえなければ、番号、教えてください」

真鍋は、テレビの下の戸棚に近寄って、筆記用具を取り出した。祐子は、電話をするにしても、どこからかけたらよいのか考えていなかったことに気づいた。自分たち親子が住むプレハブには、電話は引かれていないし、自分も携帯電話は持っていないのだ。けっきょく、三百メートルほどの距離を歩いてきて、この食堂のピンク電話を使うことになるのではないか。

真鍋が電話番号を書いた紙を渡してくれた。

祐子は受け取りながら訊いた。

「何か、お好きなものはありますか？」

「なんでも食べますよ」

「とくべつお好きだったものはあるでしょう」

「炊き込みご飯」

祐子は微笑した。晴也も、炊き込みご飯は好物なのだ。今夜作れば、ふたりに確実に喜んでもらえる。

「作ります。お口に合うといいけど」

「いつも、最高だと思ってますよ」

「塩を多めに使ってますが」

「ちょうどいい」

「では、夕方、電話しますね」

じっさいには、夕方になる前、ずっと早くに電話をすることになった。スーパーマーケットに行った際に、公衆電話からかけたのだ。あまり時間をおくと、真鍋の気が変わるのではないかと、少しだけ心配だった。あるいは、別の誘いが入ってしまうのではないかと。

だから、電話の最後では思わず言っていた。

「約束しましたよ。晴也も楽しみにしてるので」

「はい」と、真鍋は、女教師の指示を聞いた小学生のような調子で答えた。

門脇は、散らかった手紙やハガキの山の中から立ち上がって、電話を取り上げた。

「はい」と短く答えると、門脇の実の母親だった。

「あんたかい」と母親は言った。「祐子さん、いる?」

門脇は、手にした一枚の年賀状に目をやったまま言った。

「いいや、いまいない。どうしてだ?」

母親には、まだ自分の妻が失踪《しっそう》したということは打ち明けていなかった。

母親は言った。

「たいした用事じゃないんだけどね。晴ちゃんにあげようと思ってるものがあって。こんどいつ行ったらいいかと思ってさ」

母親は、旭川の郊外にひとり住まいだ。門脇の父親が八年前に肝硬変で死んでからも、ずっとその家に住み続けている。母親と祐子とはとくべつ仲がよかったとは思わないが、そこそこ義理程度のつきあいは続けていたはずだ。とくに晴也が生まれてからは、母親は何かと理由をつけては、官舎にやってきていたようだ。

祐子はたぶん、自分が夫にときどき暴行を受けている、ということは、母親には言っていないはずである。母親に、その実の息子のことを悪く言うはずはないし、訴えたところで信用してもらえないだろう。たとえ証拠を突きつけたところで、味方になったはずはない。祐子もそれは承知していたはずだ。

門脇は言った。

「いま祐子も忙しいよ。自治会の役員になったし、日中はだいたい出てるんだ。少し暇になってからにしてよ」

「そうかい。しばらく晴ちゃんの顔を見てないから」

「変わりないよ。元気だよ」

「暇ができたら、電話欲しいと言ってよ。祐子さんの都合のいいときに、訪ねてゆくからさ」

「言っておくよ。だけど、婆さんがいつまでも外出ばっかりしてるって、みっともないよ。あんまり出歩くなよ」

「べつに悪いことしてるわけじゃないよ」

「世間体ってものがあるだろう」

「ああ」母親はうんざりしたように言った。「わかったよ。じゃあ、祐子さんによろしく」

門脇は、母親が切らないうちに、自分から電話を切った。正直なところ、母親の声を聞くのも耐えがたいことだった。生理的とも言えるほどの嫌悪感があるのだ。あのひとの能天気な声には。

母親は、旭川市内の小料理屋で仲居をしていた女だった。働いていたころに、小さな運送店を営む父親と知り合い、結婚した。結婚から一年後に生まれたのが門脇だ。

母親は、よく言えば社交的だが、悪く言うなら、遊び好きの女だった。煙草も吸うし、パチンコも好きだった。友だちづきあいも幅広く、門脇が物心ついたころは、毎日のように外出していた。

門脇の父親は、豪放な親分肌の男、と見られていたが、じつは相当に小心で、嫉妬深《しっとぶか》かった。父親が母親に怒りをぶつけて殴ったり蹴《け》ったりしている場面を、門脇はよく覚えている。父親がいったん怒りだすと、やがてその怒りは門脇にも向くのだった。門脇が十歳前後のころが、父親の暴行がいちばん激しかった時期だ。門脇が十四歳になったとき、ようやく暴力はやんだ。殴打から身を守ろうとして、門脇が父親を床に転がしてしまったとき、父親は呆然《ぼうぜん》と門脇を見つめ、それから顔をそむけて、以降手を上げることはなくなったのだ。

門脇はこれまでずっと、父親に愛されている、と感じたことはなかった。むしろ疎まれている、と感じ続けてきた。いや、憎まれている、とさえ意識したこともある。自分がなぜ父親に疎まれ憎まれるのか、物心つくまで門脇には答を見いだすことができなかった。答がわかったのは、十六、七歳になったころだ。男と女のあいだに発生するさまざまな事情について、知識を得てからのことだった。その答を知ったときに、門脇は自分から母親をも疎むようになった。

だからせめて、と門脇は決意したのだ。自分が作る家庭については、そんな複雑さや謎は持ち込まない。疑惑や影や秘密は、いっさい家庭の中には入れぬと。ただ、祐子は自分のこの気持ちを理解してはくれなかった。自分にとって家庭がどれほど大事なものであるか、その家庭の幸福を守るために自分がどれほど気をつかい、注意深く扱っているか、それを理解してはくれなかった。祐子はたぶんこの自分のことを、度を越して嫉妬深い粗暴な男としてしか見ていなかったろう。このおれこそが、模範的と言えるほどの家庭的な男だとは、わからなかったのだろう。

門脇は、いま一度居間のカーペットの上に座りこんだ。先ほどから、ハガキを一枚、指にはさんだままだった。祐子にきた手紙を丹念に点検していて見つかった一枚。気になる差出人からの年賀状だ。

それは札幌に住む男からのものだった。

謹賀新年と、型通りの新年のあいさつを印刷した横に、手書きで数行添えられている。

「ご結婚おめでとう。

ぼくは相変わらずひとりです。結婚式に招んでくれたらよかったのに。

どうぞお幸せに」

原口靖夫《はらぐちやすお》、というのが、差出人の名だ。この名には記憶があった。

結婚したあと、門脇は祐子に問い詰めたことがあるのだ。おれの前につきあっていたという男のことは、全部教えろと。祐子の手帳を手に取り、住所録に書いてある男の名をひとりひとり指さして訊《き》いた。こいつとはどんな仲だ？　こいつとは寝たことはあるのか？　いまも会うことはあるのかと。

祐子は、門脇と知り合う前に、ふたりの男とつきあっていた。もっとはっきり言うなら、ふたりの男と、性関係があった。ひとりは高校時代の同級生だ。彼とは祐子が函館の短大に通っていたころまで続き、やがて男が別の女性とつきあうようになってその関係が終わった。ついで祐子は函館の大学生とつきあうようになった。その大学生は札幌の一般企業に就職して函館を離れ、やはりつきあいはそこで終わった。

その札幌に行ったという大学生の名が、原口靖夫だった。

門脇は、原口靖夫が出した年賀状をひっくり返し、表書きをもう一度眺めた。

旭川の官舎の住所が記されている。門脇夫婦が結婚した直後、最初に入居した官舎だ。年賀状にこの住所が記されているということは、祐子が正月以前に自分の住所を知らせていたことを意味する。たぶん結婚の通知を出したのだ。

しかし、なぜかつての恋人のところに、結婚の通知を出さなければならない？　どっちみち一切の関係がなくなっていたのだったら、結婚をわざわざ知らせる必要もあるまい。結婚を祝福してもらいたかった？　あるいは、もっと何か屈折した想いか？　たとえば別れの事情が必ずしも祐子が言っていたほど単純なものではなくて、自分が結婚したことをぜひとも伝えたかったとか。

もちろん、いちばん単純な見方は、祐子がまだこの原口という男に未練を持っていた、ということだ。結婚はしたけれどもまだ想いが多少は残っている、と伝えたかったのではないか。

その返事としてきたのが、この年賀状だ。

「ぼくは相変わらずひとりです」

要するに、祐子を受け入れる余地があるのだ、と言っている。

その後、原口靖夫は一度も祐子あてに年賀状や手紙は出していないようだ。少なくとも、祐子が残していった手紙やハガキの束の中には、原口からのものは見当たらない。しかし、それは祐子が失踪のときに持っていったのだとも考えられる。郵便物はこまめにチェックしていたつもりだったが、おれが不在のときに、男からの手紙が一通もこなかったとはかぎらない。

「ぼくは相変わらずひとりです」

この年賀状を受け取ったあと、祐子とこの原口という男が、再びつきあいだしたということはないか。焼け棒杭《ぼっくい》に火がついた、という可能性はないか。自分が意識している範囲では、結婚してから先日の失踪まで、祐子にはほとんど男と密会できるほどの時間は作れなかったはずなのだが。あるいは祐子は、失踪を決意した前後から、この男と連絡を取り合っていたということはないだろうか。

もし札幌に自分を受け入れてくれる男がいるなら、祐子は無理に江差の実家に帰る必要はない。いままで実家に戻っていない理由も納得できるのだ。いまの世の中、一人前の男でさえ働き口を確保することが難しいのだ。子供連れの女が、仕事を見つけるのは容易ではないはずである。実家に帰っておらず、仕事も探せないとしたら、祐子が頼るのは、男だ。昔の男。一年間、函館で二十歳前の祐子の若い身体を弄《もてあそ》んだ男。原口靖夫。

門脇は、その年賀状から原口靖夫という男の住所と電話番号を手帳に書き移した。

札幌に行ってみる必要がある。こいつを訪ねてみなければならない。江差に行くのは大仕事だが、札幌なら道央自動車道を使って二時間弱。日帰りできる。

ただ、この不確かな疑念だけで札幌に行くというのも癪《しゃく》だ。もうひとつふたつ、可能性をつぶす、という作業のために行くことにしたほうがいい。祐子が実家に帰っていない以上、札幌に行ったかもしれない、という疑いは濃いのだ。札幌には、きちんと狙いを定めて行ってみる必要がありそうだった。

門脇は、カレンダーに目をやって、自分のつぎの非番の日を確かめた。


プレハブのごく小さな家が、祐子と晴也の住まいだった。

真鍋は、一歩中に入って部屋の中を見渡した。ろくに家具もない、質素すぎるほどの部屋だった。手前に、流し場つきの土間、奥に和室。土間に置かれているテーブルは、粗大ゴミ置き場から拾ってきたと言われてもおかしくはないような粗末なものだ。テーブルの上に並んだ食器も不揃いだった。

しかし、料理はひとつひとつていねいに作られたものと見えた。惣菜《そうざい》コーナーから買ってきたものではない。炊き込みご飯のほかに、茄子《なす》の鍋《なべ》しぎに、きゅうりの塩もみ、鶏肉のくず打ち、きのこの炒《いた》めもの、あさりの味噌汁《みそしる》。どれも旨《うま》そうだった。

祐子が、流し場で振り返り、照れくさそうに言った。

「統一感がないでしょう。でも、いろいろ口に入ったほうが楽しいかと思って」

真鍋は言った。

「おいしそうですよ。どれも」

晴也が言った。

「お母さんの、おいしいよ」

「おじさんも、そう思うな。お母さんは、お料理上手だ」

祐子が言った。

「座ってください。よかったら、もう箸《はし》を出して。もう一品作ってるから」

「一緒に食べましょう。待ちますよ」

「これは時間がかかりそう。ジャガイモがまだなの」

「じゃあ、せめていただきますだけでも一緒に」

「そうですね」

真鍋は、晴也の横の椅子に腰をおろした。祐子はエプロンをつけたまま、真鍋の正面に腰かけた。

祐子は、真鍋と晴也の顔を交互に見ながら、快活な調子で言った。

「では、いただきます」

真鍋も、合わせて言った。

「いただきます」

味噌汁をひと口すすってから、炊き込みご飯に箸をつけた。その炊き込みご飯は、油揚と鶏肉とグリーンピースが入っている。由美の作る炊き込みご飯も似たようなものだったけれど、ひじきもよく入った。鶏肉のかわりに、帆立てを使ったときもあったと思う。

真鍋は、短かった由美との生活をまた鮮明に思い起こした。永遠に失われたあの日々。由美が作る料理を家族揃って食べることに、しみじみと幸福感をあじわっていたころ。あみの笑顔にとろけるほどの歓びを感じ、それが特権的であり、かつ永遠に続くものと信じて何の疑いも持たなかったあのころ。世界がどうなろうと自分たちの身にだけは災厄など降りかかるはずがないと、何の根拠もなく信じていたあの日々。

祐子はひと口だけ口にすると、またすぐ立ち上がって流し場に向かった。包丁を使っている。もう一品、と言っていたが、まだ何か作っているようだ。これだけの皿数があるのだ。目の前にあるものをたいらげるだけで満腹になると思うが。

真鍋は、鶏肉のくず打ちの皿に箸を伸ばした。ひと口食べてみて、醤油《しょうゆ》が必要と感じた。テーブルの上には、醤油はなかった。流し場のほうに目を向けると、調理している祐子の脇に醤油の小瓶があった。

真鍋は立ち上がって、祐子の背後から醤油の瓶に手を伸ばそうとした。

その瞬間だ。

祐子がいきなり振り向いた。まるで感電でもしたかという調子だった。流し台の端から食器がひとつ転げ落ちて大きな音を立てた。祐子は流し台に背を預け、目をおおきく見開いて真鍋に向かい合った。手には包丁を持ったままだ。

祐子の顔には、驚愕《きょうがく》と恐怖がないまぜになっている。激しく緊張していた。

驚きを抑えて、真鍋はおだやかに言った。

「醤油を取ろうとしただけですよ」

祐子の顔から、すっと驚愕と恐怖が消えていった。頬全体が歪《ゆが》み、泣きだす寸前という表情になっている。自分でもいまの自分の反応が意外だったのかもしれない。

祐子は切迫した調子で言った。

「ごめんなさい。ごめんなさい」

真鍋は、それ以上は祐子に近づかずに訊《き》いた。

「どうしたんです？　ぼくが、乱暴するかと思った？」

「いえ、そうじゃない。何も考えてなかった」

真鍋は、ちらりと晴也に目をやった。晴也は、感情の読み取れぬ表情で母親のほうを見ている。ぼくはどうしたらいい、とでも訊いているような目だった。

祐子は包丁を手から離して脇によけると、真鍋をまっすぐに見つめて言った。

「ごめんなさい。真鍋さんが、何かするなんて、全然思っていない。ただ、びっくりしただけ」

「いきなり立ち上がりましたからね」

「ほんとうにごめんなさい」

祐子の目には、涙が浮かんでいる。

真鍋は、流し台の上に置かれた包丁に目をやった。彼女はいま、まちがいなく身を守ろうと反応したのだ。男がうしろに立ったときに、反射的にそのように身体が動いた。たとえ相手を刺してでも、自分の身を守ろうと。

真鍋は、いやおうなくひとつのことを思った。

彼女は、これまで何度も男にうしろから襲われてきたのか？

祐子はエプロンの裾《すそ》で涙をぬぐってから言った。

「ほんとに、あたしって馬鹿みたいだったわ。包丁持ったまま振り返るなんて」

真鍋は言った。

「気にしないでください」

あらためて真鍋は椅子に腰をおろした。いまの件は、なかったということでいい。彼女は何も考えてはいなかった。不用意にうしろに男が立ったために、敏感に反応したというだけだ。真鍋を信用していなかったわけではない。真鍋が、女を襲う男だとは思っていたはずがない。もしそうであったなら、彼女は自分を食事に招《よ》んだりはしなかったのだ。それも自分の息子もいる部屋に。なかったことでいい。

祐子も新しい皿をテーブルに運んできて、三人揃っての食事となった。

真鍋の努力にもかかわらず、さほど会話ははずまなかった。真鍋は、ただ、おいしいを繰り返して、小一時間で食事を終えた。

そのプレハブを辞去しようとするとき、祐子はまた、哀願するような調子で言った。

「ほんとにきょうはごめんなさい。あの、真鍋さんのことを、あたし、そんなふうに思っていたわけじゃないんです。ただ、身体があんなふうに動いてしまっただけなんです」

真鍋は言った。

「わかってます。女のひとが暮らしてるところで、ぼくも無神経だった」

「ほんとに、ごめんなさい」

「いいんです」真鍋は、晴也に顔を向けて言った。「じゃあ、晴也くん。明日また。おやすみ」

晴也はうつむきかげんに小さな声で言った。

「おやすみ」

真鍋は、祐子に黙礼してから、そのプレハブの家を出た。

第四章

門脇英雄は、旭川市の中心部にある旭川中央警察署に入った。札幌に行く、と決めた翌日である。

中央署の総合受付には、知り合いの女性警官がいる。久保田彰子《くぼたあきこ》という名の巡査長だ。門脇よりは五、六歳年上で、門脇が任官して最初に旭川中央署の地域課に配属されたときに知り合った。若い警官たちが上司には相談できないような問題、あるいは法律上どう処理するのが適切なのか迷うような問題にぶつかったとき、話を聞いて的確なアドバイスをくれる女性である。とくに女性の犯罪者の心理や男女間の機微について、いつもいかにも実生活を持った女性らしい視点で教示してくれる。門脇は、自分が旭川方面本部に配属された後も、何度も助言を受けていた。とくにお礼をしたことはないが、一度だけ久保田の懇願を受けて、傷害容疑で逮捕した十七歳のチンピラを、立件せずにすませたことがある。その後は、彼女はずっとその一件には義理があると感じていてくれたはずである。

門脇が署に入ったとき、総合受付カウンターの内側には、さいわい久保田ひとりしかいなかった。相談している市民もいない。

門脇は、スーツのポケットから紙包みを取り出して、カウンターの上に置いた。

「久保田さん、お土産」

久保田は、愛想よく笑みを見せてくれた。

「しばらくね。それはチョコレート？」

「ロイズの。好きだったでしょう」

「大好きだわ。相談ごと？」

「お知恵拝借」

門脇はカウンターの上に両肘《りょうひじ》をついて、笑いかけた。女に対しては多少は自信のある笑み。軟派な男の年増殺しの笑みではなく、体育会男のいかにも単純で純朴げな微笑だ。自分はこれで、祐子も陥落させたのだ。

久保田は、目の前でチョコレートの包みを広げてから訊いた。

「どんなこと？」

門脇は左右を見渡し、声の届く範囲に誰もいないことを確かめてから言った。

「以前ちょっと関わった商売女がいたんですがね。これが、暴力団《マルボウ》の男の目を盗んで逃げ出した。くだんの男は怒り狂って追っかけてるんですが、女の身内はなんとかその女を保護してくれないかと言ってきてるんですよ。親元に預けていた子供を連れて消えたんです。どうしようかと思って」

「逃げて消えたんなら、何が問題なの？」

「見つけ出されるのが心配なんです。保護できるものなら力になってやろうとは思ってるんですが、居場所がわからないんですよ。このままだと、男のほうが先に見つけて、始末するって心配もあるんで」

「そのひと、居場所は親御さんに連絡していないの？」

「ええ。迷惑がかかるのを心配してるんでしょう。親がいないあいだに子供を連れ出して、いまだ何も連絡していないんだそうです」

「旭川のひと？」

「そうです」

「逃げたのはいつごろなの？」

「ひと月ぐらい前らしい」

「覚醒剤《かくせいざい》漬けになってる？」

「いや、それはないようでした」

「だったら」久保田彰子は、チョコレートをひとつ口に放りこんで言った。「新しい男ができたんでしょう。当然その線は洗ったんでしょうね」

「男の気配はないようだった」

「どうかしらね。マルボウに食い物にされてた女なら、逃げるってことは命がけの一大事よ。男なしにはできるもんじゃない」

「まったくその気配がないんですよ。どこか、男が踏み込めないようなところに行ってしまったんじゃないかと思って」

「そのひと、お金は持って逃げた？」

「二、三十万の金は持っていたようですがね」

「自力で生きられるひとなの？」

「どうでしょうかね。男に言われるままに商売やってたんです。自立心や生活力の旺盛《おうせい》なタイプじゃないでしょう。ましてや子供も連れているんだし」

門脇は、自分もチョコレートをひとつ口に入れて訊いた。

「女性が旭川を出たとしたら、つぎに行くのはどこでしょう？」

「身内か、男のいる町。高校時代の仲のいい友だちのいる町。あたしが見てきた家出人の七割は、旭川を出ると、札幌に行ったけれどもね。高校時代の友人を頼る、ってケースがほとんどだった」

「じゃあ、問題のマルボウの男も、いつかたどりつきますね。高校時代の友だちの居場所を探すのは、さほど難しいことじゃない」

「執念深い男ならね」

「そうとうに腹を決めて追ってるようです。その女を、見つかる前に保護するには、どうしたらいいですかね」

「身内や周辺から聞いて、友だちを探すのよ」

「身内も皆目見当がつかないと言ってましたから」

「頼るひとがなくても、それがもし多少でも社会性のある女のひとだったら、役場の相談窓口に行くわね。この場合は、札幌駅近くの役場の相談窓口。そこで福祉事務所を紹介されて、婦人相談所。そこで自活するために準備を始める」

その方法については、門脇にも知識はある。暴力団から保護しなければならない女性に対して、福祉事務所を紹介したことはこれまでも何度かあった。問題は、途中からその手続きは女性警官の仕事となって、対暴力団担当刑事は口出しもできなくなることだ。現実に保護された女性が、どこにどのように連れて行かれるのか、門脇は知らなかった。

「婦人相談所まで行ってしまえば、なかなか探しだせないわ。施設のある場所は公開されていない」

門脇は、いま気づいた、という調子で言った。

「そうか、まず札幌の福祉事務所に照会状を出せばいいのか」

「せっかく逃げたひとを、わざわざ探しだすの？」

「保護してくれと頼まれていますから」

「この場合、どういう理由で照会できる？　まだ事件にはなっていないんでしょう。無理じゃない？　それより、そのマルボウにひとつ脅しをかけたらすむんじゃないかしら」

「それもやってみようとは思いますがね。ちょっと気の毒な家庭のことなんで、なんとか力になってやりたくて」

「そのひとが安全なところに匿《かくま》われているなら、身内に連絡がくるまで待てばいいんじゃない？」

「婦人相談所みたいなところにいてくれるんならそれでいいんですが。そうでないなら心配です。身内に、絶対安全なところにいますよ、と言ってやれるだけでもいいんですが」

「そのひとがいままでとちがう生きかたを始める気なら、マルボウでも見つけ出すのは難しいわ」

「そうだ。久保田さんから、札幌の婦人相談所に照会してもらうというのはどうでしょうね。もちろん正規の手続きを踏めないのは承知してますが」

「どうやれと言うの？」

「この一、二ヵ月のあいだに、旭川からきた女性の相談に応じたかどうか、それだけ確認できたら、身内は安心しますよ」

門脇は、つぎのように言ってみてはどうかと、久保田に提案した。正規の手続きを踏まない照会である、と断ったうえでの問い合わせである。

暴力団に追われていて、札幌に逃げたのではないかとみられている女性がいる。年齢は三十歳前後。五歳くらいの子供を連れている。詳しい事情については話していない可能性が大きい。たぶん名前も偽名を使っているはずである。そういう女性の相談を受けたかどうかだけでも、答えてもらえないだろうかと。

話を聞いて、久保田は言った。

「どうしてそんなことを調べたいのか、と訊《き》かれたら？」

門脇は答えた。

「お話ししたとおりです。もし、相談を受けた、ということなら、たぶんその女性はいまもまだ暴力団に確保されていない。生きている、ということがわかる。身内は安心できる。ということではどうです？」

「ほんとに、相談を受けたかどうかだけでいいのね？　連絡したいとか、居場所を教えろということではないのね」

「ちがいます。そこまでは必要ない」

「向こうが答えてくれるかどうかはわからないけど、電話だけはしてみましょう。急ぐ？」

「電話だけなら、一日あればいいでしょう？」

「電話してみるわ」

「お礼に、ロイズのチョコレートをふたつ持ってきますよ」

そこにひとり、不安そうな表情の中年男がやってきた。総合受付で何ごとか相談したいという雰囲気だった。門脇は久保田に手を振って、カウンターから離れた。

エントランスへと歩きながら思った。これは照会手続きを無視した問い合わせになるが、相手は警察機関ではない。自治体の福祉関係のセクションだ。あまり手続きについてはうるさくは言ってはこないだろう。問い合わせ自体が漠としたもので、具体的な答を求めているわけではないのだ。婦人の警察官からの、ちょっとした確認事項。先方の担当者も女性のはずだが、たぶん相手はあまり問い合わせの裏について疑うことなく、答えてくれるのではないか。もちろんこういう場合、いったん電話を切って、自分で旭川警察署の電話番号を調べたうえで、電話をかけ直してくるはずである。そして旭川警察署にじっさい問い合わせてきた女性警官がいるとわかれば、もうそれ以上裏の意味を疑ったりはしないはずだ。

明日には、と門脇は旭川中央署のエントランスを出ながら思った。祐子が札幌の婦人相談所に行ったかどうかは確認できる。相談はなかった、ということなら、それはそれでいい。調べる対象が、原口靖夫という祐子の前のボーイフレンドに絞られてくる、ということだ。

月曜日の朝、現場へ出発する前に、真鍋篤は波多野正明とふたりになる時間があった。資材置き場で、配管用の資材を波多野の指示に従って二トントラックに載せているときである。

真鍋は、手を動かしながら訊いた。

「宮永さんは、何があってここにきているんです？　家を出た事情っていうのは、相当に深刻なことなんですか」

波多野は、荷台の横で作業の手を止めた。ふしぎそうに小首を傾げてくる。

「どうかしたかい？」

真鍋は答えた。

「いえ、たいしたことじゃないんです」

「だけど、気になるんだろう？」

「あのひと、単に家を出ただけじゃなくて、何かから逃げてますね？」

波多野は、困ったような顔になって視線をそらした。

「そう言っていたか？」

「いえ、ちがうんですが。何かにものすごく脅えてるような感じがするものですから」

「そのことで、あんたに迷惑でも？」

「いや、ちがうんですが、ちょっと心配してしまって」

波多野は、しばらく口をへの字に曲げていたが、やがて言った。

「ま、あんたは地下鉄の一件もある。ひと柄はわかるから言うけどな。あのひとは、ご亭主の暴力から逃げてきたんだ。ご亭主に見つけられることを、いまでも心配してるよ」

「離婚してきたということですか」

「いや、離婚なんて言い出せる相手じゃなかったらしい」

「暴力って、そうとうにひどく？」

「そうだろうな。逃げてくるほどだったんだから」

言葉を失って黙っていると、波多野は続けた。

「事情は深刻すぎたか？」

「いえ」真鍋は答えた。「でも、妻に手を上げることができる男がいるなんて、信じられない。何があって、そんなことができるんでしょうね」

「宮永さんは言ってたよ。何か、とてもつらいことがあるんだろう、って。かみさんを殴らなきゃならないぐらいに、ふだん押さえ込んでいることがあるんだろうってな。それより」波多野は口調を変えて、真鍋を見つめてきた。「あんたの顔はどうした？　それ、青《あお》痣《あざ》だろう？」

真鍋は、波多野の視線を避けながら言った。

「なんでもないです。ひっ転んだんですよ」

「殴られたな？」

「いいえ」

波多野は、首を振りながら言った。

「あんたのつらいのもわかるが、ひとにからんだり、荒れて飲んだりはするなよ」

「そういうことはしてません。酒はやめたし」

「酒はやめた？」

「ええ、飲んでないんです」

「何か心境の変化か？」

「まあ、そうです」

作業員のひとりが、ワゴン車の前から波多野に大声で言った。

「社長、手伝いますかあ？」

真鍋は、すっとトラックから離れて、その会話を打ち切った。


ポケットの中で、携帯電話が鳴った。

門脇は、旭川市中心部、三六街の歩道で立ち止まって、携帯電話を取り出した。

「はい」と出ると、相手は久保田彰子だった。

久保田は言った。

「短く言うから、いい？」

「お願いします」

「札幌の福祉事務所に訊いたわ。確かにひと月少し前、そのような年頃で子供連れの女性の相談を受けたって。このひと、いまは婦人相談所も出て、安全に暮らしてるそうよ。これでいいかしら」

門脇は言った。

「ああ、いい情報です。さすが久保田さんですね」

「おだてなくていいわ。チョコレート、またね」

「女性の名前は？」

「そんなことまで聞けないのはわかってるでしょう」

「わかってます」その名をもし久保田に知られたら、門脇は恥辱のあまり、石狩川《いしかり》に飛び込みたくなっていたことだろう。それは知られてはならない情報だった。「その女性、いまも札幌ってことでした?」

「そこまでは訊かなかった。必要だったの?」

「いや、安全とわかれば、それでいいんです。相談所を出たのは、いつですって?」

「それも知らない。教えてくれなかった。でも、相談所に入って、仕事を見つけるのに、二週間やそこいらはかかったはずよ」

ということは、早ければ四週間ぐらい前に婦人相談所を出たということになる。仕事を見つけるのに時間がかかったとすれば、出たのはつい最近か。いずれにせよ、こうなると、男のもとに転がりこんだ、という線はなくなったわけだ。

「お手数かけました」

電話を切ってから、門脇は考えた。原口靖夫と暮らし始めた、というのであれば、居所は突き止めたも同然だったが、いまの情報では、祐子を見つけるのは少し難しくなったことになる。どうやったら、いまの居場所にたどりつけるか。作戦をじっくり練り直す必要が出てきたわけだ。

門脇は、携帯電話をポケットに収めると、目の前の雑居ビルに足を向けた。そこには、ある指定暴力団の旭川支部の事務所がある。きょうは、来週から始まる拳銃《けんじゅう》摘発月間のノルマについて、組長と少し相談をする必要があった。こちらから何を提示すれば、組のほうで摘発月間に協力してくれるか、すり合わせておく必要があるのだ。話次第では、旭川方面本部は、また去年に続いてノルマを達成できるだろう。

その月曜日、宮永祐子が事務所に出ると、波多野が自分のデスクで書き物の最中だった。電卓を横に置いている。見積もり書でも書いているのだろう。事務所には波多野ひとりだった。

祐子は、事務的な用件をひとつ伝えてから、波多野に言った。

「あの真鍋さんのことですけど」

波多野は老眼鏡を下げて訊《き》いてきた。

「どうかしたかい？」

「あのひと、何かトラブルに巻き込まれてるんでしょうか」

「どうして？」

少しためらってから、祐子は言った。

「土曜日、怪我をして宿舎に戻ってきました。喧嘩《けんか》でもしたようだった」

「あ、やっぱり」波多野は納得したように言った。「顔に青痣ができていたな」

「土曜日は、もっとひどいものでした。おなかのあたりにも」

「どうして知ってる？」

「あの、たまたま真鍋さんが帰ってきたときに、わたしも食堂にいたものですから。痛んでいたようなので、湿布を貼ってあげたんですが」

「ひどい怪我だったか?」

「内出血。打撲です。殴られたか、蹴《け》られたかのような」

「詳しいね」言ってから、波多野ははっと思い当たったような顔になった。「すまない。悪気はなかった」

「いいんです。そのとおりです」祐子はことさら軽い調子で言った。「怪我のことについては、わたしはプロですから」

波多野はボールペンをデスクの上に転がすと、椅子の背もたれに背を預けて言った。

「酒を飲んで、誰かにからんだりしたんじゃないのかな。酒はやめたと言っていたけど、結構すさんだ飲み方をしてるみたいだから」

「あの晩は、お酒の匂いはしてませんでした」

「そうかい?」

「ええ。それで、意味のない喧嘩なんかではなくて、何か深刻なトラブルに巻き込まれているのかと思って」

「気になるかい?」

「そりゃあ、地下鉄の駅で、あんなところを見たひとですから」

「サラ金が追いかけてくるとか、そういうことかな。もっとも、奴さんがすさんだ飲み方をするのは、わかるような気もするんだ」

「やっぱり、何か事情を抱えてるんですね」

「おれが言ったということは、内緒にしてくれるかい」

「ええ、もちろん」

「あのひと、奥さんと小さい子供を殺されてるんだ。それ以来、たぶん、立ち直っていないんだと思う」

「あ」

突然思い出した。七、八年前だろうか。函館で、そういう事件があったのではなかったか。なんと悲惨な事件、と思った覚えがある。でもあのニュースは、ほとんど同時に起こった地下鉄サリン事件のニュースに隠れて、ろくに報道されなくなってしまった。でも言われて思い出した。真鍋の顔は、そのときのテレビ・ニュースで何度か見た顔だった。憔悴《しょうすい》しきった顔で、目を伏せて、なぜ、と問うていたかのような顔。まだ二十代前半の、若いパパの顔。あの被害者の夫であり父親が、真鍋だった。

祐子は確かめた。

「函館の事件でしたよね？」

「そうだ。本人は、そのことに触れられるのを嫌がってる。思い出すと、つらいんだろう。あんたも、知らんぷりをしていてくれるかい？」

「ええ。でも」

波多野は祐子を見つめ返してきた。でも何だと言うのだ、と訊いている顔だった。

祐子は、いま自分が考えたところを率直に言った。

「七年も八年も、奥さんと子供のことを想い続けているんですね」

「新婚で、子供が生まれて、幸福のさなかに妻子を殺されたんだ。傷は深いさ」

「お子さん、小さかったんですよね」

「ひとつだったそうだ」

祐子は、晴也が一歳のころを思い浮かべた。あのころ、すでに夫の暴力は始まっていた。自分が、幸せのさなかにいるとは、とても意識はできなくなっていたころだ。この結婚のどこがまちがいだったのだろうと、そう考えることが多くなっていた時期だ。あのころ、自分と晴也が誰かに殺されたら、夫は悲しみ、傷ついたろうか。もしそうだとしても、どの程度に？　少なくとも、真鍋のように、ほとんど人格崩壊を起こすほどには、夫は悲しんだり傷ついたりしなかったような気がする。いまの自分は、門脇の人格と感受性について、見方が厳しすぎるかもしれないが。

波多野は言った。

「このところ、最初会ったときと較べて、少し元気になったのかなとも思ったんだけど、そうそう簡単に治る傷でもないさな」

祐子は、先日の真鍋の怪我《けが》は、傷ついてすさんだ胸のせいではないように思った。お酒は飲んでいなかったし、自棄にも自嘲《じちよう》的にもなっていなかった。かなり健全な精神が、たまたま突発事故のようなトラブルに巻き込まれた感じがした。とくに根拠のあることではないが、祐子の直感だ。

ふと思い出した。地下鉄サリン事件の余波も収まったころのテレビ・ニュースだ。真鍋の妻子を殺した少年に、意外に軽い判決が下ったのではなかったろうか。たしか、最短の場合七年ほどで自由の身になれる程度の。そのことを伝えるニュースの中で、真鍋はほとんど虚脱状態だったように思う。マイクを向けられても、言葉が出てこないかのように苦しげにあえいでいた。事実上、七年程度の刑。事件から、というか、裁判の終わった日から、そろそろ七年はたったころだ。いまは。

祐子は言った。

「真鍋さんの身の回りで、何か事情が変わったんでしょうか。長続きするようなトラブルでなければいいですけど」

波多野は再びボールペンを取り上げて、そうだな、と短く応《こた》えた。

その夜、真鍋は資材倉庫に入って照明をつけた。

蛍光灯が数度またたいて、白っぽい天井灯がともった。空気に砂埃《すなぼこり》が混じって浮遊しているのがわかる。内部は畳十数枚という広さだろうか。スチール製の棚が並び、ぎっしりと資材や作業道具が収まっている。さまざまな口径のスチールパイプや樹脂製のパイプ、土管、ジョイント金具、それにスコップやつるはしなどの作業道具類、ヘルメットや溶接器具、酸素ボンベ、コンプレッサー、それにレンチやスパナといった工具類だ。

真鍋は、後ろ手にドアを閉じると、中に進んであたりを見渡した。

何か手頃なものは？

細身のスチールパイプをいくつか持ち上げてみた。手頃な太さと重量のあるものが必要だった。長さはどのくらいのものが適当だろう。木刀ほどだろうか。それとも、野球のバット程度。あるいは警棒ぐらいか。適当な長さのものがなければ、長いものを切り落として使うことになるだろう。

しかし真鍋には、自分が計画しているそのことのための道具にスチールパイプが適当かどうか、確信はなかった。なによりそれは、使う側に絶対的な決意が必要とされる道具だ。使うとき、瞬時でも、あるいはほんの髪の毛一本ほどの重さのためらいが生じたときには、有効とは言えなくなる道具なのだ。真鍋には、自分の決意が百パーセント完璧《かんぺき》なものかどうか、まだ若干の不安があった。

なるほど、「そのこと」の正当性については、十分に考え抜き、考え尽くしてきた。それがなされることは、十全に正しい。少なくとも、ふたりの人間を殺した少年を七年間刑務所に収容しただけでよしとしたこの国の法律と比較したとき、そのことの誤りと不正の程度は低いと思う。またそれは、人類が共通に持つはずの人倫と規範意識に照らして正しく、この文明の中で生きるふつうの市民の感覚として極端にずれてはいないはずだった。

自警団主義、としての危険性はあるにせよ、法律が市民常識とずれて無力となった場合の緊急避難と考えるなら、それは単純に排除できる方策でもないはずだった。

ただし、ではそれを自分が、何の躊躇《ちゅうちょ》もなしに淡々と実行できるかと言えば別だ。相手は、生身の人間なのだ。論理がせよと命じたところで、自分に生命への畏怖《いふ》がある以上は、それを実行するのはたやすいことではない。乗り越えるべき心理的障壁は、けっして低いものではない。とくに、そのための道具が相手に激しい苦痛を与え、酷《むご》いことになるのがはっきりしている場合は。

だから真鍋は先日、小樽まで出かけて、非合法な手段でひとつ道具を入手しようとしたのだ。その道具はたぶんスチールパイプや刃物に較べて、論理とその現実化とのあいだの距離を、わずかなジャンプで埋めてくれるはずのものだったからだ。またたぶんそれは、予想される相手の抵抗についても、容易に退けてくれることだろう。

でも、入手できなかった以上はしかたがなかった。たとえ心理的障壁は高かろうと、使える道具を使うしかない。真鍋はスチールパイプの棚から、工具を置いた棚のほうに目を移した。

こちらには、スパナやレンチ、プライヤーやクリッパーといった工具類がある。工務店のプロが使うものだから、どれもみな大ぶりだった。

真鍋は、一本のメガネレンチを取り上げた。長さ四十センチほどの、重みのあるレンチだ。両手に握って、上下に振ってみた。一撃で確実な効果を狙えば大きいもののほうがよいのだろうが、扱いにくい。しかし小さなものを使えば、抵抗され、奪われて反撃される心配がある。真鍋は、相手の抵抗をはねのけてなお効果的にそれを使いこなす自信はなかった。多少扱いにくくても、大きいレンチを使うべきか。

メガネレンチを持ち直してから、どう使うのがもっとも効果的かを考えた。上から振り降ろすのがいいのか。それとも横殴りしたほうがいいのか。真鍋は、力を込めて、その両方を試してみた。

横に思い切り強く払うことを繰り返して、三度目のときだ。うしろで物音がした。真鍋はメガネレンチを降ろして振り返った。資材倉庫のドアが開いて、宮永祐子と晴也が顔を出していた。晴也は、少し愉快そうな表情をしている。真鍋が遊んでいるように見えたのかもしれない。逆に宮永祐子のほうは、不審そうな、あるいは不安そうな表情と見えた。

宮永祐子が、レンチにちらりと目をやって言った。

「ごめんなさい。灯が見えたので、気になって」

「あ、べつに」真鍋は、誤解されないようにと弁解した。「明日必要な道具を見ていたんです」

信じてもらえたようではなかった。宮永祐子はなお、何か案じるような目を真鍋に向けてきた。このひとは正気かしら、とでも疑っているかのような目と見えた。

そこに、真鍋のポケットで携帯電話が鳴り出した。珍しいことだった。

「失礼」そういって真鍋はレンチを脇のテーブルの上において、ポケットから携帯電話を取り出した。

宮永祐子は黙礼して、ドアを閉じた。

「はい」と、真鍋はふたりが立ち去って行く足音を聞きながら言った。

誰からの電話か、見当がつかなかった。仕事探しをしているあいだ、必要かと思ってこのプリペイド式の携帯電話を買ったが、先日祐子からかかってきたことを除けば、予期せぬ電話はほとんどかかってきたことはない。この液晶の相手先表示も、公衆電話、というものだった。

「真鍋さんだね」と相手は、用心深そうな声で言った。低いダミ声だ。

「そうですが？」

「探し物はもう手に入ったのか？」

「え？」

「探し物だよ。先週、あんたが小樽で探していたもの」

「どちらです？」

「誰だっていいだろう。どうだい、まだ必要かい？」

「小樽のことを、どうして知ってるんです？」

訊《き》いてから思い出した。あの夜暴行を受けたあと、暴力団ふうの男たちは迷惑料をもらうと言って、真鍋の財布をあらためた。あの財布の中には、以前の勤め先の名刺も何枚か入れておいたのだった。求職活動には必要かと、携帯電話の番号をボールペンで記したものだ。あのとき連中は、その名刺も一枚、抜いていたというわけだ。つまりこの電話の相手は、あのときのふたりのうちのどちらかかもしれない。それとも、連中の仲間か。

　相手は言った。

「ぐだぐだやってる暇はないんだ。もしまだ必要だって言うんなら、相談に乗る」

　真鍋は、慎重に言った。

「必要ですよ。ほんとに手に入るんなら」

「あんたは、いまどこにいる？」

「札幌ですが」

「明日の夜、また小樽にこれるか？」

　頭の中で警報が鳴った。一度、暴行を受けているのだ。相手のテリトリーに再び出向いて行くというのは愚かだ。

　真鍋は強気で出た。

「無理ですね。札幌でなら会える」

「おい、こっちは親切で言ってやってる」

「無理は無理だ。こういう話ができるんなら、最初から小樽ですべきでしたよ」

　相手が深く息を吸い込んだのがわかった。怒鳴ろうとしたのかもしれない。しかし、返ってきたのは、しごくまっとうな調子の提案だった。

「札幌競馬場は便利か?」

「まあ、そこそこ」

「そこの正面入り口の前。九時。ひとりで待ってろ。また携帯に電話を入れる」

「明日、そこで受け取れるんですね」

「ああ。三十万、用意しておけ」

「三十万?」

「不服なら、この話は終わりだ」

「用意してゆきますよ」

「九時に。ひとりだぞ」

電話はそこで、ぶつりと切れた。

真鍋は耳から携帯電話を離して、完全に接続が切れたことを確かめた。

土曜の夜の彷徨《ほうこう》は、見当はずれではなかったのだ。丸二日たってあらためて電話があったということは、向こうもこちらの身元確認をした、ということなのだろう。相手はたぶん、あの以前の勤め先に電話をして、真鍋が失業者であることを知ったのだ。おそらくは、犯罪予備軍、と見なしてくれたのだろう。けっして警察のおとりでもなければ、ひやかしの客でもないと判断したのだ。

また、地元の新聞や作業員仲間の噂を信じるなら、ロシア・マフィアが堂々と事務所をかまえるまでになった北海道の港町では、真鍋が探したものはだぶついているとのことだった。その噂どおりだったのだ。だから斡旋《あっせん》してやろうと持ちかけられた。もっとも真鍋には、三十万円というその金額が良心的なマーケット価格なのか、素人相手ということで吹っかけられたのか、判断がつかなかった。その程度あるいは以下、という噂は聞いていたけれども、真偽は定かではなかったのだ。ただ、さほど法外でもないという気はする。予想していた額に近い。

真鍋は、自分の意識の中ではあえてその物の名を呼ばないようにしていた。それを使ってやろうとしていることの意味が大きすぎて、とても口にはできなかったのだ。でも、調達がどうやら可能となり、入手が現実のこととなってきた。いつまでも、それが実体のないものであるようなふりをしていてはいけない。

真鍋は、殺風景な資材倉庫の中で、小声で口にしてみた。

「トカレフが、手に入る」

その自分の声は、自分自身にも意外なほどに落ち着いた、ふてぶてしいものに聞こえた。

川尻乃武夫は、保護司に合わせて、正面にいる男に頭を下げた。

「よろしく、お願いしま……」

言葉の最後は声にならずに、ただ口から空気がもれただけだ。いまだ、こういうあいさつは苦手なのだ。

相手は、白っぽいツナギを着た中年男だ。四角くて顎《あご》の張った顔は、どこか叩《たた》き出しの板金加工品を連想させた。猪首《いくび》で、肩幅が広い。若いころ何か格闘技でもやっていたかのような体格だ。押し出しが見るからに強そうで、乃武夫が入っていた黒羽刑務所に入れても、けっして周囲の男たちに気圧《けお》されて負けてしまうことはないだろう。堅気のはずだが、もしかすると、かつては筋者だったのかもしれない。保護司は、きょうここに川尻乃武夫を連れてくる途中、経営者の過去については何も教えてくれなかった。ただ、きょう紹介する会社は養豚所だと教えてくれただけだった。

函館市の東の郊外にある畜産業者の養豚所の片隅だった。車庫の表にベンチと作業机が置いてあり、その男はベンチから立ち上がって、乃武夫と保護司のあいさつを受けたのだった。

きょう乃武夫は、保護司に引っ張られるようにしてここにやってきたのだ。さすがにこれだけ長いこと仕事が見つからないので、保護司のほうもようやく乃武夫の仕事探しに真剣になってくれたのだ。自分で当てのあるところに連絡を取り、ここでひとり若い衆を募集していると知って、きょうはわざわざ面接についてきてくれた。保護司にしても、担当する仮出獄者が失業したまますぐ再犯ということになっては、面目がつぶれる。なんとかしなくてはという気になったのだろう。

養豚所の経営者は、じろりと乃武夫の頭から足先までを眺めてから言った。

「うちの仕事がきついのは承知なんだよな？」

乃武夫が答える前に、保護司が言った。

「そりゃあもう、こういう時代ですから、ぜいたくを言ってられないのは承知してます」

経営者は言った。

「こういうご時世も何も、こういう経歴ではってことだよ」

「言い聞かせてありますよ」

経営者は立ち上がって言った。

「ついてきてくれ。どんな仕事か見せるから」

経営者が歩き出したので、乃武夫たちもあとに続いた。車庫の裏手に平屋建ての簡易スチールの建物がふたつ並んでおり、中から豚の声が聞こえてくる。豚舎なのだろう。何か強く異臭がしたが、それが豚の糞《ふん》の匂いなのか、それとも飼料とか消毒薬の匂いなのか、乃武夫には区別はつかなかった。それら三つがすべて混じり合った匂いかもしれない。この匂いをつけて、と乃武夫は思った。函館市内までナンパに出ても、絶対に女は引っ掛からないだろうな。

豚舎のあいだを抜けて裏に回ると、木造の倉庫のような建物があった。その脇にコンクリートで作られた囲いがあって、その前にトラックが停まっている。作業員がふたり、荷台で緑色のプラスチックのバケツを傾け、中のものを囲いの中に空けていた。生ゴミかと思ったが、すぐにそれが、レストランあたりから出る残飯だとわかった。

経営者は、歩きながら言った。

「函館市内のホテルやレストランと契約しているんだ。残飯を引き取っているんだ。ただね、割り箸《ばし》やら、食器やらまで混じってくる。プラスチックなんてものが入ってると、餌としては使えない。こまめに取り分けなきゃならない。そういう作業もあるんだけど、本気でやるんだな」

保護司がまた、乃武夫に代わって答えた。

「そりゃあもう、文句は言いませんよ」

経営者は、振り返って乃武夫を見つめて同じことを訊いた。

「やるんだな?」

乃武夫は答えた。

「ああ。はい」

「宿舎はそっちにある。通わなくていいから、運転免許もいらないってわけだ。もっとも、早く取ってもらったほうがいい。こういう仕事は、運転免許なしじゃどうにもならないんだ」

「金貯めて、できるだけ早く取ります」

乃武夫たちの目の前で、また新しいポリバケツが空けられた。乃武夫の頬に、ぴちゃりと冷たいものがかかった。乃武夫は思わず顔をそむけ、手の甲で頬をぬぐった。もとが何であったのかもわからぬ腐敗物だった。

乃武夫の表情を見とがめて、その経営者は言った。

「その程度のことで、いちいち顔をしかめるなよ」

乃武夫は、首をすくめて言った。

「すいません」

「履歴書、見せてくれ」

「はい」

乃武夫が封筒に入った履歴書を渡すと、経営者は立ったまま、その場で履歴書を広げた。

乃武夫は経営者の視線を追った。案の定、困惑の顔となった。

保護司が言った。

「電話でも話したとおり、模範囚だったんです。悔悟の情も、服役態度も申し分なし。それで、最短の七年で仮出獄が許可された。こういうケースは珍しいんですよ。主査委員も保護観察官も、この青年なら、って太鼓判を押したってことです」

経営者は、保護司の言葉にはとくに反応を見せずに言った。

「どんな事件だったんだ？」

保護司が言った。

「ですから、はずみで相手が死んでしまった」

「ひとを殺したってことはわかる。無期懲役なんだからな。だけど、どんな事件だったんだ？」

保護司は、乃武夫の表情をちらりとうかがってから言った。

「函館市内で、若い奥さんと赤ん坊が死んだ事件ですよ」

経営者の目が大きく見開かれた。

「あの母子殺害事件？」

保護司はうなずいた。

「いろいろと報道が過熱した事件でした」

「赤ん坊まで殺したってやつか」経営者は乃武夫のほうに目を向けてきた。「まちがいは誰にもあるが、あの事件はちょっと話がちがうぞ」

乃武夫は訊《き》いた。

「どうちがうんです？」

無意識に、突っ掛かる調子となっていた。保護司が、こら、とたしなめてきた。

経営者は言った。

「それを先に言ってくれなきゃ。うちにはおれも含めて前科者は何人かいるけど、あれはちょっとやばすぎないか」

保護司があわてて言った。

「しっかり悔い改めたんですよ。模範囚。もうあの事件を起こしたときのような、分別のない子供じゃないんです。性格もすっかり変わった。そうだよな」

言葉の最後は、乃武夫に向けられたものだった。

乃武夫は、保護司と経営者と、双方を見ながら答えた。

「ばかなことをやったと反省してます」

経営者は言った。

「ばかなことですむ話じゃないぞ。女と赤ん坊を殺したんだぞ」

保護司は、あわてた様子で言った。

「一審で罪相応の判決が下ったんですよ。無期懲役でしたが、彼は控訴せずに受け入れた。十分罪は償ってきたんですがね」

「あの事件は別だ。おれは心の広い男だけどよ。あれは気にいらない」

「雇えないってことですか？」

「すまないが、帰ってもらってくれ。こういう仕事だから、どんな人手だって欲しいときはあるが、あの事件だけはなあ」

もう経営者は、乃武夫の目を見ていない。視線を合わせることさえおぞましいという顔だった。乃武夫は横を向いて、経営者の前から一歩退いた。採用を拒まれたのだ。もうここにこれ以上長居していたくはない。

保護司は、妙に卑屈そうな表情になって言った。

「頼みますよ。偏見を持たずに、試用社員として使ってみてくれませんか。完全に更生したってことが、わかってもらえるはずです。性格は悪くないんです。あの事件にしても、はずみであぁなってしまったんで、マスコミが言ってるほど、ひどい事件じゃなかったんですよ」

経営者は言った。

「おれの好き嫌いの問題だよ。喧嘩《けんか》っ早いのは許せる。もののはずみで相手を殺してしまったってこともあるだろうさ。だけど、ああいう事件を犯した男ってのは、どうしてもだめだね。わざわざきてもらって申し訳ないが、あきらめてくれ」

乃武夫は保護司に言った。

「帰りませんか。ここまで嫌われてるのに、おれだって働きたくないですよ」

保護司は乃武夫に顔を向けてにらんだ。

「あんたは、ここで土下座してでも、仕事に就かなきゃなんないよ。もうあとには道はないよ」

「このひとがこうもきっぱり言ってるんだし」

「あんた次第だ。なんとかお願いしますと、頭を下げてごらん。いまの自分は、あのときの自分とちがいますって」

乃武夫が黙ったままでいると、経営者は言った。

「だめだよ。おれは駆け引きで言ってるんじゃない」

「そこをなんとか」と保護司。

しかし経営者は、くるりと乃武夫たちに背を向けて、残飯回収のトラックのほうに歩み去っていった。話はこれまでだ、ということだ。

乃武夫は保護司を見た。

保護司は、途方に暮れたような顔で首を振った。

「ここが駄目となると、ちょっと深刻だよ」

帰り道、保護司が軽自動車を運転しながら言った。

「観察官と相談してみようと思う。帰住地変更の手続きをしてもらったほうがいいかもしれない」

助手席で、乃武夫は保護司の横顔を見て訊いた。

「函館以外で仕事を探せってことですか」

「ああ。こういう不景気だし、とくに北海道はひどい。失業率は全国でもトップクラスだ。七パーセントだったか？　北海道で仕事を探すのは諦《あきら》めて、まだ多少なりとも仕事のある土地に移ったほうがいい」

「帰住地指定なんとやらってのは、どうなるんです？」

仮出獄の条件のひとつは、函館の親元に住んで仕事に就く、ということだった。別に親元に住むことが求められたわけではないのだが、観察官との面接で乃武夫はそう希望を出したのだ。親元に住みたいという希望は、犯罪を犯した者には珍しいことだったのかもしれない。ふつうは出獄後は、事件を犯した土地を離れ、誰も自分を知らない土地で生きようとする。乃武夫の場合は、あえて事件を犯した土地にとどまって親元で暮らそうとするのだから、改悛《かいしゅん》の情が顕著である、と評価されたのかもしれなかった。

しかし、現実に働き口がない土地では、生きては行けない。仮出獄の条件を変えることになるが、これは観察官の判断ひとつだろう。指定する帰住地で仕事が見つからないから再収監ということにはなるまい。

保護司は言った。

「どうだい？　このあいだも言ったけど、千葉とか埼玉のほうにになら、働き口はあるはずだ。どうしても函館にこだわるかい？」

乃武夫は言った。

「ちょっと気になるんですけどね」

「なんだい？」

「七年前のことって、みんなそんなにはっきり覚えてるものですか。おれがやったこと、反省してますけど、あの事件のこと、また新聞とか本とかで、いろいろ書き立てられてるってことないですか」

「どうしてそう思う？」

「いまのひとだって、赤ん坊が死んだことまではっきり覚えていましたよ。自分に関係のない事件のこと、そんなによく覚えているものですか？」

「それだけの事件だったよ。地下鉄サリン事件のおかげで、むしろニュースとしてはそんなに大きく取り上げられなかった気がしてるがね」

「おれ、いまになってわざわざあの事件のことを蒸し返してる連中がいるように思うんですけど。だからいまのひとも、あんなにはっきり思い出したんじゃないですかね」

「わたしの知るかぎり、あの事件のことは、最近は新聞でもテレビでも見てないね」

「函館だけで、何か噂になってるとか」

「知らん。そんなことはない。あれはそれだけ印象に残る事件だったんだよ。あんたは読んでないだろうが」

「そうだったんですか？」

そのとき乃武夫の頭をよぎったのは、乃武夫のことを調べまわっていたという男のことだった。その男は事件のことは知らなかったようだけれども、乃武夫の仮出獄にタイミングを合わせるように、乃武夫の身辺をなにやら調べ出しているのだ。事件となんらかの関係があってのことだと見るしかない。男が事件のことを知らなかったようだったというのも、単にとぼけていたのかもしれない。あるいはその男は誰かに指示されて調べていただけで、指示した誰かは、当然事件のことを知っていたのではないか。だから、乃武夫の仮出獄後、ふたたびあの事件が乃武夫の周辺で話題にされるようになった。生家の近所で、あるいは立ち回り先で。となると、いまの養豚所の経営者のところにも、乃武夫たちに先回りして、誰かがやってきて事件のことを語った、ということはないだろうか。だからあの経営者は、七年も前の事件のことなのに鮮明に思い出して、あんな事件を起こすような若い者なら雇いたくはないと言い出した……。ちがうだろうか。

乃武夫は言った。

「ぎりぎりまで、函館で仕事を探してみますよ。おれだって、自分が甘かったことはわかってきてますから」

保護司は言った。

「それがいい。あとひとつだけ、心あたりがないでもないんだ。左がかったひとなんで、本当は気が進まないんだけど、もうそういうことを言ってる余裕はないよな」

「事件のことを、これ以上いまになって蒸し返されたりしなければいいんですがね。おれはまっとうな仕事に就こうとしてるんですから」

「誰も蒸し返したりしていない。だけど、それだけの事件だったってことだけは、頭に叩《たた》き込んでおいたほうがいいな。まだ七年しかたっていないんだ。みんな案外覚えてるから」

「わかってます」

そう答えたけれども、乃武夫はあのカラオケ屋の店員が言っていた言葉を思い出していた。

乃武夫のことを調べにきた男の名刺には、札幌の探偵事務所らしき会社名が印刷されていたとか。探偵事務所なんぞに誰が何を調べたくて依頼したのか、できるものならばそれは確かめてみたいところだった。

胸のポケットで、携帯電話が鳴り出した。門脇は、ちょうど通勤路途中のコンビニエンス・ストアを出たところだった。左手のビニール袋の中に、朝食用のサンドイッチと紙パック入りの牛乳が収まっている。門脇はそのビニール袋を右手に持ち替え、携帯電話を取り出した。液晶表示を確かめたが、電話番号は非表示だった。

「はい？」と、用心深く応《こた》えた。

相手も、慎重な調子で訊《き》いてくる。

「門脇さんですよね？」

声に心当たりがあった。広域暴力団傘下の、旭川の組の幹部だ。

「そうだ」

「吉沢《よしざわ》です。先日はお役に立てずに申し訳ありませんでした」

拳銃《けんじゆう》摘発月間に協力しろと要請に行ったときのことを言っている。相手は、出すものなんてありませんときっぱり拒絶していた。

門脇は訊いた。

「朝から何だ？」

「至急、お目にかかれませんか」

「だから、何だ？」

「会ってお話しします。この電話、長電話はできないでしょう？」

「用件だけでも言え」

「じつは、うちの若いのが、今朝引っ張られたんです。恐喝の容疑ですが、まだ任意です」

用件の見当はついた。門脇は言った。

「おれはいったん本部に出る。九時半に、事務所に行こうか」

「いや、別のところにしましょう。市立病院のロビーでは？」

「病院で？　外来患者が脅えるだろうが」

「わたしは、ふつうの格好してますよ」

「込み入った話ができるか？」

「むしろああいう場所のほうがね」

「九時半に行く」

携帯電話をオフにしながら思った。取り引きを持ちかけられたということだ。

想像のとおりだった。

旭川市金星町にある市立旭川病院のロビーに行くと、近づいてきた吉沢は小声で言ったのだ。

「追突されて、修理費をいくら出すかってことでもめたんです。おかま掘ってきたほうがびびって、中央署に駆け込んだんですが、うちの若いの、仮出獄中なんですよ。満期前なんです」

「誰だ？」

「大館峰夫《おおだてみねお》」

粗暴犯だ。以前、傷害事件で六年の刑をくらい、二年ほど前に仮出獄となっている。有期刑の場合、この刑期満了前に新たな犯罪を犯せば仮出獄は取り消しとなる。再収監されるのだ。

だから、暴力団員も、仮出獄の身にある者は微罪で逮捕されることを何よりおそれているのだが、大館となるともともとが単純だ。その計算もできなかったにちがいない。

吉沢は言った。

「こんどの件で逮捕となったら、即再収監だ。たかが五十万百万のことでしたから、なんとか事件にせずにすませたいんですがね」

そこは自動販売機の脇だ。周囲五メートル以内には誰もいない。それでも門脇は、周囲にちらりと目をやってから訊いた。

「被害届けは出たんだな？」

「わかりません。相談だけかもしれない」

「任意と言ったか？」

「やつの女は、そう言ってました」

「逮捕状はまだ出てないんだな？」

「たぶん」

「もめた額は？」

「百万。だけど、もう要りませんよ」

「百万の恐喝未遂か」

門脇は、中央署がどの程度本気で大館を引っ張ったのか、想像してみた。ふつうはたとえ被害届けを受理しても、それだけで警察が捜査に動く法的義務はない。被害の程度、犯罪の悪質性、容疑者の属性等で、組織を動かすべきかどうかが判断される。このケースでは、容疑者が暴力団員だったので、中央署の強行暴力係がいちおう事情聴取のために呼びつけたのではないだろうか。大館はいま、別件の大きな事件の容疑がかかっているわけではない。吉沢の解釈とはちがい、逮捕を念頭に置いての任意事情聴取ではないはずだ。逮捕状はまだ地裁に請求されていないはずである。

門脇は訊いた。

「相手とは、話し合う余地はあるのか？」

「そりゃあもう、いまから取り下げを頼みに行ってきますわ。こっちはおかま掘られた被害者ですけど、出せって言うんなら、金も積むつもりです。ですからなんとか、逮捕状執行前に手を打ってもらえないかと」

少し考えてから、門脇は訊いた。

「当然こっちにも、見返りはあるだろうな」

「先日の件、協力させていただきます」

「一挺《いっちょう》もないって言ってたろうが」

「うちの若い衆のためなら、よそから買ってでも差し出しますよ」

「いくつ？」

「ひとつでは？」

「安すぎやしないか。大館なら、ひとりで十人分の看板だろうが」

吉沢は、あたりに目を向け、困り切った顔で言った。

「なんとかふたつ揃えてみます」

「今月中だぞ」

「ええ。トカレフでかまいませんね」

「いまどき、トカレフかよ」

トカレフは、旧ソ連製の半自動式軍用拳銃だ。ソ連崩壊後に大量に日本に密輸入されて、裏社会に広まった。しかし最近は中国製トカレフも入るようになって、だぶつき気味である。しかもその後、同じ旧ソ連製でも、マカロフが密輸入されるようになってからは、極道のあいだでは完全に半端物扱いとなった。トカレフはマカロフと較べてひと回り大きく、重くて、手の小さな日本人には扱いにくいのだ。口径は七・六二ミリ。装弾数は七発プラス一だ。

これに対してマカロフは、トカレフよりも百二十グラムも軽く、ひと回り小さくて、口径は九ミリ、装弾数は八発プラス一。破壊力が大きくて、トカレフよりも一発弾を多く込められる。

だからいま北海道の暴力団では、武器はマカロフが主流である。トカレフはもはや暴力団同士の取り引きでも相手にされないのだ。ちんぴらが小遣い稼ぎに売ったり、拳銃摘発月間のときに警察に恩を売るために提供する材料に成り果てている。

門脇のぼやきに、吉沢は言った。

「それで勘弁してください。ハジキには変わりはないじゃないですか」

「いいだろう」門脇は了解した。この取り引きなら、上司も許可する。現状では恐喝未遂であり、一応犯罪は構成しているが、被害者さえ納得するなら問題はない。形式犯と呼びうる程度のことだ。「トカレフふたつ。情報は直接おれに入れるんだぞ」

「わかりました。大館の件、よろしくお願いできますね」

「きょうじゅうに、相手と話をつけろ。被害者を中央署に直接出向かせるんだ」

「わかりました。急いでやります」

「おれはすぐに担当と掛け合う」

「お願いします」

吉沢は、深々と頭を下げた。

旭川方面本部に戻ると、門脇はすぐ担当上司に報告した。拳銃《けんじゅう》摘発月間では例年、北海道警察内部でも、各方面本部ごとに摘発数の競争がある。旭川方面本部は、稚内《わっかない》での大量摘発が続いていたので、この二年、連続して道警本部管内一の成績を挙げてきたのだ。今年は一位は微妙なところだったので、いまあと二挺《ちょう》、追加で拳銃が出てくるのはありがたいことだった。

上司は言った。

「まだ立件されてないなら、応じてもいい。被害者とも、穏便にすませられるんだな？」

「そう約束しました。きょうじゅうに話をつけるそうです」

「じゃあ、中央署に行こう。同行してくれ。話は早いはずだ」

「二挺のトカレフの件は、話してかまわないんですか？」

「いや」上司は首を振った。「貸しはすぐ返済されるんだ、とだけ言う。それでわかるさ」

「わかりました」


旭川中央警察署の二階の刑事部屋で、この取り引きについての話がまとまった。中央署の担当係長も課長代理も、杓子定規《しゃくしじょうぎ》な警察官ではなかったのだ。追突事故のトラブルと、拳銃摘発月間の成績と、どちらを優先させるべきかについては、警察官としての常識を持っていた。午後までに大館の事情聴取は終わりになると決まった。

上司が中央署で油を売ってゆきたい雰囲気だったので、門脇はひとりで刑事部屋を出た。二階から一階へと階段を降りているときだ。踊り場で、婦人警察官の久保田と出くわした。

「先日はどうも」と、門脇が頭を下げると、久保田は足を止めて訊《き》いた。

「奥さんとは連絡ついた？」

「は？」

一瞬、何のことを言われているのか、わからなかった。奥さんと連絡？　おれは久保田に、女房のことなど何か話したろうか。

久保田は、門脇の反応が意外だったのか、微笑して言った。

「何言ってるのよ。ごまかしたつもりだったの？」

ばれていたのだ。門脇は、顔の筋肉がこわばるのを覚えた。久保田はすっかり事情を承知して、あの情報をくれたというのか。警察の関係者にだけは知られたくない事実だったが。

「ちがいますよ」やっとの思いで門脇は言った。「それは誤解ですよ」

「黙ってるわよ。安心して」

久保田は、背を向けるとそのまま階段を二階へと上がっていった。

久保田の後ろ姿が消えてから、門脇は脇の下にどっと汗が噴き出てきたのを感じた。かしこまった席で、ズボンのファスナーが開いていると指摘されたような気分だった。おれの女房が子供を連れて出奔した、ということは、もしかして道警旭川本部や旭川中央署の警察官たちのあいだでは、すっかり噂となっているのだろうか。官舎のせんさく好きの女には、体調が悪いので実家に帰っている、と説明してきたが、それが嘘だということも知れ渡っている？　おれはいま同僚たちには、女房に逃げられた男、と陰口されているのか。おれは男の面目を失った男として、噂になっているのか。

想像するだけで耐えがたかった。門脇は再びステップを降りながら、恥辱の悲鳴が出るのを、かろうじてこらえた。ここがもし自家用車の運転席か自宅であったなら、門脇はじっさいに声を出していたことだろう。ああ、と、情けない叫び声を上げていたことだろう。

中央署のエントランスを出たときには、門脇はなんとか恥辱から立ち直っていた。恥辱を帳消しにしてやる、と強く心に決めていた。

門脇は駐車場へと歩きながら、声には出さずに宣言した。

祐子、絶対にお前を探し出してみせる。お前に償いをさせてやる。そう時間をかけないうちに。近々にだ。それも、お前がまさかとたかをくくっているような手も使ってでも。たとえ非合法な手段に訴えてもだ。


その巨大なショッピング・センターに隣り合わせて、札幌市のコミュニティ・センターがあった。さほどの規模ではないけれども、図書館が併設されている。

祐子は晴也を絵本のコーナーに連れていき、絵本を一冊選んでやってから、カウンターへと歩いた。若い女性司書が、愛想よく首を傾けて迎えてくれた。

祐子は、少しためらってから司書に訊いた。

「あの、古い新聞なんて、読むことはできるんでしたっけ？」

司書は訊いた。

「何かの新聞記事をお探しですか」

「ええ、そうなんです」

「新聞の縮刷版でしたら、地方紙と中央紙がいくつか、中央図書館にあるんですが、こちらには新聞の縮刷版は置いておりません」

「では、あの、パソコンか何かを使って、記事を検索して見るということはできますか?」

「ええ。北海道新聞だけは、こちらのパソコンから記事検索できます」

「費用は、どのくらいかかるものでしょう」

「無料です」と司書は微笑して言った。「図書館がまとめて契約していますので、個人のかたが使うぶんには、費用はかかりません。パソコン、お使いになれますか?」

「ええと」祐子は返答に詰まった。働いていた当時は、経理事務にはPCを使った。あのときと同じソフトであれば使えるし、キーボードも使えると思うが、インターネットやそのほかのソフトは使えない。「できません」

「簡単です。右手のパソコンのあるコーナーにお回りください」

その司書は、北海道新聞のデータベースから、目指す記事を探しだす手順を要領よく説明してくれた。聞いているうちに、日本語の入力の方法も思い出した。祐子はひとりでPCに向かい合い、気になっている言葉で、記事を検索してみた。

「キーワード　真鍋篤」

「記事のジャンル　社会」

「表示順　掲載の新しい順から」

すぐに十件の記事の見出しが現れた。最初の記事の見出しはこうだ。

「函館母子殺害事件、加害者に無期懲役の判決」

祐子は、その見出しの部分にカーソルを置いてクリックした。記事の全文が現れた。

七年前の日付の記事だった。

記事によれば、真鍋の妻とまだ満一歳の娘を殺したのは、当時十七歳の少年とのことだった。あまりにも重大な犯罪なので少年審判にはかけられず、地方裁判所で成人並みに扱われて裁判を受けた。その結果、成人であれば死刑相当であるが、十八歳未満の少年であるから、ということで、罪としては一ランク低い無期懲役の判決が出たというのだ。記事には、加害者である少年の名は記されていなかった。

いっぽうで、記事には解説がついていた。少年の場合は、無期懲役でも最短の場合、七年で仮出獄が可能なのだという。成人の場合は仮出獄の対象となるには最低でも十年の入獄が必要であり、しかもその後の生涯、いつでも仮出獄の取り消しは可能だ。しかし少年の場合は、十年間再犯がなければ、以降はその件で再収監されることはないという。犯人の側の弁護士は、加害者である少年は深く反省しており、控訴はしないだろう、とコメントしていた。

記事の末尾に、真鍋が語ったという言葉が記されていた。

「あまりに軽い判決なら、少年法そのものを問題にしたいところでした。でも、この無期懲役という判決は微妙です。七、八年後には仮出獄の可能性がある、ということですが、その程度の時間では、わたしは自分の悲しみを乗り越えられないような気がする」

たしかに、その予想どおりだったのだろう。この裁判の結審からほぼ七年、たぶん真鍋は悲しみ、悩み、苦しみつつ、地獄のような日々を生きてきたのだ。何ひとつ前向きにはなれず、ただ追憶の中だけに生きてきたのだろう。新しく生き甲斐《がい》を作ろうともせず、新しい関係を育もうともせず、ボストンバッグ数個に詰められる以上の生活はついに持とうともせずに。

でも、とふと気になることがあった。

その真鍋の、この二週間ばかりの変わりようだ。波多野でさえ、何か変わったようだと言っていたのだから、祐子の思いちがいではない。ひいき目ともちがう。真鍋は、俗な言いかたをするなら、シャンとしてきたように見えるのだ。自堕落とも、投げやりとも、もう感じさせない、彼はいま、生きる意志を手に入れたように見えるのだ。あの怪我でさえ、祐子には真鍋がむしろ積極的に社会に関わろうとした結果の、ちょっとしたすり傷と見える。真鍋に何があったのだろう？　何が真鍋を変えたのだろう。

もう一度記事に目を落とした。

判決の解説だ。

無期懲役という判決であれば、少年の場合、最低七年で仮出獄が可能。

いまがちょうどその時期だ。

祐子は、司書に教えられた検索方法で、もうひとつ記事を探してみた。キーワードとして、函館母子殺害事件犯人、と打ち、さらに仮出獄、とつけ加えてみた。

検索結果はゼロだ。

仮出獄を、仮釈放、という言葉に置き換えて検索してみた。結果は同じだった。

記事になっていないのか、そういう事実がそもそもなかったのか、あるいは祐子の検索がまずかったのか。祐子には判断しかねた。

もう一度検索し直し、ニュースの解説を読み直してみた。

仮出獄が許される条件として、つぎのように書いてある。
一、悔悟の情、二、更生意欲、三、再犯のおそれがない、とそれぞれ認められること。四として、社会感情が仮出獄を是認すると認められること。
こんどの場合は、どうだろうか。犯人と接しているわけではない立場では、最初の三点ともなんとも言いがたい。四の社会感情についても、はかりようがないのではないか。祐子自身の感想なら語ることはできるが、社会感情をどうやって計量したらよい？　つまり、これは絶対的な判断基準ではないのだ。運用にはかなり幅があるということになる。

となると。

この犯人は、最近出獄した可能性もないとはいえないのだ。

昨夜の、資材倉庫での真鍋の様子が思い出された。

蛍光灯の下で、真鍋は大きめのスパナかレンチを振っていた。ちょうど居合抜きでもするかのようにだ。表情は真剣そのもので、何か鬼気せまるものがあった。単に重さを確かめていたという程度のことではない。あの工具が、たとえばどの程度の力で振り降ろした場合、どの程度の板を割ることができるかと、それを確かめていたようにも見えた。何より、祐子たちに気づいたときのあの表情。それは、重大な悪事を見とがめられたときの顔だった。目に激しい狼狽《ろうばい》が走ったのを、祐子は確かに見ていた。

もしや。

モニターで記事を読んでいるうちに、妙な妄想が広がった。いけない、と祐子は首を振った。わたしは、男は必ず暴力を振るうものだと思い込んでしまっている。真鍋の手に工具があるのを見ただけで、よからぬ暴力事件を想像してしまっている。これは、ほめられたことではない。男を見る自分の目が、いかに歪《ゆが》んでしまったかを証明しているようなものだ。こんなことを考えるのはよそう。

祐子は画面を北海道新聞のホームページに戻してから、デスクに着いている司書に言った。

「終わりました。ありがとうございました」

乃武夫は、産業道路脇のびっくりドンキーの駐車場で、そのセダンの助手席に乗り込んだ。運転しているのは修一だ。ほかの友人たちは、これから拾うのだ。

修一が、車を発進させながら訊《き》いた。

「決まったのか？」

　乃武夫は首を振った。

「だめだった」

「だって、確実だって言ってなかったか」

「保護司はそう言ってた」

「ムショ帰りだってことで、また断られたのか？」

「いいや。おれがひとを殺したってことは言ってたんだ。だけど、あの事件の犯人だとまでは伝えてなかった」

「あの事件なら、だめなのかよ」

「ああ」乃武夫は、運転する修一の横顔に目を向けて訊いた。「おれが出てくるころ、あの事件のことって、また話題になってたのか？」

「どういう意味だ？」

「テレビが特集したとか、雑誌に出たとか」

「知らん。聞いたことはないな」

「きょうの養豚所の親爺《おやじ》は、妙にきちんと覚えてる感じだった。保護司の話じゃ、前科者を何人も雇ってるってことだったけど、行ってみると大ちがいだ。あの事件だけは許せない、みたいな言いかただったぜ。ふつう、七年前のニュースなんて、覚えてるか？」

「あの事件なら、おれは覚えてるさ」

「お前に関係ない事件のことだよ」

「あれは地元のことだったし」

「携帯貸してくれないか」

「どうすんだ?」

「電話かけるに決まってるだろ。携帯でけつをふくやつがいるのか」

修一は黙って、胸ポケットから携帯電話を取り出してきた。

乃武夫は、尻《しり》のポケットからくしゃくしゃになったメモ用紙を取り出した。きょうの夕方、NTTの営業所に行って調べた市外局番が控えてあるのだ。営業所には、北海道全域の電話帳が揃えてある。乃武夫は、あいまいな事務所の名を手がかりに、小一時間かけて、候補となる電話番号を三つ、調べ上げたのだ。

最初の番号を入力してから、乃武夫は携帯電話を耳に当てた。

三回コール音が鳴ったあとに、男の声が出た。

「北調探偵事務所です」

中年、あるいは初老の男の声と聞こえた。

乃武夫は言った。

「あ、もしもし、函館から電話してます。あの、先日、川尻乃武夫って男のことで、函館にいらしたかたですか」

相手はとまどっているようだ。このような電話があるとは、予想もしていなかったのかもしれない。

乃武夫はもう一度言った。

「もしもし」

「ええと、どちらさんですか」

「川尻って男の近所の者です。そちらで、川尻のことをいろいろ知りたがっていたので、お電話しました。先日、函館にいらしたかたですよね」

「ええ、まあ」

ずばり当たった。

ということは、ごくごく小さな興信所なのだろう。

乃武夫は訊いた。

「交遊関係とか、よく行く場所なんかをお聞きになってましたが」

「ええ、ちょっと調査の依頼があったもので」

「おたくは、マスコミとか、テレビ局とかと関係はあるの？」

「いいえ」相手はすぐに言いなおした。「そういうところとも取り引きはあります」

「こんどの場合は、頼んできたのは、テレビ局ですか」

「それは申し上げられません。でも、この番号、どうしてわかりました？」

「名刺をいただいたじゃありませんか」

「お渡ししましたか？」

「もらいましたよ。なんなら、お会いすればもっといろいろお話しできますよ。また函館にきませんか」

「いや、調査のほうは、先日でひと区切りつきましてね。さして必要もなくなったのですが」

「近所で聞き回ったぐらいじゃ出てこない話もありますよ」

「もう十分調べました」

「おれ、先方も喜ぶ情報だと思うんですがね」

「いったい何の情報です？」

「電話じゃ言えませんよ。依頼主の連絡先は？」

「教えることはできません」

乃武夫は、声を荒らげないように辛抱強く言った。

「この情報、おたくが依頼主に教えてやれば、絶対に喜ばれますよ。聞きたくないですか？」

「どんなことだか、概略だけでも教えてもらえないと」

「だから、細かな交遊関係とか、よく行ってる場所とかってことですよ。前歴についても、詳しくわかりますよ」

「その程度だったら、ほんとに、もう必要ないんです」

「話を聞くだけ聞いてみませんか。伝えるかどうかは、それから決めてもいいんだし」

「情報を買って欲しい、ということじゃありませんよね」

「ちがいます。川尻って男のことで、いろいろ知ってるってだけです。興味があるようだったし、おたく、あまり調べられなかったんじゃないかと思ったものだから」

「川尻さんとは、どういうご関係なんです？」

「近所で、高校時代の同級生ですよ」

相手は、少し考えたのか、ひと呼吸間を空けてから言った。

「札幌にいらした折にでも、事務所まできてください。伺いましょう」

「その場合、交通費ぐらいは出るんですか？」

「いい情報ならね。すでに調べてあるようなことでは、無理です」

「もうどんなことを調べたんです？」

「前歴とか、交遊関係、立ち寄り先、そのほか私生活全般ですがね」

「刑務所を出たばかりってことは知ってるんですか？」

「もちろん」

ということは、あのコンビニエンス・ストアの女主人の解釈は、まちがいだったのだろうか。この探偵事務所は、とうぜんそのことは承知した上で、調べにかかっていたのだ。でも、では、誰が、なぜ、いまこの時期に探偵事務所などに調査を依頼したのだ？

乃武夫は訊いた。

「何のためにそういうことを調べるんでしょうね」

「この仕事では、守秘義務というのがありましてね。お教えするわけにはゆきません」

「テレビ局なんでしょう?」

「言えません」

「そうですか」乃武夫は、電話ではそれ以上問うのはやめた。じかに顔を合わせていないことには、これ以上何も聞き出せないだろう。「こんど、ついでの折に寄ってみますよ。事務所は、わかりやすいところですか」

「薄野っていう繁華街のはずれです」

「こんど、連絡しますよ」

乃武夫は携帯電話を切って、運転している修一に返した。

修一が訊いた。

「何の電話なんだ?」

乃武夫は、産業道路の歩道に目をやりながら答えた。

「誰かが、おれの社会復帰を妨害してる気がするんだ。あの探偵事務所だか興信所だかが、まちがいなく関わってる」

「どういうふうに?」

「だから、必要もないことをあちこちに思い出させてるのさ。おれが面接に行く先々で」

「何のために?」

「知らん。おれの仮出獄に反対の誰かがいるんだろう。観察官との面接でも、それを言われた」

仮出獄の認否を決める面接の際、主査委員ははっきりと乃武夫に言ったのだ。

あんたの仮出獄については、社会感情が許してくれるかどうか、疑問もあるんだ。ただ、そういう年齢だしね。少年事件で三例目っていう重い判決だったことで、司法には反省もあるらしい。あんたには更生の意欲もあるようだ。出して様子を見てもいい、という雰囲気になってるんだ。

そういう判断で許可されたわけだけれど、反対もある、という部分がいまになって気になる。役人の中には、おれがこのまま就職もできず、やむにやまれずカツアゲか窃盗でもやることを期待している者がいるのではないか。少年犯罪には厳しく当たるべきだと言いたいがために。ほら甘くすればこのとおりだと主張するためにだ。

もっともそれは、乃武夫がたったいま思いついたことだった。ほんとうのことを知るためには、たぶん札幌の探偵事務所で直接聞いてみるしかないだろう。

「修一」と、乃武夫は言った。

運転席で、修一がちらりと横目を向けてきた。

「何だ？」

「少し金を貸してくれないか。札幌に行ってみたいんだ」

「札幌？　何をするんだ？」

「仕事探しさ。あっちは、函館よりもずっとでかい街だ」

「勝手に函館を離れていいのか」

「それは保護司ときちんと相談するって」

修一は視線を道の先に戻してから言った。

「おれが貧乏してるのはわかってるだろうに。すまんけど、無理だ」

「そうか」

乃武夫は舌打ちして、助手席で脚を前に投げ出した。何をやるにも、もう八方ふさがりか。わずかな交通費もない。刑務所で貯めた金ももうとうに消えたし、あとは母親にせびるしかないか。

くそっ、と乃武夫はもう一度舌打ちした。更生して社会復帰しようとしたって、これじゃあコンビニ強盗でもやるしか、生きてゆく方法はねえじゃねえか。

乃武夫は、まだ事件のほとぼりもさめぬうちに自分を仮出獄させた司法制度を恨んだ。おれなんぞを、こんなに早く仮出獄させるべきじゃなかったんじゃないのか？


その夜、仕事を終えて真鍋が事務所に帰ってきたのは、午後の八時近い時刻だった。ポンプ場の現場の作業がはかどらず、定時すぎまでパイプの敷設工事を続けたのだ。ワゴン車に一緒に乗った同僚たちもくたびれ果てた様子で、帰り道、ろくに言葉も交わさなかった。

食堂に入ってみると、すでに調理場のメインの照明は消えている。テーブルの上には、トレイにひとりぶんずつ食事が用意されていた。作業員たちの帰りが遅いので、宮永祐子はすでに調理場を出てしまったのだ。

食事のあと、食器を下げると、同僚たちは銭湯に行くという。いつもの習慣だ。

しかし自分には、きょうは約束がある。同僚たちには、用があるので、と断り、食堂の壁からキーを取った。波多野に引き取ってもらった小型の乗用車のものだ。車は駐車場に置いたままだ。いつでも使ってよいと言われていた。

同僚たちがワゴン車に相乗りして事務所の敷地を出ていってから、真鍋は車を発進させた。ちょうど公道に出たときだ。宮永祐子と晴也のふたりに出会った。宮永祐子は手にプラスチックの手桶《ておけ》を持っている。彼女たちもやはり銭湯に行くところのようだった。あのプレハブ住宅には、小さなユニットバスがついていたはずだが、たまには広い湯船につかりたいということなのだろう。銭湯までは一キロほどの距離がある。

真鍋は宮永祐子たちの前で車を停め、ドアを開けて言った。

「お風呂《ふろ》ですか。送りましょう」

宮永祐子が微笑して近づいてきた。

「真鍋さんも？」

「いいや、ぼくはちょっとべつの用事で」

「いいんですか？」

「乗ってください」

宮永祐子は車の助手席側にまわり、後部ドアを開けた。

「晴也、あなたがうしろ」

晴也は素直に後部席に身体を入れた。

ついで宮永祐子が、助手席に乗ってきた。

「すいません。なんか無性に、広いお風呂に入りたくなったんです」

「温泉とか、お好きなんですか」

「ええ。あ、いいえ、結婚してからは、まったく行ったことはなくて」

どうして、と聞こうとして、真鍋は先日波多野から聞いた話を思い出した。宮永祐子は、ずっと夫に暴行を受けていたということではなかったろうか。つまり、身体のほうぼうに傷とか痣《あざ》があったのだ。そんな身体では、たしかに銭湯にも温泉にも行けまい。どんなに広い湯船に焦がれても。どんなに小さなユニットバスが嫌だったとしても。きょう、いま銭湯に行けるということは、身体から傷や痣も完全に消えたということだろうか。

車を再発進させると、うしろの席から晴也が訊《き》いてきた。

「おじさんも、お風呂に行くの？」

宮永祐子が言った。

「これ、おじさんだなんて」

真鍋は、ちらりと後部席を振り返って答えた。

「いいや。晴也くんたちを送ってゆくだけ」

「銭湯って、広いんだってね。牛乳が飲めるんだって」

「広いよ。たしかに牛乳も飲めたな」

「ぼく、泳げる？」

　宮永祐子が言った。

「泳いじゃだめ。そういうところじゃないの」

「おじさんは、どうして行かないの？」

「おじさんは、あとだ」

「おじさんも一緒に行くといいのに」

「そのうち」

「ほんとう？」

「こんどね」

「こんどって、いつ？」

「こんど、時間があるときだ」

「こんどの日曜は？」

「そうだな」その日、自分は札幌にいるだろうか。あの宿舎にまだいるだろうか。それを疑問に思いつつも、真鍋は言った。「そうだな。日曜に、行こうか」

　宮永祐子が言った。

「ごめんなさい。なんか、真鍋さんになついてしまったみたいで」

男だと。

「嫌われるよりいいですよ。これまで、子供とこんなふうに接したことがなかった」

宮永祐子が、真鍋の横顔を見つめてきたのがわかった。そちらに視線は向けなかったが、宮永祐子の目には、かすかに憐憫《れんびん》があったように感じられた。

家族のいない、ガテン職場の暮らし。宮永祐子はそれを哀れんだのかもしれない。それとも、宮永祐子はこのおれの過去を知っているのだろうか。妻と同時に、満一歳になったばかりの娘を失った男。娘が晴也の年頃まで成長するのをついに見ることができなかった男だと。

晴也がまた言った。

「ぼくさ、お風呂だけじゃなくて、遊園地みたいなとこに行きたいんだけど」

「遊園地？」

「水で遊べるようなところ」

何を言われているのかわからずにいると、宮永祐子が言った。

「テレビで見たんです。大きなプールで遊べるような場所。滑り台とか、滝があるような遊園地のこと」

たしかにそのような施設のコマーシャル・フィルムはよく見る。子供が見るからに楽しそうに水で遊ぶ情景が、繰り返し流されていた。この年頃の子供なら、一度は行ってみたいのかもしれない。あれはどこの何という施設だったか。札幌近郊の温泉にあるのではなかったろうか。

晴也が、かすかに不安げに訊いた。

「だめ？」

真鍋は答えた。

「いや、楽しそうだね」

「連れてってくれる？」

「またまた」宮永祐子があわてて言った。「勝手を言わないの」

「いいんですよ」もうこの会話は、成り行きにまかせるしかない。「こんど行こうか。晴也くんは、動物園には行ったことはあるかい？」

「一回。お父さんと」

宮永祐子が付け加えた。

「一年ぐらい前に。住んでいた旭川にも、動物園があるんです」

「おじさんは、ずいぶん長いこと、動物園には行ってないいんだ。札幌にも動物園があるんだよ」

「動物園にも行きたいな」

「動物は何が好きだい？」

「トトロ」

「トトロ？」

宮永祐子がまたつけ加えた。

「大きなぬいぐるみを持っていたんだけど、持ってくることができなかった」宮永祐子は口調を変えて晴也に言った。「トトロは、動物園にはいないのよ」

「いないの？」

宮永祐子が答えた。

「動物園にいる動物とはちがうの」

「じゃ、クマはいる？」

「クマはいると思う」

「プーさんみたいの？」

「もっと大きいのが」

「クマさんも見たいな。蜂蜜《はちみつ》食べてる？」

「ええ、食べてると思う。大好きなんだもの」

ふたりのやりとりを聞きながら、真鍋はいやおうなく、失った自分の家族のことを思った。娘があのまま順調に成長したなら、自分はこんなふうに家族の会話を交わすことができたのだ。娘の無邪気な発言に微笑し、突飛な希望に笑い出したことだろう。そして娘が寝ついたころには、妻とその日の娘の言葉を思い起こして、その成長を喜び合ったことだろう。

ふいに目がうるんできた。真鍋は左手で目のまわりをマッサージするふりをした。ちょっと疲れているのだ、というポーズ。目がしょぼしょぼしてきた、という演技。

宮永祐子は会話を中断して、また真鍋の横顔を見た。

真鍋は正面に目を向けたまま言った。

「着きました。歩道脇でいいですね」

銭湯はすぐ目の前だった。手稲駅に近い、アパートの多いエリアの中だ。

宮永祐子が言った。

「すいません。お手数かけて」

「ここまで、歩いてくるのはたいへんですよ」

「ユニットバスでもよかったんですけど、たまにはと思って」

真鍋は車を停めた。宮永祐子が助手席から降りて、後部席のドアを開けた。

後部席から降りながら、晴也が言った。

「おじさん、動物園、約束してくれる？」

「これっ」と宮永祐子が晴也を叱った。

真鍋は、晴也と宮永祐子の顔を交互に見ながら言った。

「そうだね。一緒に行こう。動物園と」

「水の遊園地」

「そうだね。お母さんと、三人で行こう」

宮永祐子を見つめた。目で訊いたつもりだった。晴也くんの言っているのは、かなり真剣な、切実な希望なのでしょうか？

宮永祐子は言った。

「もし連れてってもらえるなら、とてもうれしい。晴也も喜びます。あまりそういう楽しみってない子だったから」

晴也が言った。

「日曜日」

もう一度自問した。その日、自分はここにいるだろうか。宮永祐子たち親子と約束できるものだろうか。もし約束を守れなかったとき、ふたりはこの自分を激しく恨むのではないか。それとも、多少は事情を理解して、あきらめてくれるだろうか。

真鍋は、胸に小さな痛みを感じつつ言った。

「こんどの日曜日に」

「約束」と晴也が言った。

「ああ」

宮永祐子が言った。

「すいません。こんなわがままを」

「晩御飯をごちそうになった」

宮永祐子がドアを閉じた。真鍋は、ふたりに会釈して、ふたたび車を発進させた。

真鍋の車が、札幌競馬場の正門前に着いたのは、午後九時の五分ほど前という時刻だった。正門の前は車寄せとなっている。中央競馬の開催中は、タクシーやバスがひっきりなしにここに入ってきて、客を降ろしたり乗せたりしているのだろう。しかしいま、水銀灯が照らし出しているのは、ほかに一台の車もない広いアスファルトの空間だった。

真鍋は正門前に車を停め、エンジンは切らないままで、相手が現れるのを待つことにした。非合法な、しかも取り扱いの危険な道具の取り引きなのだ。向こうも慎重になっているはずである。真鍋が警察のおとりではないか、その疑いは百パーセント払拭《ふっしょく》できたはずもない。真鍋が、金を持たずに品物だけ強奪してゆく可能性だって考えられるのだ。向こうは、真鍋がほんとうにひとりでやってきて、しかも周囲にも異常な気配はない、と確認できるまでは姿を見せないだろう。

腕時計が、九時を二分回ったときだ。ジャケットのポケットで、携帯電話の呼び出し音が鳴った。真鍋はあわてて携帯電話を取り出した。液晶画面には、相手の電話番号は出ていない。公衆電話ではなく、非通知設定のようだ。

真鍋は携帯電話を耳に当てた。

「はい?」

相手が言った。

「金は持ってきたな?」

「持ってきた」真鍋は、あたりを見回しながら答えた。周囲に、それらしき車は見当たらない。

「どこにいるんだ？」

「横断歩道橋がわかるか？」

車寄せの前に幹線道路があって、これをまたぐように横断歩道橋が架かっている。

「ああ」歩道橋の真下に、一台黒っぽい乗用車が停まっているように見えた。大部分は暗がりの中にあって、車種まではわからないが。「どうすればいいんだ？」

「歩いて、歩道橋を渡ってこい。金を持って」

それだけ言って、電話は切れた。

真鍋は携帯電話をポケットに収めると、胸の内ポケットのふくらみを確かめてから、エンジンを切って、車の外に降り立った。

金だけ奪われる、ということはないだろうか。この取り引きで、いちばん心配なのはその部分だった。相手は、犯罪組織だ。いや、組織としての取り引きではないかもしれないが、相手が犯罪組織に関わっていることは、ことの経緯から明白だった。しかし、自分がこれからやろうとしていることを考えるなら、犯罪組織と接触することくらい恐れていてはならないはずだった。あらためて暴行を受けたり、金を奪われたりするぐらいは、甘受すべきリスクのうちだ。そうなったらなったで、自分はもう一段階、高みへ登ることができる。あるいは、もう一段階堕《お》ちることができるのだ。そして、一段移動するたびに、いっそう決意は固まる。引き返すことが難しくなる。それは、むしろ歓迎すべきことではないのか？

真鍋は、大股《おおまた》に歩き出し、前方に見える横断歩道橋を目指した。

横断歩道橋を昇りながら、周囲を見やった。下を通る幹線道路の交通量は少ない。間歇《かんけつ》的に、何台かずつの自動車が行き交うだけだ。ここでは、自分がもし襲われたとしても、目撃者が出ることはほとんどありえまい。相手もそれなりの場所を指定してきたのだ。たぶんこのあたり、札幌競馬場周辺にも土地勘がある男なのだろう。

渡り切ると、左手に折れるように階段がある。真鍋は、用心深く一段ずつ降りた。ただし、無理に足音を消したりはしなかった。ピタッピタッと、ラバーソウルの靴が音を立てるように足を運んだ。

下まであと五、六段というところまできたとき、とつぜん目の前に人影が現れた。街路灯の灯の下に、すっと入ってきたのだ。夜だというのに、サングラスをかけている。白っぽいトレーニング・スーツのような上下を着た若い男だった。短い髪を金髪に染めている。人気のサッカー選手の真似だろうか。小樽で自分を襲ってきたふたりのうちのひとりではなかった。

相手は言った。

「両手を上げて、ゆっくりと降りてきてくれ」

若い声だ。真鍋は、言われたとおりに両手を上げ、慎重に最後の五、六段を降りた。金髪の男とは、三歩ほどの間で向かい合うかたちとなった。

歩道橋の下に黒っぽいセダンが停まっており、そのセダンの脇にもひとり、男が立っていた。こちらも、サングラスをかけている。

金髪の男が言った。

「金を見せてくれ。ゆっくりと、出すんだ」

真鍋は言った。

「先に、物を見せてくれないか」

「信用しろよ」

「あんたも、おれを信用していい」

相手は、わずかに小首を傾げた。

「堅気なんだろう？」

そうは見えないのだろうか。いかにも堅気という外見なのに、あんがい言うことを言うので、驚いたのか。

真鍋は言った。

「お互い、信用しないか。おれが保険を掛けてきたのも、承知だろう？」

「なるほどね」相手は口もとをゆるめた。「ただの素人さんかと思ったら、案外修羅場はくぐってきてるようだな」

「おかげさまでな」

「それならむしろ、てっとり早くやれるな。そっちの車のうしろの席に乗ってくれ」

「どうするんだ？」

「物を渡すさ」

真鍋は、言われたとおりにそのセダンの後部席の右手に回り、車道側から乗り込んだ。

金髪の男は反対側から後部席に乗ってきた。もうひとりの男は、運転席に身体を入れた。

真鍋は、ジャケットの胸を左手で開いてから、右手で内ポケットの封筒を取り出した。

「三十万入っている」

金髪の男は言った。

「そこに置いてくれ」

真鍋は、封筒から紙幣の上端を見せてから、金髪の男と自分とのあいだにその封筒を置いた。

「出してくれ」と、金髪の男は、運転席の男に短く言った。

運転席の男は、グラブボックスからポーチを取り出して、金髪の男に渡した。

金髪の男がそのポーチを開けて、まるめたタオルを取り出した。タオルを広げると、現れたのは大振りの拳銃《けんじゅう》だった。グリップに星のマークが刻印されている。

弾倉、と見えるものが一緒だった。

金髪の男は、拳銃には手を触れることなく、指さして言った。

「扱いかたは知ってるのか？」

真鍋は言った。

「これから香港《ホンコン》映画を観る」

金髪の男は小さく笑った。

「マガジンには七発入ってる。薬室は空だ。おれたちが出るまで、マガジンは入れるな」

真鍋は、拳銃に手を伸ばして、そっと持ち上げてみた。想像以上に持ち重りのする道具だった。これに実弾の込められた弾倉を装着すると、かなりの重さになる。いつまでも握ったままひとつ方向を狙ってはいられないようだ。銃口を自分に向けてのぞきこんでみた。模型ではなかった。たしかに銃口は開いている。全体の質感も、本物と信じてよいだけのものがあった。

弾倉も手に取ってみた。鉄板の隙間から、真鍮《しんちゅう》の薬莢《やっきょう》が並んでいるのがわかった。たしかに七発装塡《そうてん》されているようだ。

金髪の男は、封筒を自分のジャケットのポケットに収めると、にやつきながら言った。

「何をやる気なのか知らないが、七発じゃ何度もやれない。たとえ最初で五、六百万しか手に入らなくても、それでやめといたほうがいい。フィリピンかどこかに行って、若い女買ってやりまくって、天国に行った気分になれよ。もしあんたに甲斐性《かいしょう》があるようなら、金を使い果たしたあとは女がフィリピンで面倒見てくれるさ。甲斐性がないようなら、フィリピンで鮫《さめ》の餌だ」

「親切な忠告だな」

「要するに、国内じゃ捕まるなってことだよ。そのハジキの出所、絶対にちくるんじゃないぞ。小樽でロシア人から買った、で通せ」

「あんたに迷惑はかけない」

「ひとつだけ教えてやろう。確実に自殺する方法だ」

金髪の男は、両手を合わせて拳銃を握るようなかたちを作り、その手を顎《あご》の下に持っていった。

「銃口を口の中に突っ込むより、喉《のど》の下から脳天に向けて撃つほうが確かだ。銃口はまっすぐ上だ。逃げられんとなったら、あっさりそうしろよ」

「そういうことになったらな」

「じゃあ、おれたちとはこれっきりだ。おれたちのことは、忘れろよ。降りてくれ」

拳銃と弾倉をタオルにくるみ直して左手に持ち、車の外に降り立った。

真鍋がドアを閉じた瞬間、そのセダンは急発進していた。ナンバープレートを見ようとしたが、プレートは上向きに折れている。数字は読み取れなかった。

排気ガスの匂いを残し、そのセダンはたちまち競馬場前の道路を遠ざかって消えていった。

歩道橋の脇に残った真鍋は、タオルの中の物の重さを、あらためて意識していた。これは重かった。これまで使ったどのスパナよりも、どのレンチよりも。

第五章

波多野正明が宿舎の食堂に入っていったとき、すでに住み込みの従業員たちはみなテーブルに着いていた。

このところ、テーブルへの着席のしかたが変わった。ひとつのテーブルに、若手がふたり。勤続の長い中年男ふたりがもうひとつのテーブル。三つ目のテーブルに、最年長の広畑と真鍋篤だ。波多野のためのトレイも、真鍋たちのテーブルのほうに置かれている。

「おはよう」と従業員たちに声をかけて、波多野は席に着いた。

従業員たちが、もごもごと口を動かしながらあいさつを返してきた。

波多野は言った。

「きょうも揃って朝飯が食える。幸せだな、おれは」

正直なところだった。ここで宮永祐子の作る朝食をとるようになってから、なぜそれまでは、家庭であの索漠とした朝飯を食べ続けることができたのか、信じられないほどだ。これなら早くから、かつてそうであったように、自分は従業員たちと一緒に朝食をとる習慣を取り戻すべきだった。同じ現場で、同じように汗を流している男たちと一緒に、同じテーブルを囲むべきだったのだ。

女房がいつの日からかこのおれを人生の同志ともパートナーとも思えなくなったのと同様、おれにとっても、いつのころからか、女房よりもむしろ従業員たちに、より強く信頼と責任と友情とを感じるようになっていた。たぶん職場から離して家を建てたころから。息子が東京の大学に進学して家を出ていったころから。女房が社会に目覚め、専業主婦という立場を拘束的だと感じるようになっていったころから。何も家庭はいったん作ったが最後、構成員が死に絶えるまで家族でなければならないということはあるまい。子供ひとりを育て上げたところで、家族であるべき関係はどれかと、見直しがあっていいのだ。関係の組み換えがあっても、悪くはなかったのだ。

波多野は、箸《はし》を手に取ってから、従業員たちに言った。

「昨日は残業ですまなかったな。お疲れさん」

いまいちばん若い従業員は、河野《こうの》という青年だった。二十歳だ。体力はあるはずだが、あまり元気そうには見えない。まずそうに朝食を食べている。波多野はふと気がついた。もしかすると河野は、昨夜の仕事でばてているのではなくて、この仕事が嫌になっているのかもしれない。先日来、不平を何度かもらしていたようだ。こんなところで働いていたら、恋人も見つからない。一生結婚もできないままに終わる。なんとか別の職場に移りたいと。

しかし彼は、何ひとつ資格も持たないままに、四カ月前から波多野工務店に入ってきた男だった。その前に、工務店をふたつ三つ転々としている。高校を卒業すると同時に、家出同様に生家を離れた。運転免許は持っておらず、住み込みで働いているのもそのためだ。

波多野は、河野を見ていると、いつも自分の息子をつい重ね合わせてしまう。父親とはついにうまい関係を作れないままに、進学するという名目で家を出た息子。かといって、母親のほうだってけっしてあの息子とは、望ましい母と息子の関係は作ることができなかったのだ。河野もたぶん似たような家庭で育ったのだろう。

波多野は、河野に顔を向けて言った。

「河野、食え。宮永さんの飯、うまいだろうが」

河野は、とつぜん呼びかけられてとまどったような表情を見せた。

「ええ、うまいです」

「コンビニ弁当なんて、まずくて食えなくなったろう」

「あの入れ物がやになってきましたね」

「こういうふうに、きちんと茶碗《ちゃわん》や皿から食うのが、家庭の食事なんだよ。食って体力つけろよ。うちの稼ぎどきなんだからな。夏はこの調子でずっと忙しいぞ」

「食べてますよ」

広畑が、向かいの席から言った。

「夏が忙しいのはわかりますが、こればっかりじゃぶっ倒れる。息抜きも必要です。ころあいを見て、慰労会でもやってくれませんか」

「わかってるって。そのうち、ジンギスカンか焼き肉でもやるから」

「ここでですか？」

「保養所だよ」

保養所というのは冗談だが、波多野工務店は札幌から車で三時間のニセコ町に、小さな山小屋を持っていた。建主が支払いに窮して手放したものを、安く買ったのだ。たまたま設備工事を請け負った山小屋だった。山小屋の建物自体が完成しないうちに、工事は中止となり、建築を請け負った工務店が物件を差押さえた。しかしその工務店も持て余し、けっきょく波多野が引き取ったのだ。建物の工事の残りはほとんど波多野たちが自力ですませた。見栄えはよくないが、いちおう十五、六人くらいは雑魚寝《ざこね》で泊まって過ごすことのできる小屋である。年に何回か、波多野は従業員たちと一緒にこの山小屋に行き、庭で肉を焼いて食べる。従業員たちにも結構評判のいい慰労会だった。

広畑が訊《き》いた。

「いつです？」

「そうだな」波多野はカレンダーを見て言った。「今年はお盆の土曜あたりか。渋滞するかな。七月の末でもいいな」

「早いほうがうれしいですね」

「じゃあ、七月末の土曜。みんなで行くぞ」

「宮永さんも？」

「もちろんだ。従業員全員だ」

「今年は人数が多い」

「おれは、大家族が好きなんだ」

波多野は、横にいる真鍋に顔を向けた。彼も喜ぶだろうと想像したのだ。あの母子も交えての、会社の慰安旅行。少しは気晴らしになるはずだ。

ところが、真鍋は無表情だった。ほとんど波多野の言葉を聞いていなかったようにも見える。いぶかりながらも、波多野はその理由を真鍋に訊くことはしなかった。おおかた、またつらいことを思い出しているのだろう。そう考えるのがいちばんわかりやすい。

波多野は立ち上がって、茶碗に飯をよそった。

宮永祐子は、調理場の窓ごしに、波多野が若い河野と一緒に、四輪駆動車に乗るのを見た。

いま、波多野工務店は複数の現場を持っているが、社長の波多野はもっぱら雑用に近い仕事をこなしている。人手は割けず、かといってすぐにも対処しなければならない仕事というのが、案外多いのだ。この数週間、ときおりは事務所仕事を手伝って、祐子にはそれが理解できるようになっていた。この規模の設備工務店では、社長というのは営業マンであると同時に、どこにでもひとりで飛んでゆく遊軍エンジニアだった。きょうの仕事は、若い従業員がひとり必要な現場なのだろう。

続いて、ほかの従業員たちが、白いワゴン車とトラックに分かれて乗り始めた。ワゴン車のほうは、これは手稲の山の奥のポンプ場の工事現場に行くグループだ。このところ、たいがい真鍋は、この現場で働いているようだった。

ところが、きょうは真鍋はワゴン車に乗り込まなかった。真鍋抜きに三人の男たちが、ワゴン車で事務所の敷地を出ていった。ほかの従業員を乗せたトラックに続いて。

食器を洗いながら、祐子は首を傾げた。真鍋はどこに行ったのだろう。どちらかの車に乗ったのを見落としたのだろうか。

祐子は顔をめぐらして、食堂を見た。食堂はもう空だ。誰もいない。テーブルのトレイはすべて下げられている。隅のテレビはいま子供向けのチャンネルで、晴也がひとり、椅子に腰をかけて眺めていた。

もう一度窓から外を見た。彼は事務所の中にいるのだろうか。事務所の窓の中は見えなかった。女性の経理事務員がやってくるのは、もう少したってからだ。いまはまだ八時を少し回ったばかりなのだ。

真鍋はどこに行った？

そう考えてから、祐子は苦笑した。従業員の中でなぜ真鍋だけをそんなに気にするのだ？　彼が今朝、どこの現場に出かけようと、あるいはどこにも出かけまいと、祐子には何の関係もないことではないのか？

いいや、でも、と言葉にならない想いが頭の中を走る。彼はもう、ちょっとだけ特別なひとになりつつある。そもそもあの地下鉄の事件を体験した相手だ。ひとが死ぬか生きるかの瀬戸際、自分がひととなりのその芯《しん》の部分を目撃した男だった。この男は信じるに足ると、そう思わせてくれるだけの誠実さと純粋さを見せてくれた男だ。妻子を殺されたという過去にも、強く同情を寄せたくなる。また、その傷からいまだ立ち直っていないという繊細さや優しさにも、共感を覚える。

なにより、晴也がなついている。大人の男にはひとみしりの激しかった子なのに、なぜか彼にだけはすっかりなついてしまっている。いや、慕っている、という気持ちに近いものがあるだろう。息子の晴也がそうである以上、つまりは母親の祐子にとっても、真鍋は特別なのだ。

それに、自分は彼に、包丁を向けるという真似までやってしまった。あれは、裸の自分をさらしたのと同じことだった。自分の傷、自分の苦悩がどこにあるか、それを言葉にもしないままに見せてしまった。自分の裸を見せてしまった男が、ただのほかの男と同じ存在であるはずがない。気になるのは当然だ。

そう自分に言い聞かせながら、祐子は自分でもそれがかなりの詭弁《きべん》であることは承知していた。要するに、思いきり軽く言ってしまえば、真鍋には惹《ひ》かれるのだ。夫のもとを去ってきた自分にとって、真鍋は、もしかしたらやり直すことのできる相手、と見えるのだ。

そこまで考えて、祐子は自分の頰が赤らむのを感じた。自分は何を考えているのだろう。結婚にはこりごりし、男にも不信しか持っていなかったはずなのに、新しい男？　早すぎるんじゃないの。あんたはまだ、正式に離婚してもいないのだから。祐子は、蛇口をひねって冷たい水を勢いよく出すと、激しく手を洗った。

それから二時間ほどたったときだ。祐子が事務所で事務員と話をしているとき、事務所に電話があった。祐子が受話器を取ると、相手は年長の従業員の広畑だった。

「あ、宮永さん」と広畑は言った。「真鍋、まだそっちにいるかい？」

「え？」意味がわからずに訊き返した。「どうしてです？」

「きてないんだ。あいつ、社長から何か用事を頼まれたとかで、あとから追いかけてくるってことだった。一時間かそこら遅れるだけだ、と言ってたけど」

「真鍋さんは、いないようですけど」

「社長と一緒だったかい？」

「いいえ」朝の様子を思い起こしながら祐子は言った。「社長は、河野くんと一緒にゆきましたけど」

「じゃあ、真鍋はどこに行ってしまったんだろう」

「農業試験場の現場でしょうか」

「そんなはずはない。そっちの車が出てゆくところは見てるよ」

「大事な用でも？」

「ああ。工事が一部図面どおりにならなくなったんだ。あとで図面に赤線入れなきゃならない。きょうあいつがいてくれないと、あとで竣工《しゅんこう》図面出せないのさ」広畑は、もうひとり、施工管理技師の資格を持った男の名を挙げた。「あのひとが、きょうは農試の現場に行ってしまってるから」

よくはわからないが、要するに真鍋の知識と技術が必要なのだ、と言っているのだろう。

「見かけたら、すぐに現場に向かうよう言いましょうか」

「そうしてくれ。仕事が止まってしまう。おれも念のために、社長の携帯に電話してみる。そういや」

「はい？」

「真鍋も携帯持ってたよな。あんた、番号知ってる？」

一瞬ためらってから、祐子は答えた。

「いいえ」

自分が真鍋とそれほどに親しいとは、まだ知られたくはなかった。

「そうか」広畑は言った。「とにかく、見たらすぐにきて欲しいって伝えてくれ」

「はい」

波多野から電話がかかってきたのは、その五分後だ。

「真鍋が、いないんだって？」

祐子は答えた。

「そうらしいです。広畑さんのワゴン車には乗らなかったようです」

「農試の現場にも行ってないぞ。急病にでもなったか」

「今朝はふつうでした」

「そうだよな。たしかに」波多野は言った。「ばてて、部屋にいるんだろうか」

「見てきましょうか」

「頼む。いてもいなくても、おれの携帯に電話くれないかな」

「はい」

事務所を出て宿舎に向かい、スチールの階段を昇った。途中、ふと気になって、駐車場に目をやった。真鍋が会社に買い取ってもらったというあの白い小型車が消えていた。昨日も、自分たち親子はあの車で銭湯まで送ってもらったのだが。車がなくなったのは、いつだろう。朝、従業員たちがそれぞれ現場に出てゆくときは、あの車はあったように思うのだが。

宿舎の二階に上がり、廊下を進んで、真鍋の部屋の前に立った。安物のベニヤのドアの横に、真鍋、と記した紙が貼ってある。祐子はドアをノックした。

返事はなかった。

祐子は、もう一度強くドアを叩《たた》いた。

やはり返事はない。

祐子は大きな声で言った。

「真鍋さん、宮永です。ちょっと入っていいですか」

中からは何の反応もなかった。祐子はドアノブに手をかけて、右にひねってみた。動かない。左にも回してみた。同様だった。

外出したのだ。ただし、出勤ではない。どこの現場にも行っていないようだから、私用での外出なのだろう。それも無断で、というか、嘘までついていったいどうしたのだろう。

祐子は事務所に戻ると、すぐ波多野の携帯電話に電話をかけた。

「部屋にもいません。鍵《かぎ》がかかっています」

そう祐子が報告すると、波多野は訊《き》いた。

「あいつの白い車はあるかい？」

「いいえ。駐車場には見えませんが」

「どういうことだろう」波多野はどうにも腑《ふ》に落ちぬという声で唸《うな》ってから言った。「わかった。あいつには、いろいろ秘密めいたことがあるようだしな」

電話を切ってから、祐子も頭をひねった。このところ、むしろまじめと言っていいくらいに働いていた真鍋だ。きょうの無断欠勤の理由は何なのだろう。広畑には嘘を言い、波多野にも何ひとつ説明していない。何か重大な用があるなら、それを言って休むべきだったのだ。雇い主にも同僚にも正直には言えない用件があったということか。だとしたら、それはいったいどんなものなのだろう。

先日の資材倉庫で見た情景を思い出した。大きな鉄の工具を、まるで居合抜きの稽古《けいこ》か何かのように振り回していた真鍋。けっして草野球の試合のための体力づくりとは見えなかった。工具をいずれバットに替えてボールを打つ練習とは見えなかった。

もうひとつの気になること。昨日、コミュニティ・センターで読んだ古い新聞記事。真鍋の妻子を殺した少年は、法律上はそろそろ仮出獄してきてもふしぎはない、とのことだった。

ふたつのことには、いや、きょうの突然の行方不明を含め、三つのことには何か関係がないのだろうか。

もしや。

その先を想像するのは、おそろしかった。祐子はあわてて首を振って、自分が想像しようとしたことを脳細胞から追い払った。

真鍋は、すでに二時間、その通りに車を停めたままだった。

函館の市街地のやや東寄りの住宅地だった。

真鍋は、きょう朝に札幌を車で出て、午後の二時過ぎに函館に入った。飛ばせば四時間ほどの距離ではあるが、警察の速度違反取締りに引っ掛からぬよう、慎重に走ってきたのだ。函館は三年ぶりではあるけれども、土地勘はある。函館に入ると、真鍋は北調探偵事務所から教えられた川尻乃武夫の生家へと向かい、二時間前からこの通りに車を停めていたのだった。

探偵事務所の話を解釈すれば、川尻乃武夫は日中は仕事探しによく函館市内のあちこちに出向いているようだ。いったん帰宅した後、夜になってからは、友人たちに会いに街に出ることが多いのだろう。カラオケ屋やゲームセンターが、川尻乃武夫のお気に入りの場所らしい。仲間の車に乗って、深夜まで飽きもせずに、いわゆるナンパに精を出す夜もあるようだった。つまりはいまだやつは定職には就いておらず、無為な日々を繰り返しているわけだ。遊び続ける金がどこから出てくるのか、ひとごとながら真鍋は気になった。生家はけっして裕福な家庭ではないと聞いていた。

待つだけの時間というのは、長く感じられるものだった。そのあいだ、本を読めるわけでもなく、酒を飲むわけにもゆかない。集中力を維持したまま、ただ対象が姿を見せるのを待つのだ。かなり苦痛な時間だった。

ほんとうは、と真鍋は、車のシートに深く身を沈めたまま思った。夜に札幌を出て、早朝からここで待つべきだったのかもしれない。朝から待つなら、相手がその家の中にいるのは相当の程度に確実なのだ。ただ、出てくるのを待つだけでいい。しかし自分は、午後から家を見張るという仕事にかかってしまった。相手が家の中にいるのかどうかもわからないのだ。相手は午前中に外出してしまっているかもしれず、そうだとすればここで生家の玄関口を注視しているのは、ばかばかしい時間の無駄ということになる。

しかし、実行を一日延ばすことはできなかった。自分でもまだ百二十パーセントやるべきだとは確信できぬ行為に及ぶのだ。勢いが必要だった。乗りがなければならなかった。

少しでもためらいが生まれたり、怖《お》じ気づいたりしては、絶対に決行できない。そのことの正当性に、ほんのわずかな疑念が生じても駄目だ。

そしてもうひとつ、ささやかなりとも未来に希望など持たないうちにすることが肝要だった。たとえば、今後また新しい家庭を築きうるかもしれぬ、などと夢想したが最後だ。自分はもうそれを実行できない。やるなら、この決意が鈍らぬうちに、そして実行の手段を得たらただちにだった。だから真鍋は、拳銃《けんじゅう》を手に入れたところで、周囲の一切に頓着《とんちゃく》することなく、函館に向かったのだった。誰にも別れを告げることなく、決意を明かすこともなしに。

二時間前、真鍋は川尻乃武夫の生家の近くのコンビニエンス・ストアの駐車場に車を停めると、店で弁当をひとつ買って、車に戻った。店の従業員から長時間駐車をとがめられたら移動するつもりだったが、似たような客は多いようだ。仕事の合間に、昼寝をしてゆくような客も少なくないのだろう。二時間以上停めたままでいても、従業員は文句を言ってはこなかった。

ここが川尻乃武夫の生家だ、と教えられた家は、そのコンビニエンス・ストアの斜め向かい、路地を二十メートルほど入った右手だ。外壁に白いサイディングボードを貼った二階家だ。玄関ドアは、厚い板にレリーフを施したような、その家には不釣り合いなほどに豪華なものだ。玄関脇のスペースは駐車場なのだろう。その奥には、ポリバケツや古タイヤやビール瓶のケースなどが、雑然とまとめてあった。

川尻乃武夫は、事件を起こしたときもここに住んでおり、仮出獄後は両親が住み続けるこの家に戻ってきた。周囲は事件に寛容であったか、人権感覚が強かったか、それとも両親たちがタフな神経を持っていたのか、とにかく事件後も両親はこの家を離れることはなかった。川尻乃武夫も、とてももう生家には戻れない、とは考えなかったのだ。

勤め帰りと見える男女が目につくようになった。焦《じ》れる想いで時計を見ると、午後の七時二十分になっていた。

もう四時間以上もずっとこの場に停めっぱなしだった。川尻乃武夫はすでに外出しているのかもしれない。立ち回り先の方に行ってみるか。

そう思ってシフトレバーに手を伸ばしたときだ。

路地の奥の家の玄関が開き、若い男が出てきた。野戦服のような柄のズボンに、ジャンパー姿だ。髪は中途半端に短い。丸刈りを伸ばしっぱなしにしたような髪型。その男が、路地を表通りまで歩いてきて、左右に目をやってから通りを左に折れて歩き出した。

真鍋は、心臓が激しく収縮するのを感じた。思わずシートに深く身を沈め、自分の身体を隠そうとした。

やつだ。まちがいない。公判で何度か見てきた顔。川尻乃武夫。妻の由美を絞殺してから犯し、ついで一歳になったばかりの娘のあみを殺した男。

その男がいま、自分の育った町を歩いている。自由に、屈託もなく、人目を忍ぶ様子もなければ、罪の意識にさいなまれている顔でもなく。被害者の側のおれが、ついにまだ立ち直れず、顔を上げて空を見上げることさえつらいという心境なのに。

川尻乃武夫の足どりは軽く見える。夜遊びに出かけるのだろう。これまで、ずっと家にいたのか、それとも午前中は仕事探しに出かけていたのか。それはわからないけれども、これから遊びに出かけることにまちがいはない。この時間、つらい肉体労働が待っているようなときに、ひとはあんな足どりにはならない。

川尻乃武夫は、幹線道路である内環状線に向かうようだった。街の中心に向かうバスに乗るのだろう。

追いすがっていま決行するか、とも思ったが、すぐに考えを変えた。まだ薄暮という時間帯だ。この住宅街には人通りもあった。隠れてやるべきことだとは考えていないが、心配なのは反撃なのだ。明るいうちであれば、相手に近づく前に気づかれ、意図を見抜かれて、逆襲されかねない。自分はプロのヒットマンとはちがうのだ。手頃な道具が手に入ったからといって、そうそう容易にはそれを完遂できない。やるなら、不意打ちをくらわせて、間近から瞬時に撃つしかなかった。それには、場所を選び、時機を見なければならなかった。となると、夜しかないのだ。

真鍋は車のエンジンを始動させて、そろそろとコンビニエンス・ストアの駐車場を出た。

真鍋は、車を出しながら、ちらりとグラブボックスに目をやった。中の車検証入れの下には、腰に吊《つ》るすための革の道具入れがあって、その中にタオルにくるんだ例のものが入れてある。どうやら、こいつの出番が近づいたようだ。

祐子は、波多野と一緒に宿舎の真鍋の部屋の前に立った。

いましがた、波多野が事務所に戻ってきて、真鍋の部屋を見てみようということになったのだ。きょう一日、ついに彼はどの現場にも現れず、事務所に連絡もなかった。朝から、忽然《こつぜん》と消えたままなのだ。

波多野が、マスターキーを使って、真鍋の部屋のドアを開けた。祐子は波多野のうしろから、中をのぞいた。布団はきれいに畳まれて、隅に重ねられている。

波多野に続いて部屋の中に入った。中は整理されている。窓際には洗濯物を干すフックが下がっているが、靴下一足下がってはいなかった。

波多野が布団のほうに近づいた。何か見つけたようだ。波多野は布団の上に置いてあった紙を手に取った。新聞のチラシのようだ。光沢のある白い部分に、なにごとか記してあった。それを読んだ波多野の顔が曇った。

波多野はすぐに祐子にそのチラシを渡してくれた。

こう書かれている。

「波多野さん、お世話になりました。

よくしていただきましたが、よんどころない事情で、勤めを辞めさせていただきます。

車を買っていただきましたが、お貸しください。もっとも、お返しにあがれるかどうかはわからないのですが。

ご迷惑をおかけします。

真鍋篤」

波多野が、怪訝《けげん》そうに言った。

「どういうことだ？　よんどころない事情とは、大きくきたな」

祐子は、この置き手紙の文面ですべてわかったような気がした。

真鍋が何をしようとしているか。どこに行ったか。

波多野がふしぎそうに言った。

「どうした。顔色が悪いぞ」

祐子は、波多野を見つめて言った。

「わたし、真鍋さんはもう戻ってこないような気がするんです」

「車は乗っていったきり、ってことか。自動車盗んで行ったとは思いたくないんだけどな」

「そうじゃなくて。何かほんとに大事な用があって、遠くに行ってしまったんだと思います」

「こんなに急にかい？」

「わたしが家を出たのも、急に決めたことです。主人から見れば、ずいぶん遠くにきてしまったことになります」

「やっこさんにもそれだけの事情があったってことか」

そのとき、波多野のポケットで携帯電話が鳴った。祐子は、すぐに真鍋からの電話かと期待した。しかし、波多野の反応は期待とはちがった。

「そうなんだ、どうしても工期は延びるよ。三日や四日はみて欲しい」

波多野は、携帯電話の相手に話しながら、部屋を出ていった。

祐子はあとに続きながら、腕時計を見た。七時半になろうとしていた。真鍋の抱えるよんどころない事情については、すべては終わってしまったのだろうか。それともまだ、なんとかしようのあることなのだろうか。

一階に降りて食堂に入ると、晴也がテーブルの上にレゴを広げて、何か作っているところだった。レゴは、つい数日前にスーパーマーケットの玩具《おもちゃ》売り場で買ってやった、いちばん数の少ないセットだった。祐子が近づいてゆくと、晴也は顔を上げた。なぜかかすかに不安そうに祐子を見つめてきた。

祐子は、明るい調子で言った。

「さ、帰るわ。おもちゃは片づけてね。何を作ってたの？」

「おうち」と晴也は答えてから訊《き》いた。「真鍋のおじさん、行っちゃったの？」

誰か大人たちの話を聞いたのだろう。

祐子は答えた。

「うん。どこかに行ってしまったみたい」

「日曜、約束した」

「そうね。でも、もしかしたら、日曜までには帰ってこないかもしれない」

「ぼく、約束した。水の遊園地か、動物園かって」

晴也の言葉を聞いて、祐子は少しだけ真鍋を恨んだ。

そんなつもりがないのなら、空約束なんてしないで欲しかった。晴也に、希望なんて与えてくれなくてもよかった。自分たちを愛してくれる大人の男だっているのだと、そんなふうに晴也に勘ちがいなんてさせて欲しくなかった。この子は父親がなくたって生きてゆけるのだから。父親なしでも、この子をわたしはきっとしっかり育て上げてみせる。だから、まるで父親代わりのような振る舞いなんて、これっぽっちもして欲しくなかった。どうせこんなふうに、さよならも言わずに消えてしまうつもりだったのなら。

祐子が真鍋を恨めしく思い起こしていたその瞬間、その真鍋はちょうど、タオルにくるんだトカレフに手を伸ばしたところだった。


真鍋は、丸めたタオルの中からトカレフを取り出して、ひとつ深呼吸した。

函館港の工業団地近く、国道二二八号線と並行して走る通りだった。工場や倉庫の多いこの一帯で、そのあたりだけ、中古自動車のショップやカー用品店が並び、さらに固まっていくつか、カラオケ屋や釣り具屋、ボートショップなどの看板が見える。薄暮のこの時刻、交通量が少ないせいもあるのか、妙に閑散として、道路が広く感じられる一角である。三分前、川尻乃武夫が、二二八号線でバスを降り、ひとつ角を曲がってこの通りに入ってきた。真鍋は慎重に尾《つ》けて、川尻乃武夫が二階建てのビルに入るところを、ここで確認したのだった。

真鍋は、川尻乃武夫が入っていったドアを確かめてから、車を後退させてそのビルの手前に車を停めた。ドアまで十メートルほどの位置である。ドアの前には、二トン・トラックが停めてあった。ちょうど街灯がある位置で、そのあたりだけ黄色っぽい光が球のかたちを作っている。

川尻乃武夫の入っていったドアは、どうやら二階のアダルトビデオ・ショップのものらしかったが、その看板に灯は入っていない。ただし、二階の窓の内側には、明かりがついている。看板に照明は入れていないが、営業はしているということだろう。

トカレフを胸元に引き寄せながら、真鍋は苦々しい想いで、その店の看板に目をやった。

『特選掘り出し物AV大量入荷　　ビデオ・ステーション』

仮出獄の身で、仕事にも就かないままに、川尻乃武夫が夜になってやってきたのが、こんな店だ。いずれ彼に悔悟の情があったかどうかが問題になった場合、生前最後にいた場所がアダルトビデオ・ショップであることが指摘されることだろう。彼はどんなジャンルのビデオを借り出すだろう。もしかすると、レイプ・ビデオか。だとすると、彼はいまだあの犯行を思い出すことで自分の欲情をかき立てているのかもしれなかった。仮出獄後もなお、あの犯行を思い出し反芻《はんすう》するのが、ひそかな愉悦なのかもしれない。

悪寒を感じた気分で、真鍋はぶるりと身体を震わせた。嫌なことを想像した。おぞましすぎる想像だった。真鍋は鼻から荒く息を吐くと、トカレフを左手に持ち替え、右手で遊底をスライドさせた。これで薬室に最初の弾を送り込んだことになる。弾倉を空にして、何度も練習した手順。これでトカレフは、引き金を引けば弾が発射される状態になったはずである。はず、とは思うが、実弾の発射は一回きりしか試していない。札幌から函館へ来る途中、黒松内《くろまつない》で山道に入って、一発だけ試し撃ちした。それだけだった。二度目も同じようにできるかどうか、百パーセントの確信はない。ただ、ものは機構の簡単な機械なのだ。繊細なハイテク商品ではない。落ち着いて、手順だけまちがえずにやれば、同じ結果が得られるだろう。

真鍋は、もう一度トカレフを右手に持ち替え、左手でセーフティレバーを上げてから、トカレフをジャンパーの内側に入れた。腕時計を見ると、午後の七時三十二分だ。若い男がアダルトビデオを選ぶときどれほどの時間をかけるのかは知らないが、せいぜいあと十分か二十分のあいだには、店を出てくるだろう。

川尻乃武夫は、相手が履歴書から顔を上げるのを待った。

とりあえず、顔が曇ったりはしなかった。眉間《みけん》に小さく皺《しわ》が寄ったようでもなかった。

保護司も、こんどは電話で最初に、乃武夫が七年前の母子殺人事件で有罪となった男であると伝えてくれている。賞罰の欄を見て、話がちがうと言い出すことはないはずだった。そもそも、保護司からそれを聞いた上で、乃武夫に会ってもいいと伝えてきたのだ。

相手は乃武夫が持参した履歴書を、一行ずつじっくりと吟味している。

乃武夫は、落ち着かない気分で、その室内を見渡した。つい最近まで、アダルトビデオのレンタルショップだったという空間。片隅に何十本もの棚がまとめられており、べつの片隅にはカウンターやデスクが山になっている。もちろん、ビデオソフト自体は一本もない。廃業した店なのだ。作業服を着た若い男がふたり、バールを手に、棚や内装などを解体していた。

相手の男は、解体と産業廃棄物の処理を請け負う小企業の社長だった。つまりここが、きょうの仕事の現場のひとつということだ。乃武夫は、保護司の指示で、面接を受けるべく、ここにやってきたのだった。

いま男からもらった名刺には、山崎《やまざき》、という名が印刷されていた。男は歳のころ五十前後、解体業者にしてはどこか堅苦しい印象がある。保護司の話では、左のひと、ということだから、組合運動などやってきた人物なのかもしれない。

やがて、山崎が乃武夫の履歴書から顔を上げた。

「いいだろう。三カ月は試用期間。だらだら延ばさない。まじめに働いてくれるようなら、そこで本採用だ」

乃武夫は、思わず言っていた。

「ほんとですか。雇ってもらえますか」

「雇う」山崎は、教壇の上から見下ろすような目で乃武夫を見つめて言った。「試用期間中は、日給月給。一日六千円だ。本採用ってことになれば、月給十七万ちょっと。社会保険もつく」

我慢しなきゃならない金額だろう。親元にいる限りは、なんとかやって行ける。少しずつ金を貯めて、一年くらい後には運転免許を取ることもできるにちがいない。毎日カラオケは無理にしても、一週間に一度くらいは、仲間と集まって騒ぐことができるだろう。出獄後二ヵ月がたって、乃武夫にも、その程度の常識はできていた。

山崎は続けた。

「朝はいったんうちの事務所にきてくれ。現場によって、多少時間はちがうことになるけど、ふつうは八時だ」

「はい。はい。そうします」

「刑務所にいたんなら、きちんとした生活は身についてるだろう？　遅刻はするなよ。無断欠勤も駄目だ」

「わかってます。はい」

「喧嘩《けんか》、暴力沙汰《ぼうりょくざた》は、絶対に許さん。この業界には気の荒いのが多いけど、喧嘩する理由にはならない。もしやったら、その場でくびだよ。弁解はいっさい聞かない」

「しませんよ、もう」

「悪い仲間とはつきあうな。私生活のことまで言いたくないが、まじめに働いて、まじめな仲間とつきあうようにしろ。そうすれば、この世の中、まんざらでもないかと思えるようになる」

雇ってもらえるということで、気持ちに余裕ができた。冗談が言える気分だった。乃武夫は言った。

「おれには、悪い仲間なんていませんよ。おれが一番悪かったから、刑務所行きだったんですから」

山崎は、にこりともしなかった。冗談で返されたのが気に入らなかったのかもしれない。

山崎は、説教じみた調子で言った。

「いいかい、働いて生きるってことは、それほど簡単なものじゃない。でも、誰もがそれをやって生きてるんだ。世の中や他人を恨んだりするなよ。うちの産廃処理業みたいな仕事をくだらないと思いながら働いても、幸せにはなれないからな。人生がつらくなるだけだよ」

「はい。ええ」

「やってしまったことはしかたがないからな。そのことはとやかく言わない。だけど、これからは分別持って生きなきゃならない。じっさい、そうしてもらうよ。そのためには、多少口うるさく言うこともあるだろう。それは覚悟しておけ」

「わかってます。十分わかりました」

「この履歴書預かっておく。きょうはもういい。明日からこれるね」

「はい」

山崎は、乃武夫の履歴書を、作業服の胸ポケットに収めると、振り向いて言った。

「吉崎《よしざき》、江藤《えとう》。こっちの彼が、明日から一緒に働くぞ。川尻くんだ」

作業員のふたりが作業の手を止め、乃武夫に会釈してきた。

乃武夫は頭を下げて言った。

「よろしくお願いします」

声の調子が、少し高くなったかもしれない。

「じゃあ、明日から」と山崎が階段に目を向けて言った。

乃武夫は、その山崎にもう一度頭を下げてから、階段へと向かった。


真鍋は、胸が激しく収縮するのを覚えた。

アダルトビデオ・ショップのドアから、川尻乃武夫が出てきたのだ。予想よりもかなり早い。まだ彼が入っていって、五分ほどしかたっていないのだ。真鍋はあわてて車のシートの上で身を縮めた。

川尻乃武夫は、両手を野戦パンツのポケットに突っ込んで、ちらりとドアのほうを振り返った。妙にうれしそうだ。いいビデオソフトを借りた、ということだろうか。しかし、ビデオ・テープは手にしていない。まさか野戦パンツのポケットに入るはずもないが。いぶかっているうちに、川尻乃武夫は道の先のほうへと歩き出した。おそらくまた二二八号線に出るはずである。

真鍋は、ごくりと唾《つば》を呑《の》み込んでから、車を降りた。エンジンはかけたままだ。右手はジャンパーの内側に入れている。ドアを閉める際、大きな音が出ぬように慎重になった。いま、接近する前に気づかれてはならなかった。小さくカチリという音を立てて、ドアは半ドア状態に閉じられた。

真鍋は歩道に音を立てぬよう、大股《おおまた》に川尻乃武夫を追った。間近に迫らねばならなかった。相手の顔を確認し、相手にも自分の顔をはっきり認識させてから、撃ちたかった。川尻乃武夫には、自分が殺されねばならないとしたら、なぜ、誰に、ということを認識させねばならなかった。だから、即死させてもいけないのだ。自分は素人なのだし、たぶん一発目は、相手の行動を不能にする以上のものにはならないだろう。相手が動けなくなってこちらを見つめ、その顔にすべてを理解したという色が浮かんだところで二発目を撃つ。これが現実的であり、かつ理想的だった。

歩道を足早に進んで、ビデオ・ショップのドアの前を通り過ぎ、川尻乃武夫の背後、わずか五メートルほどまで距離を詰めた。

そのときだ。ふいに胸ポケットに入れた携帯電話が鳴り出した。真鍋は狼狽《ろうばい》した。よりによって、この瞬間に携帯電話とは。だいいち、この世の中に、電話を使ってでもおれとつながろうとするものなど、いるはずはないのに。だからこんなとき、電源を切っておく、ということさえ思いつかなかったのに。

川尻乃武夫が振り向いた。

真鍋は、ジャンパーの内からトカレフを抜き出し、右手を伸ばしながら駆けた。

川尻乃武夫が驚愕《きょうがく》に目を大きく見開いた。視線が、トカレフをとらえている。川尻乃武夫は、わっと大きく叫んで、真鍋に飛びかかってきた。

狙いを定める余裕もなかった。真鍋川尻乃武夫が真鍋の右手をはね上げるようにして、身体ごとぶつかってきた。真鍋の身体は、の身体は、激しい衝撃で宙に浮いた。真鍋は、川尻乃武夫とかからみ合うように地面に転がった。

川尻乃武夫の手が、真鍋の右手をつかみ、トカレフをもぎ取ろうとしている。真鍋は川尻乃武夫の身体にしがみつき、右手を自由にしようと必死になった。川尻乃武夫は、ついに馬乗りになって、真鍋の顔に殴りかかってくる。真鍋は顔を振ってよけたが、拳骨《げんこつ》は側頭部をしたたかに叩《たた》いた。

そのとき、真鍋の視界の隅で、ビデオ・ショップのドアが開いたのがわかった。作業服を着た男がふたり、灰色のロッカーを抱えて出てきたところだった。

「何をやってる！」と、作業員のうちのひとりが怒鳴った。中年男の声だった。

川尻乃武夫が、一瞬ひるんだ。

真鍋は、川尻乃武夫を下からはね上げると、右手のトカレフをジャンパーの下に突っ込んで立ち上がり、車のほうへと駆け出した。

後ろで、中年男の声がする。

「何をやってるんだ！　いきなり喧嘩か！」

「ちがうんです。ちがいます」という声が応《こた》えた。川尻乃武夫の声だろうか。

真鍋は、自分の車に戻ると、素早く運転席に身体を入れた。フロント・ウインドウ越しに、川尻乃武夫たちが見える。川尻乃武夫が、こちらを指さしながら、中年の作業服の男に何ごとか訴えていた。中年男は、もうひとりの作業員と一緒に抱えていたロッカーを、路面に降ろすところだった。中年男がちらりとこちらに目を向けてくる。

真鍋は素早くうしろを確かめてから、車を急発進させた。発進させながら、ステアリングを大きく右に切って、ユーターンだ。耳障りなタイヤの擦過音が、運転席にまで響いてきた。

まだポケットの携帯電話は鳴っている。たぶんもう十回以上、この呼び出し音は鳴っているにちがいない。ギアを上げながら、真鍋はサイドミラーを見た。川尻乃武夫の姿が、急速に小さくなっていった。すぐに彼の姿は、夜の中に溶け込んで見えなくなる。同時にそれは、彼の目からもこの車が消えるということだった。

やっと携帯電話の呼び出し音がしなくなった。真鍋は、荒く息を吐きながら思った。二度目は失敗した。トカレフを向けていながら、失敗した。相手は用心深くなる。二度目はもっと難しくなる。むちゃくちゃに難しくなる。もう、いまほど彼に接近できる機会は完全に失われたかもしれなかった。

くそっ、と真鍋は、自動車を加速しながら思った。失敗した。自分は、最高のチャンスをふいにした。

川尻乃武夫は、いま走り去ってゆく小型の自動車を指さしながら、懸命に説明した。

「喧嘩《けんか》なんかじゃないです。あいつ、おれにピストル向けてきたんです。だから、殺されるかと思って、必死で」

山崎は、不愉快げに首を振って言った。

「いい。もう聞きたくない。もう極道連中とトラブルとはな。お前さんは、更生なんて無理だ。うちでも雇えない」

「雇えない？」乃武夫は驚いた。「だって、いま明日からこいって」

「悪い仲間とつきあうなと言ったぞ。注意する前にもうこういうことじゃ、雇っておけるものじゃない。勝手にやりな。うちではいらない」

「おれ、トラブルなんて起こしてないです」

「いまの男は何だ？　知らない男が、通り魔みたいに襲ったっていうのか？」

「ほんとに知らない男ですよ。理由はわかりません。トラブルなんかじゃないです。喧嘩ともちがう。おれは、何も悪いことはしてません」

「目の前で見た。お前は、あいつに殴りかかってたじゃないか」

「あいつ、ピストル持ってたんですよ」

「まさか。銃声なんて聞いてない」

「撃ってないだけです。おれを撃とうとしてたんです」

「何か持ってたかもしれんが、お前と喧嘩してたのは事実だ。おれは、更生してるってことを前提に話をした。これじゃ、だめだ。雇えない」

「おれは悪くないって」

「暴力沙汰《ぼうりょくざた》も喧嘩も、いっさい駄目だと言ったぞ。どんなトラブルかは関係ない。お前が暴力沙汰を起こしてるってことが気に入らないんだ」

「わかってください。おれは何もしてないって」

山崎が言った。

「あいにくだったな。おれを恨むなよ」

山崎は若い作業員をうながすと、ふたたびドアの向こうに消えていった。

乃武夫はその場に立ち尽くした。

けっきょく、何が起こったんだ？

携帯電話の呼出音に何気なく振り向いたら、三十前後の見知らぬ男が、おれの後を尾《つ》けていたところだった。ピストルを向けようとしていた。反射的に飛びかかってピストルを奪い取ろうとしたが、そこまではできなかった。相手の頭に、拳骨を叩き込んだだけだ。

そこに、閉店したビデオ・ショップのドアが開いて、いま自分を雇うと言ってくれた男が出てきた。おれが見知らぬ男と取っ組み合いをやっている場面を目撃したのだ。相手を殴ったところも、しっかり見られてしまった。

だけどおれには、何が起こったのか、まだわからない。あいつは誰だった。ピストルを向けてきたが、おれを撃つつもりだったのか。おれを殺そうとした？　なぜ？　どんな理由で？

突然思い至った。あの若い母親と赤ん坊。あの事件に関係があるのか。あの女の亭主か。あの赤ん坊の父親か。あの事件は少年犯罪にしては重大すぎるとして、成人の裁判と同じ手続きが取られたが、おれ自身は、亭主の顔は知らない。犯行直後のニュースでも、亭主の顔は出ていなかった。公判では、傍聴席にいたのかもしれないが、じっくり観察できるだけの時間もなかった。入獄してからはニュースとは無縁だし、出獄してからはそのことは忘れた。

だけど、仮出獄となってから函館で起こったいろいろなことと、あの亭主は結びつく。片っ端から就職を拒まれたり、自分を尾行している者がいたりというのも、あの亭主がおれをつけ狙っていたのだとするなら、辻褄《つじつま》は合う。やつは、仮出獄以来ずっとおれのことを監視していたのだ。おれの就職を邪魔していた。もしかすると、おれの仮出獄が取り消されるように、あれこれ工作していたのかもしれない。しかし、取り消しの可能性は薄くなったと見て、とうとう自分で殺そうと出てきたのではないか。

乃武夫は、呆然《ぼうぜん》とする想いでその場に立ち尽くした。

おれは、殺されるところだったのか。

思わず道の左右を見ていた。逃げ去っていったあの車が引き返してきやしないか、心配になったのだ。おれはまだ、狙われている？　おれは、殺されかけた。たぶんやつは、この失敗でも諦《あきら》めていない。襲撃は繰り返される。

脇の下に、恐怖のせいでじんわりと汗が滲《にじ》み出してきたのがわかった。

おれは法律で定められた手続きを経て、正当に刑務所を出てきたというのに。とりあえず罪は償ったと、国が認めたというのに。なのにあの被害者たちの身内は、おれをつけ狙っている。殺そうとしている。

恐怖と合わせて、激しい憤りも込み上げてきた。おれは、あの男の度を越した恨みのせいで、せっかく決まりかけた仕事も失った。またひとつ、社会復帰の道を閉ざされた。いや、たぶん、函館で社会復帰しようという最後の希望をつぶされた。こんなことって、あっていいのか。やつがおれを殺そうというなら、おれも、やることはひとつだ。

乃武夫は、もう一度通りの左右に目をこらした。やつはまだこの近くの暗がりの中にいるんじゃないか。逃げなければならないのではないか。いままたあいつが拳銃《けんじゅう》を持って戻ってきて、襲ってくるかもしれないのだ。

だけど、興信所がおれの居所から何からすっかり調べ上げている。家も安全じゃない。よく行く店も同じだ。おれは、どこに隠れたらいい？

乃武夫は国道二二八号線のほうへ向かって駆け出した。あちらなら、人通りも多い。空のタクシーもあるだろう。とにかく中心街まで出て、人ごみの中に紛れ込まねばならない。中心街へと出たら、電話で仲間たちを呼び出す。やってきてくれたら、ちょっと相談することになるだろう。

二二八号線まで出るとすぐ、市街地方向に向かう空のタクシーを見つけた。乃武夫は車の流れを無視して向こう側の車線へと飛び出した。周囲でクラクションが激しく鳴った。乃武夫はタクシーの前に立ちはだかるように両手を挙げた。タクシーは乃武夫の前で急停車した。

後部席のドアが開いたので、乃武夫は飛び込むようにそのタクシーに身を入れた。

「西武《せいぶ》の前まで。いや、丸井の前まで」

タクシーの運転手は不愉快そうに顔をしかめてから、車を急発進させた。乃武夫は後部席で振り返って、尾行してくる車がないかを見た。しかし、もう暗くなった二二八号線上では、尾行している車がいるかどうかは、確認のしようもなかった。

真鍋は最初の交差点を左折し、さらに国道二二八号線も渡った。

このあとどこに向かうかは考えていない。とにかく、いまはここから離れるべきだった。川尻乃武夫が、手近の車に乗って追跡してくるかもしれないのだ。自分は殺されかけたと逆上して、追いかけてくる可能性がある。離れるべきだった。

正面に見える信号は赤だ。どうする？

交差する道路は、国道五号線だった。右に折れれば函館の中心部、左に折れれば長万部《おしゃまんべ》方面だ。直進するなら、おおむね五稜郭《ごりょうかく》の方面である。真鍋がかつて家族と住んでいた大川町も、この方角だった。バックミラーを見たが、追跡してくる車は見当たらなかった。

信号が青になった。真鍋は交差点を突っ切り、大川町方面へと向かった。

国道五号線を越えると、もうよく知った道だった。このまま五百メートルほど走って右に曲がると、やがて自分たちの住んでいた団地に出るのだ。とくに何をするというあてもないまま、真鍋は大川団地を目指した。

団地に入ると、構内の通い慣れた道を徐行しながら進んだ。やがて、自分たちの部屋があった棟を眺めることのできる場所に出た。真鍋は車を停めた。住んでいた部屋の窓には、明かりは灯《とも》っていない。たぶんあの事件のあとはずっと、空き家なのだろう。

真鍋は、ステアリングにもたれかかった。ひどく疲労感があった。フルマラソンを走り抜いたあとのような気分だった。

そのとき、また携帯電話が鳴り出した。真鍋は、ぎくりと背を起こして、誰からの電話かを考えた。やはり思いつかなかった。

表示は、覚えのない番号だった。市外局番は札幌だ。

札幌。

思いついた。先日も受けた。

真鍋は、携帯電話のオンボタンを押してから、慎重に言った。

「はい？」

聞き慣れた声が出た。

「あ、真鍋さん？　宮永です。宮永祐子です」

なぜ彼女が？

「あ、はい」

「少し前にも、お電話したんです。あの、いま、電話大丈夫ですか？」

「ああ。ええ」

祐子は、脅えを感じさせる声で言った。

「あの、何があったのかわかりませんけど、もう帰ってこないんですか。もうこれっきり、会えないんですか。あの、社長も、それに晴也も、とてもがっかりしています。さよならも言わないままに、真鍋さんが行ってしまったから」

どう言葉を返していいか、わからなかった。真鍋は、黙ったままでいた。携帯電話を握ったまま、目はかつての自分たちの部屋に向けている。明かりの消えた、ひと気のない部屋。中に動くもののない部屋。時間が凍りついた空間。

祐子が言った。

「あの、晴也が、晴也が、真鍋さんと約束したこと、とても楽しみにしています。今度の日曜日、プールのある遊園地に連れて行ってくれるって約束したって。いま真鍋さんがどこにいらっしゃるのかはわかりませんが、晴也のために、あの約束、かなえてやってはもらえませんか。何か事情があって、この会社を辞めなきゃならないのは、わかります。ただ、晴也との約束だけは、あの」

祐子の言葉が途切れた。真鍋は意識をふたたび、携帯電話に戻した。

祐子が、不安げに言った。

「もしもし。真鍋さん？」

「あ、聞いていますよ」

「あの、ごめんなさい。勝手なことを言ってしまいました。きっと、それどころじゃないんですよね。すごく、いま、取り込んでらっしゃるんでしょう。あの、また、明日にでも、お電話してかまいませんか？」

切る気配だった。

真鍋は、ほとんど考えずに口にしていた。

「日曜日、約束覚えてますよ。ご心配なく。行きますよ」

視界の隅には、まだあの部屋の窓がある。しかし自分でもふしぎに思うほどに、平静だった。あの窓を見るなら、あの日の情景がまた鮮やかによみがえり、ついで深い喪失感にとらわれるだろうと思っていたのに、すでにそれは過去のことだという想いのほうが強い。あれからもう十分に長い時間が経った、という感覚のほうが近かった。自分は非情にも、由美やあみとの日々を、過去のものとして葬り去ってしまったのだろうか。

真鍋は祐子に言った。

「ご心配おかけしました。帰りますよ。明日じゅうに。日曜日は、一緒に行きませんか」

「え」と祐子の声の調子が変わった。「帰ってくるんですか？　ここに？　辞めるんじゃないんですね」

「ちょっと誤解されるような置き手紙をしてしまいました。だけど、帰りますよ。また、明後日《あさって》から働きます」

「待ってます。明日って、何時くらいです？　遅くなります？」

「たぶん、夜です。真夜中までには、まちがいなく」

「よかった。安心しました。何か大きなトラブルに巻き込まれているんじゃないかと思ってたんです」

「何もありません」

「あの、社長さんにも伝えてかまいませんね。真鍋さんは辞めてないって。明後日からまた働くって」

「あ、お願いします。ぼくから電話するのは、照れくさい」

「伝えておきます。ほんとに、ほんとによかった。じゃあ、あの、気をつけて帰ってらしてください」

「はい」

「じゃあ」

携帯電話は切れた。

真鍋は、携帯電話をポケットに収めてから、あらためて自分たちが住んでいた部屋の窓を見つめた。見つめても、平静なのは先ほどと変わりなかった。心臓がふっと収縮するとらえどころのない何か暗い情念が、脳裏をすっとよぎってゆく。でも、激しい感情はわいてこない。悲しみも、怒りも、絶望も、十分に制御できると感じられる程度のものだ。

自分は薄情けなのだろうか。妻子を無残に殺されたというのに、この程度の抑制された感情しか持ち得ないとは。生きる意味のすべてを失った、とまでは感じないのは。

真鍋は、ついいましがたのことを思い起こした。川尻乃武夫を殺すつもりでトカレフをジャンパーの内側に隠して、彼の背後に迫って行ったときのこと。あのときまで、自分にははっきりと殺意があった。川尻乃武夫を撃ち、殺してやろうと決意していた。考えてみれば、この二週間あまり、仮出獄してきた川尻乃武夫を殺そうと決めてからの日々は、自分にとって再び生き返ったような毎日だった。生活に秩序が回復し、明日も生きようという意欲が生まれた。計画し、準備し、やるべきことをひとつひとつクリアしてゆくというささやかな喜びに、張りを感じた。昨夜トカレフを手に入れてからは、ハイテンションだったと言ってもよいくらいだ。そうしてついにきたのが、さっきのあの瞬間だ。川尻乃武夫を間近に見て、背後に迫ったときのこと。彼が振り返って視線が合ったときに、それまでの緊張は瞬時に高揚感へと変わった。撃ってもいないうちに、自分は川尻乃武夫と間近に目を合わせたというだけで、みずからのうちに蓄積していた泥水のような情念を、すべて爆発させていた。

自分でも驚いたことに、つぎの瞬間には、殺意は失《う》せていた。信じられないくらいに突然に、殺意は消えていた。もういい、と自分が言った。もういい。そんなことはもういいと、自分が言っていた。川尻乃武夫に殴られながらも、自分はその声を聞いていた。もういい。もう必要ない。殺すことはないと。

おれは、たぶんあの地獄から生還したのだ。復讐《ふくしゅう》の必要はなくなった。おれは悲しみを乗り越えた。そう意識した。


祐子は、ピンク電話の受話器を置いてから、ふっと安堵《あんど》の吐息をついた。

真鍋と連絡がついた。帰ってくるという。日曜日には、晴也との約束を果たしてくれるという。心配していたような、取り返しのつかない事態には、至っていなかったのだ。心配したようなことは、祐子の完全な勘ちがいか思い過ごしだったのだろう。自分は門脇英雄のような夫を持ったために、なにごともあちらの方向で考えてしまう習性ができてしまったのだ。あちらの方向、つまり、暴力と血による解決。先日、真鍋が立ち上がっただけで、後ろから襲われると反応してしまったようにだ。

まったくばかみたいだ、と祐子は苦笑した。

晴也が、ふしぎそうに祐子を見上げてきた。

「どうしたの。真鍋のおじさん、帰ってくるの？」

祐子はわれにかえってその場にしゃがみこみ、晴也を軽く抱き寄せて言った。

「帰ってくるわ。日曜日には、プールのある遊園地に行くのよ。連れて行ってくれるって」

晴也の顔が輝いた。

「ほんとう！」

「ほんとう。おじさんは、約束を忘れてなかった。きちんと約束を守るつもりだったのよ」

「ぼく、心配しちゃった」

「お母さんも、ちょっとだけ心配したけど」

祐子は立ち上がると、もう一度小銭を取り出して、波多野の携帯電話に電話をかけた。

波多野は一度のコールで出た。

「はい、波多野」

祐子は言った。

「あの、真鍋さんのことですけど、わたしたち、とても勘ちがいしていたみたいです。いま携帯に電話してみたら、真鍋さんは明後日は仕事に出るって言ってました」

波多野は、怪訝《けげん》そうに言った。

「連絡ついたのか？」

「ええ。携帯電話の番号、メモしていたことを思い出して」

「いまどこにいるって？」

「それは言ってませんでしたが、宿舎には明日のうちに帰ってくるって」

「じゃあ、あの置き手紙はなんだったんだ？」

「さあ。真鍋さんも、何か早とちりしてたのかもしれません。辞めなきゃならないことができたと」

「そいつはいったい、どういう勘ちがいなんだろうな。まったく心配させて」

「とりあえず、連絡がついたこと、お知らせします」

「ああ、ありがとう」

もう一度受話器を置いてから、祐子は晴也に微笑みかけた。

さ、きょうは安心して眠ることにしましょう。もう騒ぎは終わった。心配することは何もなくなったんだから。

真鍋は、グラブボックスからタオルにくるんだトカレフを取り出すと、左手に提げて車を降りた。

渡島国道沿いの、トイレのある駐車場だ。長距離トラックの運転手が仮眠したり、用を足したりするための施設だが、この時刻、駐車場に停まっている車はほんの数台だ。駐車場が広いので、それらの車は互いを避けるように離れて停まっている。ひとの姿は見えなかった。

あたりを確認してから、真鍋は駐車場を出て、岩混じりの海岸へと降りた。波の音が聞こえてくる。駐車場の照明に、波頭が白く光っていた。

マグライトで足元を照らして波打ち際まで歩くと、真鍋はもう一度周囲を見渡した。誰もいない。少なくとも、目に見える範囲には、人影はない。真鍋を注視しているような者も当然見当たらなかった。

真鍋は、タオルから拳銃《けんじゅう》を取り出して右手に持ち替え、二、三回手首で振ってみた。重さは五、六百グラムだろう。サイズの割には重量のある道具だ。自分の力であれば、十五メートルか二十メートルは投げられるだろう。海に没したそのトカレフは、よっぽどのことがない限り、もう人目に触れることはなくなる。葬られる。長い時間をかけて酸化し、分解して海に溶ける。

真鍋は、マグライトをポケットにしまうと、いま一度足場を確かめてから、トカレフを沖合に放った。水平に回転をつけて、思い切り遠くへと投げたのだ。投げてからすぐ身体を起こして耳を澄ますと、波の音に交じって、小さく一回、ぽちゃりという音が聞こえた。

その音だけ聞くと、真鍋はすぐに海岸を駐車場のほうへと引き返した。

時計を見ると、朝の八時を少し回った時刻だった。

いま、帯広市郊外のこの小さな町営墓地には誰もいない。夏の明るい日差しが、ゆったりと区画割されたその墓地全体を包んでいる。墓石はまだ新しい白いものが多く、黒ずんだ凝灰岩や御影石《みかげいし》はほとんどない。たぶんこの地区の住人たちの、頑固な色彩感覚のせいだ。墓地には、暗い色を使いたくないというこだわり。

玉砂利を敷いた通路を歩いて、真鍋は自分の生家の墓の前へと向かった。

真鍋家の墓石は、小さい白い花崗岩《かこうがん》の墓石で、真鍋家代々の墓、と簡単に彫られている。曾祖父《そうそふ》がここに入植し、祖父の代にこの墓石を建てた。しかし父は帯広に出て勤め人となったので、ふだんこの墓を守っているのは、伯父たちの家族だ。

墓はわりあいきれいに清掃されている。管理人のいる墓地ではないから、伯父《おじ》家族がかなり頻繁にきているということだ。

真鍋は、墓石の前に立つと、いったん手を合わせてから、墓石を抱くように持って動かした。すぐに納骨のための穴が見えた。

真鍋は、持参したショルダーバッグから、ふたつの骨壺《こつつぼ》を取り出した。大きなものは、妻の由美のもの。小さなほうの骨壺は、あみのものだった。

アパートを引き払った後、函館までも持って行った骨壺だ。川尻乃武夫を撃った後、自首して出るときも、持ってゆくつもりだった。あれが実行されていた場合、何年の刑に服することになったかはわからないけれど、真鍋の服役中も刑務所の私物保管庫で釈放までのあいだ保管してもらうべき品だった。

真鍋は、まず由美の骨壺を逆さにして、墓に骨を納めた。ついであみの骨。

周囲にわずかにこぼれた骨を穴に払うと、墓石をもとに戻した。

線香の用意も花の用意もなかったので、真鍋はそばに咲いている野草を数本、手折った。オレンジ色のロシアタンポポだ。

そのタンポポを墓石の前に置くと、真鍋はその場に跪《ひざまず》き、目をつぶって合掌した。

妻と幼かった娘の面影が脳裏に浮かんだが、気持ちはおだやかだった。ふたりを奪った者に対する怒りも憎悪も呪いもなく、ただ自分たちが積み重ねた日々の豊かな記憶がよみがえってくるだけだった。甘い幸福感を伴って、生き生きと。

つぶっていた目に、涙があふれ出てきた。真鍋は、涙が出るにまかせた。ぬぐったりせず、鼻水に混じることもかまわず、涙を流し続けた。

事件以来これまで何度も泣いたときとはちがって、その日の涙は心地よかった。身体の中の澱《おり》のようなもの、体液に混じる一切の老廃物を、涙が排出してくれているようだった。身体が少しずつ軽くなってゆく感覚さえあった。

十分も涙を流し続けたろうか。ついに涙は出なくなった。

真鍋は立ち上がって、快晴の十勝《とかち》平野の空を見上げた。

きょうのうちに、自分は札幌の、あの工務店の宿舎まで戻らねばならなかった。昨夜は眠っていないから、途中何度か仮眠を取らなければならないかもしれない。

でも、たぶんきょうの夕方までには、自分は帰りついているだろう。

そう思ってから気づいた。

自分には、帰るべき場所が生まれていたのか？

第六章

翌朝、真鍋と顔を合わせると、波多野正明は真鍋の顔をふしぎそうに見つめてから言った。

「なんだ、温泉に行ってたのか」

朝の食堂である。真鍋が二階から降りてゆくと、ちょうどテーブルにつこうとしていた波多野がいたのだ。

真鍋は小首を傾げた。

「温泉？　どうしてです？」

「さっぱりしてるぞ。このところ、ずいぶんこざっぱりしてたけど、きょうはまた格別だ」

「べつに温泉ではなかったんですが」

カウンターの向こうで、宮永祐子がこちらに顔を向け、会釈してきた。

「おはようございます」

喜びが半分、懸念も半分という顔だった。真鍋がまたすぐ去ってゆきやしないか、それをいくらか案じているようにも見える。

真鍋は、明快な意志のこもった笑顔を作って宮永祐子に言った。

「おはようございます。ご心配かけましたね」

すでにテーブルで食事中の同僚たちは、好奇心一杯の目を真鍋に向けてくるが、とくに質問はしてこなかった。

波多野が言った。

「休まれてしまって、往生したぞ。あんたはもううちの大事な戦力なんだからな」

「ぼくは戦力ですか」

「そうだよ。人材って言ってもいいし、エースだとか、四番打者とか、好きなように呼んでやるけど、要するにおれはあんたを当てにしてるってことだ」

「すみません。ご迷惑をおかけしました」

「片づいたのか？」

「は？」

「よんどころない事情とか、書いてなかったか。その事情のことだよ」

「ああ」

それはたぶん終わった。真鍋は、今朝は何年も記憶がないほどに、軽く空っぽの頭で目覚めたのだ。夢さえ見てはいなかったと思う。朝起きた瞬間に気づいたのは、自分が苦しんではいない、ということだった。長いあいだ自分を苦しめていた痛みが、引いていた。風邪が抜けた翌朝のような気分だった。身体のどこにも、臓器や組織が病んでいるかのような違和感はないのだ。

自分は一昨日《おととい》、川尻乃武夫に拳銃を向けた瞬間に、立ち直った。妻子を殺された苦しみを乗り越えた。私刑や復讐《ふくしゅう》の象徴的行為として川尻乃武夫に拳銃を向けたことで、わだかまっていたすべての想いが昇華されたのだ。自分はもう、川尻乃武夫殺しを目標にせずに生きることができる。それなしでも自分は新しい人生を築きうるし、再生しうる。

そうは思いつつも、真鍋は慎重に言った。

「あっちの事情は、たぶんもう終わりました。きょうから、ふつうどおりに働きますよ」

「そのバンドエイドはなんだ？」

真鍋は、思わず手を額の脇にやった。一昨夜、拳骨《げんこつ》をくらったときの擦り傷だった。腫《は》れは引いているが、小さく皮膚が裂けた部分にだけ、救急絆創膏《ばんそうこう》を貼ったのだ。

「車に乗るときに、ちょっとぶつけてしまって」

「信じてくれと言ってるような言いかたじゃないぞ」

「たいしたことはありませんってことです。もうまったく」

調理場から、宮永祐子が出てきた。エプロンで両手をぬぐいながら、まだ少し案じるような目で。

「おはようございます」と、宮永祐子は真鍋を真正面から見つめてきた。ふいに彼女の顔に、波多野がいましがた浮かべたような驚きの色が浮かんだ。「何か、いいことでもありました？」

「そんなふうに見えますか？」

「ええ。だいいち、笑顔ですよ」

「そうですか」頬がゆるんでいたのだろうか。真鍋は言った。「ちょっと、やっかいごとをひとつ終わらせたんで。日曜には、晴也くんを連れてゆけます」

「あの子、喜びます。とても楽しみにしていたんです」

真鍋は、波多野に顔を向けて言った。

「日曜に、また車貸してもらえませんか」

「かまわんよ」と波多野は言った。「やっかいごとが片づいたって言うんなら、正社員にならないかって話、蒸し返してもいいな？」

真鍋は、少し考えて答えた。

「あとで、あらためてお話しできますか」

言いながら椅子を引き出して、真鍋は朝食のテーブルに着いた。


そのサラリーマンふうの男は、あっけなく地面に伸びた。川尻乃武夫に足払いをかけられ、仰向《あおむ》けに引っくり返ったのだ。泥酔状態だったから、ごく簡単にバランスを崩した。たぶん、足払いをかけられたことさえ意識できなかったろう。背中から地面に倒れ込むとき、ごつりという鈍い音がして、サラリーマンは一度、苦しげに身をよじった。

土曜日の午後の十時、松風町の広小路から折れた路地裏だった。広志と修一が、路地の入り口で、立ちふさがるように広小路に身体を向けている。乃武夫は横たわったサラリーマンの脇に膝《ひざ》をついて、素早くスーツのポケットを探った。財布はすぐにわかった。革製の札入れだ。クレジットカードでも一杯に収めているのか、厚くて堅かった。乃武夫はその札入れを開いて、中を確かめた。一万円札と千円札が、全部で十枚ぐらい入っているようだ。

乃武夫は、その札をつかんでポケットに突っ込むと、札入れを捨てた。

サラリーマンは、二、三度、ごぼごぼと咳《せ》き込むような音を立てた。乃武夫が顔を見ると、白目をむいている。口もとが汚れているのは、何か吐いたのだろうか。

乃武夫は、立ち上がる前に、そのサラリーマンの頬を平手で二度、叩《たた》いてみた。口の中から少し、吐瀉《としゃ》物らしいものが飛び出した。痛みは感じてはいないようだった。しかし、白目のままだ。意識をなくしているようにも見える。

地面に引っくり返ったくらいで、おおげさすぎやしないか。

乃武夫は、腹を立てて立ち上がり、仲間たちのもとに駆けた。

「行くぞ」

広志が、心配そうに後ろを見た。

「乃武夫、やっちまったんじゃないだろうな」

「まさか」と乃武夫は、広志の背を小突いて言った。「おれは素手だぞ。何ができるって？」

それでも、車に乗り込む際、いま一度気になったのは確かだった。あいつ、すぐに息を吹き返すんだろうな、ほんとうに。

その不安をすぐに頭から追い払って、乃武夫は奪った金を数えた。一万円札が八枚、千円札が六枚だ。しけた野郎だ。いまどき、松風町で酒を飲む男が、財布には万札が八枚だけかよ。

もうひとりやらなきゃならないかな、とは思ったが、こらえることにした。とりあえずこれだけあれば、札幌に行くことはできる。もっと必要になれば、札幌でなんとかすればよいだけのことだった。もう、越えまいとしていた一線は越えてしまったのだ。二度目はもっと手際よく、軽い気持ちでできるだろう。

水曜の夜からきょうの夕刻まで、殺されるという恐怖に耐えつつ、乃武夫は反撃の方法を考えていた。その結論としての、このオヤジ狩りだった。反撃には、まず先立つものが必要だったのだ。

札幌に行くというのも、考えた末のことだった。というのも、乃武夫を見失ったと知った場合、あの真鍋という男は、たぶん乃武夫殺しをいったん諦《あきら》めるはずだった。その場合、やつは函館を離れて札幌に向かう。なぜならば、乃武夫の身辺を調査する際、函館の興信所を使わずに、札幌の興信所を使ったからだ。やつの本拠地は札幌にあるはずである。乃武夫殺害に失敗した真鍋は、いったん札幌に帰って、つぎのチャンスを狙ってくるだろう。

ならば、やつに再び見つかって拳銃《けんじゅう》を向けられる前に、こちらからやつの本拠地を襲うほうがいい。襲って、二度とこんなばかげたことが起こらぬよう、ものごとを処理したほうがいいのだ。

それで、このオヤジ狩りと、札幌行きという結論が出たわけだった。札幌のどこに行けばよいかは、先日電話した興信所の男が、教えてくれることだろう。

手を振っている男の子が見えた。

大きく口を開けて、何か叫んでいる。

口の動きから想像できた。

「お母さん、見てて。行くよ」

そう晴也が言っているのだ。

水が流れる滑り台の上である。赤い水泳パンツ姿で、晴也はうれしそうだった。少しはしゃぎすぎているのではないかと思えるような顔になっている。北海道の言葉で言うなら「おだっている」とさえ見える。

札幌市の市街地から車でおよそ四十五分、定山渓《じょうざんけい》温泉街にある大ホテルの遊園地だった。巨大なドームふうの空間の中にいくつもの温水プールがあって、それぞれちがう種類の遊びができるようになっている。あるプールには水と一緒にスロープを流れ落ちる滑り台があったし、ゴムボートで急流下りのできるプールもあった。また別のプールでは、ボードで流れを滑り降りてサーフボーダー気分を味わうことができた。体験用スキューバプールもあったし、死海の濃度と同じだという濃い塩水のプールもあり、ローマふうの豪華なスパもあった。家族連れがやってきて、一日じゅう目一杯、温水と戯れることのできる施設だった。

真鍋はいま、水泳用トランクス姿でプールサイドのデッキチェアの上に足を投げ出している。オレンジジュースを脇に置いて、宮永祐子の息子、晴也の遊ぶ姿を眺めていたのだ。真鍋の横のデッキチェアには、宮永祐子がいる。宮永祐子も水着姿だ。ふたりとも、水着はこの遊園地に入場する際に借り出したのだった。

宮永祐子は、晴也のほうに目を向けたまま言った。

「はしゃぎすぎだわ。あとで熱が出やしないか心配」

真鍋は言った。

「たまにはいいでしょう。思い切り遊んで、あとはぐっすり眠ったらいいんです」

「まるで何も楽しみがなかった子供みたいに見える。恥ずかしいわ」

晴也は、飛ぶように滑り台に躍り出た。歓声を上げたようだ。大きな口を開けて、満面の笑み。両手を高く上げて、水と一緒に滑り台を滑走してくる。プール面まで滑走してきて、大きな水しぶきを上げてから、晴也の身体はすっといったん水面下に消えた。

晴也のすぐうしろに、数人の女の子たちが続いていた。べつの家族の子供たちだ。はじけるような笑顔で、晴也同様に大きく両手を上げて、いま晴也がもぐっていった場所に滑り落ちてきた。いったん水面下に消えた晴也が、少し離れた位置でわっと両手を上げて飛び出してきた。

真鍋は、あの事件以来、自分がこのように穏やかな気分で、幸福さえ感じつつ、子供たちの姿を見つめるのは初めてであることに気づいた。これまでは、子供たちの姿を見つめることさえ拒んできた。もし見たとしても、その視線は、世の理不尽さや人生の不公平さを呪いつつの、怨嗟《えんさ》さえこもったものであったはずである。とてもいまのような気分では、見つめてはいなかったはずだ。

宮永祐子が、横で言った。

「あらら、あの子、女の子と仲良くなったのかしら」

晴也は、うしろから滑り降りてきた女の子のひとりと、なにごとか話している。すごかったね、とか、おもしろかったねとか、たぶんその程度の言葉のやりとりだろうが、表情は屈託なく、明るかった。これまでの晴也の、ときおり感情を押し殺していると見える表情が嘘のようだった。

晴也が、こちらに手を振ってくる。ほら、あれがお母さんたち、と、その女の子に言っているようにも見えた。

宮永祐子も、晴也に手を振り返した。

真鍋は、横目で宮永祐子を見た。

借りた花柄の水着を着て、デッキチェアに白い長い脚を伸ばしている。地味なデザインの水着だが、ことさら肌を隠しているようではない。露出されている部分を見るかぎり、内出血や切り傷の痕《あと》らしきものは見当たらなかった。いましがたまで水に入っていたせいで、二の腕や腿《もも》には、まだ水滴が残っている。

宮永祐子が、視線を真鍋のほうにめぐらしてきた。真鍋はあわてて視線をプールの方角に戻した。

宮永祐子は言った。

「正直に言いますけど、晴也のあんな顔を見るのって、もう長いことなかった。親の気持ちが移っていたんでしょうね。連れてきてもらって、ほんとにありがとうございます」

真鍋は、プールからまた宮永祐子に視線を戻して言った。

「ぼくも、こんな気分になっているのは、久しぶりですよ。とても軽くなってる。水の効果でしょうかね」

晴也が、プールのふちまでやってきて、宮永祐子に言った。

「お母さんも、おいで。もう一回入りなよ」

宮永祐子は晴也に言った。

「お母さんは、滑り台はしないよ」

「いいよ。だけど、きてよ。ぼくが滑るの、待っててよ」

宮永祐子は、真鍋に目を向けて言った。

「ああ言ってますので、もう一度行ってきます」

宮永祐子は、タオルをデッキチェアの上に置くと、すっと立ち上がってまっすぐプールに歩いて行った。少し痩《や》せぎすの、しかし必ずしも不健康には感じられない肉体。髪を後頭部にまとめているが、後れ毛がうなじから肩甲骨のあたりに少しかかっていた。真鍋は無意識に自分も立ち上がり、宮永祐子のあとを追った。

宮永祐子が両脚を揃えて、垂直の姿勢のままで水の中に飛び込んだ。その水しぶきが収まったところに、真鍋も飛び込んだ。振り返った宮永祐子が、真鍋の転倒を止めるかのように両手を差し出してきた。真鍋も、胸の前に両手を出していた。ふたりは、水の中で一瞬、軽く触れて抱き合うかたちとなった。

宮永祐子は顔にかすかに狼狽《ろうばい》を見せ、顔にかかった水しぶきをぬぐって言った。

「あ、ごめんなさい」

真鍋も、あわてて宮永祐子から離れて背を向けた。

それでもしばらくは、いま触れた宮永祐子の肌の感触が、真鍋自身の肌に残った。濡《ぬ》れていて、つるりとしていて、弾力のある皮膚の質感。皮膚に包まれた、筋肉と脂肪の柔らかさ。それは、長いこと忘れていた女性の肉体の感触だった。真鍋は自分が懊悩《おうのう》してきた長い年月をあらためて意識した。自分はほとんど、女性の身体の具体的な記憶を失っていたのだ。いま宮永祐子の肌に触れるまで、そのことにさえ気がついてはいなかった。

乃武夫は、昨日買ったばかりのプリペイド式携帯電話を握ったまま絶句した。

あのリーマン、死んだぞ。

そう修一が教えてくれたのだ。乃武夫は、最初何を言われたのかわからず、次の瞬間にその言葉の意味を理解して、凍りついたのだった。

「おい、聞いてるか。乃武夫、聞いてるのか？」

修一が、不安そうに電話回線の向こう側で言っている。地球の反対側からかけてきたかのように遠く感じられる声だった。やつの携帯電話の電池が切れかけているのか、電波の届く範囲の境界線だからなのか、それとも自分の意識が上の空になってしまったのか、よくわからなかった。

「聞いてるか？　乃武夫、おれの言ったこと、わかったか？」

乃武夫は、やっと我に返って言った。

「わかった。聞いてる。すぐに新聞買ってみるさ」

「おれは関係ないからな。お前、何もしないって言ったから、つきあったんだぞ。酔っぱらいから財布取り上げるだけだって言ったから、おれは」

「うるせえ」と乃武夫は怒鳴った。「おれだって、何もやってねえよ。殴ってもいない。足払いかけただけだ。お前だって見てたろうが」

「見てねえよ。気がついたら、お前、あのリーマン転がしてたじゃねえか」

「殴ってないし、首絞めてもいないって」

「言っておくけど、おれは知らねえぞ。おれは指一本触ってないからな。何もしてないからな」

「黙ってろって。いいか、黙ってろ。誰にも、黙ってるんだ。余計なこと言うなよ。わかってるな」

「わかってるよ。じゃあな」

電話は、そこで切れた。

そこは修一の友人が借りているというアパートの一室だった。四日前、自宅に帰ったら殺されると乃武夫が恐怖を訴えたので、修一がいま函館には不在の友人のアパートを世話してくれたのだ。乃武夫はちょうどいま、函館駅に向かうべくそのアパートを出ようとしたところだった。そこに電話があった。この電話番号を知っているのは、いまのところ修一と広志のふたりだけだったから、乃武夫はすぐにオンボタンを押して携帯電話を耳に当てたのだった。

電話してきたのは、修一だった。少し金を用立ててくれるという話かと一瞬期待したが、修一は狼狽したような声で言ったのだ。

あのリーマン、死んだそうだぞ。新聞見てみろ、と。

修一は冗談を言ってはいないはずだ。しかし乃武夫には、あの中年サラリーマンが死んだとは、信じられなかった。修一に言ったように、何もしていないのだ。足払いをかけて倒したただけだ。あれで死なれたら、おしまいだ。

足元には、着替えを詰めたショルダーバッグがある。この部屋の持ち主から、無断借用だった。札幌へ行くつもりなのだ。あの真鍋篤という男の前に、こちらから出てゆくためだ。殺される前に、やるべきことをやってやるためだ。どっちみち、昨日それを決めた時点で、自分の将来はあらかた片がついたのだ。いまさら、自分がひとつ罪を犯すことになろうとかまわないが、しかしこっちにはまるでその意志もなかったのに、あのサラリーマンが死んでしまったとは。こいつについては、心の準備がなかった。おれは、殺人犯か？

修一の言葉の真偽を確かめるためには、どこかで新聞を買わねばならなかった。テレビのニュースでも報じているのかもしれないが、ニュースの時間になるまで待ってはいられない。

乃武夫は、立ち上がって思った。どっちみち札幌に行くのだ。新聞は、JR函館駅で買うさ。

三十分後、函館駅の待合室で、乃武夫は地元新聞を開いてその記事を見つけた。

「松風町で中年男性変死。強盗か」

記事の要旨はこうだった。

昨夜、函館市内松風町の路地裏で、倒れている男性がいるのを、通行人が発見した。男性は函館市立病院に運ばれたが、すでに死亡していた。死亡原因は、吐瀉物《としゃぶつ》が喉《のど》につまったことによる窒息死。男性は市内海産物問屋に勤めるAさんで、目立った外傷はないが、財布がなくなっている。警察は強盗に襲われて死亡した可能性も捨てきれないとして、事故、事件の両面から捜査中である……。

乃武夫は、新聞を畳んで脇の下に差し込んでから、事態を正確に認識しようとした。

これは殺人ではないはずだ。おれに殺意はなかったし、暴行も加えていない。ただ、足払いをかけただけ。たまたま相手が泥酔していたため、たぶん後頭部を地面に打ちつけて、仰向《あおむ》けになったまま吐いてしまったのだ。直接の死因は、吐瀉物による窒息死。つまり、絶対にこれは殺人事件じゃないはずだ。

ただ、そうだとは言っても、もし自分が逮捕された場合、仮出獄が取り消され、刑務所に再収監されるのは確実だった。その場合、自分は無期懲役囚である。つぎに仮出獄が検討されるのは、ずいぶん先のことになる。よくは知らないが、たぶん十年かそれ以上だ。もう金輪際、仮出獄はないかもしれない。つまり、自分の人生は終わったと同然だ。

ふっとひとつ、言葉が頭に浮かんだ。

酒も博打も女もやらずに、長生きしてどうなる？　人生、太く短く楽しんで生きてこそ、男じゃないのか。

それは、酔っぱらいから札幌行きの金を奪う、と決めたところで、一度考えたことだった。いまさら、それが殺人罪になるかどうかを心配することはない。どっちみち、サイコロは投げられてしまったのだ。あとは出た目に従うしかないだろう。

待合室に、アナウンスがあった。札幌経由旭川行きの列車の改札が始まるというのだ。

乃武夫は新聞紙を手近のゴミ箱に放りこむと、ショルダーバッグを肩にかけて、JR函館駅の改札口へと向かった。

その日、晴也の水遊びにつきあい、プールから上がった後は、ホテルのレストランで食事をした。昼食を終えても、時刻はまだ一時を回ったばかりだった。晴也が、もう少し遊びたいとせがんだ。宮永祐子に訊《き》くと、遊びはほどほどにして、買い物を少し手伝って欲しいという。晴也のための衣料品を買いたいというのだ。ほとんど着の身着のままに飛び出してきた祐子たちだったから、ろくに服も持ってはいないのだ。安売りの衣料品チェーンにぜひ行ってみたいとのことなので、真鍋は札幌の市街地に戻ることにした。

ホテルの駐車場を自分の車に向かっているとき、真鍋は進行方向にあったひとつの人影が、さっと物陰に隠れたことに気がつかなかった。宮永祐子と話しながら歩いているときであり、周囲にまでは注意が向いていなかったのだ。しかしその人影は、隠れた車の陰から、真鍋たちが駐車場を出るまで、じっと真鍋たちを視線で追っていたのだった。

門脇英雄は、そのままそっぽを向こうかと思った。後ろを向いて、カートを押したまま遠ざかろうかと思った。

しかし、相手のほうは見逃してはくれなかった。大声で呼んでくる。

「門脇さん。門脇さあん」

門脇はあきらめて振り返った。日曜日のスーパーマーケットの、惣菜売り場の前だった。呼んできたのは、同じ官舎に住むあの詮索《せんさく》好きのおしゃべり主婦だった。石原。もうひとり、横にも同僚の夫人がいる。どちらも、できることなら冠婚葬祭以外では絶対に顔を合わせたくない女たちだった。なのに、このスーパーマーケットでカートを押している姿を目撃されてしまった。買い物は、もっと離れたスーパーにすべきだった。買い物を面倒に思ったことが悔やまれたが、もう遅かった。

石原が、満面の笑みを見せて近づいてくる。自分は容疑者との化かし合いには慣れているが、それでもこの女の笑顔から、悪意や邪気を読み取ることはほとんどできなかった。芝居をしているという印象さえ薄いのだ。天性の役者だ、この女は。

石原が、店内に流れるBGMに負けないだけの大声で言った。

「門脇さん、奥さんが里帰りじゃ、お買い物もたいへんよねえ。でも、もう身体の具合はいいんでしょう？」

「はあ」門脇は、石原ともうひとりの同僚夫人に会釈してから言った。「まだしばらくかかりそうなんですよ」

「ご実家は、函館だっけ？」

「江差ですがね」

「あ、そういえば」石原が、口調を変えた。「そういえば、本部に異動になった毛利《もうり》さんの奥さん、知ってます？」

毛利？ あの派手好きでいつも若作りの女のことだろうか。亭主はこの四月から、札幌の北海道警察本部勤務だ。

門脇は、話題がどう発展するのかわからないままに答えた。

「ええ」

「毛利さんから、ついさっき電話があったわ。きょう、定山渓って札幌の郊外の温泉で、門脇さんの奥さんを見たって」

門脇は、全身の血管が収縮するのを感じた。体温が一気に低くなったような気がした。

祐子が、目撃された？

石原は、相変わらずまるで邪気を感じさせない微笑のままに言った。

「ビューホテルってところの大きなプールで、奥さんと晴也くんを見たってよ。男のひとと一緒だったんで、もし何か都合の悪いことでもあればと思って、声をかけなかったって。一緒の車できてたようだって言ってた。あれは、奥さんのご兄弟かしらね」

「定山渓ですか？」門脇は、自分が貧血で倒れるのではないかと心配しつつ、無理に笑みを作って訊いた。「定山渓ね。ああ、そういえば、実家の家族と行くとか言ってましたよ。いくつぐらいの男でしたかね」

「少なくとも、お父さんじゃなかったみたい。三十少しすぎぐらいの男性だったって」

「あ、それなら、あいつの兄貴ですね、きっと」

「お兄さんとホテルのプールだなんて、仲がいいご兄弟なのね」

門脇は石原の顔から目をそらし、もうひとりの同僚夫人の顔を見た。こちらは、いくらか緊張し、青ざめているように見える。少なくとも彼女は、石原の言葉に、やはりなんらかの悪意を感じ取っている。

門脇は言った。

「だいぶ身体もよくなったって言ってましたからね。湯治がてら行ったんでしょう」

「定山渓温泉のホテルだったって」

石原の言葉は、祐子がラブホテルにいたと言っているかのように聞こえた。

「ご心配おかけしてますね」門脇は、カートの向きを変えながら、皮肉っぽく言った。

「ほんとにひと騒がせなやつで」

石原が言った。

「もうじき、帰ってくるんでしょう？　全快祝いしなきゃあね」

門脇は、うなずくだけうなずいて、その場から離れた。売り場の角を曲がって、石原たちの視線から消えたと思えるところでカートを離し、そのままレジカウンターに向かった。もう買い物などやっている場合ではなかった。

祐子は札幌にいる。晴也と一緒だ。しかも、男がついていた。その男と温泉ホテルに出かける仲になっている。あいつはやはり、男を作って出奔したのだ。悪い想像が当たっていたのだ。しかも、それを官舎の同僚のかみさんたちに知られるところとなった。もう、おれはたぶん男として耐えられる限界点にきている。いや、たぶんそこを越えたにちがいない。


真鍋が、宮永祐子と晴也を乗せて、波多野工務店の宿舎近くまで帰ってきたのは、その日曜日の午後遅くのことだった。そろそろ五時になろうとしていた。

国道五号線から宿舎方向に折れる交差点で車が停まったとき、助手席で祐子が言った。

「真鍋さん、もしよかったら、今晩もお食事、うちでいかがですか？」

真鍋は、首を振った。

「いえ、お疲れでしょう。ぼくは、どこかで適当に食べますよ」

「あの、お疲れなのは真鍋さんだと思います。ですから、ぜひうちで」

「でも」

「どうぞ、ご遠慮なさらずに。わたしがきょうのお礼にできることと言ったら、お食事を作るぐらいのことだけですから」

「でも」

「あの、もしほんとにお嫌でなければ。疲れすぎていらっしゃるというのでなければ、ぜひ」

切実さのこもった懇願だった。ここで招待を断ったなら、祐子は泣き出しかねない、とさえ見えた。

真鍋は、バックミラーに目をやった。後部席で、晴也もミラーを見つめていた。晴也の顔は、不安そうだ。真鍋の答を、息を呑《の》んで待っているという表情にも見える。

うしろの車がクラクションを鳴らした。信号が、いつのまにか青に変わっていた。真鍋は車を発進させ、左折しながら言った。

「ごちそうになります。でも、ぼくは平日も毎朝毎晩食べたうえで、日曜日まで祐子さんの手料理を食べてることになる」

宮永祐子は、ほっとしたように頬をゆるめて言った。

「お嫌でした？　わたしは、毎日でも食べていただきたいと思っているのだけど」

毎日でも？

その言葉の意味を考えつつ、真鍋は答えた。

「ご迷惑でしょう。でも、きょうは遠慮なく、ごちそうになります」

またバックミラーを見た。

もう晴也は、ミラーを凝視してはいない。何ごともなかったかのように、窓の外に目を向けている。顔からは、いましがたの不安気な色は消えていた。

真鍋は宮永祐子に訊《き》いた。

「あの、料理をリクエストしたら、作ってもらえるだろうか」

宮永祐子の顔が、いっそう明るくなったように見えた。

「あまりレパートリーはないんですけど、ごく基本的な家庭料理なら」

「ごく基本的なものですよ」

「冷蔵庫にある材料で足りるか心配だわ」

「よかったら、これからスーパーに行きますか。ぼくが材料を買い揃えますから」

「でも、このうえ買い物までしていただくなんて」

「長いこと、スーパーなんて行ってないんです」

ふいに思い出されたのは、まだ函館の新婚時代のことだ。あみが生まれてからも、自分はよく大川町に近いダイエーまで、由美と一緒に買い物に行った。自分があみを乗せたベビーカーを押し、先を歩く由美が、片っ端から商品をバスケットの中に入れてゆくのだ。真鍋は、その様子を由美に、ご主人に仕える召使のようだと口にしたことがあったけれども、不満があって言ったわけではなかった。むしろ、その関係が誇りであり、幸福だった。一緒にスーパーマーケットに行ける家庭を持っていることが、自分が生きる意味の核心部分だった。

真鍋は、その追憶が、つい先日までのように、激しい痛みや深い喪失感をともなっていないことに気づいた。それどころか、かすかに幸福感さえ思い起こさせてくれる記憶だった。少なくとも、追憶することが苦しくて、頭から振り払いたくなるようなものではなかった。ただ、まるごと肯定すべき記憶だった。

「そこで曲がって、星置《ほしおき》駅前のダイエーに行きますけど、いいですか」

宮永祐子がうなずいた。

「ええ。でも、男のひとって、買い物するのは嫌なんじゃありません？　とくに奥さんと」すぐに宮永祐子は言い直した。「女のひとと一緒になんて」

「いえ、そんなことはありませんけど」

「わたしは、主人とは一度も買い物に行ったことがないんです。結婚当初、一緒に行ってとお願いしたことがあったけど、嫌だ、ときっぱり言われてしまって、それっきりだった」

「どうしてかな。自分の奥さんと買い物するなんて、楽しいことでしょうに」

「男の沽券《こけん》にかかわることだと思ってたみたい」

「ぼくは好きですよ。日曜日ごとの楽しみだった」

自分のこれから先の日曜日に、またそんな楽しみが生まれても悪くない。

そう思ってから、真鍋は驚いた。自分は、ここまで立ち直ったのか。そんな未来を、殺された妻と娘に対する侮辱とも、自分の薄情さとも感じることなく、考えることができるようになったのだ。

四日前、トカレフを川尻乃武夫に向けた瞬間に、やはりおれは、あの事件を乗り越えたようだ。

うしろのシートで、晴也が言った。

「スーパーに行くの？」

宮永祐子が答えた。

「うん。ちょっと晩ご飯のお買い物」

「スーパーで、またガチャポンしていい？」

少し甘えるような声だった。

真鍋は訊いた。

「ガチャポンって？」

宮永祐子が答えた。

「玩具《おもちゃ》です。コインを入れて、レバーを引くと、玩具がひとつ、転がり出てくる」

「ゲームセンターにあるようなものかな？」

「ええ。自分では選べないのが、逆におもしろいみたい」

真鍋は、振り返って言った。

「おじさんも一緒にしようかな。いいかな」

晴也は、やった、とでも言うように頰を輝かせてうなずいた。


門脇は、旭川中心部の繁華街、三六街に着いて、一軒の雑居ビルに入った。日曜日だから、ビルの中にあるスナックの類の店はほとんど休業中である。ただ、一軒か二軒だけは日曜日も開いている店があるはずで、その店の客と従業員のために、エレベーターは動いているし、トイレのドアもロックされていない。

入り口のガラス戸を入ったすぐ脇に、緑の公衆電話が置かれていた。いまどき、公衆電話が置かれているビルは珍しいが、単にオーナーが惰性で置き続けているだけだろう。門脇は、その電話に近寄ると、通りに背を向ける格好で、受話器を取り上げた。

ダイアルして二度のコールのあとに、目指す相手が出た。

「はい？」

その声だけで十分だ。名乗らせる必要はなかった。先日、取り引きしたばかりの吉沢だ。

「おれだ」と門脇は言った。「ちょっと出てこれないか。例の件で、細かな相談がある」

「いまからですか？」と吉沢は驚いた口調で言った。「どこです？」

「第二旭《あさひ》ビル。一階にいる」

「おれの店にきたんですか？」

「ちがう。とにかく会いたいってことだ」

「五分待ってください」

「ああ」

吉沢がやってきたのは、正確には六分後だった。白いジャケットに腕を通しながら、吉沢はセダンから降りてきた。

門脇は吉沢とは視線を合わさずに廊下を奥に歩いて共同トイレに入った。すぐに吉沢も続いてきた。ふたりは、脱臭剤の匂いのきついその共同トイレで向かい合った。

吉沢が言った。

「先日はありがとうございました。明日、朝一番で、手筈《てはず》整えるつもりだったんです」

門脇は訊いた。

「手配はついたんだな？」

「なんとか。苦労しましたが」

「きょうのうちに、ひとつは旭川駅コインロッカーだ」

「ひとつは？」吉沢は首を傾げた。「ふたつ一緒じゃなく？」

「ちがう。もうひとつは、別のことで使いたいんだ」

「どういうことです？」

門脇は、吉沢を正面から見つめて言った。

「せっかくのトカレフだ。別件で引っ張るのにも使えるってことだ」

「うちの者ですか？」

「ちがう。心配しなくていい。常盤《ときわ》通りの、先日の火事現場知ってるか？」

「ああ。ファミレスが燃えたところですね。放火じゃないかって」

「いま、あの現場はビニールシートで囲まれてる。あそこにひとつ、適当なバッグに入れて持ち込んでおけ」

「いつです？」

「きょうのうちだ」

「連絡は、いつすればいいんです？」

「明日の昼までに」

「ふたつ置いたって？」

「いいや。旭川駅のコインロッカーのほうだけ。放火現場のほうのは、消防署員が見つける」

「ほんとに、うちの者とは関係ありませんね」

「ないって。だから早くしろ。こっちはすぐに動いてやったんだからな」

「やりますよ。きょうのうちにですね」

「できるだけ早いほうがいい」

「運んでるときに検問に捕まりたくないですが」

「いまやってるのは、環状一号だ。豊永橋《ほうえいばし》の南。あそこだけ避ければ大丈夫だ」

それだけ言うと、門脇は大股《おおまた》にトイレのドアに向かった。たぶん吉沢は、一時間以内に、必要なことをやってくれるだろう。

乃武夫は、札幌の繁華街のはずれにあるその小さなビルを見上げた。

二階の窓ガラスに、内側から紙が貼ってある。ひと文字ずつ漢字が並んで、全体ではこう読めた。

北調探偵事務所

先日、電話帳を調べて、この興信所の電話番号と所在地を調べていた。事務所のボスらしき男と、電話で言葉も交わしている。そのとき、川尻乃武夫という男についていい情報があれば聞いてもいい、と相手は言ったのだった。ということは、この興信所は、乃武夫の居所やら立ち回り先の調査を頼んできた相手と、いまだ接触を持ち、必要とあらばまた連絡がつくということだった。

その興信所の事務所には、いま照明はついていない。午後から何度も確認にきたが、ずっと事務所が開いている気配はなかった。何度か電話をかけてみても、留守録が流れるだけだった。そのたびに乃武夫は、録音が終わらぬうちに電話を切った。

一丁前に、日曜は休みかよ。

乃武夫は窓を見つめて悪態をついた。もう夜の八時すぎ。さすがにこれ以上待っても、所員は現れないだろう。明日、あらためて出直すか。

どこか日曜でも営業している風俗店にでも行くか。

さいわい薄野には、その手の店はごまんとあるようだ。函館の繁華街の比ではない。さすが百八十万の人口を抱える都市だ。繁華街の規模も、半端じゃなかった。

身体を薄野方向にめぐらして、ポケットから煙草の箱を取り出したときだ。興信所のあるビルの前を歩いてきた初老の男が、ビルの入り口に入っていった。くすんだ色の背広を着て、ビニールのショルダーバッグを提げた男だ。

あれは？

興信所員に知り合いはいなかったけれども、なんとなくいまのような男がそうではないかと想像できた。退職した公務員という風情があったが、もっと意地悪く言うなら、定年間際に懲戒解雇になった公務員、という印象だった。乃武夫はポケットに煙草の箱を収めると、車道を渡ってそのビルの入り口に飛び込んだ。

階段室まで進むと、二階でカチリカチリと金属音がする。ロックを解除しているような音だ。乃武夫は二段おきに階段を駆け上がった。上がりきって廊下に出ると、左手正面のドアが閉じかかるところだった。昼間のうちに、それが北調探偵事務所という興信所の事務所のドアであることを確かめてある。乃武夫はそのドアに飛びつき、ノブをつかんでぐいと引っ張った。抵抗があった。かまわずいっぱいに引いてドアを開けた。

痩《や》せた初老の男が、ドアの内側のノブをつかみ、驚いた顔で乃武夫を見つめてくる。乃武夫はその初老の男を事務所の中へと突き飛ばして、後ろ手にドアを閉じた。チカチカと蛍光灯の点滅があって、室内の照明がついた。いまドアを開けながら、男がドアの脇の照明のスイッチを入れたところだったのだろう。

初老の男は、スチールのデスクの前で、両手を前に出して、必死の形相で言った。

「金はない。うちはサラ金じゃない。サラ金なら隣りのビルだ。うちは興信所なんだ」

声に聞き覚えがある。一度電話で話した相手だ。こいつが、この興信所の責任者ということだ。

乃武夫は、ドアを内側からロックすると、素早く室内を見渡した。ほかにひとはいない。スチールの机が三個あるが、それほどの数の従業員がいる事務所には見えなかった。全体になんともわびしげで薄汚れた雰囲気が漂う事務所だった。ひとの私生活や秘密を探るという業務が、事務所の雰囲気をそのようなものにしてしまっているのかもしれない。

男はなお必死で言っている。

「まちがいだ。うちは興信所だって。金はないんだ」

「知ってるよ」と乃武夫は言った。こういう事務所であれば、どこかに隠しカメラなどあるかもしれなかった。しかし、目に入る範囲には、見当たらない。「興信所だってわかってる。あんたは所長さんか？」

「そうだが」言ってから、相手は、あ、という表情になった。「あんたは、もしかして」

乃武夫は、その興信所長を正面から見つめてうなずいた。

「おれのこと、尾行したり、調べたりしてたろ？」

「あれは、客から頼まれたんだ。これがうちの仕事なんだ。悪気はない。ただ、頼まれたから」

「ばか野郎！　悪気はないって？　おかげでおれは、殺されかけたんだぞ」

「殺されかけた？」

「そうだよ。ピストル向けられたんだぞ。おれがどこで何やってるか、あんたがお節介で調べまわったせいだ」

「誰がピストルを向けたって？」

「知ってるだろうに」

「知らない。ほんとうだ。誰なんだ？」

「あんたに調査頼んできたやつさ。決まってるだろ」

興信所長は、合点がいったようにうなずいた。

「あ、やっぱりそういうことだったか」

「ほら、承知してんじゃねえか」

乃武夫は、ジャンパーの内ポケットから、レンチを取り出した。きょう、函館駅に出るとき、函館市内のホームセンターで買ったものだ。長さは二十五センチばかり。乃武夫はこのレンチの上に、裂いたTシャツを巻きつけている。滑り止めであり、この道具のまがまがしい印象を消すためだ。しかし効果を減らすことはない。十分に鈍器として使える。

乃武夫は、興信所長の襟首を左手でつかむと、右手で脇のスチールデスクを思い切り叩《たた》いた。ガツッと鈍い衝撃音が響いた。興信所長は痙攣《けいれん》でもしたかのように身を縮めた。

乃武夫は、男をにらんで言った。

「狙われてるんだ。殺されるんだ。やつはどこにいる？　居場所はどこだ？　教えろ」

男は、激しく頭を振って言った。

「知らない。そういうことは、知らない」

「嘘つくなって」

乃武夫は、興信所長の左の腰のあたりにレンチを叩き込んだ。レンチは骨盤を直撃した。興信所長は絶叫して白目をむき、その場に崩れ落ちた。

乃武夫は、絶叫が収まるのを待ってから、床で身をよじっている興信所長に言った。

「こっちも切羽詰まってるんだ。ぐずぐず言ってると、頭を叩き割るぞ。叩き割ってからロッカーを調べてもいいんだ。調査を頼んできた野郎は、どこにいるんだ？　どうやって連絡を取ってるんだ」

返事がないので、乃武夫は興信所長の顔を靴の爪先《つまさき》で蹴飛《けと》ばした。軽くだ。顎《あご》の骨が砕けるほどの強さではなく、しかしそのことの恐怖は感じられるだけの力を込めて。

興信所長は、半泣きの声で言った。

「言う。教える。だから、やめてくれ。暴力はやめてくれ」

「最初からそう言えば、話は早かったろうが」

「この仕事、守秘義務ってものがあるんだ」

乃武夫は興信所長の顔をもう一回蹴って言った。

「そういう話をしてんじゃないって」

興信所長は床に両手をついてから、のっそりと身体を起こした。鼻血が出ている。ぽたと、血が床にしたたっていた。

興信所長は、鼻血を手の甲でぬぐってから、ゆっくりと立ち上がった。

「書類は、ロッカーの中だ。偽名を使ってきた男だったけど、こっちは名前もわかってる。

居場所も突きとめた」

「ほらみろ。結構用心深くやってるじゃないか」

「こういう仕事じゃ、客の素性を調べておくのも必要なことなんだ」

「書類なんか見なくても、覚えてるんだろう」

「少しはね」興信所長は、そばのデスクからティッシュ・ペーパーを引っ張りだして鼻に当てた。「名前は、真鍋篤。知ってるんだろう？」

「知ってるよ。おれが殺した女の亭主だ。四日前、おれにピストルを向けてきた。殺されるところだった」

「函館で？」

「うるせえなあ。居場所は？」

「そいつは、書類を見なくちゃならない」

「電話番号」

「それも書類だ」

興信所長は振り返って、顎でロッカーを示した。その中に、書類ホルダーか何かがあるのだろう。

乃武夫は言った。

「ゆっくりそっちに歩いて、ゆっくり開けな」

「心配するようなものは入ってないよ」

「信用できるか」

乃武夫は興信所長の背を押して、ロッカーの前まで進んだ。興信所長はキーホルダーを取り出し、ロッカーの扉を開けた。中には、半透明のファイルホルダーがぎっしりと収まっている。ホルダーの背には、案件の名がペン書きされ、あいうえお順に並べられていた。

「吉原っていう偽名でうちの事務所にきたんだ」興信所長はそう言いながら、一冊のホルダーに手を伸ばした。「住所も教えなかった。そういう客の場合、うちも担保を取る」

「担保？」

「身元調べはきっちりやるってことだ。あとで、金になることが多いから」

「あとで客のほうを強請《ゆす》るってことか。あくどいな」

「この業界の慣習だよ」

興信所長は振り返って、そのホルダーを差し出してきた。

乃武夫は、その中身をそばのデスクの上に広げさせた。ワープロ打ちされたレポートのほかに、写真や地図が何枚も出てきた。写真は、函館市内で隠し撮りされた乃武夫のものだ。自宅そばのコンビニエンス・ストアの前を歩く乃武夫。カラオケ屋を出てきた乃武夫。丸井今井前交差点に立つ乃武夫。地図は函館中心部の街路図をコピーしたもので、いくつか丸印がつけられている。見ると、乃武夫が広志たちとよく行くゲームセンターや居酒屋だった。

乃武夫は、自分の行動がここまで把握されていたと知って、いよいよ不愉快になった。

乃武夫は言った。

「おれのことなんてどうだっていいんだ。真鍋のことだよ」

「最後の書類に、真鍋篤ってひとのことを調べてあるよ。勤め先と、居場所。それに新聞の縮刷版のコピー」

乃武夫は、その書類をより分けて眺めた。札幌市内の地名らしいものと、会社の名が記してある。


札幌市手稲区稲穂……

　波多野工務店

乃武夫は訊《き》いた。

「この居場所は、どういうところなんだ？　アパートってことか？」

「勤め先の飯場だよ」

「ひとりでいるのか」

「そいつを調べたのは、うちの若い者でね。わたしはそれ以上は知らない」

「電話は？」

「教えられていない」

乃武夫は、その書類や資料の一式をすべてまたファイルケースに戻すと、左の脇の下にはさみ込んでから興信所長に言った。

「手前が余計なことを調べたから、おれは狙われてるんだぞ。見舞金を出せ」

「金を?」

「そうだよ。はした金じゃ許さねえぞ」

「金はないって。うちは貧乏興信所なんだ」

「いいから、あるだけ出せ」

「出すだけないよ」

乃武夫はレンチで興信所長の顔を張った。ぶつりと肉の裂ける感触があった。興信所長はわっと悲鳴を上げて顔を手でおおい、うずくまった。乃武夫の目の前に、無防備に興信所長の頭が差し出された格好となった。ほとんど反射的に、乃武夫はその後頭部にレンチを叩き込んだ。興信所長は、こんどは声を出さないままに、床に崩れ込んだ。

乃武夫は脚で興信所長の身体を引っくり返すと、スーツの内ポケットを探った。片側から携帯電話が、もう片側から財布が出てきた。財布の中身を確かめると、二十万円ばかり入っていた。そこそこありがたい額だった。乃武夫は現金を自分のジャンパーのポケットに収めた。

ほかに金目のものはないか探してみた。興信所長の持っていたショルダーバッグの中には、一眼レフ・カメラや録音機のような機器が入っていたが、換金している暇はない。乃武夫は諦《あきら》めて、その事務所をあとにすることにした。

照明を消して、ドアを閉じ、興信所長が持っていたキーで外から施錠した。

日曜日の夜だ。ビルのほかの事務所はみな閉まっているのだろう。興信所の中で何か異変があったとは、誰にも気づかれていないようだった。乃武夫は、荒く息を吐きながらビルの外に出て、ショルダーバッグを持ち直し、歩道を歩き出した。

奪ってきた書類をこれからじっくり検討し、作戦を練らなければならなかった。場所はどこがいいだろう。薄野のカプセルホテルのようなところか、終夜営業のサウナにするか。それとも、女を買うか。金はある。買った女とホテルにしけこむか。さいわい薄野なら、商売女を見つけるのは不自由しないと聞いている。

それとも、と乃武夫は思った。適当に車を盗んでそいつをねぐらとするか。十七歳で捕まって監獄入りしているから、運転免許は持っていないが、修一たちの車を借りて、深夜に競輪場の駐車場で何度も練習している。オートマチック車なら、なんとか走らせることはできる。

いや、やっぱ女だな。

乃武夫はあたりを見渡してから、道の前方、空がやけに煌々《こうこう》と明るく見える一角へ向かって歩き始めた。

門脇は、青いビニールシートで囲まれたその火事現場でしゃがみ込んだ。

足元に、安物のビニール製の書類鞄《かばん》がある。たぶんこれが、約束のもののはずだ。門脇は懐中電灯を地面に置くと、鞄を持ち上げ、留め金をはずして中をのぞいた。

タオルが丸められている。手を伸ばしてみると、タオルの中には、何か固くて重いものがあった。タオルの上からでも、その形状がわかった。

門脇は、タオルを広げてそれがほんとうにトカレフであることを確かめた。さらに鞄の底をのぞいた。ハンカチに包まれたものがある。取り出してみると、拳銃弾《けんじゅうだん》だった。七発ある。マガジンに最初から装塡《そうてん》されていたものだろう。トカレフはいまやかなり日常的に密輸入されてくるが、消耗品である弾丸はなかなか入ってこない。密輸出する側にしても、トカレフ本体なら港捌《さば》きで五万で売れるが、弾丸ひと箱の値段は、五十発入りで正規の価格がせいぜい二十ドル。非合法取り引きのコストを乗せても五千円以上にはならない。摘発されたときの危険は同じであるにもかかわらずだ。だから、拳銃弾は拳銃についてくるだけ、というのがふつうだった。暴力団が抗争に備えて買う場合も、その拳銃が繰り返し使用されることや、激しく撃ち合うことは想定していない。あらかじめ装塡された弾丸だけ使えたら、それで十分なのだ。

門脇は、トカレフを手にとって弾倉を抜き出し、実包を一発ずつ詰めた。操作の方法は、警察庁制式採用拳銃であるニューナンブとほとんど差はない。弾倉をもとに戻してから、門脇はそのトカレフをもう一度鞄の中に収めた。

腕時計を見ると、午後の九時になっていた。これから札幌まで走ることになるのだ。N

システムを避けるため道央自動車道には乗らないから、札幌までほぼ三時間のドライブとなるだろう。深夜に札幌中心部に着く。きょうはもう動きはとれないにしても、数日中には、ものごとはきれいに解決しているはずだった。

門脇は、その放火現場跡地でゆっくりと立ち上がった。

明日の朝、札幌でいちばんに行かねばならないのは、とりあえず福祉事務所ということになる。祐子が行ったという婦人相談所まで、すぐにたどり着けるかどうかはわからないが、たぶんだいじょうぶだろう。伊達《だて》に刑事をやってはいないのだ。匂いを嗅《か》いで獲物を追い詰めてゆくのは得意だ。二日もあれば、祐子がいた相談所にまでは行き着くことができる。問題はむしろ、そこでいまの祐子の居場所を教えてもらう、その手段だった。

祐子が、座敷で振り返って言った。

「眠ってしまった。あっと言う間に、眠りの中だわ」

真鍋は、布団のほうに目をやった。晴也が、もう寝息を立てている。少し前に食事をすませると、そのまま和室のほうで横になってしまったのだ。祐子があわてて布団を敷き、布団の上に晴也の身体を移した。そのときに一瞬目を覚ましたのだが、またすぐに深い眠りについてしまった。二時間以上もプールで遊んだのだ。身体もくたくただったろう。食事をしているあいだはまだきょうの高揚感が勝っていたが、食事が終わったとたんに、疲労に屈伏してしまったのだ。

祐子は和室のほうの照明を消してから、土間のほうに戻ってきた。

テーブルの上はもうあらかた片づいている。真鍋の前に、三百五十ミリリットルのビール缶がひとつあって、グラスもひとつ。グラスにはまだ半分ほどビールが残ったままだ。スーパーマーケットで買い物をしているとき、宮永祐子がさっとふたつ、缶ビールを籠《かご》に入れたのだ。これはわたしにごちそうさせてくださいと言って。

しかし真鍋は、宮永祐子と晴也の親子の前では、あまり酒を飲む気にはなれなかった。宮永祐子の亭主は、酒を飲むと暴力をふるうということだった。たぶん宮永祐子は酒飲みの男が嫌いだろう。真鍋もいまはほとんど酒を必要とはしていない。今夜は、宮永祐子が勧めてくれたから口をつけたのだった。

祐子は、真鍋の斜向《はす》かいの椅子に腰かけ直した。ついいましがたまで、料理と晴也の相手で気ぜわしそうだったが、やっと落ち着いた様子になっていた。

祐子は言った。

「わたしも、ビールいただいていいかしら」

真鍋は、うなずいて言った。

「飲めるんですか」

「いえ。でも、飲んでみたい」

祐子は振り向いて棚からグラスを取り上げ、テーブルの上に置いた。

「どうぞ」と、真鍋は缶を取り上げて、そのグラスに注いだ。

「いただきます」

祐子は両手でグラスを持ち上げ、慎重にひと口飲んだ。ひと口だけでいったんグラスを置くかと思ったが、続いてまたひと口。

グラスが半分、空になった。

祐子はグラスを口から離して言った。

「きょうは、ほんとに晴也によくしてもらって、ありがとうございます」

「祐子さんも楽しんでもらえました？」

「ええ、もちろん」祐子は、少し頬を赤らめて言った。「わたしもじつは、晴也のためにお願いと何度も言ったけど、ほんとはわたしのためにお願いでしたね。腹話術を使ってました。晴也がせがんでいるからじゃない。わたしの気持ちでした」

「ほんとに？」

「ええ。先日は包丁を向けたり、ずいぶん気を悪くされたでしょう。ごめんなさい」

「気にしていませんよ。でも、ああいうことが何度かあったんだろうって、ちょっとショックでしたけど」

「あの」

祐子は真顔になって真鍋を見つめてきた。

真鍋も見つめ返した。真鍋は、宮永祐子の瞳《ひとみ》の色素が薄いことに気づいた。淡い茶色と見える。色白の肌に、薄茶色の瞳。髪も、どちらかと言えば赤く見える。真鍋は、宮永祐子のことを見るからに不幸そうな人妻、と感じていたことが誤解だったことに気づいた。もちろんいま不幸であることは確かだろうが、宮永祐子の第一印象がどこか頼りなげではかなげだったのは、この色素の薄い体質のせいだったのではないだろうか。

「あの」と、もう一度祐子が言った。祐子の目は、真鍋の両の目を見つめて、落ち着きなく左右に動いた。「あの」

「どうしました？」

「あの、真鍋さんに、わたしにできることがあったら、と。いえ、なんでもないんです」

その瞳に、真鍋はふいに吸い込まれてゆくような感覚を覚えた。すっと頭が前に動いた。目の前で、宮永祐子が目をつぶった。つぎに何が起ころうとも受け入れる、という表情と見えた。真鍋は、そのまぶたの上に自分の唇をつけた。宮永祐子は頭を動かさない。真鍋は、抑えようのない衝動のままに、自分の唇を宮永祐子の唇へと移した。触れた直後、宮永祐子の唇が開いた。そのまま、長い口づけとなった。

唇を離して、頭を引いた。宮永祐子も目を開いた。目がうるんでいる。頬がいっそう赤らんでいるように見えるのは、ビールのせいかもしれない。

真鍋は、照れる想いで晴也のほうに目をやった。晴也は向こうの壁のほうを向いて眠ったままだ。

真鍋は、自分を恥じて言った。

「長居してしまった。そろそろ帰ります」

まったく衝動のままの口づけだった。いまならまだ、なかったことにできる。あるいは軽い接触事故として終わらせることができた。

宮永祐子は意外そうに言った。

「ほんとに」

「ええ」

「じゃあ、送りましょう。このあたり、夜道は暗いから」

真鍋の車が外に停めてあるのだ。それは冗談だった。真鍋は、そのジョークに応《こた》えて言った。

「ああ、頼みます。誰かに襲われたりしないように」

真鍋は立ち上がってドアへと向かった。宮永祐子がすぐに追いかけてきた。わずかの距離を離されることも恐れていたかのような駆けかただった。宮永祐子の身体が、ドアを開ける真鍋の背に軽くぶつかった。

ふたりがドアの外に踏み出したところで、宮永祐子は真鍋に腕をからませてきた。

波多野は、通夜のほかの出席者たちに交じって、その寺を出た。

今朝、業者仲間から電話があって、同業の設備業者が昨日死んだことを知らされたのだ。

死んだその同業者は、六十二歳。高見沢《たかみざわ》という名だ。半年前に胃ガンが発見され、あっと言う間に衰弱して、昨日息を引き取ったのだった。似たような規模の工務店を経営していたということもあって、波多野はわりあいその同業者とは親しかった。

「波多野さん」と、うしろから声がした。

振り返ると、知り合いの資材会社の社長だった。松井だ。波多野の工務店に近い場所に、松井も自分の資材倉庫を持っている。その敷地内のプレハブ住宅には、宮永母子が住んでいるのだ。

松井は言った。

「驚いたね。六十二で死んじゃうとは」

波多野は同意した。

「いまにして思えば、一年くらい前から、急に痩《や》せてきていたな」

「ガン細胞ってのは、若いと増殖が早いって聞いたけど、やつもその口だったんだろうな。どうだ、どっかで引っかけていかないか」

札幌市の西、JRの琴似《ことに》駅に近い浄土宗の寺の外だった。波多野は、自宅からタクシーでこの通夜に駆けつけている。酒を飲むことに問題はなかった。むしろ、松井が言ったような感慨を自分でも感じていて、誰かと飲みたい気分であった。波多野は、琴似駅のほうに歩いて店を探そう、と提案し、適当な居酒屋に入った。

店では、少しのあいだ、ふたりとも無言でビールを喉《のど》に流し込んでいたが、やがて松井のほうから口を開いた。

「高見沢のところ、どうなると思う？　会社は持つかね」

高見沢の会社の規模では、経営者の私的な人脈が仕事につながっている。あるいは経営者の人柄が、受注を呼び込んでいると言ってもいいか。このような零細企業では、社長が交替したら、仕事も切れるという場合が多いのだ。入札による公共事業だけを請けているなら別だが。しかしいまは公共工事さえ先細り。高見沢の工務店は、言ってみれば存亡の危機にあるのだ。

波多野が答に窮して黙ったままでいると、松井は言った。

「長男坊は常務だったか？　四十一だったよな。独身。こういう条件なら、銀行は融資を止めるぞ」

たしかに、闘病生活がわずか六ヵ月間だったとなれば、引き継ぎはできていまい。引き継ぎのことなど考える間もなく、衰弱していったはずである。その間の仕事は、常務である長男が責任者としてこなしていたとしても、金融機関はその長男の経営能力は未知数とみる。しかも四十一歳という年齢で独身。零細企業の経営者としては、これは大きなハンディだった。金融機関は、社会的に不適応な人物ではないか、社員たちをまとめてゆける人物なのか、と懸念するのだ。

波多野は、自分は金融機関の見方に与《くみ》するわけではない、と思いつつも言った。

「高見沢は、病気がわかったところで、早くにあの長男坊に引き継ぎをしておくべきだったな。せめて一年の時間があったら」

「あの総領息子は、きょう見ても、頼りない感じだった。早くから責任持たせてやるべきだったよ」松井は口調を変えた。「あんたのところはどうなんだ？　社員の中に後継者がいるようにも見えないけど」

「零細企業は、一代かぎりさ。それに、おれはまだ五十五だ」

「還暦まであっと言う間だ。それに、この業界で三十年もやってきて、その蓄積が自分と一緒に灰になっても我慢できるか？」

「たぶん」波多野は言葉に詰まった。「いや、どうかな」

「息子さんは、継がないのか？」

そう言われて、波多野は自分の息子の面影を思い浮かべた。やつは自分の家庭から逃れるように東京の大学に進学し、そのまま東京で就職してしまった。以降はろくに自分の生家には帰ってきていない。彼ははなから、父親の事業を継ぐ意志など持ってはいないだろう。電力会社のホワイトカラーという仕事に満足しているかどうかはともかく、親爺《おやじ》のそばで働くことだけは拒絶するはずだ。

波多野は言った。

「息子は東京でサラリーマンやってる。あいつを呼び戻せたとしても、未経験の男を、後《あと》釜《がま》に据えるわけにはゆかんよ」

「かといって、他人にくれてやれるものでもないだろう？」

「そうか?」と波多野は訊《き》き返した。

ほんとうにそうだろうか。おれの工務店は、ほんとうに他人がおれのあとを引き継いでゆくことはできないか? おれが倒れたからといって、完全にリセットしてよいものでもあるまい。くれてやるほどの資産はないが、後継者次第では、仕事を引き続き受注してゆくことは可能なのだ。正規従業員だけで十人いるのだし、この十人が、おれが倒れたところでいきなり、若いのから年配者までみな職探しという事態になってもよいということはあるまい。業界標準とはいえ、一般的に言って低賃金で働いてくれたあの従業員たちを、路頭に迷わせていいはずはない。

松井が言った。

「ということは、従業員の中で、後継ぎの当てがあるってことか」

「いや。そういうわけじゃない」

従業員の中で、営業ができて、経理に明るく、現場にも精通している、という男はいるか? 発注元が信用し、金融機関も安心してくれるような男、相手先やほかの従業員たちをまとめてゆける男はいるだろうか。いや、女でもいいが、うちの従業員の中に、この条件を満たす人物はいるだろうか。

「やっぱり」と、松井は言った。「身内だろう? おれは娘の婿さんを、専務にしてある。このところは、おれが営業に回るときは一緒に行ってるんだ。引き継ぎの予告のつもりさ。いまから後継ぎをはっきりさせておけば、おれが倒れても、銀行はすぐには融資の回収には出てこない。あんたのところは、身内に誰かいないのか」

息子はだめ。女房も家を出た。

自分の兄弟たちは、それぞれみな一家を構えている。誰もこの仕事、この工務店を、引き継いではくれないだろう。

身内には誰もいない。

ふと、真鍋の顔が思い浮かんだ。まだわずかの時間しか見ていないが、正社員にしたくなるほど仕事には明るい男だ。うちの業務に必要な、土木施工管理技師一級の資格も持っている。図面も引けるということだった。問題は生活態度だったが、なんとなくこれについては、あらためてくれそうだ、という気もしている。自堕落からは立ち直りつつあるように見えた。これで、営業ができて、数字が読めたら、やつは最高なのだが。

松井がまた隣りで言った。

「やっぱり、身内だって。親戚《しんせき》から誰か引っ張れ。いとこのはとこぐらいまで広げて考えたっていいだろう。おれたちみたいな仕事は、家族経営以外じゃできない。家族で守《も》り立ててゆくしかない仕事なんだ。仕事はできるのにくさってる、ってやつ、身内にいないのか？」

波多野は、ビールのジョッキを持ち上げながら、なかば上の空で言った。

「そうだな」

真鍋は、宮永祐子と腕を組んだまま、その資材倉庫の駐車場を自分の車まで歩いた。わずかの距離だったけれども、宮永祐子は真鍋の左腕に自分の右手をからめ、かんぬきでもかけるように、左手を添えてきたのだった。

車の前まできて、真鍋は身体の向きを変え、宮永祐子を見つめた。宮永祐子はいったんからめていた手を離すと、両手を差し出してきた。腿《もも》の前で、どうぞ、とでも言うように。あるいは、お願いと言っているかのように。真鍋はその手を取った。

プレハブの住宅から、窓明かりがもれてきている。目も慣れて、宮永祐子の表情を見てとることができた。真鍋を見上げてくる宮永祐子は、控えめに微笑している。謝意の込められた笑み。同時に、かすかに不安のような想いも見てとれた。いま、ここから先をどう振る舞うべきか、迷っているかのような。

真鍋も、きょうをどう締めくくったらよいのか、迷っていた。いましがた、自分は彼女にキスしていた。自分でも驚いたほどの、衝動にまかせたキスだった。妻を失ってから七年以上、ほかの女にはしたことのない行為、感じたことのない衝動だった。

自分は、この女性を抱きたい？　キスしたいというあの衝動は、この女性と性交渉したいという欲求だったのだろうか。それともむしろ、彼女の境遇、彼女の生きかたへの、同情と共感がかたちになったというだけか。それは真鍋本人にも、見極めがつけがたかった。

宮永祐子が、いったん目を伏せてから言った。

「あの、さっきも」声はかすれていた。宮永祐子は言い直した。「さっきも言いかけたけど、わたしに何かできることがあれば、と思って」

「何かって？」

「わたし、社長から、真鍋さんの事件のことを聞きました。それで」

「ああ」真鍋は微笑した。「もう、時間がたったことです」

「ときどき真鍋さんのことが、心配だったんですが、それを知っていっそう」

「いま、どう見えます？　立ち直っているようでしょう」

宮永祐子が、真顔になって見つめてきた。真鍋の言葉が冗談ではないか、それを確かめようとしているかのように。

その視線を受けとめて、真鍋はいましがたと同じ衝動を感じた。宮永祐子も、それを敏感に察したようだ。目が閉じられた。

真鍋は顔を宮永祐子の顔に近づけて、もう一度キスした。宮永祐子が受け入れて、舌を求めてきた。キスは激しいものとなった。真鍋が宮永祐子の背に腕を回すと、宮永祐子も真鍋を支えるように腕を脇腹に当ててきた。

表の通りに、自動車の音が聞こえてきた。真鍋は顔を離した。自動車は、一ブロックほど先の角を回った。ヘッドライトの明かりが、一瞬ふたりの顔を照らした。

もう行かなければ。

真鍋が、身体をひねって車のドアに手を伸ばすと、宮永祐子がこれを止めるようにその手を握ってきた。

「もう少しいてください」と宮永祐子が言った。

目が、いくらかうるんできているように見えた。

真鍋は、周囲に目を向けた。まだキスを続けるにしても、ここは公道を通る車からは無防備だ。

「おうちがあります」と、祐子が手を引っ張って言った。

「え？」

「晴也が作ったおうち。あの資材倉庫の中に、秘密のうちが」

手を引かれて、プレハブの横に建つ資材倉庫へと向かった。祐子は、シャッターの脇のドアの前へと進んで、ノブを回した。ドアはすっと内側に開いた。錠はかかっていなかったのだ。

祐子が明かりのスイッチを入れた。すぐに天井の蛍光灯が瞬いて、がらんとしたその空間に白っぽい光を満たした。奥に小型のコンテナが三つ並んでいるが、あとはほとんど何も入っていない空間だった。もう倉庫としては使われていないのだろう。

祐子が、真鍋の手を引いて、右手へと歩いた。そこには、古い家具がいくつか固めて並べられている。スチールデスク、ロッカー、ソファ。現場事務所などで使われていたもののようだ。ソファの前の床には、運搬用の木製パレットが二枚、並べられている。

祐子は、そのパレットの前まで真鍋を引いてゆくと、サンダルを脱いで、パレットの上に上がった。

「あの子、ここがおうちのつもりなの。ときどき、ここで遊んでる」

真鍋は、祐子にならって靴を脱ぎながら思い出した。いつか晴也は、波多野工務店の資材置き場でも、プラスチック・ケースを重ねて家を作っていた。男の子がこうも家作りという遊びに執着するのは、ふつうのことなのだろうか。女の子ならままごとがお気に入りの遊びであるのと一緒なのだろうか。

祐子は、木製のパレットの上を歩いて、ソファに腰をおろした。真鍋の手を握ったままだ。その左隣りに、真鍋も腰を落とした。むき出しの肘《ひじ》に、ちくちくとソファの繊維の感触があった。

右腕を伸ばし、宮永祐子に顔を向けた。宮永祐子はいくらか緊張して見える。真鍋が顔を近づけると、すっと目を閉じた。あらためて激しいキスを交わしてから、真鍋はぎこちなく宮永祐子をソファの上に倒し、宮永祐子の額に手をやって、その色素の薄い髪をかき上げた。宮永祐子はまた目を開けて、真鍋を見つめてくる。

真鍋は、目で訊《き》いた。

いいの？

宮永祐子が、ほとんど声にもならない声で言った。

「きてください」

真鍋は唇を宮永祐子の上まぶたにつけて、右手を宮永祐子のシャツの上に置いた。宮永祐子がソファの上で、少しだけ腰をずらした。

たぶん十分以上の時間がたっていたにちがいない。真鍋は、あえぐように言った。

「もうよしましょう。やっぱり無理です」

真鍋の胸に顔を埋めていた祐子が、ゆっくりと顔を上げた。真鍋は、祐子の口に軽く唇を当ててから身体をずらし、祐子の身体から離れた。

「ごめんなさい」と祐子が言った。「面食らったんですよね」

真鍋は言った。

「あの事件以来、ずっとなんです」

「ずっと？」

「ええ、事件のあと毎晩のように、死体を発見したときの夢を見る。殺されて、犯され、足を広げて死んでいる女房の身体が、夢に出てくるんです」

いったん言葉を切って、宮永祐子を見つめた。宮永祐子は、憐憫《れんびん》のこもった目で、真鍋の視線を受けとめている。言わなくてもいい、とでも言っている顔のように見えた。

真鍋は続けた。

「女のひとの身体は、おぞましい記憶と結びついているんです。祐子さんに触れて、まず思い出したのは、女房の死体でした。こんな話、嫌でしょうが」

祐子は小さくうなずいて言った。

「わたし、無神経すぎましたね。真鍋さんが、まだそんなに苦しんでいるんだってこと、わかってなかった」

「犯人への憎しみは、なくなったつもりだった。自分では、とうとう乗り越えられたと思っていたんだけど」

「そう簡単なことじゃない。頭では、立ち直ったつもりになっていても」

「あの」真鍋は、言葉を選んで言った。「祐子さんと、その、こういうことになりたくなかったわけじゃないんです。ただ、身体が、その、ついてゆかなかった」

「ええ。わかっています。むしろほんとに、わたしのほうが無神経だったと」

祐子が身体をずらして、自分の胸で真鍋の頭を抱いてきた。真鍋は祐子のそのシャツごしの胸の感触に、豊かだった由美との性交渉を想い起こした。お互いに若く、ふたりとも性体験を持たないままに知り合ってつきあい、性交渉を重ねた日々。健康で、陰りのないセックス。お互いのあいだに、敬意と信頼と共感と、何より愛情のあったセックス。

祐子が、ちょうど子供をあやすときのように真鍋の頭を撫《な》でながら、耳もとで言った。

「もし真鍋さんがいやじゃなかったら、いつかまた、自然にこうなるのを待ちましょう」

「ええ」

真鍋はゆっくりと身体を起こした。祐子も起き上がった。

プレハブの住宅の前で、おやすみを言い合ったのはそれから五分後だ。

祐子が、身体を半分うちの中に入れてから言った。

「わたし、はしたないことをしたと思われていないか、心配です」

真鍋は首を振った。

「とんでもない。ありがとう」

祐子は、あらためてもう一度おやすみを言うと、身体をうちの中に入れた。

第七章

それ以上は眠り続けようとする努力もむなしくなった。川尻乃武夫は、いくらかざわついてきたその室内で目を開けた。

終夜営業のサウナの休憩室である。リクライニングのシートの上で、乃武夫は舌打ちして周囲に目をやった。

もう八時を回った。部屋の外からは、掃除機をかける音が聞こえてくる。この休憩室に残っている客は、もう五、六人だけである。前夜は三十人はいたと思える仮眠客も、大半はもう洗面所に移ったか、着替えて朝の仕事に出ていったのだ。

乃武夫は、昨夜のことを思い起こした。昨日、あの探偵事務所を訪ねて、真鍋篤の現住所を聞き出した。その際、事務所の初老の男の頭をレンチで殴ることになった。たぶんやつは怪我をしたことだろう。しかし、やつの余計な身辺調査のせいで、自分は真鍋という男に殺されかけたのだ。同情するつもりは毛頭なかった。

その探偵事務所をあとにして、乃武夫は薄野へ向かい、焼き肉屋に入って晩飯を食べた。一杯だけビールを飲んだけれども、さほど酒が好きというわけでもない。ジョッキの三分の一は残してしまった。そのあと、薄野をぶらぶらして、客引きたちのあいだを抜け、適当に決めたソープランドに入った。ソープランドを体験するのはこれで二度目だった。しかし、そこがどんな場所なのか、どのように利用するものなのか、刑務所の受刑者仲間から教えられていた。最初のときから、乃武夫はさほどまごつかずに、客となることができた。

ついた女は、三十歳前後かと見えた。乃武夫がこれまで性交渉を持った女の中では、たぶん最年長だ。二時間たって部屋を出てから、乃武夫はまだ十分に性欲を満足させていないことに気づいた。まだし足りないのだ。従業員にあらためてもうひとり女を頼んだ。せめておれと同い年ぐらいの女をと。それができる程度の金はあった。相手は苦笑して言ったものだ。続けてふたり目というのは、お客さんが初めてですと。

ふたり目の女と終えて、ようやく身体が軽くなったような気がした。乃武夫はもう一度薄野の繁華街を歩き、ラーメンを食べてから、この終夜営業のサウナに入ったのだった。

そこまで思い出してから、探偵事務所の男の怪我の具合が気になってきた。打撲傷の痛みは残っているだろうが、こっちが殺されるところだったことを考えれば、あの程度に痛めつけられるのは当然の報いだ。とはいえ、救急車で運ばれたり、警察に訴えられたりしていては面倒だ。おれはまだ、肝心のことをすませていないのだ。

休憩室の正面には、大型のテレビが設置されている。横長の画面で、登場人物がみな丸々とした顔に見える受像機だ。いま受信しているのは、なにやら主婦向けの朝番組である。芸能人の結婚を話題にしていた。

テレビニュースに変えてくれないだろうか。

休憩室の中を見渡したが、係員はおらず、リモートコントロール・スイッチもどこにあるかわからない。

しかたがない。

乃武夫は立ち上がった。

顔を洗って、真鍋という男がいる場所に行ってみるか。札幌の西のほうにある、設備工務店の宿舎らしい。札幌の地図を手に入れて、それから車をいただこう。適当な乗用車を拝借しよう。

休憩室を出たところで、もうひとつすべきことを思い出した。

道具を手に入れなければ。真鍋は、拳銃《けんじゅう》を持っていたのだ。レンチ程度を持って出ていったら、返り討ちに遭う。強力な武器がいる。不意を襲うにしても、拳銃に十分対抗できるだけの威力のものが。

乃武夫は、洗面所の鏡に自分の顔を映しながら思った。

大型のナイフを手に入れなければ。

波多野正明は、食堂に入って従業員たちにあいさつすると、テレビの脇の板壁に、A4書類サイズの紙を留めた。五枚重ねて、上からプッシュピンを押したのだ。

ビラは今朝、サインペンで手書きしたもので、いま事務所で五枚コピーしたのだ。

こう書いていた。

「社員慰労会
例年どおり、午後一時。当日仕事の残っているチームは、あとから追っかけてくること。

出発、午後一時。『保養所』で。

家族の参加歓迎」

その下に、簡単な地図も書き込んでおいた。

朝食をとっていた広畑が、立ち上がってこのビラを見てから言った。

「今週末ですね？」

「そうだ。仕事がばらばらだから、一緒には行けない。チームごとに分乗して行け」

若い従業員が言った。

「おれもあとからになりますが、場所を教えてもらえますか」

「地図を書いておいた。出発するときは、このビラを一枚剝《は》がして持ってゆけ」

真鍋に顔を向けた。彼は先日、この話をしたとき、まったく無関心だった。ホワイトカラーには、勤め先の宴会や社員旅行なんてものがまったく苦手というタイプの男もいるが、こういう職場ではそれは通用しないのだ。彼はやっぱり興味はないだろうか。参加するとしても、しぶしぶか。

ところが、真鍋は訊《き》いてきた。

「そこって、落ち着けるところみたいですね」

「ああ。ニセコだ。車で三時間。近所には、温泉もいくつかある。一泊するだけじゃ惜しいって場所だ」

「別荘地なんですか？」

「別荘地になりそこねた場所だ。開発途中で業者が倒産したんだ。ぽつりぽつりと周りにいくつか山小屋が建っているけれども、ひとは滅多に見ないよ。例のオウム事件のときな、このあたりの別荘が、一軒ずつチェックされたそうだ。そんなような場所だよ」

宮永祐子も、食器を下げながらビラの前に立って、波多野に訊いてきた。

「わたしたちもいいんですね」

「当然だ」波多野は、宮永祐子と真鍋の顔を交互に見ながら言った。「従業員は全員参加だって」

宮永祐子は、その波多野の視線に気づいたのか、顔を赤らめた。

「わたしと、晴也も、ってことです」

「あ」波多野は狼狽《ろうばい》した。無意識に口に出たことなのだ。「すまん。深い意味はない。晴也くんももちろん一緒だ」

真鍋が言った。

「楽しみだな。山小屋で過ごすなんて、初めてだ」

波多野は、食堂にいる従業員全員に言った。

「宮永さんには、ふだん世話になってるんだから、山小屋では料理は男がやるんだぞ。宮永さんに皿洗いをさせたりしたら、許さんからな」

従業員たちが笑って同意した。

波多野は、話題を変えた。

「きょうは、広畑さんと真鍋くんと河野、三人は手稲の浄水場に行ってくれ。圧が下がってる場所があるそうだ。半日で直せると思うけど」

広畑が訊いた。

「星置の現場は？」

「午後からでいい。いったん戻ってから回ってくれ」

「はい」

門脇英雄は、その応接室に入ってきた職員に、深々と頭を下げた。

「お忙しいところ、恐縮です」

相手は、四十代と見える小柄な女性だった。パーマっ気のない髪を、運動部所属の女子高生のように短く切っている。化粧も薄く見えた。顔はいくらか緊張気味だ。

相手が大きなデスクの向かい側に腰をおろしたところで、門脇はあらためて警察手帳を相手に示した。

警察庁は、今年の秋から警察手帳のスタイルを変えるという。警察バッジと身分証明書を同時に提示できる、いわばアメリカ警察式のものになるというが、いまはまだ北海道警察本部だけではなく、全国どこの警察も、黒い手帳のままだ。表紙だけ見せて、自分が警察官であることを証明することになっている。

もちろん、いまこの相手は、したたかなはずだ。手帳の表紙くらいでは満足すまい。

門脇は警察手帳のあいだから名刺を取り出して言った。

「いまお話ししたとおり、児童虐待の大事な目撃者を探しています。捜査中の事件なので、詳しくはお話しできないのですが、すぐにも目撃者を見つけて立件しないと、その子の命に関わってくる。まだ児童相談所が動ける状況ではないのですが、警察なら動くことができるんです。目撃者さえ見つかれば」

札幌市の市街地の西、西野《にしの》という地区にある女性相談援助センターの一室である。

ここは、暴力団に食い物にされている女性や、家庭内暴力の被害者を保護する施設だ。所在地は公開されておらず、ふつうは福祉事務所を通じてしか、ここにたどりつくことはできない。ただし、北海道立の機関であり、官僚組織のひとつだ。関係する誰もが、この施設の存在意義を正確に理解しているわけではなかった。

門脇は今朝、札幌市福祉事務所に直接出向いて、職員に自分の警察手帳を見せ、いまここでも口にしたとおりの嘘を並べた。つまり、旭川のある家庭で児童虐待が起こっているとみて捜査中なのだが、肝心の目撃者がなくて、虐待する両親を逮捕できないと。両親を逮捕して子供を虐待から救い出すための、唯一の目撃者、証言者と見ていた女性も失踪《しっそう》してしまった。失踪後、その女性が札幌市の福祉事務所にきたことは確かなようなのだが、なんとかその女性と接触したいのだ、と。

門脇は、こうも言った。

本来なら、署長から照会の書面をもらってくるべきだったが、一刻を争うことなので、とにかく自分が札幌に飛んできた。自分の身元については、北海道警察旭川中央署に照会してほしい。

司法制度や警察に詳しいものなら吹き出してしまいかねない嘘だったけれど、相手は信用してくれた。児童虐待、という言葉がきいたのだろう。一刻を争う、ということも。

相手は言った。

その女性かどうかはわかりませんが、旭川からここにいらした方で、女性相談援助センターにご紹介した方はおります。ふた月ほど前ですから、もう出ていると思いますが、連絡先はそちらでわかるかもしれません。

その施設の所在地は、と訊くと、相手は、自分の手にしていたノートの中から、一枚のザラ紙を取り出した。女性相談援助センターの所在地、電話番号が記された紙だった。地図も印刷されており、さらにバス、地下鉄を使ってゆく方法も細かに記されていた。

門脇は、そのプリントを警察手帳にはさむと、ていねいに礼を言って福祉事務所を出た。

二十分前、九時十五分過ぎのことだ。

この女性相談援助センターに着いて来意を告げると、応対に出た職員は、自分の名刺を差し出してきた。

相談員、吉岡《よしおか》、と印刷されている。

門脇は、警察手帳の表紙を見せ、身分証明書のページを開いて、そこから名刺を取り出した。身分証明書そのものは、相手の目の前に突きつけたりはしなかった。細部については、相手は読み取ることはできなかったろう。しかし、それがカラー写真入りの正式の身分証明書らしい、とだけはわかったはずだ。

名刺は、旭川中央署の顔なじみの警察官のものだ。刑事、田中俊郎《たなかとしろう》、と印刷されている。その下に、名前の活字よりも大きな文字で電話番号。

警察官は、所属と職名、階級の入った正規の名刺も持つが、これは渡した相手について記録を取るよう指導されている。これに対し、聞き込み捜査などの際に使う名刺は、この田中の名刺のような形式を取る。気がついたことがあったらとにかくお電話を、とばらまくように配るものだ。肩書には、警察官の階級よりも、俗称ではあるがわかりやすい「刑事」という呼称を使う場合が多い。門脇がいま相手に渡したのは、この聞き込み捜査用の名刺だった。管理もゆるいから、署の刑事部屋から知り合いのものを数枚くすねるのは造作ないのだ。

吉岡という職員は、その名刺を自分から遠ざけるように持って見つめた。吉岡は老眼なのかもしれず、あるいは警察機構に嫌悪を感じているのかもしれない。どちらなのか判断はつけがたかった。

門脇は言った。

「目撃証言さえあれば、うちはいま、この瞬間にでも両親の身柄を確保して、子供を引き離すことができます。両親逮捕ということになれば、いやでも児童相談所が出てゆきますので、この子への虐待は止めることができるんですが」

吉岡という職員は、いくらか不安そうに言った。

「そのひと以外に、目撃者とか、証人になってくれるひとはいないのですか」

「いちばんはっきりと目撃したのは、この女性だけだと思います。ご承知のように、児童虐待は、世間の目から隠れたところでなされることですので」

「あの、そちらの事情も深刻だとはわかるんですが、ここに駆け込んでくる女性も、それぞれ深刻な事情を抱えています。ご亭主とか、別れた男性とかから、とにかく身を隠さなくちゃならないくらいに」

「わかります。その女性も、内縁の暴力団員の男から暴力を受けてました。旭川を逃げ出したのもそのためです」

吉岡という職員は、怪訝《けげん》そうな顔になった。眉間《みけん》にはっきりと皺《しわ》が寄った。

門脇は続けた。

「探しているのは、門脇祐子。暴力団員と内縁関係にありました。前の亭主とのあいだにできた男の子を連れていたはずです。わたしも仕事で少しだけ面識があります。宮永祐子という名前を使うときもあります。自分の身元、素性については、相手によっていろいろ使い分けています。亭主は実業家だとか、食堂をやっているとか。吉岡さんには、自分のことを、どう言っていました?」

吉岡は首を振った。

「それは、お話しできません」

「警察官の妻だと名乗るときもあります。わたしの同僚も、名前を使われた。虚言癖がある女です」

吉岡の表情が、一瞬こわばった。感情の表出を、筋肉を硬直させてかろうじて押しとどめたような表情だった。

うまく引っ掛かった。門脇は、胸のうちでほくそ笑んだ。この手の施設に飛び込んでくる女は、大半が自分の身元について嘘を語る。証明する必要はないのだし、だいいち身分証明書かその代わりになるものを持って飛び込んでくる者がそもそもごく稀《まれ》であるはずだ。職員たちも、やってくる不幸な女たちの嘘には、慣れているはずだった。祐子の場合は、運転免許証がある。いちおうこの施設では、その免許証を提示したろう。ただしその免許証も、名前と年齢、現住所、以上の情報を伝えるわけではない。どんな事情、どんなトラブルを抱えているのか、という点については、自己申告なのだ。職員だって、聞いた話を百パーセント事実だとは考えないはずである。

門脇は、それまで以上に深刻そうな面持ちを作って言った。

「目撃証言してもらえるかどうかは、もちろん本人の了解を取ります。いやだと言われたらあきらめますが、小さな子供の命がかかっていることです。虚言癖がある女とはいえ、こういうことでは、正直になってくれるでしょう。自分にも、似たような年頃の男の子がいるんですから」

吉岡は、確認してきた。

「ほんとうに、その女性以外には、証言できるひとはいないんですね？」

「いません」

「そのひと自身が、困ったことにはなりません？　居所を、その暴力団員に知られたりとか」

「絶対にありません。旭川中央署が、責任を持ってこの女性を守りますよ」

吉岡は目を伏せて、小さく溜《た》め息をついた。激しく葛藤《かっとう》しているようだった。正式の照会状も持たずにいきなりやってきた警察官に、はたして保護している女性の連絡先を教えてよいものかどうか。ここでは官僚的に手続きを優先するか、それとも事態の緊急性に柔軟に対応すべきか。しかしとりあえず、門脇の言葉は信用してくれたようである。それが事実かどうかについては、彼女は悩んでいないだろう。

やがて吉岡は、視線を上げて言った。

「たしかに二カ月ほど前、旭川から逃げてきたという門脇という女性を保護しました。ここには二週間いましたが、その後、民間のボランティア団体が運営している施設に移っています。うちで把握できているのはそこまでです。いまもそこにいるかどうかはわかりませんが」

「そこを直接訪ねて、訊《き》いてみますよ」

「札幌DV救援ハウスというところです」

「所在地と、電話を」

吉岡は、いったん席を立ってから応接室に戻ってきた。ふたつ折りにした、リーフレットのようなものを手にしていた。受け取って見てみると、先ほどもらったプリントよりも数多くの文字が詰まった案内だった。地図と、公共交通機関の使いかたが印刷されているところは同じだ。

門脇は、すぐに携帯電話を取り出し、リーフレットに記されている電話番号を押した。

「はい」と声がした。一瞬、男性かと思えたほどの中性的な声だった。

門脇は、注視してくる吉岡をちらりと見てから言った。

「札幌DV救援ハウスですね」

「はい」と、警戒気味の声。

「こちら、道警旭川中央署の者です。いま、児童虐待の目撃者を探しています。そちらに、女性相談援助センターを通じて、門脇祐子という女性が行ったのではないかと思うのですが」

「ちょっと待ってください。旭川警察？」

「そうです。道警旭川中央署の者です。いま、女性相談援助センターにおります。子供の命に関わることで、早急に目撃者の調書が必要なのですが」

「児童虐待って、何のことです？」

「通報があって、内偵している件です。なんとか子供から両親を引き剝《は》がしたいと考えてるんですが、目撃者が欲しいんです。いれば、すぐにも子供を保護できるんですが」

「この電話、援助センターからなんですか？」

「そうです。吉岡さんというかたから、この電話番号を伺って、電話しています」

「そばに吉岡さんはいます？」

「おりますよ」望んだとおりの展開だ。「何か？」

「代わっていただけるかしら」

「ええ」

門脇は、吉岡に携帯電話を差し出して言った。

「代わって欲しいそうです」

吉岡が、瞬時とまどいを見せてから携帯電話を受け取った。

門脇は、椅子から立ち上がって、応接室の窓際に寄った。

窓からは、この施設の中庭が見えた。五十代かと見える女性たちが三人、芝の庭のパラソルの下で語らっている。門脇の目には、その三人とも、なんとも不幸そうな中年女たちに見えた。おそらくは自分の愚かさゆえに、本来なら避けえたトラブルに巻き込まれ、こんな施設に逃げ込まなければならなかった女たち。同情に値しない連中。門脇には、こんな女たちのために、行政がわざわざ保護施設を造ることに納得がゆかなかった。こんな施設を造って運営するぐらいだったら、女子刑務所をもっと拡充したほうがいい。

吉岡が、相手に言っている。

「そうなんです。ええ、旭川中央署からいらして。ええ、刑事さん。そうです。ええ、見せてもらいました。児童虐待の件で。そうです。はい。ええ、あのひとが証言してくれたら、いますぐ子供を保護できるんだとか。いいえ、それは知りません。いえ、それが、虚言癖だって。ま、よくあることですけど。ええ。はい」

しばらく相槌《あいづち》だけが続いた後、吉岡が、刑事さん、と携帯電話を差し出してきた。

門脇は携帯電話を受け取って、耳に当てた。

相手は言った。

「門脇さんは、この施設にはおりません。連絡先も、正確には把握してはいないんですが、なんとか心当たりを当たってみることはできます」

「では、ご連絡を待てばいいですか？　うちとしては、門脇祐子に会って児童虐待の裏づけが取れたら、すぐにも子供の保護に向かいたいんですが」

「彼女も、旭川に連れてゆくのですか？」

「そうしてもらわなければ、手遅れになるかもしれない。児童相談所は何度も追い返されている。警察が出てゆけたら、なんとか止めることができるんです」

少しの沈黙のあとに、相手は言った。

「こちらにいらしてください。もう少し詳しくお話を伺いたく思います」

「参りますよ。車だと、ここからどのくらいでつきます？」

「たぶん十分前後で。吉岡さんから地図をいただいてください。場所は、それを見ればわかるでしょう。わたしは大橋と言います。門の外から、インターフォンで、大橋を呼んでください」

「では、これからすぐに」

携帯電話のオフボタンを押すと、門脇は吉岡に向き直って、いかにもまじめで職務熱心な公務員に見せるべく、ていねいに頭を下げた。


乃武夫が入ったそのビルは、道具類のデパート、といった種類の店だった。文房具ばかり売っているフロアもあれば、調理道具だけを集めたフロアがあり、また工具や旅行用品ばかりのフロアがあった。乃武夫はサウナの従業員にキャンプ用品を扱う店を訊いたのだが、従業員が教えてくれたのが、このビルだったのだ。函館にはない種類のビルだった。

ほんとうは、ナイフとか格闘用品の専門店にも行ってみたかった。メリケンサックとか、バタフライ・ナイフとか警棒とかを置いている店だ。函館にも一軒あるくらいだから、札幌にもあるだろう。でも、サウナの従業員に、そんな店を知らないかと聞くのは、さすがにためらわれたのだ。そんな質問をして記憶されないほうがいい。それでごく穏当な質問をしたのだ。キャンプ用品を置いている店を知らないかと。

そのビルで、サバイバル・ナイフを探してみたが、売ってはいなかった。しかし、アメリカ製の赤い柄の手斧《ておの》が数種類置いてあった。ふと思い浮かんだのは、入獄前に見たアメリカのスプラッタ・ムービーだった。モンスターが登場人物の頭に手斧を叩《たた》き込んでゆく場面。あれはいい。あの殺しかたは悪くない。手斧は使える。乃武夫はすぐに、柄の長さが三十センチほどのものを買った。

その横のガラスケースの中には、アウトドア用のナイフが何十本も並んでいる。ただし、刃渡りはせいぜい十五センチぐらいのものだ。

しかし、ないよりはましかもしれない。乃武夫は、並んでいるナイフの中から、もっとも大振りの革の鞘《さや》に入ったナイフを選んで買った。

買い物をすませてそのビルを出たところで、乃武夫はひとりの男とぶつかった。歩道の上で、どちらに行くかためらったときに、通行人の行く手を邪魔してしまったのだ。相手はスーツを着た若い男で、目の前で自動車を停めて降りてきたところだった。急いでいるようで、すぐに乃武夫がいま出てきたビルの中に消えて行った。

なんでえ、あの野郎。

乃武夫はその若い男がビルの中に消えるのを見送ってから、車道に目を向けた。いまの男が乗ってきた車は、エンジンをかけたままだ。ハザードランプが点滅している。いまの男は、エンジンを切らずに、ビルに飛び込んで行ったのだ。

車は、白い商用のバンだ。車体に、会社の名などは記されていない。どこにでもある、もっとも地味なタイプの車。

振り返って、ビルのエントランスを見た。若い男は入って行ったきりだ。すぐに戻ってくるか？　数分で用をすませて出てくるか？

車は、商用車。車泥棒も狙わない安物の車。ちょいの間借りてナンパするにも使えない、ださい車だ。エンジンをかけたままでも、ほとんど盗まれる心配はないだろう。つまりいまの男は、けっこう長い時間、ビルの中で用を足してくるつもりではないのか。

地味な商用車ということは、目立たないということだ。おれがこれからすることのためには、手頃ではないだろうか。高級スポーツカーや大型の四輪駆動車よりも向いている。

乃武夫は車道に出て、その商用車の運転席側に回った。車内をのぞきこんで見ると、オートマチック車だ。これならそこそこ動かせる。乃武夫はまたビルのエントランスを見て、それから道の後方に目をやった。エントランスに男の姿は見えないし、ちょうど車の流れも途切れている。

乃武夫は運転席のドアを開け、素早く身体を車内に入れた。ショルダーバッグは、助手席に放った。ギアをドライブレンジに入れて、アクセルを踏み込む。車はいきなり発進した。

アクセルペダルを踏み込む感覚に慣れていない。しかし、いまは多少荒っぽくても、このビルの前から飛び出すべきだ。乃武夫はあらためてアクセルペダルを踏み込み、車を加速した。

ダッシュボードの液晶時計の表示は、十時三十分だ。

地図が要る。

どこかで札幌の道路地図を手に入れなければならなかった。繁華街を出たところで、適当にコンビニにでも入ろう。とりあえずは、札幌の西の方角に走ればよいのだ。

あの真鍋のヤサは、札幌市手稲区稲穂というところにあるらしい。まずはそっち方面に少しでも近づいておこう。

最初の信号まできて、乃武夫はサイレンの音が聞こえてくるのに気づいた。バックミラーを見たが、うしろではない。前を走っていた車が、交差点の手前で停まった。信号は青のままだ。乃武夫も自分の車を停めると、目の前の通りを、一台の警察車が通過していった。赤のルーフランプを回転させている。その警察車が通過した後にもう一台の警察車が続いた。二台の車が走ってゆくのは、南方向、つまり薄野の方面である。

あの探偵事務所の男が通報したか。暴行を受け、金も取られたと訴えて出たか。あれからもう十四時間ほどたっている。警察に届けたにしては、少々とぼけているタイミングだけれども。

前の車がまた動きだした。その車について車を発進させながら、乃武夫は思った。

なんであれ、おれが真鍋って男に借りを返すには、あまり残り時間はなくなってきたってことだ。

門脇は、インターフォンの前に顔を近づけて言った。

「旭川中央署の、田中です」

どこかで短く、電気的なノイズが聞こえた。鋳鉄製の扉のロックが解除されたようだ。インターフォンから、先ほど聞いた声が出た。

「どうぞ」

扉を押し開けて、敷地に入った。目の前に、サイディング張りの二階建ての古い建物がある。サイディングの色は濃い茶色で、全体の造りも無骨だ。ここが家庭内暴力に悩む女性たちのための保護施設とは見えない。修理に手をかけていない賃貸アパートのようでもあるし、大学の空手部の合宿所と言われてもうなずけそうだった。門柱には、札幌DV救援ハウスという看板はかかっていない。所番地が真鍮《しんちゅう》のプレートに記されているだけである。

引き戸を開けて玄関に入ると、どこかからテレビの音らしい音楽や会話が聞こえてくる。大音量でワイドショーでも観ている入所者がいるのだろう。

左手にピンク電話があり、その脇に歯医者の待合室にあるような小さな窓があった。どうやらその向こう側が管理人室のようだ。窓のガラスはミラーとなっているが、中からは玄関の様子はよく見えているはずである。警察署の取調べ室の鏡と一緒だ。

その窓が開けられて、短い髪の女が顔を出した。

「靴を脱いで、持ってこちらに入ってください」

これが、大橋という女だろう。

言われたとおりに靴を脱ぎ、右手に提げて管理人室のドアを開けた。

八畳ほどの広さの部屋で、スチールのデスクの向こう側に、いま言葉を交わした女がいる。女の歳は三十代後半か、あるいは四十代前半かもしれない。髪がまるで坊主刈りに近いほどの長さのせいか、年齢の見当がつかなかった。

「どうぞ、そこに」

椅子に腰をおろしてから、門脇は靴を持ち上げて訊《き》いた。

「これはどうしましょう」

「適当に床に置いてください」

大橋は言った。

「なんのために、こんなことをするんです?」

「ここにいるひとたち、男性のお客があるのをいやがるんです。玄関に靴を置いたままにして、刺激することもないから」

「男嫌いばかりが入っているんですね」

「嫌いなのは、男じゃなく、暴力ですが」大橋は口調を変えた。「門脇さんに、目撃者になって欲しいんですって」

「そうです」門脇は、ここでも田中俊郎の名刺を差し出して言った。「彼女が事情聴取に応じてくれたら、児童虐待を止められるんです」

「児童虐待がそれほどはっきりした事実なら、目撃者のいるいないにかかわらず、対策は取れるんじゃありません？」

「そのとおりです」門脇は、大橋が拒絶的であることを感じつつも言った。「明日か明後日《あさって》には、子供は病院に運ばれるでしょう。そうなったら、もう何も必要ありません。すぐに任意の取り調べ、半日後には逮捕です。でも、うちとしては、それまで待ちたくはない、という気持ちなんです。せっかく情報が入って、大事に至らぬうちに防げることですから」

「一日を争うことなんですね」

「一分でも早く、子供をあの両親から引き剝《は》がしたい」

「門脇さんしか、目撃者はいないっていうのはほんとうですか。近所のひとが見ているんでしょう？」

「彼女以外は、誰も直接には目撃していません」

「これは、そのあとも裁判に証人として出てくれということなのかしら」

「いいえ。一度立件できれば、裁判では証人は必要ないでしょう」だらだらと同じやりとりを繰り返したくはなかった。門脇は口調を変えて言った。「連絡先を教えていただけませんか」

大橋は首を振った。

「うちでは、わかりません」

「ほう？　先ほどのお話では、事情次第では当たりはつくということでしたが。つまり、連絡先はつかんでおりませんと」

「いいえ。あちこち当たってみたらわかるかもしれない、と思っただけです。連絡先はつかんでおりません」

「では当たってみてください」

「ご協力はできません」

「捜査機関に協力できないと？」

「門脇さんは、警察官の夫の暴力から逃れてきたんです。連絡先を教えたら、門脇さんの身が危ない」

「援助センターでもお話ししましたが、夫が警察官である、というのは、彼女のよく使う架空の身の上話のひとつです。虚言癖のある女性なんです」

「そうでしょうか、田中さん」

田中さん、の部分が、妙にわざとらしく聞こえた。

大橋は言った。

「わたしたちは、これまでずいぶん大勢の女性を保護し、自立の手助けをしてきました。その女性が嘘をついているかどうかはわかります。わたしたちは、嘘はとがめませんし、事実をとことん問い詰めることもしません。でも、門脇さんは、自分の結婚について、ほんとうのことを話していましたよ」

「どんなふうに言っていたんです？」

「ですから、門脇という名の旭川方面本部の警察官が、配偶者ということでした」

「確認しましたか？　門脇というその警察官に？」

「いいえ。でも、したほうがいいかもしれませんね。田中さん、もう一度、身分証明書を見せていただけますか」

「見て、どうなるんです？」

「あなたが、田中という刑事さんでなければ、お引き取り願います」

見破られていたか。門脇は、なんとかこの窮地から脱出する方法を探った。この形勢で、どうやって祐子の連絡先を聞き出したらいいだろう。

「じゃあ、電話をしてみてください」と、門脇は、デスクの脇にある電話を顎《あご》で示した。

「旭川中央署の番号を申し上げます」

その言葉につられたように、大橋の顔が横に向いた。注意が、門脇からそれた。

門脇は大橋に飛びかかった。デスクの上に身体を伸ばし、彼女の首に腕を巻き付けたのだ。大橋はわっと悲鳴を上げかけたが、音となって出る前に口をふさいだ。門脇は大橋の首をひねりながら、彼女の上体をデスクに押しつけた。大橋は、両手も動かせず、声も出せないという状態となった。門脇は、大橋の身体を押さえつけたまま、デスクに身体を載せ、ゆっくりと反対側に降りた。

門脇は、大橋の首に少しずつ力をこめながら言った。

「連絡先はどこだ。記録があるだろう？　どこにある？」

大橋が、口を動かした。しかしやはり声にはならない。

「声は出さなくてもいい。首を振って質問に答えろ。答えないなら、首を折るぞ。冗談で言ってるんじゃない」

大橋の目をのぞきこんだ。そこには本物の恐怖が見て取れた。彼女はいま、本気で恐怖と戦っている。門脇の目に、これまでおそらく見たことのない凶悪な光を感じとっている。

門脇は、デスクの周囲を見渡しながら訊いた。

「ロッカーの中か」

大橋は、瞬きした。首を横に振ろうとしたようだ。

「パソコンの中にあるのか？」

こんどは反応はない。首には、まったく力が入らなかった。ということは、この中ということか。しかし、取り扱いは厄介だ。プリントアウトされたものか、手書きの記録があるのではないか。

ＰＣの脇に書類立てがあって、数冊の書類ホルダーが立てられている。

門脇は、大橋の顔をその書類立てに向けて訊いた。

「書類ホルダーか？」

目を見つめたが、やはり首を動かさない。瞬きもなかった。黙って門脇を見つめ返してくるだけだ。

でも、答はわかった。書類立てに立てられている書類ホルダー。このどれかだ。これで、慣れないPCと格闘せずにすむ。助かった。

書類ホルダーに手を延ばしたとき、ふいに大橋が背を起こした。門脇の一瞬の気の緩みを突いたのだ。右肘《みぎひじ》で思い切り門脇の腹を突いてくる。門脇はいったんはね飛ばされそうになった。

大橋はデスクの上を四つん這《よ》い《ば》になって逃れ、向こう側へ飛び下りた。

門脇もダイブした。逃れようとする大橋の身体に、後ろから体当たりした。大橋の身体は前のめりに倒れた。正面にスチールのロッカーがある。大橋の頭は、その角にまともに衝突した。ごつりという鈍い音がした。大橋は、短く呻《うめ》き声を上げて、そのまま門脇の下敷きになった。

脇の椅子がひっくり返り、ロッカーの上から書類の束が落ちてきた。部屋の中は、ごく短い時間、けたたましい物音に満たされた。

門脇は舌打ちして、大橋の身体の上から立ち上がった。

大橋の額の下あたりに、赤い液体の染みが広がっている。大橋は苦しげに身をよじった。しばらくは、痛みのせいで動くことはできまい。

門脇はデスクを回ると、書類立てからホルダーを引き出し、一冊ずつ手に取って確かめた。一冊は、運営日報、と表紙にタイトルが記された日誌だった。もう一冊には、利用者個人情報、と書かれており、取り扱い注意のシールが貼ってある。もう一冊は、備品管理簿、と書かれている。祐子の連絡先が記されているとしたら、二番目のものだ。

そのホルダーを開いて、最初のページを見た。

一行目に女の名前があって、その下に、年齢や住所、家族構成、問題点といった項目が並んでいる。ページの下のほうの欄には、現在の連絡先が記されていた。

ページの右上には、日付。二〇〇二年の四月二日となっている。門脇は、そのホルダーにはさまった書類の最後のページを確かめた。日付は、二〇〇二年の七月だ。

まちがいない。祐子の記録は、この中にある。

門脇は、その書類ホルダーを小脇に抱えると、電話線を引き抜いた。それから靴を履いて、ドアからそっと外をのぞいた。廊下には誰もいない。どこかから、テレビの音が聞こえてくるだけだ。複数の男女の、能天気な笑い声。

門脇は自分の車に戻ると、書類ホルダーを助手席に放り投げてから、車を発進させた。

真鍋が波多野工務店の事務所に戻ったのは、午後の一時少し前だった。広畑、河野の三人で、浄水場の配管の修理に行っていたのだ。波多野が言うとおり、圧力低下の原因はすぐにわかった。継ぎ目からの漏水だ。その経路だけ通水を止めて、パッキンをそっくり取り替えるだけで修理は終わった。午後は別の現場に回らなければならないので、真鍋たちはいったん事務所に戻ってきたのだった。事務所の裏手では、晴也がひとり、サッカーボールを蹴《け》って遊んでいた。

帰り道、真鍋たちはコンビニエンス・ストアに寄って、昼食用の弁当を買った。寮の食堂で食べるつもりだった。

真鍋が食堂に入ると、宮永祐子が食堂の換気扇を掃除しているところだった。

「あ、お帰りなさい」と、宮永祐子は微笑して言った。ごく自然な口調。まるでここが、宮永祐子にとっても真鍋にとっても、そうあいさつし合える家であるかのような。

「ただいま」と、真鍋は思わず返していた。「午後はべつの現場に回るんですが、昼ご飯はここで食べてゆこうと思って」

弁当の入った白いビニール袋を見せると、宮永祐子は言った。

「お茶をいれますね」

広畑と若い河野も食堂に入ってきてテーブルに着き、自分のコンビニ弁当を広げた。河野が、目の前のテレビのスイッチをオンにした。一時前のローカル・ニュースの時間帯だった。すぐにスタジオで原稿を読む男性アナウンサーの上半身が映った。

アナウンサーは、ちょうど新しい話題に入ったところだった。

「今朝、中央区南四条西七丁目の雑居ビルで、男性が死んでいるのを男性の知人が発見しました。警察が駆けつけたところ、死んでいたのは、このビルに事務所を持つ興信所の所長で、浅野克己さんとわかりました。浅野さんの後頭部には、鈍器で殴られたような痕《あと》があり、事務所内が荒らされていました」

画面が切り替わった。真鍋も一度だけ訪ねたことのあるビルの外形が映っていた。自分が訪ねたのは夜だったけれども、それがあのときと同じビルであることはすぐにわかった。エントランスから、青いシートに包まれて、何かひとの大きさほどのものが運び出されている。

アナウンサーは続けている。

「警察では殺人事件とみて、浅野さんの遺体を司法解剖に回すことにしています。関係者の話では、昨夜八時くらいから、浅野さんとは電話連絡がつかなくなったということで、警察でも犯行は前夜午後八時前後のことであろうと見ています」

真鍋の頭の中で、脳細胞がふだんの百倍にも活発に動きだした。いま耳にした断片的な情報が、自分の経験のすべての記憶と照合されている。これは何かある。自分に関係のある何かだ。この情報は、何かひとつ、自分との接点を指し示している。

川尻乃武夫の調査依頼。自分の復讐《ふくしゅう》の失敗。川尻乃武夫が当然示すべき反応。自分への逆恨み。殺される前に殺そうという判断。自分の居場所。身元を隠して出向いたあの探偵事務所。

「どうしました」と、横で宮永祐子が言った。「いまのニュース?」

「ええ」真鍋は宮永祐子を見つめた。

その瞬間に、すべてがつながった。

川尻乃武夫が、あの興信所を探し当てたのだ。それに興信所というのは、ふつう依頼主についての情報のほうを金の成る木だと見る傾向にあるとか。隠したつもりだったが、自分の身元、居所は、あの探偵事務所にも把握されていたのではないか。報告書を受け取ったとき、誰かに尾行させればすんだ話なのだ。

川尻乃武夫も、その事務所まで行けば真鍋の居所がわかると、函館から出てきたのだろう。真鍋の居所を教えろ、できないという押し問答となり、ついに川尻乃武夫はあの浅野の殺害に及んだ。

この時期、このタイミングでの浅野の殺害事件は、偶然ではない。すべてつながっていることだ。いま自分の推測したことが、たぶん事実をかなり言い当てている。

自分について言えば、あの夜、川尻乃武夫にトカレフを向けた瞬間に、殺意も報復の意思も消えていた。自分はあの事件を乗り越えたのだ。しかし川尻乃武夫にしてみれば、そこから始まったのだ。川尻乃武夫を殺そうとした真鍋に対して、逆に殺意が生まれたのだ。あの一件のあと、川尻乃武夫もまた自分に逆襲するだろうとは、予測しなかった。函館から消えるだろうとは思ったが、自分を追ってくるとは想像力が及ばなかった。

「どうしました？」と、また宮永祐子が心配そうに訊《き》いた。「お知り合い？」

真鍋は宮永祐子に視線を向けたが、まだ意識は、この殺人事件から離れていない。

自分の居所が知られた？　となると、ここに川尻乃武夫がやってくる。彼はすでにひとり殺した。真鍋の居場所を知るためだけに、ひとをひとり殺しているのだ。やつの殺意は本物だ。

どうする。警察に通報するか。あの殺人事件の犯人には心当たりがあると。自分がトカレフを向けたので、逆ギレした男がいる。そいつがこの事件の犯人にちがいないと。しかし、犯人を特定してやったところで、警察はすぐには彼を逮捕できない。自分のまわりに、SPの輪を作ってくれることはない。

テレビ画面が再びアナウンサーの正面の画像となった。彼は画面の横から出てきた原稿用紙を受け取ると、カメラに視線を向け直して言った。

「いま入ったニュースです。きょう、札幌市中央区で、もうひとつ殺人事件が発生しました。きょう、十時過ぎ、中央区円山《まるやま》にある福祉関係の施設の事務所で、施設ボランティアの大橋信子さんが、何者かによって殺害されているのを、施設の関係者が発見しました。発見の直前、大橋さんを訪ねてきた男性がいるということですが、警察はこの男性がなんらかの事情を知っていると見て、行方を追っています」

宮永祐子が、テレビ画面を見つめたまま、凍りついている。目が驚愕《きょうがく》で大きく見開かれていた。

門脇は、交差点の地名表示を確かめてから、国道五号線を右折した。

札幌市の西、手稲山の山麓《さんろく》にあたる地区である。祐子は、このあたりに事務所と宿舎のある工務店で、住み込みの賄い婦として働いているようなのだ。

よりによって、と門脇は舌打ちした。警察官の妻が、工務店のむさ苦しい男たちを相手に、飯を作っているのか。公務員と結婚して家庭を作っていた女だというのに、亭主のもとを逃げて飛び込んだ先が、建設業者の寮か。祐子はそこで、自分の亭主が北海道警察本部の警察官だ、とは告白してはいないだろうか。うちの亭主ったら、警官よ、警官。それを聞いて、日頃警官にはいい感情を持っていない連中がどっと笑うのだ。警官が、女房に逃げられたのかい。

頭の中で、自分の想像が妙に現実的に増幅した。一瞬、門脇にはその場面の映像さえ見えた。哄笑《こうしょう》が聞こえた。

畜生。

門脇は自分の想像にいっそう怒りをかきたてられた。

通りの左手から、自転車に乗った中年女が出てきた。左右も確かめずに、いきなり道に飛び出そうとする。門脇は、激しくクラクションを鳴らした。自転車の女性は、その場に自転車を停め、棒立ちになった。

「ばか野郎！」と、運転席で悪態をついてから、門脇はダッシュボードの上に置いた紙に手を伸ばした。あの女性保護施設から持ち出してきたファイルの一ページだ。

それは保護した女性についての個人情報だった。名前、年齢、家族構成、それに相談内容がこまかに記されている。

読んだだけでも腹立たしい相談内容だったが、備考欄にはこう書かれていた。

「七月××日、住み込みの勤め先確保。

波多野工務店。札幌市手稲区稲穂……。

二週間ごとに電話。状況確認のこと。必要とあればカウンセリング、行政サポートの情報提供。自立までしばらく支援必要」

その波多野工務店は、もうここから数ブロック程度のところにあるはずだった。


「宮永さん」と真鍋は呼びかけた。「宮永さん」

テレビの画面は、洗濯洗剤のCMに変わっている。

河野が、真鍋たちをふしぎそうに見ながら、リモコン・スイッチでチャンネルを切り替えた。もうほかの局では、ローカル・ニュースはやっていない。

真鍋はもう一度訊いた。

「宮永さん、どうしました？」

宮永祐子は、瞬きしてから、真鍋を見つめてきた。顔から血の気が引いている。

「くる」と宮永祐子は言った。「あのひとがくる」

「いまの事件、関係がある？」

「ええ」

真鍋は、宮永祐子の腕に手を添えて、食堂の外に出た。広畑たちには聞かれたくない話題になりそうだった。

寮の表に出たところで、真鍋は訊いた。

「ご主人が」そう言ってから、言い直した。「門脇さんがくるってことですか」

「ええ」宮永祐子は、不安そうに周囲に目をやってから答えた。「いまのニュース、殺されたひと、わたしが少しお世話になったところのひと。あそこ、家庭内暴力から女性を守るための施設なんです。追いかけてくる男から女性を守るために、場所は絶対にわからないってことだったわ。あの大橋さんは、ボランティアの相談員だった」

「そのひとが殺されたってことは」

「門脇が、あそこまで行ったのじゃないかと思う。ふつうのひととちがって、警察だから、あそこまでたどりつく手はあったんでしょう」

「彼は、あなたを探すために、殺人までするだろうか」

「あのひとは」宮永祐子は、自分の経験を反芻《はんすう》するような表情となって言った。「切れたときは、しかねないです。そのことが、ずっと怖かった」

「居所はたぶん知られましたね。ここにやってくる」

「逃げなければ」宮永祐子は、ふとわれに返ったような顔となった。「真鍋さんも、さっきのニュース、どうかしました？」

「ぼくも、逃げなければならない」

事態は切迫している。この工務店の寮から離れなければならない。川尻乃武夫は、いまにもここにやってくる。姿を見せる。自分が殺されかけたことを根に持って、すでにひとり殺した勢いで。

たぶん警察も、数日のうちに犯人は川尻乃武夫だと特定できるはずだ。できないようであれば、そのときは自分から、川尻乃武夫が犯人だと警察に伝えてやろう。ことは自分の生命に関わってくる。殺人未遂も、銃刀法違反も、そのときは些末《さまつ》な問題でしかなくなる。しかしそれでも、数日間は身を隠さねばならなかった。

「ぼくは」と、真鍋はもう一度言った。「逃げなければならない。宮永さんも、逃げたほうがいい。一緒に逃げましょう」

「警察に。札幌の警察に通報するのは？」

「後回しです。すぐにも、ここを離れましょう。二、三日身を隠せば、とりあえずやり過ごせる。犯人たちも捕まるはずだ。晴也ちゃんを連れてきて」

宮永祐子は、状況をすぐに理解したようだ。

「ええ。すぐに連れてきます」

「ぼくの車に乗って」

「はい」

宮永祐子が、遊んでいる晴也のほうに歩いていった。

真鍋は、もう一度食堂に入った。

広畑と河野がふしぎそうな顔を真鍋に向けてきた。なにごとが起こったのだ、と訊いている顔だ。

真鍋は、慰労会のビラが貼られている壁に向かって歩きながら、広畑に言った。

「緊急事態が起きました。ちょっと消えます。社長には、ぼくから電話します」

広畑が言った。

「あんた、そういう事態が多いな」

「そうなんです」

真鍋は壁から慰労会の案内のビラを一枚剝《は》がした。

「どうするんだい？」と広畑。

「ちょっと、この山小屋を使わせてもらう」

「鍵《かぎ》は、事務所のキーボックスだよ」

食堂のドアを抜けるとき、宮永祐子が駆け込んできた。エプロンをはずしながらだ。

宮永祐子は言った。

「すいません、乗っててください。上着だけ、持ってゆきます」

宮永祐子は調理場の奥へと駆けていった。広畑と河野が、いよいよふしぎそうな顔で真鍋を見つめてくる。

真鍋は、それ以上説明したりせずに、寮を出た。駐車場の端に停めた自分の車の中で、晴也が手を振っている。宮永祐子は晴也に、どこか遊園地にでも行くと伝えたのかもしれない。

いったん事務所に入って、キーボックスを探した。「ニセコ、山小屋」と書かれた小さなプレートのついた鍵があった。ごくふつうの、シリンダー錠のキーだった。これをはずして、ジャケットのポケットに入れた。

事務所を出て自分の車の運転席に乗り込み、エンジンを始動させた。

サイドミラーをのぞくと、宮永祐子が髪にまいたスカーフを取り、ジャケットに腕を通しながら走ってくる。

あのニュースから、もう三分はたったろうか。自分たちは間に合うか。もうすぐそばにまで、川尻乃武夫が迫っているのではないか。それにもうひとり、門脇という宮永祐子の亭主も。彼もひとをひとり殺して、本気で宮永祐子を追っている。これは一刻を争う事態、という自分の認識に、まちがいはないはずだ。

「すみません」と言いながら、宮永祐子が助手席に身体を入れてきた。

ドアが閉じられたところで、真鍋は車を発進させた。

真鍋は、宮永祐子を安心させるように言った。

「絶対安全な場所に隠れます。数日で、たぶんぼくらを追ってくる連中は捕まります。数日間だけ、身を隠せたらいい」

とにかくいまは、生き延びることだ。

駐車場から公道に出たとき、バックミラーをのぞいた。食堂の入り口のところで、河野が首を傾げてこちらを見つめていた。

門脇は、電柱に貼られた番地表示を確かめながら、またひとつ交差点を通り過ぎた。

目指す場所には、もうほんの一ブロックか二ブロックというところまできているはずだ。

地番の最後の数字が、あといくつか減ったところがそうなのだ。このあたりだ。

かけっぱなしにしていたカーラジオから、ニュースが流れてくる。

「今朝、札幌市中央区の雑居ビルで、殺人事件がありました。殺されたのは、興信所を経営する浅野克己さん六十三歳で、自分の事務所の中に倒れているのを、事務所の関係者が出勤してきて発見しました。浅野さんの後頭部には鈍器で殴られたような痕《あと》があったとのことです。警察では、強盗殺人事件とみて、捜査を進めています」

交差点を渡って通りをまっすぐ進むと、左手の電柱の地番表示の数字が、三つ四つ増えた。

行き過ぎたか。

門脇は車を停め、一瞬考えた。後退させるか。向きを変えるか。それとも、ひとブロックぐるりと回るか。

前方に、空き地がある。そばの倉庫の駐車スペースなのだろうが、車の頭を突っ込むとぐらいはかまわないだろう。あそこで車の向きを変えよう。門脇は、少しだけ加速して急ハンドルで車の頭をその空きスペースに入れた。

カーラジオで、アナウンサーが続けてニュースを報じている。

「もうひとつ、殺人事件のニュースが入ってきました。きょう、札幌市中央区の福祉施設で、職員の大橋信子さんが死んでいるのを、施設の関係者が発見しました。現場には争った跡があり、室内が荒らされているところから、警察は強盗殺人の疑いで捜査を始めています。また、発見の直前、この施設を訪ねてきた男性がいるとのことで、警察はこの男が何らかの関わりがあると見て、行方を追っています。たったいま入ってきたニュースでした」

死んだのか。

門脇は唇を噛《か》んだ。

殺すつもりはなかったけれども、死んだのか。おれは、あの女を殺してしまったのか。

ギアをリバースに入れて、大きく右にステアリングを回しながら、クラッチをつないだ。いつもより、少しだけつなぎかたが荒っぽいものになった。

飛び跳ねるように後退した車が、がくんと大きく揺れた。車体が傾いた。進まない。車は動かなくなった。門脇は、いぶかりつつアクセルペダルを踏み込んだ。ざざざと耳障りな擦過音がする。車輪が、何かに引っかかっている。

側溝に落ちたようだ。

門脇は舌打ちして、車から降りた。助手席の側に回ってみると、思ったとおりだ。車は、脱輪してU字溝にはまり込んでいる。そこだけ側溝のコンクリートの蓋《ふた》がなかったのだ。車は側溝に対して斜めになっており、左前輪が完全に落ちている格好である。ボディの底が、地面についていた。

門脇は、周囲に目をやった。

交通量の少ない場所だった。周辺にあるのは、町工場とか倉庫ばかり。真っ昼間のこの時刻、道路にほとんどひとの姿は見えない。しかしそのトラックも見当たらないのだ。トラックがあれば、引っ張ってもらえるのだが。

それとも。近所の事業所に飛び込んで、助けを求めるか。

門脇は迷った。

祐子を見つけてまず身柄を確保するか。

しかし見つけたとして、祐子と晴也を連れ出すための車がすぐに必要になる。祐子に手錠をかけておいて、車を引っ張り上げるというわけにはゆかないのだ。見つけたら、すぐに祐子と晴也を車に乗せなければならない。

やはり、車を引き上げるのが先か。

門脇は、その通りの脇に建つ倉庫の壁面に沿って歩き、右手に折れた。トラックを見つけたら、車を引っ張り上げてもらえないか、頼むつもりだった。

折れた通りの右手に、白い車が路上駐車していた。

ちょうど何かの事業所の門の前で、運転席にいる男が、門の中をのぞいている。その運転手と視線が合った。若い男だ。男は妙に驚いた表情を見せた。目の前に、誰かが歩いてくることなど、まったく想像していなかったようだ。その男は、あわてた様子で下を向いた。かぶっているキャップのつばが、男の顔を隠した。

おかしい、と門脇の職業的な勘が働いた。この男のこの様子には、パトロール警官なら職務質問したくなる雰囲気がある。

しかし、自分はパトロール警官ではないし、すでに警察官であることさえ辞めてしまった。放っておけばよい。

白い車の前を迂回《うかい》しようとしてから、そばの電柱に目をやった。地番表示を見ると、そこがずばり目的地の所番地だった。

ここか。

広い駐車スペースを囲むように、事務所やら宿舎らしき建物、倉庫などが建つ事業所だった。全体は、金網の塀で囲まれている。

門の脇には、看板が掲げられていた。

㈲波多野設備工務店、とある。

もう着いていたというわけだ。

となると、もうなすべきことの順番を考えていることはできなくなった。ここですぐにでも、祐子の身柄確保だ。晴也の奪還だ。

門脇は、上着の上から内ポケットのトカレフの感触を確かめると、その事業所の門を入った。

門を入って左手に、事務所らしき平屋建ての建物がある。奥がプレハブの宿舎と見える二階家で、その右手が資材置き場となっていた。資材置き場の脇に、倉庫がある。駐車場には、いま四台の乗用車があるほか、宿舎の前にワゴン車が一台停まっていた。

祐子がここにいるなら、どこかの窓からすでにこの自分を発見したかもしれない。しかし、この事業所全体は塀で囲まれているのだ。簡単に逃げることはできない。自分はこの門を塞《ふさ》ぐかたちで、行動すればよい。

祐子は賄い婦として働いていると、あの記録にあった。ということは、居場所は正面の宿舎だろう。祐子は、働いているだけじゃなく、もしかするとこの建物の中に住まいもあてがわれているかもしれない。工務店のむくつけき労働者たちと一緒くたにされてだ。門脇は自分の想像に顔をしかめた。

宿舎のほうへと歩きながら、事務所のほうに目をやった。窓から、中にひとり、男がいるのが見えた。デスクで電話をかけている。門脇に気がついたように見えた。かまわずに門脇は、宿舎へと向かった。

祐子がここで働いているとして、晴也はどこだろう。同じようにここにいるのか。この殺風景な工務店の敷地を遊び場に、ひとりで育っているのか。それとも、保育園かどこかに預けられているのだろうか。

門脇は宿舎一階のドアを開けた。

中は食堂だった。安物のテーブルが三つ四つ並んでいる。奥が調理場か。サービスカウンターの隙間から見る限り、調理場には誰もいないようだ。

手前の食堂に、グレーの作業服を着た若い男がいた。テーブルについて、漫画週刊誌を手にしている。彼は顔を上げ、門脇を見つめてきた。

門脇は、若い男に小さく会釈してから、言った。

「門脇祐子って女性が働いていると思うんだけど、ここにいるかな」

作業服の男が首を傾げた。

「門脇？」

「そう。ここにいると聞いてきたんだけど」

「宮永さんのことかな」

宮永というのは、祐子の旧姓だ。彼女は旧姓を使っていたのか。離婚した気にでもなっているのか。

門脇は、噴き上がろうとする怒りをかろうじて抑え込んで、男に言った。

「そうだ。宮永祐子とも名乗ってる。いま、どこにいる？」

「あんたは？」

「刑事だ。旭川中央署。ある事件の目撃者なんで、宮永祐子を探しているんだけどもね」

若い作業員は、不安げな顔になった。

「宮永さんが、何かしたのかい？」

「ちがうって。目撃者ってだけだ。至急会って確かめなきゃあならないんだ。いまどこだい？　ここで働いているんだろう？」

「宮永さんは、ここにはいないよ」

「働いていない？」

「いや。出ていった」

「どこに？」

「ほんとに刑事さんかい？」

門脇は、その作業員に近づいて警察手帳を見せてから、先ほどあの福祉施設の女にも見せたように、旭川中央署の他人の名刺を見せた。

作業員は、名刺を受け取って一瞥《いちべつ》してから返してきた。納得したようだ。

門脇は言った。

「一刻を争うことなんだ。宮永さんを証人として保護しなけりゃならない。でないと、ヤクザに口封じされてしまう。ぐずぐず言ってないで、教えてくれないか」

「どこに行ったのか、よく知らないよ」

「ここにはいたんだな」

「さっき、ちょっと前まで」

「ここで働いていたんだろう？」

「ああ。賄いさんだよ」

「なのに、出ていったのか？」

「そう。テレビのニュースのあと、真鍋さんが連れて行った」

「真鍋？　それは誰だ？」

「ここで働いてるひとだよ。何か、緊急事態が起きたって、あわてて宮永さんを連れて行った」

「テレビのニュースを見て?」

「ちょっと前の」

門脇は腕時計を見た。一時八分だ。一時直前のローカル・ニュースを見たということだろう。ラジオでも報じていたのだから、テレビでもあの救援ハウスの件がニュースとして流れたのだ。

いや、と門脇は思い直した。だとしても、その真鍋という男が緊急事態と言ったというのは、どういうことだ? そいつが何もかも知っていたのか? あの女が殺されたと知ったなら、なにより祐子が驚き、ここから逃げようと言い出すのが本当だと思うが。

それとも真鍋という男も、何かニュースを見て逃げ出す気になった。そういうことか。でもどんなニュースだ? ラジオでは、札幌ではもうひとつ殺人事件があったと言っていたようだったが。真鍋という男は、その事件に何か関係しているのか。

門脇は、作業員相手に辛抱強く確認した。

「出ると言い出したのは、その真鍋という男なんだな? そいつが宮永祐子を連れて出たんだな?」

「そう。晴也ちゃんも連れていった」

「子供もか」

「ああ。なんとなく、しばらく帰ってこないような雰囲気だった。きっと、きょうは戻ってこないよ」

「その真鍋っていうのは、どんな男だ。宮永祐子とは親しいのか」

「なんか、仲はいいみたいだよ」

「できてるってことか」

「それはわからないけど」

「いいか。宮永祐子をすぐに保護しなきゃならないんだ。どこに行ったか、わからないか」

作業員の視線がすっと壁のテレビのほうに向いた。

門脇も、その視線の先を追った。

板壁に、チラシのようなものが貼ってある。門脇は、壁に歩いて、そのチラシを読んだ。

「社員慰労会
例年どおり『保養所』で。

出発、午後一時」

その下に、地図のようなものが書かれていた。地図の上の三角のマークの横に、保養所
と記されている。

作業員が言った。

「そうだ、真鍋さんは、そのプリントを持っていった。宮永さんや晴也ちゃんも、そこに
連れて行ったんだと思う」

「ここは、何だ？」と門脇は訊《き》いた。「温泉か？」

「会社が持ってる山小屋だよ。ニセコの山の中にある」

ニセコの山の中。山小屋。そこに身を隠すことにしたということだろう。チラシは数枚重ねて貼ってあった。門脇は、その一枚をむしり取ると、たたんで上着のポケットに収めた。

門脇は、作業員に訊いた。

「その真鍋って男の車は何だ？　車なんだろう？」

作業員は答えた。

「マツダのデミオです。白いデミオ」

たしかハッチバック・スタイルの車だったろう。

「番号は？」

「さあ。覚えてないな」

「真鍋って男の下の名前は？」

「真鍋さん、何かしたんですか？」

「宮永さんと一緒に、保護しなきゃならないからだよ」

「真鍋篤、だと思いました」

門脇は、その名を頭の中で二度繰り返してから、作業員に小さくうなずいて、食堂を出た。

祐子は、ほんの七、八分前に、この職場から逃げ出した。男が一緒だ。祐子の事情をよく知っているのだろう。行く先は、ニセコだという。札幌から三時間ほどの距離のリゾート地だ。別荘も多い場所だと聞いている。祐子たちはそこの山小屋に身を潜めて、このおれの追跡をやり過ごすつもりでいる。だが地図も手にした。追い詰めるのは容易だ。直ちに血相変えて車を追わなくてもよい。

そこで思い出した。

車が脱輪していた。追跡にかかるには、まずあれを引っ張り上げねばならないのだ。

その設備工務店の駐車場を出ようとすると、あの白い車がまだ門の外に停まっている。白いライトバンだ。運転席には、あの若い男。先ほど来ずっと、門の中をうかがっている。けっして製品の納入業者などではない。空き巣の下見とか、ひとを待ち伏せしているように見えるのだ。

門脇は門を出てその車の運転席側に回ると、窓ガラスをノックした。

若い男は、不審気な表情でウィンドウを降ろした。ふてくされたような、人生には不満だらけといった様子の顔。

門脇は警察手帳を見せて、若い男に訊いた。

「ここで何をやってる？」

「いや。何も」

相手の顔から一瞬、血の気が引いた。

「答えろ。誰を探してる？　何を待ってる？」

ったた。


「何もですよ、刑事さん」

門脇は、ふいにひらめいて言った。

「真鍋篤って男か？」

若い男は、はっきりと狼狽《ろうばい》を見せた。鼻にいきなり拳骨《げんこつ》を叩《たた》き込まれたような表情となった。

図星だった。しかし、真鍋篤って、いったい何者だ？

「そうなんだな？」と門脇は訊いた。

若い男は返事をしない。視線をそらして、それ以上の詰問から逃れようとする。

門脇はウィンドウから手を伸ばして、手早くエンジンのキーを抜いた。

「何するんです？」と若い男。

門脇は、背広の内ポケットから手錠を取り出すと、男の右手の手首に叩きつけた。鉤《かぎ》がくるりと半回転して、手首に巻きついた。若い男は、あっと声を出して、腕を引いた。

それよりも一瞬早く、門脇は、手錠の片方をステアリングに引っかけた。男の右腕は、自由にならなくなった。

「なんだよ」と、若い男が怒鳴った。

かまわずに門脇は反対側に回り、助手席側のドアを開けた。シートの上に、ショルダーバッグが置かれている。そのバッグを払い落とすと、門脇は身体をシートに滑り込ませた。

若い男は、瞬きしている。視線が、すっと門脇の足元のショルダーバッグに走った。

「おとなしくしてろ、若いの」そう言いながら、門脇はショルダーバッグを拾い上げ、中身を確かめた。

中には、革の鞘《さや》に収まった大振りのナイフと、手斧《ておの》が入っていた。この二種類の凶器を同時に持っているというだけで、こいつは猛烈に怪しい。任意で交番に引っ張り込めるだけの材料だ。

さらに探ると、下のほうからレンチが出てきた。柄の部分に、Tシャツでも裂いたような布が巻かれている。レンチを取り出してみると、先の部分に血がついていた。まだそんなに古くなってはいない。明らかに凶器として使われたものだ。

いましがた聞いたニュースを思い出した。興信所の殺人事件。被害者の後頭部が鈍器で殴られていたとか。

こいつが、興信所で殺人を？　だとしたら、警察官がその職業人生のうちで一度あるかないかの僥倖《ぎょうこう》が、ここにあったということになるが。

門脇は、レンチを顔の前で振ってから、若い男に訊いた。

「名前は？」

若い男は無言だ。

「いいだろう。すぐ素直になるさ」

言い終わらぬうちに、そのレンチを若い男の腹に叩き込んだ。若い男はうっとうめいて、ステアリングに倒れかかった。

門脇はレンチを引っ込めると、胸ポケットからトカレフを取り出して、もう一度若い男に訊いた。

「名前は？」

若い男は、身体を少し起こして、門脇を見つめてきた。トカレフに気づくと、上体は反射的にぴくりと引いた。

「名前は」と、もう一度訊いた。

若い男は、脅えきった声で言った。

「知ってるんじゃないんですか」

「知ってるのは、貴様が殺人犯だってことだ。名前は？」

「川尻」

飛び上がりたくなる思いだった。こいつ、殺人犯であることを、否定しなかった。認めたんだぞ。くそっ。これがせめてひと月前のことなら。おれはまた、本部長表彰ものだったのに。警察官として派手なスポットライトを浴びるところだったのに。

興奮を抑えて門脇は訊いた。

「川尻、なんだ？」

「川尻乃武夫」

「貴様がやったんだな？」

また無言だ。しかし、雄弁な無言だった。それ以上確かめるまでもなかった。

門脇は車のキーを川尻と名乗った男に渡した。

「出せ。言う通りに運転しろ」

川尻乃武夫が首を傾げてくる。

「おれが運転するのかい？」

「そうだ」

「手錠をしたままで？」

「左手が使えたら十分だろう」トカレフをもう一度川尻乃武夫の脇腹に突きつけた。「妙なことは考えるな」

「ほんとに刑事なのか？」

「刑事以上のものだよ」

「何が以上だって？」

「恐ろしさだ。おれには、法律は関係ない」

「おれはぱくられたんじゃないんだな？」

「そのほうがいいなら、警察署に置いていってやる」

川尻乃武夫は、必死で何か考えている顔だ。状況が把握できていないのだ。何をするのが自分に得なのか、それを探ろうとしている。

門脇は、諭すような口調で言った。

「おれの言うとおりにしろ。少し用事があるんだ。貴様に手伝わせてやる」

「何を？」

「余計なことを訊《き》くな。真鍋篤を探してるんだろう？　おれは居場所を知ってる」

「ほんとに？」

「ああ。ここで待っていたって、やつは戻ってこない。お前はいつからここにいた？」

「少し前。ちょうど一時くらいから」

「じゃあ、真鍋はすれちがいで逃げたんだ。車を出せ」

川尻乃武夫は、まだ事情が呑《の》み込めていないという顔でキーを受け取り、エンジンを始動させた。

門脇は言った。

「五号線に入れ。小樽方面だ」

車を発進させてから、川尻乃武夫が訊いた。

「何がどうなってるんだ。教えてくれてもいいだろう？」

「お前の用件を手伝ってやる。だから、おれのを手伝えってことだ」

「おれは、ぱくられたわけじゃないんだな」

「言うことを聞かなければ、もっとひどいことになる」

川尻乃武夫は、横目で門脇を見てきた。どのくらい本気で語られた言葉か、それを確かめようとしたようだ。

門脇は、川尻乃武夫を冷やかに見つめ返してうなずいた。

真鍋は、波多野工務店を出た後、五号線を東に走った。ニセコの別荘地を目指すなら、札幌の手稲区からであれば、五号線を西に向かい、小樽、余市《よいち》を抜けて行くのが、たぶんふつうの道の取りかただったろう。しかし、小樽の市街地はいつも渋滞しており、いくらか遠回りになる。それよりは、札幌の市街地の西端を南下して、中山峠を通ったほうが、たぶんいくらか時間は短縮できる。真鍋はそう判断したのだった。

札幌市街地もはずれにかかり、国道二三〇号線に入ったときだ。晴也が後部席から訊いてきた。

「また、プールに行くの？」

宮永祐子が答えた。

「ううん。こんどは、お山に行くのよ。もっと遠く」

「ずっと？」

宮永祐子は答に詰まっている。

真鍋は言った。

「ううん。何日かだけ。山小屋で、いろいろ楽しいことをして遊ぼう」

「楽しいことって？」

「木登り。クワガタ探し。隠れ家作り。ほかにもいろいろ冒険ごっこできるぞ」

「怖くなんかないさ。おじさんが一緒だ」

「どうして逃げるの？」

「逃げる？」

「逃げるんじゃないの？」

宮永祐子があわてて言った。

「ちがう。逃げるんじゃない。少しのあいだ山小屋で過ごすだけ」

「お父さん、きたの？」

横を見ると、宮永祐子が絶句していた。

真鍋は言った。

「晴也くんは、何も心配しなくていいんだ。お母さんがそばにいる。おじさんもいる。安心していなさい。何も怖いことなんかない」

少しの沈黙のあと、宮永祐子が言った。

「何か、飲み物を買わなければ。どこか、コンビニみたいなところで停めてもらえますか」

「かまいませんよ」

「それと、わたし、事情がまだよくわからない。真鍋さんのことです。詳しく話してもらえません？」

とはいえ、運転しながら、この車の中では無理だ。晴也に聞かせてよい話ではない。いったん宮永祐子と車の外に出なければならない。

ちょうど前方に、広い駐車場のあるホームセンターが見えてきた。北海道ならほうぼうに支店のある店だ。たぶんあの店にならら、飲み物の自動販売機があったろう。宮永祐子と話もできる。真鍋は、そのホームセンターの駐車場に車を入れて停めた。

真鍋は宮永祐子と一緒に車を降りた。晴也は、後部席に残したままだ。ソフトドリンクを買って晴也に渡してから、真鍋は店の前のベンチに腰をおろした。晴也からもよく見える位置で、そこにいるかぎり晴也も不安を感じることはない。宮永祐子も、真鍋の左隣りに腰をおろした。

真鍋は、宮永祐子に顔を向けて言った。

「ぼくは、ひとを殺そうとした。先日、函館まで行って、あやうく殺すところだった」

宮永祐子は一瞬驚きを見せた。しかし、嫌悪の表情はなかった。顔をしかめたりはしなかった。

祐子が言った。

「もしかして、相手は奥さんと赤ちゃんを殺したひと？」

「そう」

「刑務所に入っているんではないの？」

「無期懲役の判決だった。でも、少年だということで、七年で出獄してきたんだ。先日から、函館に戻っていた」

「たった七年なんて。被害者のあなたが、まだそんなに苦しんでいるのに」

「それでも、十七歳の少年に無期懲役というのは、重い判決だった。成人なら死刑に匹敵するくらいの」

「でも、七年で出てきたんでしょう？　どうしてなの」

「改悛《かいしゅん》の情が認められるということなんでしょう。再犯の恐れもないと。司法の側には、重すぎる量刑だという反省もあったらしい。だから、更生の道を与えてやれということなんだと思う」

「あなたはそれを、認められる？」そう言ってから、祐子は首を振った。「真鍋さんはこのあいだ、犯人への憎しみはなくなったと言っていたわ」

「なくなりましたよ。復讐《ふくしゅう》しようとあの男、川尻乃武夫って男ですが、やつに拳銃《けんじゅう》を向けた瞬間に、憎しみは消えていた。殺してやろうという気持ちは失《う》せた。いや、殺しても虚《むな》しいという想いで、自分のやってきたことがばかばかしくなった」

いったん言葉を切った。宮永祐子は、続けてというように真鍋を見つめてくる。

真鍋は言った。

「ぼくは、やつに拳銃を向けたけれども、引き金は引かずに逃げてきた。気づかれてやつと目が合った瞬間に、復讐しようという気が消えていたんです。ぼくはたぶん、あの事件から立ち直った。悲しみを乗り越えた。もうあいつに復讐するという気持ちはなくなってる」

「でも」宮永祐子は不安そうに左右に目をやった。「その川尻って男の子は、逆ギレしたってことかしら。あなたまで殺そうと狙っているの？　テレビのニュース、あの殺人事件は何か関係がある？」

「ええ。殺された興信所の男は、ぼくが川尻の居所を突きとめてくれと依頼した相手です。その男が殺された。たぶん、川尻はぼくの居場所を知ろうと、あの興信所を訪ねたんだ」

「川尻って子は、どうして興信所のことがわかったのかしら」

「興信所の男が、函館で、やつの周囲の誰かに名刺でも渡してきたんでしょう」

「興信所には、あなたの住所が知られているの？」

「隠したつもりでした。本名も名乗らなかった。でも、知られていたと考えたほうがいいでしょうね。興信所ってところは、依頼人の身元調査を熱心にするそうだから」

「興信所では、あなたと川尻って子との関係も、当然わかったでしょうね」

「函館で調べていたときに、気づいたでしょう」

「あなたが誰かも」

「そう」

祐子は、自分の身体を抱くように腕を縮めてから、ぶるりと身体を震わせた。

「その子は、ひとをひとり殺して、あなたを追ってるのね。あなたに狙われたから」

「拳銃で撃たれるところだったから」

「逆恨みって、こういうときに使える言葉でしたっけ？」

「いいんじゃないかな」

「仮出獄で出たのなら、つぎに刑法犯となれば、即再収監だわ。少なくとも成人なら」

「詳しいんですね」

祐子は、苦笑して言った。

「警察官の妻だったから。それにしても、ひとをひとり殺してあなたを追うなんて、後戻りできないことをしてることになる」

「冷静な判断力を失ってるな」

「怖いわ」

「警察は、たぶんすぐに川尻があの事件の犯人だと割り出すでしょう。指名手配になる。二、三日のうちに捕まりますよ」

祐子がまた真鍋をまっすぐに見つめて言った。

「もう少しだけ教えてください」

「なんです？」

「真鍋さんの悲しみはわかりますが、ご自分がひとを殺すことは、正しいことだと思います？」

「そのことは長いこと考えました」

「どう結論が出たんですか？」

「正しくはない。許されることでもないでしょう。ただ、身内を殺された者が、殺した者に報復することを、社会は止めることもできない。あの衝動の前には、法律も道徳も力を持ちません」

「七年間、ずっと復讐を考えていたの？」

「いえ。つい最近まで、復讐なんて考えていなかった」

「いつ考えるようになったんですか」

「あいつが出獄してきたと聞いた日。祐子さんと知り合ったあとです」

「復讐しても、ご家族は生き返らない。何の得にもならないとは考えなかった？　いえ」

祐子はあわてた様子でつけ加えた。「真鍋さんを非難してるつもりじゃないんですけど」

「女房も子供も生き返らない。でも、ぼく自身は生きる意味を見つけましたよ。復讐するために、頑張って生きてみようという気になった。それで、波多野工務店でもまじめに働くようになった」

「ああ」祐子は納得したようにうなずいた。「第一印象からずいぶん変わってきたようには思ってました」

「復讐って思いつきが、ぼくを生き返らせてくれた。そしてじっさいにあいつと向かい合った瞬間に、ぼくは復讐なんて目標なしでも生きてゆけると気づいた。いまのぼくがそうです」

祐子は真鍋の左手にそっと手を置いてから言った。

「もう二度と、復讐なんて考えないで」

「そのつもりですよ。出発しましょう」

「もうひとつだけ。真鍋さんは、その犯人を殺した後は、どうするつもりでした？　自分には無関係のふりをして、その先生きてゆくつもりでした？」

「復讐した後は自首して出るつもりでした。ぼくがやることは、個人の責任で法律の不備を補うことです。法律を超越することじゃない。ぼくは、きちんと裁きを受けるつもりでしたよ。その結果がどんな判決になっても、ぼくは控訴せずに受け入れたでしょう。だから、あの置き手紙をして、宿舎を出たんです」

祐子は少しのあいだ真鍋を見つめたままでいたが、やがて柔和な微笑を見せて言った。

「行きましょう」

「ぼくにも、聞かせてください」

「なあに？」

「どうして、門脇という男と結婚したんです？　どんな理由だったんです？」

祐子はいったん視線を地面に落としてから顔を上げ、哀しげに言った。

「合コンがあったの。短大時代の友だちが、警察の男性たちとの合コンの話をまとめた。わたしはその合コンで、あのひとと知り合った」

「魅力的だった？」

「ええ」と祐子は素直に認めた。「さっぱりしていて、清潔そうだった。ちょっと不器用だったけど、格闘技をやってる男のひとにはありがちでしょう？　だからつきあうようになった」

「結婚まで、暴力はなかった？」

「全然。あのひとの性格の、半面だけが見えた。決断力があるところ、自信、なんでもまかせておけと言う包容力、素敵に見えたわ。うちでは、父が正反対の性格だったから、余計に」

「同じことの半面は？」

「自己中心的ということだった。なんでも自分で決める。他人の話は聞かない。妻は自分の持ち物。パートナーではなくてね。素敵に見えていたものは、オセロの石が引っくり返るみたいに、ちがう色になった」

「それでも、暴力まで振るうようになったのはどうしてなんだろう？」

「たぶん」祐子は言葉を選ぶような表情となって言った。「わたしが、思っていたほど従順でも素直でもなかったからでしょう」

「そうなの？」

祐子は真鍋に微笑を見せた。

「こう見えても、わたしは結構強情で、意外に自分ができているひとだったの。あのひとは、完全に目算がはずれたんだと思う」

その理解が正しいかどうかは、真鍋にはわからなかった。ことは、たぶんもっと複雑で、さまざまな要素がからみあっていることだろう。門脇という男の生い立ちにまで遡《さかのぼ》って考えるべき、何か重大な要素があるのかもしれない。

どうであれ、門脇は、祐子との結婚のころから、少しずつずれ始めた。社会人としての健全さを失っていった。その結果がこうだ。ひとをひとり殺してでも、逃げた女房を追いかけるまでに。

真鍋は言った。

「さ、出発しましょう」

「ええ」

ベンチから立ち上がって車のほうを見ると、後部席で晴也がこちらを注視していた。ソフトドリンクのペットボトルを手にしたまま、真鍋たちが話をしているあいだずっと見つめていたらしい。

祐子が晴也に手を振って、大股《おおまた》に車へと向かっていった。真鍋は、そのあとから歩いて、車の運転席の側に回った。ドアを開ける際に腕時計を見ると、午後一時三十分だった。

波多野工務店のその山小屋までは、たぶんあと二時間程度だろう。

運転席に乗り込むと、祐子がうしろから言った。

「その山小屋、たぶん食べ物は何もないのじゃないかしら。数日分の食料、買っていったほうがよくはない？」

真鍋は同意して言った。

「途中でスーパーに寄りますよ。山小屋には冷蔵庫があるといいけど」

「たぶんあるでしょう。真鍋さんは、きょうは何が食べたい？」

「まるでピクニックという雰囲気ですね」

「かまわないでしょう。そのように振る舞ってくれませんか」

晴也のことを心配しているのだろう。必要以上に脅えさせたくないと。

真鍋は言った。

「カレーライス。晴也くんは？」

晴也は言った。

「やきそば」

祐子が言った。

「食生活の貧しさがばれてしまうわ」

「まかせますよ。とにかくひとまず、中山峠を抜けてしまいます」

真鍋は、自分の乗用車を発進させた。


ライトバンは、右手に石狩湾を見ながら、国道五号線を西に走り続けている。

ふつうならば、札幌の西からニセコ方面に向かう車は、銭函《ぜにばこ》インターチェンジあたりで自動車専用道の札樽《さっそん》自動車道に乗る。しかし、運転をしているのは、手錠をかけられた川尻乃武夫だ。チケットを受け取るときや料金を支払うとき、係員に手錠を目撃される。しかも手錠はステアリングにつながっているのだ。奇妙すぎる。すぐに警察に通報がゆくことになるだろう。だから自動車道を通るわけにはゆかなかった。多少時間はかかるが、国道五号線を走るしかなかったのだ。

川尻乃武夫はずっと無言だ。

最初は顔にありありと緊張が現れていたが、いまはさほどでもない。いまだ事情はよくわかっていないはずだが、門脇の指示に従っておけば、とにかく安全だということは理解したらしい。少なくとも、自分の運転で警察署に連れてゆかれる心配はないのだ。

門脇は、車が走りだしてから、ずっとカーラジオのボタンを押し続けていた。ひんぱんにチャンネルを変えては、ニュースを聞こうとしたのだ。なかなかタイミングが合わなかった。その後、ニュースはどう報じているのか、わからなかった。

またチャンネル・ボタンを押したとき、男性アナウンサーが言った。

「では、ここでまたニュースです」

門脇は、ボリュームを少しだけ上げた。

アナウンサーは言った。

「今朝、札幌市中央区の雑居ビルで、浅野克己さん六十三歳が殺されているのが発見されました。浅野さんはこのビルの中に事務所を持っており、事務所の従業員が出勤してきて、倒れていた浅野さんを発見しました」

門脇は、川尻乃武夫の横顔を見た。川尻が、ちらりと横目で見つめ返してくる。顔がこわばった。頬の筋肉が、一回、大きく隆起した。

ニュースの内容は、さきほど聞いたものとさほど変わりはなかった。あの後、特に目新しい証拠なり証言が出てきたわけではないようだ。つまり札幌中央署は、この川尻乃武夫という男を容疑者として特定できていない。

「もうひとつ、殺人のニュースです」と、アナウンサーが言った。

門脇は、両腕に少し力を入れて、脇を締めた。

「きょう十時過ぎ、札幌市中央区の福祉施設で、施設のボランティアの大橋信子さん四十歳が殺されているのが発見されました。大橋さんは、施設の事務所にひとりでいたところを、何者かに襲われ、殺されたとのことです。今朝、警察官を名乗る男が大橋さんを訪ねてきたという情報があり、警察ではこの男が何らかの関わりがあるとみて行方を追っています」

警察官を名乗る男、とは、女性相談援助センターの吉岡が通報したのだろう。となれば、札幌中央署はほどなく吉岡の証言から旭川中央署に連絡を入れて、田中、という刑事を照会することになる。田中の名刺の線からこの自分が容疑者として浮かび上がるまで、あと一日くらいの時間があるだろうか。それとも、旭川方面本部のきょう非番の警察官がチェックされて、ほどなく門脇が殺人犯として特定されるか。

いずれにせよ、北海道警察本部は面子にかけて自分を追ってくる。それまでには、祐子にきつく仕置きしてやらねばならない。この門脇英雄を侮辱することがどんなに高いものにつくのか、知らしめてやらねばならない。

川尻乃武夫が運転席で言った。

「いまの、あんたがやったことかい。刑事さん」

刑事さん、の部分は、皮肉っぽい調子だった。

門脇は答えた。

「余計なことだ」

「ちがうとは言わないんだね」

「黙秘だ」

「名前くらい教えてくれよ」

「門脇」

「門脇さんか。ほんとに刑事なのか？」

「いまのところは」

「門脇さんと、真鍋と、どういう関係なんだ？」

「前を向いて運転しろ」と門脇は川尻乃武夫に注意してから言った。「お前こそ、どうして真鍋をつけ狙うんだ？」

「何も知らないのか」

「知ってるさ。お前の口から聞きたい」

川尻乃武夫は、喉《のど》を鳴らして笑った。

「はったりだったのか」

「言え」

「じつはね」川尻乃武夫の口調が、いくらか馴《な》れ馴れしいものになった。「おれはあいつのかみさんと餓鬼を殺したんだ。七年前、函館でね。刑務所を出てきたら、こんどは真鍋がおれを殺しにきた。だからおれも、やり返してやるつもりなのさ」

函館。真鍋篤。妻子殺害？

突然思い出した。たしかにもう七、八年前になるか。函館で起きた母子殺害事件。犯人は少年ということで、結構大きな話題となった。また、あの事件はあまりにも重大な犯罪という理由で、犯人の少年は、成人と同じ手続きで公判にかけられたのではなかったか。そのときの被害者の亭主の名が、真鍋篤だった。

門脇は確認した。

「あのときの少年ってのがお前か」

「十七歳だったよ」

「よく出てこれたな。無期懲役じゃなかったか」

「深く反省したから、七年で出てくることになった。そしたら、真鍋がおれを殺しにきたんだ。ピストルを持って」

「ピストルを？　ほんとにか」

「ほんとだ。あやうく逃げたけど、お務め果たしてきたおれが、なんであいつに殺されなければならない？　就職も、片っ端から妨害された。おれは、もう娑婆《しゃば》じゃあ生きてゆけないってことだぜ」

「だから、真鍋を狙っているのか」

「あんた、ほんとに真鍋がどこに行ったのか、知ってるんだろうな」

「知ってる。これから行くところだ」門脇は訊《き》いた。「興信所の男を殺した理由は？」

「おれ、殺したなんて言ってないぜ」

「こっちはお見通しだ。どうしてだ？」

少し口ごもってから、川尻乃武夫は言った。

「あの親爺《おやじ》が、真鍋から頼まれて、函館でおれのことを探った。おれの就職を妨害したのもあいつだ。あいつは、真鍋の居場所を知っていたから、聞きに行っただけだ」

「真鍋をどうするつもりだ？」

「女房子供のところに送ってやるさ」

「真鍋は、どんな男だ？　お前を殺そうとしたんだ。そうとうに崩れてるんだろうが」

「切れてるんだろうよ」

「まだ拳銃《けんじゅう》は持ってるのか？」

「たぶん。手ごわいぜ」川尻乃武夫はふしぎそうな声で訊いた。「あんたと真鍋はどういう関係なんだ？」

門脇は、答に躊躇《ちゅうちょ》した。何と答えるべきか。女房を寝取った男だ。他人の女房をかどわかして家出させた男だ、と答えてよいか。いや、無理だ。そいつはあんまりにも恥ずかしい。

門脇は答えた。

「おれを馬鹿にしてくれた」

「それで、さっきのひと殺しか」

黙ったままでいると、川尻乃武夫は納得したように言った。

「ひとひとり殺したんだ。門脇さんにとっちゃ、そうとうのことなんだろうな」

そのとき、門脇は前方で車が徐行しているのを見た。左車線に車の列ができている。ずっと先では、赤い警告灯が回転していた。小樽の市街地に入る手前だ。前方にトンネルが見える。その入り口のあたりから、車が並んでいた。

検問？　それとも、事故か？

川尻乃武夫が車の速度を落とした。

「警察だよ。何かやってるぜ。どうする？」

「待て」

門脇は、周囲の様子を確かめた。Uターンできるだろうか。反対車線には、車が連なっている。途切れそうもない。強引にUターンしようとしたら、前方の警察車に気づかれる。たちまちサイレンを鳴らして追いかけてくる。

川尻乃武夫が言った。

「交通事故だ。検問じゃない。トラックが横になってる」

事故か。ならば、警察がやっているのは、交通整理だ。車を停めているのではない。

「このまま行け」

「この手錠、なんとかしたほうがいいんじゃないか」

門脇は、手錠のキーを取り出して身体を伸ばし、まずステアリングに巻きついた輪をはずした。ついで川尻乃武夫の右手の輪。

川尻乃武夫は、厭味《いやみ》っぽく右手を振ってから言った。

「おれは免許を持っていないぜ。運転、代わったほうがよくないかな」

「いい。事故なら、早く行けと言われるだけだ」

「おれが、ドアを開けて逃げ出すとは思わないか？」

門脇は、鼻で笑って言った。

「またひとり殺したお前が、いまさら逃げてどうする？　死刑台に飛び込むようなものだ。それが望みなのか？」

「おれが逃げたら、あんたも捕まるじゃないか」

「いいや。捕まらない。おれはここで派手に散ってもいいんだ」門脇は、トカレフを川尻乃武夫の脇腹に押しつけてから言った。「阿呆《あほう》なことをやらずにうまくやれば、ふたりともいい目にあえるんだぞ」

川尻乃武夫は、必死で計算しているような顔となった。どっちが得か、門脇の言葉を信じてよいものかどうか、はかりにかけているようだ。

けっきょく川尻乃武夫は言った。

「もしぱくられそうになったら、警官を撃ってくれよ。おれもピストルが欲しい」

「ピストルをどうするんだ？」

「どうせ先がないなら、バンバン撃ちまくって死にたいものな。うんと格好よくよ」

「撃ってやるよ」

前のセダンが停まったので、門脇たちのライトバンも停止した。ちょうど交差点にさしかかったところだ。

交通警官がひとり、近寄ってくる。

門脇は、トカレフを背中に回した。

警官は、前のセダンの運転席をのぞきこんで何か言っている。セダンは左ウィンカーを出してから、左折していった。

警官は、門脇たちが乗るライトバンに近寄ってきた。

川尻乃武夫がウィンドウを降ろした。

警官は、中をのぞきこんで言った。

「交通事故だ。抜けるんなら、迂回《うかい》して。左に」

川尻乃武夫がうなずいて、アクセルペダルを踏み込んだ。ライトバンは、どんとバネがはずれたように前へ飛び出した。

門脇は思わず舌打ちした。

川尻乃武夫はあわてた様子で、ステアリングを左に切りながら、もう一度加速した。警官が、不愉快そうな顔でライトバンを見つめてくる。ここでもうひとつおれの仕事を増やすな、とでも言っている顔だ。

「慎重に出せ、阿呆」

川尻乃武夫はうなずくこともせずに、その交差点を曲がり切った。

交通事故の現場から坂道を上がった。うしろに警察車がないことを確かめてから、門脇は言った。

「へたくそすぎるぞ」

川尻乃武夫は言った。

「ばかだの阿呆だの、言わないでくれよ。おれたちはもうタッグを組んだんだろう」

「生意気を言うな」

「それともいまは、ユニットって言うのかな」

「こういうのは、一蓮托生《いちれんたくしょう》って言うんだ」

「そう。それさ」

門脇は、腕時計を見た。

午後の二時十分前だった。

車は、坂道の上のロータリーで右折した。前方に小樽市街地が見えてきた。

ニセコ方面に行く前に、この街でひとつ用事がある。先ほど、大橋信子が死んだと聞いて思いついたことだ。ここまできた以上、男としてやるべきことをやった後どう生きるか、それを考えて思いついたこと。

そのための準備を、この小樽の街ですませておかなければならなかった。

波多野は、河野から話を聞いて、思わず怒声を出した。

「また消えた？　こんどは何だって言うんだ？」

河野は、びくりと身を縮めて答えた。

「緊急事態だそうです。宮永さんと、誰かがくるとか、話してましたよ」

午後の三時半すぎ、事務所の宿舎の食堂である。波多野が打ち合わせをすませて帰ってくると、食堂で河野がひとり、スナック菓子を食べているところだった。宮永さんはどうしたと訊《き》くと、昼すぎに急に出ていったという。それも、真鍋が連れてだ。晴也も一緒とのことだった。

波多野は、驚きと怒りがいくらか収まるのを待ってから、若い河野に確かめた。

「真鍋は、誰がくると言ってたって？」

河野は、額に手を当ててぼりぼりとかきながら答えた。

「いや、聞いていません」

「誰がくるから、ここを逃げ出すと言ったんだな？」

「ええと、そんなふうな雰囲気でした」

いったい何が起こったんだ？　あわてて職場を放棄して逃げ出さなければならない相手なんて、いったい誰だろう。闇金融の取り立てだろうか。しかし、闇金の取り立てだったとしても、逃げなくてもいいだろう。いくら相手が闇金だとしても、殺されることはないのだ。いたたまれないというだけだ。

もうひとつ、わからないことがある。真鍋は、どうして宮永祐子と晴也を一緒に連れて逃げ出したのだ？　ふたりに関わることなのか？

波多野は河野に確かめた。

「真鍋のところに誰かがやってくるってことで、真鍋は逃げたのか。それとも、宮永さんのところに誰かがくるのか？」

「ええと、そういえば」

「どっちだ？」

「宮永さんが、誰かがくるとか言ってたのかもしれません。あ、そうです。宮永さんだ。あのひとがくるとか、言ってましたよ」

宮永祐子が脅えて逃げ出すとしたら、理由はたぶんひとつだ。亭主がやってくる、ということだろう。彼女は、亭主の暴力から逃れて旭川を出てきたのだ。

「それで、真鍋が自分の車で連れ出したってわけだな」

「たぶんそういうことだと思います」

「誰かがくるって、電話でもあったのか?」

「さあ、知りません。いや、テレビのニュースを見て、とつぜん宮永さんがそう言い出したんじゃなかったかな」

「ニュース?」

どういうことだろう。彼女の顔でも、テレビに出たのか。まさか宮永祐子自身が犯罪者だったというわけではあるまいが、それとも彼女は指名手配犯だったのか。波多野自身は、宮永祐子の境遇について、ろくに知らないのだ。その可能性はある。そもそも採用にあたって、住民票も戸籍抄本も見ていない。彼女が何もかも嘘をついていたとは思いたくないが。

波多野はテレビのリモコン・スイッチを取り上げて、チャンネルを切り替えた。ちょうどローカル・ニュースが始まったところだった。

交通事故のニュースが流れていた。小樽の近くで、トラックが横転するという事故があったらしい。

その次のニュースは、殺人事件だ。

興信所の所長が、事務所で殺されたという。事務所荒らしのようだ。

これか? いや、ちがう。宮永祐子とはつながらない。

ついで、女性のための民間福祉施設で、ボランティアの職員が殺されたというニュースだった。

これだ。

宮永祐子は、民間のシェルターからきたと言っていた。家庭内暴力から逃れて、ひとまずそのような被害女性を収容する民間の施設に入っていたのだ。宮永祐子と関係があるとしたらこのニュースだ。

アナウンサーが言った。

「事件の前、警察官を名乗る男が、この施設を訪れていました。男は三十代なかばで、短髪、グレーのスーツ姿だったとのことです。警察では、この男がなんらかの事情を知っているとみて、行方を追っています」

もしや、これが宮永祐子の亭主か？　門脇とかいう男。宮永祐子の亭主の職業は何だったろう。きちんと聞いたろうか。いや、自分はあまり立ち入るまいとして、それについては質問しなかったはずだ。門脇という宮永祐子の亭主の職業は何だったろう。旭川の警察官？　まさか。それに、警察官が妻に暴力を振るうだろうか。いまのニュースでも、殺人犯が警察官だと断定されていたわけではない。警察官を名乗って訪ねてきた男が怪しいと言っているだけだ。

波多野は、携帯電話を取り出してから、河野に訊いた。

「真鍋は、携帯持っていたよな。電話番号、知ってるか」

「いえ」と河野。

「まったく、もう」

「真鍋さんに電話ですか？」

「宮永さんでもいいが」

「真鍋さんは、宮永さんを、あそこに連れて行ったみたいですよ」

河野は、テレビの脇のチラシを指さした。きょう波多野が貼った慰労会の案内だ。

「保養所に？」

「そのビラ、剝《は》がしてゆきましたから」

なるほど、暴力を振るう亭主から身を隠すにはよい場所だろう。山の中の別荘地だ。札幌からも離れており、数日間はひとの目を避けて過ごすことができる。

波多野は、携帯電話を作業着の胸ポケットに戻しながら訊いた。

「だったら安心だな。これが、犯罪のからんだことだとしたら」

河野が言った。

「警察も、追ってゆきましたよ。何かあっても助けてもらえるでしょうね」

波多野は驚いて目をむいた。

「警察？　警察がきたのか？」

「ええ。刑事がきて、宮永さんがどこかを教えてくれって」

「保養所のこと、教えたのか」

「ええ。何か、すごく大事なことで、警察は証人として探してるとか言ってましたよ」

「どんな男なんだ？」

「背広着て、髪は短めで」

「歳は三十代なかばか？」

「そうです」

波多野はようやく納得した。宮永祐子のもとの亭主が追ってきたのだ。宮永祐子が一時入所していた福祉施設まで突きとめ、そこでボランティアの女性を殺して。殺された女性は、宮永祐子が波多野工務店で働いていることを知っていたのだ。それを、脅されて漏らしてしまったのだろう。

警察官を名乗る男が、ひとを殺したうえで祐子に迫っている。

真鍋が、宮永祐子を守ろうとして即座に逃げ出したのは、とりあえず正解だ。ただ、逃げると同時に、警察に連絡してもよいと思うが、したのだろうか。家庭内暴力の常習者であり殺人犯が迫っていると、通報しなかったのだろうか。

真鍋の不審な行跡を思い出す。彼は妻子を殺害された被害者だが、そのこととうちにきてからのいくつかの奇妙な行いは何か関係しているだろうか。

もしかして、真鍋も何か違法行為を犯しているということはないか。警察には連絡できない立場にあるのではないか。

波多野は、河野に言った。

「宮永さんと真鍋がどこにいるか、もう誰にも言うな。秘密だ。絶対だ。わかったな」

河野は、波多野の口調の厳しさに驚いたのか、瞬きしてうなずいた。

「はい、わかりました」

「おれも、数日休むかもしれん。仕事は、広畑から指示を聞け。電話する」

「はい」

波多野は、食堂を出ると、小走りに自分の四輪駆動車に向かった。

その山荘は、斜面に拓《ひら》けた別荘地の、かなり下端に近い位置にあった。

別荘地全体は荒れている。すべての区画が売れないうちに、デベロッパーが倒産してしまったと聞いた。そのあとは、資産管理会社が引き継いだらしいが、ろくに道路の補修さえなされていないのだろう。雑草に覆われた区画のほうが圧倒的に多い。敷地内のところどころに、丸太造りの山荘や三角屋根の木造住宅が建っているが、ほんとうに使われている別荘なのか、それとも廃屋なのか、見当もつかない建物がほとんどだ。

急勾配《きゅうこうばい》のメインストリートを案内に従って下ってゆくと、やがて開けた一角に出た。テニスコートが二面あって、その脇に大きなガラス窓の建物がある。これが一応は管理事務所なのだろう。ここにはひとの気配があり、駐車場には乗用車が三台停まっていた。

その横をさらに下って、区画Fという案内の出た分岐にきた。真鍋が地図を確かめると、目指す山荘はこの奥である。真鍋はステアリングを右に切って、細い砂利道に入った。

その道を五十メートルほど進むと、右手に山小屋があった。木造の三角屋根の建物で、斜面の下側に広いベランダがある。ベランダの前の庭はかなり雑草が伸びていた。波多野工務店の従業員たちがここでバーベキューをやるとしたら、まずこの雑草を刈ることから始めなければならないだろう。

真鍋は、その雑草の上に乗り入れて車を停めた。

運転席から降り立って、あたりを見渡した。さすが売れなかった別荘地だ。まるで人工的な音は聞こえてこない。いや、耳を澄ますと、かすかに車のエンジン音と、タイヤの擦過音が聞こえた。別荘地の上を走る北海道道二〇七号線から聞こえてくるようだ。静かな分だけ逆に、遠くの自動車の音も聞こえるのだろう。

宮永祐子と晴也が、車を降りてきた。真鍋は、ベランダのステップを駆け上がって、ドアの錠に鍵《かぎ》を差し込んだ。ドアはすぐに開いた。しばらく使っていなかった家に特有の、埃《ほこり》っぽい匂いがした。

宮永祐子もステップを上がってきて言った。

「いいところ。こんな理由でやってくるのはもったいない」

真鍋は玄関に入ると、靴を脱いで部屋に上がった。板敷きの、広い空間だった。中央に大きなテーブルとソファがある。向こうの隅には薪ストーブ。住宅とはちがうから、ここはリビングルームではなく、サロンとでも呼ぶ部屋なのだろう。右手が台所だった。台所の横に階段がある。外観はかなり趣味的だけれど、中は殺風景だった。什器《じゅうき》や家具もろくにない。

二階に上がって確かめてみると、部屋が三つあった。ツインベッドの洋室がひとつと、畳敷きの部屋がふたつだ。雑魚寝《ざこね》をするなら、十二、三人は泊まれるようだ。

二階の部屋の窓を開けてから、また一階に下りてみると、宮永祐子は台所にいた。コンロのスイッチをひねっている。

「ちょっと火力が弱いみたいだけど」

「使えない？」と真鍋は訊《き》いた。

「中華以外ならできると思う」

宮永祐子は、振り返って冷蔵庫を開けた。

「大きな冷蔵庫。うらやましいくらい。食器も調理道具も揃ってる。いろいろ作れそう」

「今夜は何です？」

「ご希望のカレーライス」

晴也が言った。

「ぼく、お手伝いする」

真鍋は驚いて宮永祐子に訊いた。

「できるの？」

「けっこうやってくれるのよ。ピーラーが好きなの。ね、晴也」

晴也はうなずいた。

真鍋は、もう一度一階の部屋を見渡してから言った。

「テレビがないんだな。ニュースが観られない」

「ラジオをつけるしかないかしら」

「あとで、カーラジオを聞くか」

宮永祐子は晴也に言った。

「さ、あっちのテーブルに、お野菜なんか運んでくれる?」

真鍋は言った。

「ぼくも手伝っていいかな」

「お願いします」

一階の大テーブルにまな板を置き、包装紙を広げて、三人で野菜を切るところから始めた。まず祐子が、ニンジンとジャガイモを、サイコロほどの大きさに切りだした。ついで、ピーラーを使って晴也もキュウリの皮をむき始めた。真鍋は、タマネギを受け持った。

晴也が無邪気に言った。

「おうちみたいだね」

「そうね」宮永祐子が真鍋を見てきた。晴也の感想が迷惑なものではないか、それを確かめたような目だった。

真鍋は言った。

「ユニットだな」

「新結成?」と祐子が言った。

ごく軽い調子だった。深い意味など考えず、自然に口にしたかのようだった。

真鍋はうなずいた。

「いいメンバーだ。最強だ」

晴也が言った。

「明日は何を作るの？」

「ハンバーグ」と祐子。

「その次は？」

「餃子《ぎょうざ》かな」

「その次は？」

「クリームシチュー」

「ずっと手伝っていい？」

真鍋は、晴也を見つめて言った。

「ずっと手伝ってくれないか」

晴也は、微笑してこくりとうなずいた。思わずつりこまれて頰をゆるめたくなるような、愛らしい微笑だった。

宮永祐子を見ると、いま晴也の顔に見ていたのとそっくりの、屈託のない微笑があった。目が合うと、宮永祐子は大きく目を見開いた。え、なあに、とでも訊いたかのように。

ううん、と真鍋は首を振った。なんでもない。ただ、いま自分は感じたのだ。このユニット、本当にちょっといいかもしれないと。大事にしてみるべきだと。

門脇は、トカレフを相手に向けたまま言った。

「儲《もう》けさせてやったんだ。その言いかたはないぞ」

相手は言った。

「あんただって、ずいぶんいい目をみたそうじゃないか」

「表彰状を何枚もらおうと、マンションが買えるわけじゃないんだ」

「だからって無茶だ」

「おれは本気だよ。早くしてくれ」

相手は、わざとらしく溜《た》め息をついてから、デスクのうしろの金庫に近寄った。

小樽港の北、倉庫や石油タンク、運送会社などが集まる産業エリアだ。その端に店を構える中古自動車の販売業者のオフィスだった。駐車場には、中古乗用車や土木機械が三十台ばかり並んでいる。乗用車は、すべて四輪駆動車で、しかもトヨタの一車種ばかりだった。

門脇は、脇に立っている川尻乃武夫に言った。

「金庫を開けるとき、用心しろ。中に、トカレフが入っているかもしれない」

川尻乃武夫は、わかったというようにうなずいて、金庫のそばへと歩いた。

この業者の用心棒は、いま事務所の隅に転がって、唸《うな》りながら腹を押さえている。門脇たちが押し入ったとき、バールを振り上げて飛びかかってきたが、川尻乃武夫がすかさず手斧《ておの》の峰を叩《たた》き込んだのだ。男は上体を折るようにして、床に転がった。いかにも用心棒向きの、猪首《いくび》で体格のいい男だった。

門脇が見込んだとおり、川尻乃武夫は突発事態が起こったとき、瞬時もためらわずに暴力を使える男だった。門脇でさえ、いまは引き金を引けなかったというのに。おれたちは確かに、川尻が言うとおり、いいユニットかもしれない。

金庫の前にしゃがみこんだ男は、金庫のダイアルを慎重に回しながら言った。

「門脇さん、もう警官じゃなくなったってことだな？」

呼びかけた相手に、門脇は言った。

「知らなくてもいいんだ、里見《さとみ》。早くしろ」

里見と呼ばれた中年男は言った。

「警察あってのあんただったんだぜ。わかってるのかい。警察手帳を持たなくなったら、もう誰もあんたの言うことなんてきかない」

「かまわないさ。これが最後だ」

「何をやるつもりなのか知らないけど、ここにあるのは端金《はしたがね》だぞ」

「端金なら、出し惜しみするなよ」

川尻乃武夫が、金庫のそばでうれしそうに言った。

「開いた」

門脇は里見に言った。

里見が言われた通りに立ち上がって、デスクの前へと戻ってきた。

「金庫から離れろ」

川尻乃武夫は、金庫の前にしゃがみこんで、中を確かめた。一センチほどの厚さの一万円札の束が五つある。新札だ。

その横には、古い紙幣らしきものの束。無造作に輪ゴムでまとめてあった。

金を取り出そうと手を入れると、指先が何か冷たいものに触れた。金属塊のようだ。

これは？

川尻乃武夫は、振り返らずに大声で言った。

「あるぜ、現金」

後ろから、門脇が言った。

「ハジキは？」

「いや。ない」

「金をショルダーバッグに詰めろ」

川尻乃武夫は左手で一万円札の束を引っ張りだしながら、右手で金属塊の全体を確かめた。そっと少しだけ引き寄せてみると、やはり拳銃《けんじゅう》だった。

金庫の中に用心のために入れておく拳銃となれば、玩具《おもちゃ》ではありえない。実弾が装塡《そうてん》されていないということもありえないだろう。

川尻乃武夫は言った。

「何か、変な札があるぞ。外国のものだ」

そう言いながら、その束のひとつをポンとうしろに放った。ちょうど門脇の足元あたりに落ちるように。

ぽとりと落ちる音がした。

それと同時に、川尻乃武夫は拳銃を引っ張り出し、素早くジャンパーの内ポケットに入れた。いまこの瞬間、門脇の意識は、放られた札束に向いていたはずである。

案の定、門脇が言った。

「ドル札だ。投げるな。そいつもいただくんだ」

「使える金なのかい？」

「世界中で通用する」

「子供銀行の札かと思った」

川尻乃武夫は、ドル札の束をすべて、金庫の中から搔《か》き出した。

門脇は、足元に転がったドルの札束を拾い上げてから、もう一度里見に意識を戻した。

里見は、その筋肉質の顔を不愉快そうに歪《ゆが》め、唇を嚙《か》んでいる。

彼は、門脇が拳銃の摘発で知り合うことになった故買屋だ。盗難車を買いつけ、ロシア人に売っている。いま彼が商売のネタにしているのは、トヨタの四輪駆動車で、彼のもとには全国から盗難車が運ばれてくる。里見はそれが二年落ちの車なら三十万で買う。ロシア人には五十万で売る。偽造の輸出証明書が一通二万円。一台あたり十八万の利益だが、彼は月に六十台から八十台、輸出している。毎月一千万から一千五百万の荒稼ぎだ。

二年前、同じように小樽で商売していたパキスタン人のグループが、愛知県警の手で摘発された。そのあとは、里見が小樽でこの事業をほぼ独占しているようなものだ。小樽税関の現場職員たちとは、一緒に韓国や台湾に旅行するほどの関係だという。

里見は利口なことに、拳銃の密輸入には関わっていない。北海道警察本部や旭川方面本部が里見を重宝するのも、彼が拳銃密輸の情報を必要に応じて流してくれるからだ。里見のおかげで摘発できた拳銃の数は、百挺《ちょう》を下るまい。功労者である。その分、盗難車の輸出には目こぼしすることになる。そしてこの数年間、旭川方面本部で里見を協力者としてきた担当者は、門脇だったのだ。

川尻乃武夫が、ショルダーバッグを持って立ち上がって言った。

「現金は五百万ぐらいだ。意外に少ないぜ」

門脇は言った。

「ドルがたっぷりあるだろう。小樽での取り引きには、ドルも使われてるんだ」

「ひと山あるけど」

「それだけで、四、五百万にはなるはずだ」

川尻乃武夫は、門脇の横まで戻ってきてから振り返った。

「どうする。ふたりとも殺して、火をつけてゆくかい」

門脇は首を振った。

「いい。出るぞ」

「ほんとに？」

「いいって」

門脇は、川尻乃武夫の背を押して、駐車場へと出た。

ライトバンに乗り込んでから、事務所の窓を見た。窓の内側で、里見がこちらを見ながら携帯電話をかけている。

川尻乃武夫が、車を発進させながら言った。

「通報してるぜ」

「ちがう」門脇は言った。「絶対に警察には通報していない」

「どうして？」

「盗品の密輸で儲《もう》けた金だ。強盗に遭ったとは届けない」

「黙ってるはずもないだろう」

「あいつが電話してる相手は、ロシア人だよ。いいから出せ」

駐車場から小樽海岸公園線に出ると、川尻乃武夫は言った。

「拍子抜けだな。あれだけの現金を手元に置いてて、なんで子分がひとりだけだったんだ？　あの事務所、まるで無防備じゃないか」

「あいつは、警察とつながっている、って思われてる。何かやると、ロシア人が出てくるとも。ほかのやくざも、中国人も、手を出す気にはなれない」

「けっ」川尻乃武夫は、自分はミスをしたとでもいうような調子で言った。「堅気になるなんて考えずに、最初からそういうやりかた勉強してくりゃよかったぜ」

「単純なだけの男にはできないだろうよ」

「やり直しはきくかもしれない。やり直すための金もできた」

門脇はトカレフを持ち上げ、川尻乃武夫をにらんで言った。

「勘ちがいするな。お前の金じゃない。おれを手伝えば、多少は小遣いをやるってことだ」

川尻乃武夫は、不服そうに門脇を見つめ返したが、すぐに視線を車の前方へと向けた。

青い案内板が見えている。余市方面右折、と表示が出ていた。

「右だ」と門脇は指示した。

ここからたぶん、祐子の潜むニセコの別荘地まで、二時間ぐらいだろう。

祐子は、ガス・コンロに鍋《なべ》をかけた。

牛肉が柔らかくなるまでのあいだに、副菜がひと皿かふた皿できる。晴也はもう料理の手伝いには飽きて、山荘の一階と二階を昇ったり降りたり、探検ごっこをして遊んでいるようだ。真鍋は、二階の部屋に掃除機をかけていた。モーターの音が二階から鈍く聞こえてくる。

晴也の声がした。

「お母さん、いるの？」

なあに、と聞くと、晴也は言った。

「カレー、まだできないの？」

振り返ってコンロを見ると、火が消えている。炎が出ていない。

祐子は二、三度、コンロのスイッチをひねってみた。火がつかない。ノズルからガスが出ていないようだ。

祐子は階段の下まで歩いて、二階に声をかけた。

「真鍋さん、どうしてかコンロが消えてしまったの。見てもらえないかしら」

こんなことを頼める相手がいるということが、なぜか妙にうれしかった。

「はい」と、真鍋が降りてきた。

コンロを見て、ガスが切れているようだ、と真鍋は言った。ボンベを取り替える必要がある。

ボンベには、受け持ちの燃料店の電話番号を記したシールが貼られていた。真鍋はその燃料店に電話したが、きょうはもう配達はできない、明日になるという。

祐子と真鍋のふたりで台所を探して、カセット・コンロを見つけた。しかし、カセット式のボンベは見つからない。となると、火は使えないのだ。カレーライスを作る作業は、このまま中断だった。

真鍋が言った。

「薪ストーブを使おうか」

祐子は首を振った。

「ちょっと火力が足りないと思う。部屋の中が暑くなるでしょうし。火を使うのは、明日までがまんしましょうか」

「じゃあ、ぼくが町まで降りて、カセットのボンベを買ってきましょう。ボンベは、コンビニでも置いてあるはずだ」

「そうしてくれます？」

「三十分で戻ってきます。ほかに何か必要なものは？」

「キッチンタオルを。もしあったら」

真鍋が玄関のドアを開けて駐車場に降りてゆくと、奥で遊んでいた晴也が祐子のそばに駆け寄ってきた。

真鍋は、車の運転席のドアを開けながら振り返り、手を振った。

晴也が祐子を見上げて、不安そうに言った。

「おじさん、どこに行くの？」

「ちょっと買い物」

「帰ってくるの？」

「うん、すぐにね」

真鍋の運転する車は、砂利がこすれ合う音を立てて、山荘の駐車場を出ていった。

門脇は、その坂道の途中で川尻乃武夫に指示して車を停めた。

時刻はまだ午後の六時だけれど、樹木の多いその別荘地の中は空が少なく、この時刻なのにすでに薄暗くも感じられる。

門脇は、あの宿舎から引き剝《は》がしてきたチラシを確かめた。地図では、この舗装路の下のほうに管理事務所があり、さらにその下、舗装路から枝別れした道の奥に、目指す山荘があるのだった。舗装路は別荘地をループ状に通っており、目指す山荘の前を通る道も、ループの反対側に通じる。

また舗装路は、別荘地の一番奥まったところでループから分かれ、公道につながっている。つまり別荘地に入るには、斜面の上と下、二カ所に入り口があるということになる。ただし、上のほうを通るのが北海道道、下に通じる道路はニセコ町の町道だ。ふつうは、上から別荘地に入ってゆくにちがいない。

こういった別荘地では、車の音は想像以上に響く。うちの中にいても、近づいてくる自動車がわかるだろう。真鍋と祐子は危険を察知してあの宿舎から逃げ出したのだ。この隠れ家でも、近づいてくる者には、神経質になっているはずである。

また、その隠れ家へのアプローチが二方向からあるとなると、片側から接近してゆけば、反対側に逃げられるということになる。この道には、ほかに何軒か別荘が建っている可能性もある。背中合わせの別荘もあるだろう。この季節、下草が繁茂しているから、道以外の森の中に逃げ込むことは考えられないが、近所の家に逃げ込まれることは想定しておかねばならない。いや、そもそも、目指す山荘に入ったときに、よその家から目撃されるかもしれない。騒ぎが起こればなおさらだ。携帯電話で警察に通報された場合、道の少ない田舎では、逃げようがない。山荘へ押し入るには、慎重にならねばならなかった。

逃げずに山小屋の中から反撃してくるという可能性も大だ。川尻乃武夫の話では、真鍋は拳銃《けんじゅう》を所持しているのだ。うっかり身体をさらして近づいてゆけば、逆襲される。離れた場所に車を停めてから、ひそかに接近しなければならない。不意を襲わねばならない。

門脇は川尻乃武夫に、車をさらに坂道の下へと進めさせた。

地図と窓の外の風景を照らし合わせていると、右手にテニスコートと、管理事務所らしき建物が見えた。そこを通過すると、やがてまた右手に砂利道が見えてきた。奥にちらりと茶色っぽい壁の建物が見える。

その横道の入り口には、「区画F」と表示が出ている。

これだ。

砂利道だから、車で入ってゆくのは危険だ。道の左手を見ると、かなり荒れた様子のログハウスがある。使われていない別荘のようだ。門脇は車をそのログハウスの駐車スペースに入れさせた。

「いよいよかい？」と川尻乃武夫がエンジンを切って訊《き》いた。

「ああ。降りろ。歩いて近づく」

「どうやるんだ？」

「足音を立てないように近づいて、一気に山小屋の中に入る」

「そこの道の奥か？　どの建物かわかるのかい」

「表札のようなものが出てるだろう」

「何軒もあったら、いちいち近寄って確かめなくちゃならない」

「そうだ。お前が、見つからぬようにやれ」

「あんたは？」

「建物が確認できたら、おれとお前が、別々に、同時に入る」

「玄関と裏口とか？」

「玄関と、ベランダとか」

「ピストル持った相手に、そんなに強気で出ていいのかい」

「だから、同時に、一気に入るんだ」

「外から呼び出してもいいんじゃないか」

「周りに家があるかもしれん。声を聞いて、裏に逃げられても厄介だ。暗くなってるんだ」

「わかったよ。おれは裏口かい？」

「まずは、一緒にゆく」

「ひとつだけ教えてくれ。これが終わったら、どこに逃げるんだ？　逃げられるって当てはあるんだろう？」

「長生きする気か？　それは甘いぞ」

「逃げるんじゃないのか」

「男として散るんだよ、ばか」

川尻乃武夫は、その答が期待はずれだったようだ。苦笑して言った。

「格好よく散るためにも、おれにも金をたくさんくれよ」

「何もかも終わったら、小遣いをやる」

川尻乃武夫は唇を舌でなめてから言った。

「いままで聞きにくかったけど、真鍋は、いま誰と一緒にいるんだ？　あんたは、真鍋だけを追ってるんじゃないんだよな」

「真鍋は、女も連れてきている」

「そういうことか」

「子供もいる」

「女の子？」

「男」

「そいつらをどうするんだい？」

「ちょっと仕置きだ」

「その女、いったい何をやったんだ?」

「知らなくていい。降りるぞ」

門脇は車を降りて、運転席側に回った。川尻乃武夫も降りてきた。ショルダーバッグを手にしている。

「斧《おの》とナイフだけ出して、あとは車の中に置いておけ」

川尻乃武夫は恨めしそうな顔になったが、言葉に従った。

門脇は、手を上着の内側に入れてトカレフを握り直し、砂利道の脇の雑草の上を、慎重に進んだ。

五十メートルばかり歩いて、その道沿いには、一軒の建物しかないとわかった。下見板張りの三角屋根の山小屋ふうの建物だ。これがまちがいなく、波多野工務店の保養所だ。

木陰に腰を落として、様子をうかがった。

建物の前の駐車スペースには、車がない。しかし、窓に明かりが灯《とも》っている。二階の窓もみな少し開いていた。

三人がここにきたことはまちがいない。いまは外出か。それとも、祐子と晴也だけは残っているのか。あるいは真鍋ひとりだけがいるのか。真鍋がここにいないとしたら、どこに行っている?

ベランダのカーテンが動いた。中に小さな人影。晴也のようだ。となると、祐子もいるということだ。いないのは、真鍋だ。

門脇は言った。
「男はいない。行くぞ」
歩きかけると、川尻乃武夫がうしろから言った。
「真鍋はいないのに?」
「中で待つんだ」
そうか、と小声で言って、川尻乃武夫は門脇のうしろからついてきた。

カレーライスの鍋《なべ》は、中途のままコンロの上にかけられている。タマネギと牛肉を炒《いた》め、水を足したところまでの中途段階。でも、あと十分かそこいらで再び火を使えるようになるなら、味には影響は出ないだろう。

いま、晴也はサロンのほうで遊んでいる。

碁盤と碁石を見つけたのだ。もちろん囲碁はできないけれども、盤の上に白と黒の石を並べて遊んでいる。何か模様を作っているようなのだが、祐子にはそれが何の模様なのかわからない。何であれ、晴也がこの山荘で何も不安を感じることなく遊んでいてくれるのならそれはありがたいことだった。祐子は料理に専念できる。きょうのテーブルのために、祐子はもう数品、料理を作るつもりだった。

キュウリを切っているときに、玄関で物音がしたような気がした。

真鍋さんが帰ってきた?

でも、自動車の音は聞こえたろうか。砂利を敷いた駐車場に車が入ってくれば、建物の裏手側にあたるこの台所にも、音が聞こえるはず。

祐子は振り返ってサロンを見たが、真鍋が入ってきた気配はなかった。音は、気のせい？　それとも、晴也が立てたものだろうか。

また物音がした。がたがたと、建具か家具を揺らすような音だ。

「お母さん」と晴也が呼んだ。

祐子は振り返り、台所の入り口まで歩いてサロンを見た。ベランダに通じるガラス戸を開けて、男が入ろうとしている。若い男だ。見知らぬ男だった。

これは、もしや。

晴也は、床に棒立ちになって、男を見つめていた。顔は恐怖でひきつっている。

「晴也！」

大きく叫んで、祐子はサロンへと飛び出した。ペティナイフは持ったままだ。男が室内に飛び込んできた。

祐子は、男と晴也とのあいだに入って、晴也をかばおうとした。

つぎの瞬間、祐子は男とぶつかっていた。

「わっ！」と男が絶叫した。絶叫しながら、男は腕を振り回した。何か堅いものが腹に当たった。激痛が走った。祐子は身体を折って、床に転がった。

晴也が、声にならない声を上げて、祐子に覆いかぶさってきた。祐子は、男の足が晴也を蹴《け》り上げたのを見た。晴也ははね飛ばされ、サロンの壁にぶつかった。

左手、玄関口のほうからも、男が飛び出してきた。

「祐子！」

門脇だ。手に何か黒いものを持っている。

祐子は顔をそむけ、身体を縮めた。脇腹の激痛のせいで、それ以上動けなかった。ちらりと見たが、血は出ていない。斬られたわけではないようだ。金槌《かなづち》のようなものを叩《たた》き込まれたようだ。

若い男は身をよじってから、ソファに腰を落とした。

「くそっ！」と男は言っている。「包丁が、包丁が」

祐子の持っていたペティナイフは、若い男の左腕を傷つけたらしい。

門脇が祐子のそばに駆け寄ってきた。祐子はいっそう身を縮めた。門脇は、祐子の襟首をつかむと、ぐいと引き上げた。

見まいとしたが、目の前に門脇の顔があった。激しい憎悪を見せて、祐子をにらみつけてくる。

「よくも貴様、やってくれたな」

黙っていると、門脇は突き飛ばすように手を離した。祐子の身体は、もう一度サロンの床の上に転がった。

門脇は、晴也のほうに顔を向けた。

「晴也、その顔、どうした」

その声には、憎悪は含まれていない。親の声だ。まじりけなしに息子の具合を案じている親の声。

祐子も首をひねって晴也を見た。晴也は鼻血を出している。顔はすっかり脅えきっており、半ズボンの前が濡《ぬ》れている。

門脇は、晴也に近づいて抱き上げると、優しささえ感じられる調子で言った。

「誰がやったんだ？　誰がお前にこんなことをした？」

若い男が、あわてた口調で言った。

「ちょっと蹴飛ばしただけだよ」

門脇は、若い男を振り返って訊《き》いた。

「この子、お前に何かしたのか？」

「いいや。そうじゃないけど」

門脇は、また晴也に顔を向けて言った。

「お前はここにいないほうがいいな。二階に行こう」

門脇は、乳児をあやすように晴也の身体を揺らすと、抱いたまま階段のほうに向かっていった。

門脇は、階段を昇りながら言った。

「見張ってろよ、川尻」

祐子は身を起こし、事態を理解しようとした。いま川尻と呼ばれたこの若い男は、たぶん真鍋の妻子を殺した犯人なのだろう。真鍋が、一度は復讐《ふくしゅう》しようとした相手。真鍋は、この川尻乃武夫が近くまで迫っていることを知って、あの工務店を逃げ出したのだ。

でも、祐子にはわからない。川尻乃武夫と、門脇がどうしてつながるのだろう。どういう理由があって、ふたりは一緒にいるのだろう。どうしてペアを組んでいるのだろう。そもそも、なぜここがわかったのか。工務店の誰かが、うっかり漏らしてしまったのだろうか。

「くそっ」川尻乃武夫がソファの上で、傷口を押さえながら悔しげに言った。「ちょっと痛いぞ」

川尻乃武夫のジャンパーの腕が裂けて、その周囲が赤く染まっている。しかし、動脈が切れたわけではないようだ。大量出血しているわけではない。軽傷だ。大げさにわめきたてるようなことじゃない。

傷口を押さえている川尻乃武夫の右手には、小さな斧《おの》が握られている。いましがた、川尻乃武夫はこの斧の峰の側で祐子を払ったのだろう。刃の側ではない。もしそうであったとしたら、自分の腹は裂けていた。

川尻乃武夫が、祐子を見下ろして訊いた。

「あんた、門脇さんとどういう関係なんだ？」

それを知らないの？

祐子は答えかたを探してから言った。

「元亭主」

「亭主？　あんた、かみさんなのか」

無言のままうなずくと、川尻乃武夫はようやく合点がいったというように言った。

「あんた、かみさんか。あんた、逃げたのか。あのこわもての刑事、かみさんに逃げられたのか。それで切れたのか」

黙ったままでいると、川尻乃武夫は笑った。

「刑事のかみさんが、男作って逃げたのか」

鋭い破裂音があった。

祐子がぎくりと背を伸ばしたのと、川尻乃武夫の左肩のあたりで赤い飛沫《しぶき》が散ったのと、同時だった。

川尻乃武夫はまた身体をよじった。膝《ひざ》を落とし、ソファの背もたれを抱くような格好となった。激痛をこらえているのか。川尻乃武夫はそのまま背もたれを越えて、うしろの床に転げ落ちた。

祐子が横を見ると、階段の下に門脇が戻ってきていた。手には、拳銃《けんじゆう》だ。いま、彼がうしろから川尻乃武夫を撃ったのだ。

祐子の身体は凍りついたままだ。動けない。

門脇は、ソファのうしろまで歩いてきて、不快そうに川尻乃武夫を見下ろした。

「世の中には、とことん犯罪者だってやつがいるな。更生なんてできっこないって人間が」

祐子には、門脇が誰のことを言っているのかわからなかった。彼は、もしかして、目の前の川尻乃武夫という男のことを言ったつもりになっている？

門脇は、川尻乃武夫の身体を足で押し退けた。川尻乃武夫はすでに、斧を手から離していた。門脇は、その斧も部屋の隅へと蹴飛ばした。

祐子が身を固くしていると、門脇は祐子の目をのぞきこむように背を屈《かが》めて言った。

「ひどいこと、してくれたものだな、祐子」

彼の顔は、妙にてかてかと光って見える。お酒でも入っているときのようだ。晴々として、高揚感さえ感じる顔だ。目にある光も、尋常のものではなかった。強すぎる。それでいて、目にはうっすらと涙が浮かんでいる。

祐子は、拳銃と門脇の顔を交互に見ながら、やっとの想いで声を出した。

「どうするの？　わたしを殺すの？」

「お仕置きしても、もう治らないだろう？」

「何が治らないっていうんです？　わたしの性格？」

「その腐った根性だよ。犬だって、していいことと悪いことは覚える。お前は、ついに何も覚えなかった」

「だから、殺すの？」

「殺したいわけじゃない。だけど、仕置きはしておかなければな。じゃないと、門脇はついに女房を教育できないまま、身を誤ったって言われる」

祐子には、門脇の言っていることが理解できなかった。彼は正気なのか？　きちんと意味の通じることを言っているのだろうか。

門脇はいましがたまで川尻乃武夫が座っていたソファに腰をおろした。

「あの男は、いつ戻ってくるんだ？」

祐子は、真鍋がそろそろ帰ってくるころだと思い出した。

「わからない」そう答えてからいい直した。「もう帰ってきます」

「買い物か？」

「ええ。町まで」

「優しい男なんだな。そういう男が望みだったか？」

黙っていると、門脇は言った。

「いつ知り合ったんだ？　いつからだ」

「つい最近」

「旭川ではどこで会ってたんだ？」

「会っていません」

「ずっと前から会ってたに決まってる。晴也も一緒に」

「ちがいます。誤解です。でも、真鍋さんをどうするの？」

「待つさ。もう帰ってくるんなら」

「帰ってきたら?」

「責任を取ってもらう。ひとの家庭を崩壊させた罪は大きいんだ。刑法犯ではないにせよ」

「あたしたちのことは、真鍋さんには関係がありません」

「その点は、話し合ってみるさ」門脇は、スーツの袖口《そでぐち》で額の汗をぬぐってから言った。

「ビールか何か、ないのか」

「このひと、助けないんですか?」祐子は川尻乃武夫を目で示した。彼の身体の下に、血だまりが広がっている。「このまま?」

「放っておけ。もう死ぬ。ビールはないのか」

祐子はのっそりと立ち上がり、階段のほうへと向かった。

「どこに行く?」

「タオルを持ってくるんです」

階段の下にクローゼットがある。先ほど、ここにバスタオルがあることは確かめていた。祐子はバスタオルを一枚取り出して門脇の前に戻り、川尻乃武夫の身体の上にバスタオルをかけた。川尻乃武夫はまだ、かすかではあるが呼吸していた。死んではいない。歯をくいしばっていた。

門脇が言った。

「ビールを。冷えてるやつな。教えたとおり、温《ぬる》いものなんか出すんじゃないぞ」

祐子は、足を引きずるようにして台所へ向かった。脇腹の痛みが、どうやら少しだけ薄れていた。

そのとき、砂利がきしむ音が聞こえた。エンジンの音も重なっている。車が砂利道を進んできたのだ。車の音は、山荘の前まできて止まった。真鍋が帰ってきたようだ。

台所で祐子は振り返った。ソファの上で門脇が拳銃を持ち直し、立ち上がったところだった。門脇は、玄関口に拳銃を向けたまま、台所に入ってくる。

「黙っていろよ。声を出せば、お前を撃つぞ」

祐子は冷蔵庫の前で、身を硬くした。

門脇は、祐子のうしろに回りこんで、ちょうど祐子を盾にするように立った。その位置からは、玄関は見えない。玄関を入ってきた者は、サロンに一歩足を踏み込んだところで、サロンの異常に気付く。そのときは、台所にいる門脇が、真横から拳銃を向けていることになる。

真鍋は、カセット・ボンベを入れたビニール袋を左手に提げて玄関のドアを開けた。

「ただいま」

サロンに入ったところで、真鍋は足を止めた。

床に、誰かが転がっている。うつ伏せに倒れている。その頭から背中にかけてはタオルがかかっているが、身体の下には赤い光沢を放つ液体が広がっている。

死んでいる？

身体がすぐに反応した。身をよじるように右手を向いた。そこに宮永祐子が立っていた。硬直したように、棒になったように、動かずにだ。宮永祐子の顔のうしろに、知らない男の顔がある。門脇だろう。宮永祐子の亭主。

しかし、どうしてここがわかった？

宮永祐子の身体の横から、黒っぽいものがこちらを向いていた。一瞬後に、それは拳銃だとわかった。

門脇は、汗の浮いた顔で言った。

「両手を上げて、そっちのソファのほうに歩け。ゆっくりと」

ためらったが、言われたとおりにするしかなかった。真鍋はソファへと歩き、買い物のビニール袋を床におろすと、両手を上げて、横たわっている男の脇に立った。

「ピストルは？」と門脇が訊《き》いた。「持ってるそうだな」

真鍋は、首を傾げた。自分が川尻乃武夫を撃とうとしたときの拳銃のことか？　捨ててしまったが。

「持っていない」真鍋は言った。「捨てた」

「そのまま、くるりと回ってみろ」

真鍋は、半袖の作業服姿だ。ピストルを隠す場所はない。門脇も、それはわかったようだ。

「座れ」と門脇が言った。拳銃が、宮永祐子の身体の脇で上下している。

真鍋はそっとソファに腰をおろした。

門脇が、宮永祐子を置いてサロンに出てきた。

門脇は、真鍋の正面に立つと、倒れている男を拳銃で示して言った。

「お前の仇《かたき》だ。お前を殺したがっていた。おれが、仕留めてやった」

「川尻か？」

「そう」

真鍋は、まったく訳がわからずに訊いた。

「なんであんたたちが、揃ってここにいるんだ？」

「たまたまさ。ユニットを組むことになった」

「きょう、札幌でもひとり、ひとを殺してきたろう？」

「成り行きだ」

「何をする気なんだ？」

「お前はどうなんだ？　川尻を殺そうとしてるだろう」

「あれは」真鍋は、一瞬絶句してから言った。「まちがいだった。いまは川尻を殺すつもりはない」

「殺しに行ったのは、つい四、五日前のことだろう。信じられないな」

真鍋はもう一度訊いた。

「ぼくや祐子さんを、どうするつもりなんだ」

「おれもあんたと同じだよ」

「何だ？」

「世の中には、法律を超えた正義があるってことだ。自分の身で責任を取る覚悟のある人間なら、法律は超えてもかまわないってことだ」

「身が破滅しても？　それまでの人生を棒に振っても？」

「それでも、正義が成就することのほうが大事だ。そうだろう？」

真鍋は、門脇のどこか高揚したかのような顔を見つめながら訊いた。

「あんたの正義って何だ？」

「教えてやるよ」

門脇は、拳銃《けんじゅう》を持つ右手を上げ、銃口を真鍋の胸に向けてきた。

真鍋は宮永祐子に言った。

「逃げて！　隠れて！」

そう言いながら、両手を大きく広げた。撃つなら自分を撃てと言ったつもりだった。

大きな破裂音があった。

宮永祐子の悲鳴が聞こえた。

破裂音がもうひとつ。さらにひとつ。

しかし、その音は想像とはちがう方向で響いた。自分に、衝撃がない。どうした？

目を開けた。

門脇が、拳銃を両手に持ったまま、膝《ひざ》から崩れ落ちてゆくところだった。崩れ落ちながら、門脇が顔をひねった。まったく不可解という目で、うしろにあるものを見ようとしている。

門脇の視線の先には、背を起こした川尻乃武夫がいる。右手には、拳銃が握られていた。横を向くと、宮永祐子は両手で自分の胸を抱くような格好で、身体を細かく震わせている。

真鍋は立ち上がると、床に転がった門脇の右手を蹴《け》った。拳銃が門脇の手を離れて、サロンの床の上を滑った。門脇の反応は鈍い。彼はもう、起き上がれない。もしかすると、二度と。

真鍋はもう一度川尻乃武夫を見つめた。彼はいま、両手で拳銃を握り直して、その銃口を真鍋に向けようとしていた。しかし、苦しそうだ。拳銃が重すぎるようにも見える。

表で、自動車の音がする。何台かの車が、どっと駐車スペースに入ってきたようだ。それから何人もの人間の靴音。自動車のドアを閉じる音。ベランダの外のステップを駆け上がってくる音。

誰かが、鋭い声で怒鳴った。

「待ちなさい。行くんじゃない。波多野さん、危ない！」

玄関のドアが開いたようだ。

声がする。

「真鍋。宮永さん」

波多野の声だ。

波多野がサロンに飛び込んできた。バットほどの長さの鉄パイプを手にしている。波多野は、その場でぎょっとしたように足を止めた。川尻乃武夫が、両手で握った拳銃を、波多野の方に向けた。緩慢な動きだった。

「危ない！」と祐子が叫んだ。

そこに制服警官たちも飛び込んできた。拳銃を抜いている。彼らは波多野を押し退けてサロンに入ってきた。

「拳銃を捨てろ！」と警官の一人が怒鳴った。

川尻乃武夫は、警官のひとりに銃口を向け直した。

狙われた警官はさっと床に片膝をついて、拳銃の引き金を引いた。川尻乃武夫の上体が、はね上げられた。胸のあたりに、小さく赤い飛沫《しぶき》。彼は拳銃を握ったままのけぞり、うしろへ倒れ込んだ。

祐子が台所の入り口から真鍋に駆け寄ってきた。彼女も膝から崩れてゆきそうだった。

真鍋は、両腕に力をこめて祐子の身体を支えた。

警官たちは拳銃を構えたまま川尻乃武夫のほうに近寄っていった。どうやら川尻乃武夫は、もう抵抗するだけの余力を残していない。あるいは、いまの銃弾を受けて、死につつあるところかもしれない。警官のひとりが川尻乃武夫の脇に屈んで、拳銃を取り上げた。

波多野が真鍋に顔を向けて言った。

「ちょっとだけ、遅れたな」

真鍋は、祐子を抱いたまま首を振った。

「いえ、最高ですよ」呼吸が荒くなっていた。「助かった」

「とんでもないことになってる」

「いえ。そんなことはない。問題が解決した」

「ほんとにか？」

「ええ」

祐子が、真鍋から身体を離しながら言った。

「晴也を見てくる。二階にいるの」

「無事？」と真鍋は訊いた。

「ええ。このひとも、晴也にだけは手は出さない。二階で、布団をかぶっているはず」

「この場は見せないほうがいい」

祐子は背を伸ばして、階段を昇っていった。

警官のひとりが、真鍋たちの脇に立って言った。

「事情を、聞かせていただけますね」

「ええ」

「こっちの男は、誰です。門脇英雄ですか？　旭川方面本部の」

「そのとおりです。もっとも、初対面ですが」

「やつを撃ったのは誰です？」

「いま、あなたたちが入ってくる直前に、川尻乃武夫が」

「あっちは、川尻ですか」

「ええ」

「あいつは、肩にも、銃創らしいものがありますが」

「門脇が撃った。そう言ってました」

「ふたりで撃ち合った？」

「最初に門脇が川尻を撃ったんでしょう。川尻は一度倒れて、息を吹き返して門脇を撃った」

「ふたりは、別行動だったんですか？　鉢合わせ？」

「いや、一緒のようでしたよ。ペアを組んで、ここに侵入してきた」

その三十代の警官は、頭をかきながら門脇と川尻乃武夫を振り返った。

「どういう組み合わせなんだ？」

真鍋は言った。

「後で。後でお話しします。二人を見てきます」

二階のベッドのある寝室に入ると、祐子がベッドの端に腰掛けて、晴也を抱いていた。

晴也は祐子の胸に顔を埋めて泣きじゃくっている。金縛りが解けたのだろう。

真鍋は晴也をあいだにはさむように自分もベッドに腰をおろし、ふたりに腕を回した。

波多野が、寝室の入り口に姿を見せた。戸惑いと、喜びとがないまぜになったような、奇妙な顔をしていた。泣いているようにも見えるし、笑っているようにも見える。

波多野は、鼻をすするように言った。

「まったく、世話の焼ける連中を雇ってしまったな」

真鍋は、波多野に小さく頭を下げた。感謝と、申し訳ないという気持ちで一杯だった。確かに、無条件の好意を示してくれた相手に、自分は迷惑をかけ過ぎた。勝手だった。わがままだった。でも、もう終わった。おれは、この男のもとで、たぶんかなりいい従業員になれるのではないか。

真鍋は、祐子を見つめた。彼女の顔は、目に涙があふれているものの、何か憑《つ》き物でも落ちたかのようにすっきりと、すがすがしかった。真鍋の視線を受けとめて、うなずいてくる。

真鍋は、祐子と晴也を抱く腕に力を入れて、ふたつの言葉を思い出していた。さっき、祐子たちとの会話の中に、ごく自然に、何の違和感もなく出てきた言葉。

ユニット。新結成だ。

解説

吉《よし》野《の》仁《じん》

「ユニット」という言葉から、あなたはまず何を思い浮かべるだろうか。

長くバンド活動をしてきたミュージシャンが、その活動と並行して、新たな仲間と組んだとき、「新ユニット結成」と表現されることがある。それによって彼らは、バンドではやらなかったタイプの音楽を演奏したり、自分の個性をより強く出したりできるのだ。こうしたユニット化の流れは、音楽の世界だけではない。家族の形態も同様だ。戦前までの家父長的な家制度がなくなり、戦後は核家族へと変化したものだが、現代ではシングル化が進み、夫婦の離婚や再婚もあたりまえとなっている。ひとつには、家族のしがらみにとらわれず、ひとりの人間として好きなように生きるという意識が高まってきたからだろう。

もっとも離婚にまで至るには、さまざまな理由がある。いま日本では、結婚した三組のうち一組はのちに別れており、その理由の第一位は性格の不一致だが、虐待や暴力も上位に挙がっているのだ。表から見えない家庭内暴力（ＤＶ）は思った以上に多いのかもしれない。家庭といういわば閉じられた空間のなかで、それが毎日のように続き、より激しくなるのであれば、事態は深刻である。

本作『ユニット』に登場する門脇祐子《かどわきゆうこ》もまた、夫の英雄《ひでお》から激しいDVを受けていた女性だ。激昂《げきこう》しやすい英雄から周期的に理不尽な暴力をふるわれていた。だが、祐子は病院で治療を受けながらも「階段で滑って落ちた」と医者に嘘《うそ》をついていた。なにしろ英雄は北海道警察本部に勤務する優秀な警察官だ。仮に医者が警察へ通報したとしても、それをもみ消してしまう可能性が高い。そしてその憎悪と怒りをこれまで以上にぶつけてくるだろう。祐子は追いかけてはこられない場所へ五歳の晴也《はるや》とともに逃げることを決意した。

この小説が最初に単行本で刊行されたのは二〇〇三年十月のことだ。そのちょうど二年前の二〇〇一年十月に、配偶者からの暴力の防止及び被害者の保護等に関する法律、いわゆるDV防止法が日本で施行された。すなわち、法律で保護しなくてはならないほどDVが蔓延《まんえん》し、表面化していたのである。加えて、ストーカー規制法も二〇〇〇年十一月に施行されている。DVやストーカーの被害者は、転居先などの情報を知られないように自治体に対して手続きが可能となった。しかし、じっさいにはそうした情報が加害者側に漏洩《ろうえい》してしまう例が後を絶たない。役所の不手際により、殺人にまで発展した事件もあった。法律だけでは防ぎきれない場合も多いのだ。ましてや本作の場合、夫の英雄はただの男ではなく優秀な警察官である。プライドが傷つけられたことでますます憎悪が増し、手段を選ばず祐子を連れ戻そうとする。こうして逃げる女と追う男の闘いが展開していく。

そして、家庭の内ではなく外からの暴力によって家族が壊れる悲劇もある。もうひとりの主人公である真鍋篤《まなべあつし》は、七年前、妻と子を少年に殺された。犯人の川尻乃武夫《かわじりのぶお》は十七歳。

遊ぶ金欲しさで犯行に及んだ凶悪な事件だったが、その年齢ゆえ、乃武夫は死刑にはならず無期懲役となった。真鍋は妻子の死から立ちなおることができず、会社を辞め、酒に溺《おぼ》れるようになった。

暴力夫から子供を連れて逃げる門脇祐子、そして妻子を無残に殺され、生きる希望を失った真鍋篤。そんなふたりが、ある出来事をきっかけに知り合うこととなる。札幌《さっぽろ》で工務店を経営する波多野《はたの》正明《まさあき》が、職業安定所へ求人票を出した帰り、地下鉄のホームから女性が転落するという事故が起きた。その場にいあわせ、波多野とともに転落した女性の救出を手伝ったのが真鍋と祐子だった。そんな縁がもとで、波多野の工務店でふたりは働きはじめたのだ。

配管工として働きだした真鍋だが、あいかわらず夜は悪夢にうなされ、酒を飲む金が必要で仕事をするという毎日だった。だが、ある日、そんな生活をきっぱりやめた。妻子を殺した犯人、川尻乃武夫が仮出獄したという話を聞き、復讐《ふくしゅう》を決意したのだ。一方、門脇英雄は、実家をはじめ、祐子の逃亡先となりそうな場所を徹底して調べあげ、足取りを追っていた。逃亡者と追跡者、復讐する者と復讐される者。複雑に絡み合った彼らの物語は、思わぬ展開とともに、劇的なクライマックスへと突入していく。

本作で描かれている妻子殺害事件は、一九九九年に山口県光《ひかり》市で起きた実際の事件とよく似ており、おそらくモデルにしたのだろう。ただし、この事件の犯人は事件当時十八歳だった。刑事裁判では、第一審、控訴審のいずれも無期懲役とする判決だったが、最高裁で審理を差し戻す判決が出たのちの控訴審では死刑判決が言い渡された。妻子を殺された被害者の夫は、一審判決後に「司法に絶望した、加害者を社会に早く出してもらいたい、そうすれば私が殺す」と発言したという。

また、有能な刑事でありながら、家では妻に暴力を与え続け、あげく妄執にとらわれながら家出した妻を追跡していくという話には、前例がある。一九九五年に発表、九六年に邦訳されたスティーヴン・キング『ローズ・マダー』だ。佐々木譲《ささききじよう》は、大のキングファンで知られるので、この小説の設定を本作に持ち込んだのだろう。もちろん読めば歴然としているのだが、『ローズ・マダー』ではキングならではのスーパーナチュラルな要素が加えられ、後半からまったく異なる展開を迎えていく。

実際の凶悪犯罪をモデルに、そしてキング作品の設定を導入しつつ、舞台を北海道においたうえで、家族の悲劇、復讐、そして再生というテーマを重ね、作者は本作を創りあげたのだ。読みどころは、少年犯罪やDV、そして復讐の正義といった社会問題にとどまらない。子供を連れて逃げる祐子の逃亡劇、彼女を執拗《しつよう》に追跡する夫の常軌を逸した姿、そして家族の復讐のために、仮出獄した男の行方をさぐる真鍋と、復讐される側となった乃武夫との対決など、登場人物それぞれの心理を丹念にとらえたことから浮かびあがるサスペンスがみごととしか言い様がない。絡み合い、変化に富んだストーリー、そこに与えられた凄《すご》みを感じさせる現実感、そして派手な活劇をまじえたクライマックスがたっぷりと味わえる。

もうひとつ、本作は作者にとり、新たなジャンルへ本格的に取り組むきっかけとなった重要な作品でもある。この小説を雑誌連載するにあたり、警察組織をきっちりと描こうと北海道警察の取材をはじめたという。

「すると、当時はまだ発覚していなかったA警部事件（02年、道警のA警部が覚醒剤《かくせいざい》使用、営利目的所持、拳銃《けんじゅう》不法所持の容疑で逮捕された）の噂を聞いた。そんなことが本当にあるんだろうかと半信半疑でいるうち、次々に事件が明るみに出てきたから驚きました。ちょうどその頃、角川春樹《かどかわはるき》社長から「警察小説をやらないか」と言われていたので、A警部事件を踏まえて『うたう警官』（04年）を書きました」（〈佐々木譲　新人賞受賞40周年インタビュー〉書くことは、変わり続けること　「オール讀物《よみもの》」編集部　文藝春秋《ぶんげいしゅんじゅう》ウェブメディア「本の話」より　※一部を匿名表記に変更しています）

その後、日本を代表する警察小説の書き手となった作者だが、そのきっかけは、なんと本作『ユニット』にあったのである。

佐々木譲は、現在もなお作風の幅を大きくひろげようと、大胆なｉｆ設定を導入した改変歴史小説『抵抗都市』『時を追う者』をはじめ、タイムトラベル作品集『図書館の子』、近未来逃亡サスペンス『裂けた明日』、そして開戦前夜の満洲《まんしゅう》を舞台に猟奇殺人をめぐる警察捜査と女性画家のロマンスを描いた『闇の聖域』など、ＳＦやファンタジーの要素をもつ作品に挑戦している。なにしろ二〇一七年に、第二十回日本ミステリー文学大賞を受賞したときのスピーチで〈佐々木譲バージョン5・0〉を宣言した。バージョン1・0がバイク小説など青春もの、2・0がハードボイルド・冒険小説、3・0が歴史・時代小説、4・0が警察小説という位置づけで、作風の幅を広げているいまがバージョン5・0なのだ。

冒頭で述べたとおり、「ユニット」という言葉が使われ出したのは、「それまでのしがらみを捨て、より自由に自分らしく生きる」ことが可能になった時代の流れと通じているのだろう。最近の作者の姿勢もまた同じだ。小説ジャンルの枠にとらわれず、これまでにないスタイルや要素を組み合わせて新作に取り組もうとしている。これからどんな作品が登場するのか予想もつかないが、物語の密度と面白さだけは裏切ることはないだろう。

本書は、二〇〇五年十二月に文春文庫より刊行されました。

ユニット

佐々木《ささき》 譲《じょう》

令和5年 11月25日　初版発行

発行者●山下直久

発行●株式会社KADOKAWA
〒102-8177　東京都千代田区富士見2-13-3
電話　0570-002-301(ナビダイヤル)

角川文庫 23895

印刷所●株式会社暁印刷
製本所●本間製本株式会社

表紙画●和田三造

●お問い合わせ
https://www.kadokawa.co.jp/ (「お問い合わせ」へお進みください)
※内容によっては、お答えできない場合があります。
※サポートは日本国内のみとさせていただきます。
※Japanese text only

ISBN 978-4-04-114198-4　C0193

◇◇◇

角川文庫発刊に際して

角　川　源　義

第二次世界大戦の敗北は、軍事力の敗北であった以上に、私たちの若い文化力の敗退であった。私たちの文化が戦争に対して如何に無力であり、単なるあだ花に過ぎなかったかを、私たちは身を以て体験し痛感した。西洋近代文化の摂取にとって、明治以後八十年の歳月は決して短かすぎたとは言えない。にもかかわらず、近代文化の伝統を確立し、自由な批判と柔軟な良識に富む文化層として自らを形成することに私たちは失敗して来た。そしてこれは、各層への文化の普及滲透を任務とする出版人の責任でもあった。

一九四五年以来、私たちは再び振出しに戻り、第一歩から踏み出すことを余儀なくされた。これは大きな不幸ではあるが、反面、これまでの混沌・未熟・歪曲の中にあった我が国の文化に秩序と確たる基礎を齎らすためには絶好の機会でもある。角川書店は、このような祖国の文化的危機にあたり、微力をも顧みず再建の礎石たるべき抱負と決意とをもって出発したが、ここに創立以来の念願を果すべく角川文庫を発刊する。これまで刊行されたあらゆる全集叢書文庫類の長所と短所とを検討し、古今東西の不朽の典籍を、良心的編集のもとに、廉価に、そして書架にふさわしい美本として、多くのひとびとに提供しようとする。しかし私たちは徒らに百科全書的な知識のジレッタントを作ることを目的とせず、あくまで祖国の文化に秩序と再建への道を示し、この文庫を角川書店の栄ある事業として、今後永久に継続発展せしめ、学芸と教養との殿堂として大成せんことを期したい。多くの読書子の愛情ある忠言と支持とによって、この希望と抱負とを完遂せしめられんことを願う。

一九四九年五月三日

角川文庫ベストセラー

ハロウィンに消えた　佐々木　譲

シカゴ郊外、日本企業が買収したオルネイ社は従業員、市民の間に軋轢を生んでいた。差別的と映る〝日本的経営〟、脅迫状に不審火。ハロウィンの爆弾騒ぎの後、日本人少年が消えた。戦慄のハードサスペンス。

新宿のありふれた夜　佐々木　譲

新宿で十年間任された酒場を畳む夜、郷田は血染めのシャツを着た女性を匿う。監禁された女は、地回りの組長を撃っていた。一方、事件を追う新宿署の軍司は、新宿に包囲網を築くが。著者の初期代表作。

鷲と虎　佐々木　譲

一九三七年七月、北京郊外で発生した軍事衝突。日中両国は全面戦争に。帝国海軍航空隊の麻生は中国へ出兵、アメリカ人飛行士・デニスは中国義勇航空隊として出撃。戦闘機乗りの熱き戦いを描く航空冒険小説。

くろふね　佐々木　譲

黒船来る！　嘉永六年六月、奉行の代役として、ペリーと最初に交渉にあたった日本人・中島三郎助。西洋の新しい技術に触れ、新しい日本の未来を夢見たラスト・サムライの生涯を描いた維新歴史小説！

北帰行　佐々木　譲

旅行代理店を営む卓也は、ヤクザへの報復を目的に来日したターニャの逃亡に巻き込まれる。組長を殺された舎弟・藤倉は、2人に執拗な追い込みをかけ……東京、新潟、そして北海道へ極限の逃避行が始まる！

角川文庫ベストセラー

魔物（上）（下）新装版　大沢在昌

麻薬取締官の大塚はロシアマフィアの取引の現場をおさえるが、運び屋のロシア人は重傷を負いながらも警官2名を素手で殺害、逃走する。あり得ない現実に戸惑う大塚。やがてその力の源泉を突き止めるが――。

B・D・T［掟の街］新装版　大沢在昌

不法滞在外国人問題が深刻化する近未来東京。急増する身寄りのない混血児「ホープレス・チャイルド」が犯罪者となり無法地帯となった街で、失踪人を捜す私立探偵ヨヨギ・ケンの前に巨大な敵が立ちはだかる！

深夜曲馬団《ミッドナイト・サーカス》 新装版　大沢在昌

作品への手応えを失いつつあるフォトライターが出会ったのは、廃業寸前の殺し屋だった――。「鏡の顔」他、4編を収録した、初期大沢ハードボイルドの金字塔。日本冒険小説協会最優秀短編賞受賞作品集。

天使の牙（上）（下）新装版　大沢在昌

麻薬組織の独裁者の愛人・はつみが警察に保護を求めてきた。極秘指令を受けた女性刑事・明日香がはつみと接触するが、2人は銃撃を受け瀕死の重体に。しかし、奇跡は起こった――。冒険小説の新たな地平！

天使の爪（上）（下）新装版　大沢在昌

麻薬密売組織「クライン」のボス・君国の愛人の身体に脳を移植された女性刑事・アスカ。過去を捨て、麻薬取締官として活躍するアスカの前に、もうひとりの脳移植者が敵として立ちはだかる。

角川文庫ベストセラー

破門　黒川博行

映画製作への出資金を持ち逃げされたヤクザの桑原と建設コンサルタントの二宮。失踪したプロデューサーを追い、桑原は本家筋の構成員を病院送りにしてしまう。組同士の込みあいをふたりは切り抜けられるのか。

アニーの冷たい朝　黒川博行

若い女性が殺された。遺体は奇抜な化粧を施されていた。事件は連続殺人事件に発展する。大阪府警の刑事・谷井は女性の恋心を弄ぶ詐欺師の男にたどり着く。刑事の執念と戦慄の真相に震えるサスペンス。

ドアの向こうに　黒川博行

腐乱した頭部、ミイラ化した脚部という奇妙なバラバラ死体。そして、密室での疑惑の心中。大阪で起きた2つの事件は裏で繋がっていた？　大阪府警の〝ブンと総長〟が犯人を追い詰める！

絵が殺した　黒川博行

竹林で見つかった画家の白骨死体。その死には過去の贋作事件が関係している？　大阪府警の刑事・吉永は日本画業界の闇を探るが、核心に近づき始めた矢先、更なる犠牲者が！　本格かつ軽妙な痛快警察小説。

八号古墳に消えて　黒川博行

遺跡発掘現場で発見された考古学者の遺体。学界関係者による殺害か？　大阪府警の捜査が進む中、またしても発掘現場で不可解な死が。府警の名物刑事「黒マメ」コンビは謎の遺跡の写真を手がかりに事件に挑む！

角川文庫ベストセラー

軌跡
今野敏

目黒の商店街付近で起きた難解な殺人事件に、大島刑事と湯島刑事、そして心理調査官の島崎が挑む。（「老婆心」より）警察小説からアクション小説まで、文庫未収録作を厳選したオリジナル短編集。

熱波
今野敏

内閣情報調査室の磯貝竜一は、米軍基地の全面撤去を前提にした都市計画が進む沖縄を訪れた。だがある日、磯貝は台湾マフィアに拉致されそうになる。政府と米軍をも巻き込む事態の行く末は？　長篇小説。

鬼龍
今野敏

鬼道衆の末裔として、秘密裏に依頼された「亡者祓い」を請け負う鬼龍浩一。企業で起きた不可解な事件の解決に乗り出すが……恐るべき敵の正体は？　長篇エンターテインメント。

陰陽
鬼龍光一シリーズ
今野敏

若い女性が都内各所で襲われ惨殺される事件が連続して発生。警視庁生活安全部の富野は、殺害現場で謎の男・鬼龍光一と出会う。祓師だという鬼龍に不審を抱く富野。だが、事件は常識では測れないものだった。

憑物
鬼龍光一シリーズ
今野敏

渋谷のクラブで、15人の男女が互いに殺し合う異常な事件が起きた。さらに、同様の事件が続発するが、その現場には必ず六芒星のマークが残されていた……警視庁の富野と祓師の鬼龍が再び事件に挑む。

角川文庫ベストセラー

豹変
鬼龍光一シリーズ
今野　敏

世田谷の中学校で、3年生の佐田が同級生の石村を刺す事件が起きた。だが、取り調べで佐田は何かに取り憑かれたような言動をして警察署から忽然と消えてしまった――。異色コンビが活躍する長篇警察小説。

殺人ライセンス
今野　敏

高校生が遭遇したオンラインゲーム「殺人ライセンス」。ゲームと同様の事件が現実でも起こった。被害者の名前も同じであり、高校生のキュウは、同級生の父で探偵の男とともに、事件を調べはじめる――。

逸脱
捜査一課・澤村慶司
堂場瞬一

10年前の連続殺人事件を模倣した、新たな殺人事件。県警を嘲笑うかのような犯人の予想外の一手。県警捜査一課の澤村は、上司と激しく対立し孤立を深める中、単身犯人像に迫っていくが……。

天国の罠
堂場瞬一

ジャーナリストの広瀬隆二は、代議士の今井から娘の香奈の行方を捜してほしいと依頼される。彼女の足跡を追ううちに明らかになる男たちの影と、隠された真実とは。警察小説の旗手が描く、社会派サスペンス！

歪
捜査一課・澤村慶司
堂場瞬一

長浦市で発生した2つの殺人事件。無関係かと思われた事件に意外な接点が見つかる。容疑者の男女は高校の同級生で、事件直後に故郷で密会していたのだ。県警捜査一課の澤村は、雪深き東北へ向かうが……。

角川文庫ベストセラー

角川文庫ベストセラー

ヘルドッグス 地獄の犬たち
深町秋生

関東最大の暴力団・東鞘会で頭角を現す兼高昭吾は密命を帯びた潜入捜査官だった！ 彼が追う、警視庁を揺るがす重大機密とは。そして死と隣り合わせの兼高の運命は？ 警察小説の枠を超えた、著者の代表作！

監殺
古野まほろ

警務課内に組織された、警察の〝罪〟を取り締まる監察裏部隊「警務部警務課巡回教養班＝SG班」。警察内の異端児たちが、声なき者の恨みを力で晴らす。警察のリアルを知る著者による、前代未聞の監察小説！

女警
古野まほろ

地方都市の交番で起きた警部補射殺事件。部下である女性巡査は拳銃を所持して行方不明のまま。監察官室長・理代は真相を探ろうとするが……元警察キャリアの著者が鋭く斬り込む、組織の建前と本音。

人間の証明
森村誠一

ホテルの最上階に向かうエレベーターの中で、ナイフで刺された黒人が死亡した。棟居刑事は被害者がタクシーに忘れた詩集を足がかりに、事件の全貌を追う。日米合同の捜査で浮かび上がる意外な容疑者とは!?

エネミイ
森村誠一

愛する家族を失った4人の犯罪被害者たちは一堂に会し、それぞれの犯人への恨みを確かめ合う。しかし、その場で誓っただけの報復が実現され、犯罪加害者たちが殺されていく。連続殺人事件の真相とは!?

角川文庫ベストセラー

棟居刑事の断罪　森村誠一

轢き逃げされた男から1億円を横取りした男女。二度と会わない約束で別れた1年後、幸せな結婚生活を送る女のもとに〝呼び出し〟の電話が。日常の断片に腐蝕した巨悪を抉る社会派推理の大作。

深海の寓話　森村誠一

元刑事の鯨井義信は、環状線で黒服集団に囲まれた女性を、乗り合わせた紳士たちと協力して救ったことをきっかけに、私製の正義の実現を目指す。犯罪の芽を摘んだ鯨井たちは、「正義」への考えを新たにする。

孤狼《ころう》の血　柚月裕子

広島県内の所轄署に配属された新人の日岡はマル暴刑事・大上とコンビを組み金融会社社員失踪事件を追う。やがて複雑に絡み合う陰謀が明らかになっていき……男たちの生き様を克明に描いた、圧巻の警察小説。

最後の証人　柚月裕子

弁護士・佐方貞人がホテル刺殺事件を担当することに。被告人の有罪が濃厚だと思われたが、佐方は事件の裏に隠された真相を手繰り寄せていく。やがて7年前に起きたある交通事故との関連が明らかになり……。

検事の本懐　柚月裕子

連続放火事件に隠された真実を追究する「樹を見る」、東京地検特捜部を舞台にした「拳を握る」ほか、正義感あふれる執念の検事・佐方貞人が活躍する、司法ミステリ第2弾。第15回大藪春彦賞受賞作。